全国高校公共选修课经典系列丛书

英美文学选读

陈爱敏 著

对外经济贸易大学出版社
中国·北京

图书在版编目（CIP）数据

英美文学选读／陈爱敏著.—北京：对外经济贸易大学出版社，2015（2016.12重印）
（全国高校公共选修课经典系列丛书）
ISBN 978-7-5663-1474-1

Ⅰ.①英… Ⅱ.①陈… Ⅲ.①文学-英国-高等学校-教材②文学-美国-高等学校-教材 Ⅳ.①I1

中国版本图书馆CIP数据核字（2015）第223237号

英美文学选读

陈爱敏 **著**

责任编辑：强晓洁

对外经济贸易大学出版社
北京市朝阳区惠新东街10号 邮政编码：100029
邮购电话：010-64492338 发行部电话：010-64492342
网址：http://www.uibep.com E-mail：uibep@126.com

北京九州迅驰传媒文化有限公司印装 新华书店经销
成品尺寸：170mm×230mm 19.75印张 353千字
2015年10月北京第1版 2016年12月第2次印刷

ISBN 978-7-5663-1474-1
定价：39.00元

前　言

在世界文学的大家庭中，英美文学占有重要的一席之地，这是无可争辩的事实。英国文学历史悠久，文学大家云集，优秀作品灿若星辰；相比之下，美国文学历史较短，但杰出作家与优秀作品并不少见。英美文学的齐头并进，为世界文学史增添了辉煌的篇章。

英国文学源远流长，但直到中世纪才表现出明显的特征。英国中世纪文学是承前启后的一个重要阶段。来自欧洲大陆的统治者打开了英国对外交往的大门，欧洲的先进文化丰富了英国文学的种类和内容；封建制度的确立带来了社会秩序的改变，也在客观上促进了骑士文学走向鼎盛；代表“骑士制度”的传奇文学便是中古时代封建思想所形成的特殊的文学形式。中世纪的英国文学是“乔叟的时代”，乔叟被认为是英国文学史上的第一位杰出诗人，作品既幽默又不乏教育意义，乔叟的《坎特伯雷故事集》能够很好体现这个时期的写作风格。

中世纪文学的发展，为欧洲的文艺复兴奠定了基础。始于 14 世纪中叶，到 17 世纪初结束的文艺复兴运动，是文化史上的一场翻天覆地的变革。这一时期从翻译、诗歌，到戏剧，再到散文，英国文学一派繁荣。从托马斯·莫尔、菲利普·锡德尼到埃德蒙·斯宾塞，从克里斯托弗·马洛到威廉·莎士比亚，再到本·琼森、弗朗西斯·培根，出现了很多对英国文学史产生巨大影响的人物。约翰·弥尔顿的名作《失乐园》标志着英国文艺复兴时期文学的终结。

新古典主义时期上承文艺复兴时期，下启浪漫主义时代，无论是诗歌、小说、戏剧还是散文，都在整个英国文学的发展历程中占有重要地位。在诗歌方面，这一时期出现了一些重要诗人，像亚历山大·蒲伯、托马斯·格雷；在小说方面，出现了现实主义小说的奠基人丹尼尔·笛福、讽刺文学大师乔纳森·斯威夫特、书信体小说的鼻祖塞缪尔·理查逊以及被誉为“英国小说之父”的亨利·菲尔丁等；在戏剧方面，社会风俗喜剧家理查德·谢里丹成就卓著，为后世留下了宝贵的文学财富；散文方面也不落后，出现了期刊文学的创始者理查德·斯蒂尔和约瑟夫·爱迪生等。

18 到 19 世纪之交，浪漫主义运动风靡大不列颠，人们对新古典主义清规戒律的不满以及对自由解放、美好未来的追求都要求文学作品表现个人的灵感和想象，抒发强烈的个人情感。诗歌领域中的积极浪漫主义与消极浪漫主义两大阵营，共同创造了浪漫主义诗歌的传奇。以华兹华斯、柯勒律治和骚赛等“湖畔诗人”为代表的消极浪漫主义诗人，厌恶资本主义的工业文明和城市文明，缅怀中世纪和宗法式的乡村生活，竭力讴歌农村生活和大自然，偏爱描写神秘离奇的情景与异国风光；而以拜伦、雪莱、济慈等为代表的积极浪漫主义诗人则充满破除封建束缚的革命激情和向往新生活的崇高理想，号召人们与旧的势力进行斗争。哥特式小说也是这一时期小说创作的一部分。戏剧方面，情节剧以曲折离奇、富有浪漫色彩的情节和富丽堂皇的布景吸引观众，并且包含着惩恶扬善的道德宣传，这与当时人们的欣赏水平和善恶有报的传统思想相一致，因而才得以兴盛。

现实主义文学是 19 世纪欧美主流的文学思潮，现实主义文学继承并发展了文艺复兴时期的现实主义传统，注重客观、真实地描绘现实生活，塑造典型环境中的典型人物，揭露和批判资本主义社会的黑暗现实。由于其强烈的批判性，它也被称为批判现实主义。

英国的批判现实主义文学于 19 世纪 30 年代萌芽，四五十年代达到顶峰，在文学的各个领域都涌现了一大批优秀的作家，如诗人丁尼生、勃朗宁，小说家狄更斯、萨克雷、勃朗特三姐妹等，戏剧家王尔德等，散文家卡莱尔、罗斯金等。19 世纪末 20 世纪初，英国现实主义文学由盛转衰，逐渐被现代主义文学取代，但英国批判现实主义文学在英国文学史的地位是毋庸置疑的，它对后世文学的发展也产生了重大影响。

20 世纪上半叶在欧洲不断兴起的文艺之风，促进了英国文学中现代主义思潮的发展。弗洛伊德的精神分析学说深刻地影响了一代人，D. H. 劳伦斯创作了心理分析小说，弗吉尼亚·沃尔夫和詹姆斯·乔伊斯侧重于记录人的意识流动，创作了意识流小说；作为 20 世纪英国诗歌的先锋，托马斯·哈代的诗歌在继承传统诗歌特点的同时，又融入了现代诗歌的新特征：语言洗练，少用修饰，多用口语词汇；爱尔兰诗人威廉·巴特勒·叶芝，以及狄兰·托马斯、乔治·贝克等将 20 世纪初英国现代诗歌创作推向高潮。这段时期戏剧也创造了辉煌。爱尔兰戏剧家萧伯纳关注现实生活，在忠实记录现实生活的同时，巧妙地融合了易卜生戏剧的批评精神，将英国戏剧引入了一个崭新的时代。

现代主义的蓬勃发展，在一定程度上促进了后现代主义的出现。现代主义中常见的形式主义创作方法，如碎片式、断裂式、多层结构、意识流、内心独白、蒙太奇等，也出现在英国后现代主义作品中，T. S. 艾略特、W. H. 奥登、萨缪尔·贝克特、哈罗德·品特等都是后现代主义艺术手法的实践者。

在英国当代文学中出现了一些重要群体，如女性作家：老一辈的多丽丝·莱辛、A. S. 拜雅特、安吉拉·卡特等，中青年作家珍妮特·温森、扎迪·史密斯、基兰·德塞等。近年来，英国文坛也出现了一个最引人瞩目的大趋势，那就是“族裔小说”的兴起。J. M. 库切、萨尔曼·拉什迪都是其中的代表人物。而距今最近的当属英国小说家 J. K. 罗琳，她的《哈利波特》受到当代青少年的狂热追捧。英国当代文学在战争中萌芽，在改革中起步，在秩序下发展，在演变中升华，不但成为英国当代文化发展的主力军，更引领了世界文学的发展方向。

美国文学历史短暂，却创造了不朽的辉煌。

真正意义上的美国文学开始于 18 世纪。美国的独立战争结束了英国的殖民统治，催生了一个新的国家，确立了较为民主的近现代资产阶级政治体制，同时美国文学也应运而生。

这一时期文学创作为社会服务，支持民族独立和民主共和政治。美国独立革命时期最为突出、成就最大的文学体裁是散文，而政论散文无疑是该时期美国散文最主要的形式。杰明·富兰克林、詹姆斯·麦迪逊、帕特里克·亨利、托马斯·杰斐逊等是这一时期成绩突出者。这一时期诗歌气势恢宏，慷慨激昂，充满战斗精神，也富有浪漫主义的色彩，小说想竭力摆脱欧洲文学的创作模式，但他们的作品仍然深受清教主义和英国小说家理查逊、菲尔丁等人的影响，有很强的道德规劝作用。戏剧从模仿莎士比亚、谢里丹等英国戏剧家的作品，转而描写美国独立革命、印第安人生活和美国的风土人情，实现美国戏剧的本土化。

美国浪漫主义文学大致产生于 19 世纪初期，止于南北战争。美国的浪漫主义文学追求超验主义思想，超验主义作家强调个人主义和直觉的重要性，他们歌颂自然，探究超灵。在艺术效果上，美国浪漫主义文学语言质朴、情感真挚、想象丰富，对后期美国文学产生了巨大影响。小说方面出现了华盛顿·欧文、纳撒尼尔·霍桑、詹姆斯·F·库柏和埃德加·爱伦·坡等名家，诗歌上有亨利·瓦兹沃思·朗费罗、沃尔特·惠特曼、艾米莉·迪金森等重要诗人，散文方面有拉尔夫·沃尔多·爱默生、亨利·大卫·梭罗等。

美国现实主义文学作为一种文学思潮在美国兴起并日臻成熟的年代大约是1865年至1914年的这五十年间。美国南北战争的残酷使人们开始反思文学带给社会的意义，以豪威尔斯为首的现实主义作家们认为浪漫主义是虚假和空洞的代名词，而只有真实的东西才是永恒和美好的，他们认为文学必须是现实生活的反映而不是哗众取宠的消遣工具。于是以反映、针砭现实的现实主义文学大行其道。威廉·豪威尔斯、马克·吐温、杰克·伦敦、西奥多·德莱赛等，对美国社会经济飞速发展带来的社会问题和家庭危机表示深深的忧虑，对社会繁荣背后的残酷现实进行揭露，他们笔锋犀利、语调幽默乐观，尖锐地讽刺和无情地批判了资本主义世界中的社会矛盾和人们的私欲。

美国现代主义文学继承了现实主义文学的特点，但是又在其基础上大胆创新，诗歌上以埃兹拉·庞德、威廉卡·洛斯·威廉斯、华莱士·史蒂文斯、T. S. 艾略特、E. E. 卡明斯、罗伯特·弗罗斯特为代表的美国现代主义诗人一改以往在主题、内容、形式和风格上一味追随欧洲传统的奴性状态，批判式地继承了欧洲诗歌的固有模式，扬弃了欧洲诗歌的创作理论和创作风格，强化了狄金森和惠特曼诗作中的精神实质和傲然风骨，创作出具有美国本土气质的诗歌作品。小说方面，迷惘一代作家群海明威、F. 司各特·菲茨杰拉尔德和以威廉·福克纳为代表的南方作家，对战争、旧有的南方情结和资本主义垄断等进行了抨击和批评。在美国现代主义小说领域，处于边缘地位的黑人文学和犹太文学不再失语，哈莱姆文艺复兴运动的兴盛极大提升了黑人文学作品的影响力。20世纪二三十年代是美国现代主义戏剧的黄金发展期。这一时期，美国小剧场运动蓬勃发展，这场群众性的戏剧运动开启了美国现代戏剧发展的时代序幕，非商业性、实验性的小剧场的枝繁叶茂为美国现代戏剧的发展提供了实践基地，与被奉为上宾的百老汇戏剧一起推动了真正意义上的美国戏剧的发展，尤金·奥尼尔、苏珊·格拉斯佩尔等成为开拓性人物。

美国当代文学以“二战”结束为起点，横跨半个世纪。诗歌方面，开启美国后现代主义诗歌先河的有垮掉派诗歌的代表人物艾伦·金斯伯格、黑山派的代表人物查尔斯·奥尔森、自白派的代表人物罗伯特·洛威尔、获得“美国桂冠诗人”殊荣的非裔女诗人丽塔·达夫；在小说领域，有“垮掉一代”的代表人物杰克·克鲁亚克、有“社会动乱时期中产阶级的小说家”之称的约翰·厄普代克、族裔小说中的代表人物 J. D. 塞林格、托尼·莫里森；在戏剧方面，有被誉为50年代剧坛之星的阿瑟·米勒、60年代荒诞派戏剧的代表人物爱德华·阿尔

前　　言

比及大卫·雷勃、70 年代外外百老汇以及地方剧院的代表人物萨姆·谢泼德及大卫·马梅特等。

美国当代文学作品中后现代主义倡导多元性、碎片性、边缘性、平面性、随机性、模糊性、非圣化、差异性和世俗性，彻底否定了传统文艺的美学追求、文化信念和叙事规则，呈现出表象拼贴、与大众文化融合的时代特点，具有很强的包容性。

本书是“全国高校公共选修课经典系列丛书”之一，其目的是：为高校外国文学课提供一本比较适合的教材，让学生在有限的时间内，较为系统、全面地了解英美文学、文学思潮和理论，同时让他们学会欣赏和分析文学佳作，思考英美文学中的问题。本着这样的理念，本书撰写过程中力求在简洁精练的基础上，尽量兼顾系统与全面。

本书是在吸收前人已有成果，参考国外最新研究资料基础上对其进行梳理、归纳与升华的一次实践，凝聚着各位编著者的理念。本书共十五讲，第 1 讲总体上对英国文学与美国文学的渊源与发展历史进行了概述，通过此讲，旨在让读者对英美文学形成历史、社会背景及文化渊源有所了解。接下来用了 7 讲的篇幅，对从中世纪到“二战”后的英国文学发展进行了详尽的概述。接着用 5 讲来梳理、讨论、总结美国文学的发展历程。为了让学习者了解英美文学的最新发展，尤其是近 30 年的文学成果，本书专门辟出 1 讲，对英美文学的新人新作进行了梳理和回顾，并进行了简要的述评。文学理论是文学批评的重要工具，也是文学研究的一个重要方面，第 15 讲对 20 世纪后半叶至今的新时期文学批评理论进行了归纳与总结，以期给学习者比较清晰、完整的脉络。

本书的具体分工：第 1 讲赵春华，第 2、15 讲王羽青，第 3 讲刘新飞，第 4 讲沈书珺，第 5 讲施红碧，第 6 讲郭加宾，第 7 讲姚玮，第 8 讲王瑞旸，第 9 讲陈阳，第 10、11 讲张策，第 12、13 讲孙刚，第 14 讲张策、沈书珺、王瑞旸。由我负责全书框架的制定、前言的撰写、全书的修改和定稿。王羽青也为本书的完成做了大量的编辑整理工作。

陈爱敏

2015. 7. 7

于南京

目　录

目　　录

第一讲
传承中的变革：英美文学的渊源与发展历史

英美文学是西方文学历史长河中的一个重要支流，它源远流长，历久弥新，是世界文学大花园中的一朵奇葩。本讲将按照如下脉络探究英美文学的历史演变，以期总体观照英美文学在传承中的变革：英国文学的渊源与发展历史——“三支伏流，六大思潮”；美国文学的渊源与发展历史——“三足鼎立，五大思潮”；英美文学渊源共生，和谐共融——“共通的语言，近似的文化”，“世界性与本土性，传统性与现代性的统一”。

第一节　英国文学的渊源与发展历史概述

1. 英国文学的三支伏流

随着人类文明的脚步不断加快，机械化和工业化的进程不断加速，人们的灵魂已经被渐渐地异化，我们已经成了刻板化生活的奴隶。于是，海德格尔大声疾呼：“人，诗意地栖居”，呼吁我们的心灵找到回家的路，找回人本真的生存状态。而人类早期的原始文明恰恰孕育了最初的文化形态，即对世界本原的认知，对生命来源的探索，对不可知未来的追问。简言之，人类只有从源头上才能找到失去的“纯真”与“美好”，文化和文学亦是如此。追根溯源，英国文学的历史长河，主要由三股支流汇聚而成，即希腊神话、《圣经》和亚瑟王传奇故事。

1.1 希腊神话（Greek Mythology）

希腊神话起源于人类早期发展阶段，由于认识能力的局限，无法对自然界发生的种种现象作出解释，于是“借助想象以征服自然力，支配自然力，把自然力加以形象化”。[①] 它是古希腊人原始思想的表达和集体智慧的结晶。最初的希腊神话只是一种流传于民间的口头文学，后经过历代作家的苦心经营与整理，终成一个完整的体系，实现了由口头文学向书面文学的转变。最早记录希腊神话的文学作品是荷马（Homer，公元前 873 年生，约公元前 9 世纪-前 8 世纪）创作的史诗《伊利亚特》(*the Lliad*) 和《奥德赛》(*Odyssey*)，古希腊诗人赫西俄德（Hesiod，?）的《神谱》(*Theogony*) 和古罗马诗人奥维德（Ovid，前 43-?）的《变形记》(*The Metamorphoses*，约公元 8 世纪）等作品也较为完整地介绍了希腊神话。

希腊神话作品的内容体系上主要由神的故事和英雄传说故事两部分构成。神的故事主要讲述宇宙万物的起源、神的产生等内容，它展示了一个庞大的神的家族——以宙斯为中心的奥林匹斯 12 神。希腊神话在塑造这些具有特殊能力和强大威力的神灵时，同时赋予了他们人的感情和思想，与人同形同性。而正是这种拟人化、象征性的艺术手法使得希腊神话的诸神既富有浪漫传奇色彩，又贴近人性，他们的故事既可以展现超越世俗的高尚，又包含深刻的哲理寓意。西方文学和英国文学的后世作家正是基于希腊神话故事的独特魅力，不断从中挖掘与现实相结合的元素，或者假借神话的外衣抨击所处的时代。可以说，希腊神话为英国文学作家提供了源源不断的创作“灵感”，如：“天才的预言家”雪莱（Shelley，1792-1822）就是古希腊、古罗马文化的崇拜者，他的力作《解放了的普罗米修斯》(*Prometheus Unbound*，1820）就是取材于古希腊神话中普罗米修斯的故事，不同的是雪莱笔下的这个神话人物相比过去更具有叛逆和革命精神，顺应 19 世纪“反专制、反迷信，追求自由、平等、博爱”的时代潮流。因此，普罗米修

① 马克思，恩格斯．“政治经济学批判导言”，马克思恩格斯选集（第二卷）．北京：人民出版社，1972：113.

斯的神话故事在19世纪雪莱的笔下有了新的生命和活力。除此之外，英国文学中直接从希腊神话中引用或者通过含蓄委婉的方式将希腊神话的故事结构或者寓意表现出来的作品俯拾皆是。某种程度上讲，希腊神话故事已经成为一种融入英国文学的机体里的文化元素，作家在不知不觉间已经把它作为一种"潜意识"带进了作品里。

英雄传说故事与神的故事不同，它起源于希腊人对祖先的崇拜，反映的是希腊人同自然斗争和种族斗争的历史。希腊神话中塑造的英雄大都是人与神结合所生的后代，非人也非神，但确是人类的保护者、苦难的救助者、灾害的防御者，他们历经坎坷、百折不挠、愈挫愈勇、才智双全。在这些英雄人物的身上可以窥见早期希腊人对生活的感悟和体验，对"是非曲直"的评判，对"真善美"的追求，这是人类道德观念开始形成的萌芽阶段。英雄的形象和思想往往渗透进人们的伦理观念和意识中，成为行为模式的一部分。因此，后来的文学家们在解释当代人的作为，或者评价他们的价值取向时，有时需要从这些英雄传说中抽离出可以参照的标尺。文艺复兴时期的新兴资产阶级宣扬以"人"为中心，要求肯定人的价值和尊严的主张就是承袭了希腊神话中的英雄们反对压迫、不畏强权、勇于斗争的情怀。这一时期的文学中以"英雄"为主角的作品不胜枚举，莎士比亚（Shakespeare，1564-1616）笔下的哈姆雷特、奥赛罗、李尔王、麦克白，弥尔顿（Milton，1608-1674）笔下的亚当和夏娃、参孙等，他们从决战疆场到情场，从打败敌人到征服自己，都带有浓厚的希腊神话英雄主义情结。

希腊神话对整个西方文学的意义举足轻重，后世对它的推崇简直是溢于言表。马克思高度颂扬："古希腊的神话和艺术是人类童年时代美丽的诗，具有永恒性的魅力。"① 英国文学家们从希腊神话中挖掘丰富的艺术素材和创作灵感，在创作中借用希腊神话的典故和精神，成就了一部部经久不衰的佳作。

1.2　《圣经》(*The Bible*)

To be or not to be.（生存还是毁灭，这是个问题。）

——莎士比亚《哈姆雷特》

当代人戏称莎翁著作中的"生存还是毁灭"是除《圣经》外，世界文学中最有名的六个字。实际上，即使是这六个字也深深植根于《圣经》的血脉中，因为用于表述哈姆雷特内心矛盾与挣扎的这六个字与《圣经》中约伯的困惑不

① 马克思．马克思恩格斯选集，政治经济学批判导言（第二卷）．北京：人民出版社，1972：113.

谋而合，或者说，莎翁是受到《圣经》的影响才创作出如此经典的语句。毋庸置疑，要理解莎翁，必须阅读《圣经》，正如吕贝卡·莱蒙（Rebecca Lemon）指出："莎士比亚应被视为《圣经》作家。他所有的剧本，许多的诗歌，都包含意义重大的《圣经》借用。他的某些剧本，包括《错中错》、《威尼斯商人》以及《哈姆雷特》，对于读不懂《圣经》的人来说就是不可理解的天书。"[①] 而英国文学的历史长河中不止莎翁一人独享《圣经》的润泽，弥尔顿、雪莱、济慈、哈代、劳伦斯等一大批文学巨匠都将《圣经》视作珍宝，不断研读，从中获取题材、灵感与力量。

毫无疑问，《圣经》在西方社会的地位是至高无上的，而它的影响也已远远超出宗教领域，渗透进社会生活的各个方面，整个西方文明都被打上了《圣经》烙印，"可以说水银泻地，无孔不入"。[②] 英国文学更是一诞生就深受《圣经》的影响，时代更迭与思想巨变都丝毫不影响一代代文学家从中获得养料，发掘创作素材，激发创作灵感。从古盎格鲁——撒克逊时期，《圣经》被用来宣传基督教，到中世纪时期成为统治者维护世俗权利的有力工具，再到文艺复兴时期被翻译成各种文本，开始被大众理解和广泛阅读，《圣经》中的故事、人物、思想和结构不断地被运用到文学作品中。英国文学的作品中运用《圣经》典故的举不胜举，不论通过引用还是借用的方式"用典"，都在一定程度上增强了作品的表现力和感染力。此外，《圣经》中出现的各类意象也为作家创作提供了可以发挥的巨大空间，像"十字架"在《圣经》中包含多种意象，如死亡、重负、挑战、安宁与平和、战胜恶魔的法宝等，劳伦斯（D. H. Lawrence，1885 - 1930）在《恋爱中的女人》（*Women in love*，1920）里把它看做是死亡的象征，哈代（Thomas Hardy，1840-1928）在《德伯家的苔丝》（*Tess of the D'Urbervilles*，1891）中把它当作战胜恶魔的法宝，等等。

《圣经》可被开发的不仅仅是它的意象（如伊甸园、十字架、圣杯等），《圣经》母体（如洗礼、世界末日）、《圣经》人物原型（如亚当、该隐、犹太、基督、约伯等）、《圣经》主题（如原罪、救赎、罪恶——审判——救赎等）、《圣经》的结构原型等也都是英国文学的作家们竭力学习和借鉴的原始材料。因此，《圣经》的文化精神，如人道主义、良心感、灵魂追求和感恩等已经融入作家的

---

① Rebecca Lemon, Emma Mason, et al. *The Blackwell Companion to the Bible in English Literature*. Blackwell Publishing Ltd, 2009: 225.

② 柯慧，洪志红．谈《圣经》对英美文学的影响．作家，2011（06）：75.

灵魂，任何一个作家的任何一部作品中几乎都能看到《圣经》精神的影子，他们笔下倾力塑造的人物形象也表现出《圣经》文化精神的影响。

德国文学家歌德（Johann Wolfgang Von Goethe，1749-1832）说："我一切深刻的思想，乃是从我对《圣经》的信仰而来，我的道德生活和文学著作都是从《圣经》中得到指示，《圣经》乃是我一生最可靠雄厚的资本，真是取之不尽用之不竭的宝库。"[①] 正是如此，《圣经》深深影响了西方文学的发展，并成为与希腊神话并驾齐驱的又一"源头"。英国文学一诞生就从《圣经》中吸取"乳汁"，不断从《圣经》文本和启示中吸纳智慧，才得以成长为今天世界文学中的一棵参天大树。

1.3　亚瑟王传奇故事（The Stories of King Arthur）

声名远扬的亚瑟王，
你统帅万军，你庇护万民……
身佩威武宝剑，
你使敌人臣服于脚下。

——安农《亚瑟王与鹰》[②]

追溯历史，这位具有超凡感召力的亚瑟王故事往往见之于民间传说与历史、文学记载。二者相互交融，一方面，将亚瑟王描述成一个有现实原型的武士，传说他是一位与撒克逊入侵者作战12次皆获全胜的凯尔特军人，在他的麾下集结了一批骁勇善战的武士——"圆桌骑士"，他们机智勇敢、匡扶正义，在亚瑟王的带领下成功击退撒克逊入侵者；另一方面，他又被想象成一个神话般的人物，一个具有中世纪浪漫传奇色彩的英雄，身穿闪闪发光的铠甲，挥舞着神剑埃克斯卡利伯（Escalibur）。历经时代的洗礼，现实原型与神话传说交织在一起，使亚瑟王传奇故事不断丰富和发展，成为文学素材库中永恒的精神遗产。时至今日，纵览英国文学的历史长河，不难发现亚瑟王传奇故事已经成为继希腊神话与《圣经》后，影响英国文学发展的又一支伏流。

产生于中世纪末期托马斯·马洛里（Thomas Mallory，？-1471）的《亚瑟王之死》（*Le Morte d'Arthur*）被看作是中世纪浪漫传奇文学和中世纪英语叙事文学的集大成之作。但是亚瑟王的传奇故事并未随着中世纪的结束而告终，此后，历

① 单信．名人论《圣经》（下）．天风，1998（11）：35.

② 约翰·马修斯．亚瑟王传奇．靳丽莹，刘静红，译．杭州：浙江教育出版社，2006：9.

代英国文学的作家不断从中汲取文学的养分，赋予其鲜活的生命力。文艺复兴时期的伟大诗人斯宾塞（Edmund Spenser，1552－1599）以亚瑟王故事为蓝本创作了《仙后》（*The Faerie Queene*，1509），维多利亚时期最负盛名的诗人丁尼生（Alfred Tennyson，1809－1892）以亚瑟王和他的圆桌骑士的事迹为题材创作了十二卷的系列诗《国王》（*Idylls of the King*，1874），当代著名作家怀特（Terence Hanbury White，1906－1964）的《曾经与未来之王》（*The Once and Future King*，1938－1947）对亚瑟王故事进行了全新的改编。此外，在英国文学史上占有重要一席之地的冒险小说，如丹尼尔·笛福（Daniel Defoe，1660－1731）的《鲁滨孙漂流记》（*The Adventures of Robinson Crusoe*，1719），亨利·菲尔丁（Henry Fielding，1707－1754）的《汤姆·琼斯》（*Tom Jones*，1749），史蒂文森（Stevenson，1850－1894）的《金银岛》（*Treasure Island*，1883）、《绑架》（*Kidnapped*，1886）等作品都渗透着亚瑟王传奇中历险和爱情的主题，他们的叙事特点和语言风格明显受到亚瑟王传奇故事的影响。

当前在信息时代的浪潮下，亚瑟王传奇的故事也不仅仅限于文学作品中的描绘，电影、歌剧、话剧、芭蕾舞剧等艺术形式也不断从中寻求灵感，他们以新的传媒方式在新的历史环境下演绎亚瑟王传奇故事。

亚瑟王传奇故事内涵丰富，历经世代作家的继承与创新改编，使它成为一个体系完整、取之不尽的源头“活水”。它所描绘的骑士传奇和浪漫故事在任何时代都激发着人们的想象力，它所蕴含的中世纪的社会理想、精神追求与道德诉求促使文学家们在新的现实中不断思考，考问社会的道德良知。时过境迁，亚瑟王传奇故事中涵盖的爱情、勇敢、冒险与奋斗不息的主题已深深植根于英国文学的土壤中，成为影响作家思维的潜在指挥者。

2. 英国文学的六大思潮

2.1 人文主义文学思潮：“神学”向“人学”的转变

中世纪的漫长黑夜让人们在基督教的神话世界中滞留了太久，迫切需要从宗教“反人性”的桎梏中解放出来，因此倡导“以人为中心”、“人权高于神权”、“人性大于神性”的信念迅速成为文艺复兴运动的主流。伴随着新兴资产阶级的兴起和壮大，反封建、反教会成为人文主义学者的主旋律。英国文学在这一时期涌现了一大批人文主义学者，如托马斯·莫尔（St. Thomas More，1478－1535）、埃德蒙·斯宾塞、菲利普·锡德尼（Philip Sidney，1554－1586）、威廉·莎士比亚等，他们身处中世纪与现代的交汇点上，既从古希腊、古罗马文学中寻觅智慧，又立足眼前，肯定现世生活，大胆讴歌爱情、自由、幸福、冒险等，更着眼未来，倡导建立一个自由平等的理想社会。在他们用文字和语言构筑的文学世界里，启迪人们与过去蒙昧迷信的旧世界彻底决裂，引领人们张开怀抱去拥抱自由、幸福与文明的新世界。从“我是谁”的困惑到“我就是我”[①] 的宣言，人文主义文学思潮是一次思想大解放，为英国近现代文学迎来了黎明前的曙光。

2.2 新古典主义文学思潮：“戴着镣铐跳舞”

盛极一时的人文主义文学思潮在三百年后解去了它的光环，欧洲进入了一个理性的时代。文艺复兴时期对“人”的推崇慢慢过渡到对人与社会关系的探索。新古典主义作家们给自己套上“理性”的枷锁，创作中虽受到情感和责任的压制与束缚，但是也激发了他们的生命力与创造力。他们推崇理性，强调明晰、对称、节制、优雅，追求艺术形式的完美与和谐。英国新古典主义思潮伴随着启蒙运动的蓬勃发展日渐进入文学的主流，以约翰·德莱顿（John Dryden，1631-1700）为代表的戏剧大师跳出古典主义的窠臼，承袭莎士比亚时代的伟大传统，高举现实主义的大旗，创作出了极具英国本土生活气息的伟大悲剧；以亚历山大·蒲柏（Alexander Pope，1688-1774）为代表的诗人承前人创作之精华，以隽永的语言、灵动的变化、优美的音韵带给读者强烈的审美愉悦感和理性的启迪；以乔纳森·斯威夫特（Jonathan Swift，1667-1745）、丹尼尔·笛福（Daniel Defoe，1660-1731）、塞缪尔·理查逊（Samuel Richardson，1689-1761）、亨利·菲尔丁（Henry Fielding，1707-1754）等为代表的伟大小说家用手中的笔刻画普通老百姓生活的方方面面，以道德家的责任为人们未来的理想社会指出一条康庄大道。但是到了18世纪末期，“理性至上”的理念越来越受到人们的怀疑，转而向强调情感的感伤主义文学靠拢，这个戴着镣铐的舞者终不能承受理性束缚的痛苦，退出了18世纪英国文学舞台的中心。

2.3 浪漫主义文学思潮：“灵魂的呐喊”

当“理性”与“情感”狭路相逢，作为具有感情和思想的生命个体往往不自觉屈从“情感”的召唤，抒发内心难以遏制的感情冲动。1789年的法国大革命带来的剧烈社会变动使得当时人们的情感波浪起伏，在严峻的现实面前憧憬美好的未来，在痛苦中期盼幸福，在孤独中渴望欢乐……各种复杂的情感犹如滔滔洪水，一泻而下，浪漫主义文学思潮应运而生。同新古典主义的理性沉稳不同，英国浪漫主义就像一个叛逆的孩子，叫嚷着，呐喊着，几近疯狂的需要找到情感

① 威廉·莎士比亚．莎士比亚全集（第十一卷）．朱生豪，译．北京：人民文学出版社，1978：279.

的宣泄口。而诗歌无疑是情感表达的最好载体，正如华兹华斯所言："诗是强烈情感的自然流露。"[①] 因此，英国浪漫主义时期也是一个诗歌的时代，英国浪漫主义的先驱布莱克（William Blake，1757-1827）用"诗意的想象"作为获取自由的手段；"湖畔派"诗人醉心于中世纪和宗法式的乡村生活，以温婉清丽的诗歌给平凡无奇的自然和现实涂上了想象力的色彩；拜伦、雪莱等具有浪漫主义革命精神的诗人把诗歌作为战斗的武器，吹响了反对专制、暴政和压迫的号角。在近一个世纪的岁月中，浪漫主义用炙热的情感构筑起以"自我"为中心的浪漫世界，在自由的想象王国里舒展灵魂，形成了独具特色的艺术风格，为后世作家所膜拜。

2.4 批判现实主义文学思潮："人心的镜子"

如果说诗歌是浪漫主义文学思潮的主流，那么小说则占领了19世纪英国批判现实主义文学的制高点。时至今日，一大批经典小说，如《理智与情感》(*Sense and Sensibility*，1811)、《傲慢与偏见》(*Pride and Prejudice*，1813)、《简·爱》(*Jane Eyre*，1847)、《大卫·科波菲尔》(*David Copperfield*，1850)、《双城记》(*A Tale of Two Cities*，1859）等，依然在文学的殿堂里熠熠生辉。读者在这些文笔隽永的佳作中读到了一个盛世兴衰的维多利亚时代，看到一个表面浮华，却暗含矛盾和危机的"日不落帝国"，听到了中下层人民无奈的抱怨和感慨，体会到金钱时代的人情冷暖。文学家以笔当枪，用作品揭露资本主义社会的罪恶与腐败，批判种种弊端与邪恶。与浪漫主义文学家以恣意宣泄情感换取自由为目的不同，批判现实主义作家背负上了责任与道义，他们关注现实、描写人物外部生存环境、探究人物内心世界、鞭笞统治阶层的奢靡、同情下层人民的疾苦、提倡社会改良，表现出对人类命运和前途的深切关怀。可以说，批判现实主义文学作品不仅仅是社会现实的一面镜子，更是人心的一面镜子，映射出金钱和权力构成的社会关系中人性的反抗与迷失。

2.5 现代主义文学思潮："精神的荒原"

人类跨进20世纪的门槛，迎接的不是新世纪的美好，反而是无休无止的战争和始料未及的经济危机，似乎这已经预示了与过去的决裂和一番惊天动地的大变革。正如沃尔夫（Woolf，1882-1941）指出："1910年12月左右，人性变了……人的一切关系都变了——主仆关系、夫妻关系、父母同子女的关系。当

---

① William Wordsworth. *Preface to Lyrical Ballads, with Pastoral and Other Poems in the Norton Anthology of English Literature*. New York: Norton, 1986: 168.

人际关系发生变化时，宗教、行为、政治和文学也同时发生了变化。”[①] 此时的英国文学也经历了史无前例的大革新，文学家跳出传统文学秩序和创作原则的束缚，追求艺术革新与实验，于是产生了意象派诗歌、意识流小说、荒诞派戏剧等同现实主义背道而驰的艺术样式和各种标新立异的结构、技巧、叙事策略等，但在题材上，他们大都用自己的生活感受描写当时异化的时代和人们的幻灭感，揭示在病态时代里生活的人们精神世界的荒诞。现代主义文学颠覆了传统的写作方式和艺术手法，改变了作家创作的意识形态，却悄然构建自己的文学体系。虽然时间淡化了它曾经的辉煌，但是现代主义的诸多文学家和作品已经成为当代人尊奉的经典，如萧伯纳（George Bernard Shaw，1856－1950）、劳伦斯（D. H. Lawrence，1885－1930）、乔伊斯（Joyce，1882－1941）、沃尔夫（Woolf，1882－1941）、叶芝（Yeats，1865－1939）等，他们的思想依然为工业文明时代的现代人走出生存困境提供借鉴。

2.6　后现代主义文学思潮：“艺术的反叛，精神的皈依”

现代主义文学思潮如一个步履蹒跚的老人，在多样化艺术实验与探索中显得举步维艰，越来越不能涵盖层出不穷的艺术形式，于是一个新的文学思潮脱胎而出——后现代主义文学思潮。关于“后现代”的定义学术界至今难以达成共识，只是把它看成是现代主义发展的必然结果，在它之下涵盖了形形色色、千差万别的艺术流派，如荒诞派戏剧、新小说派、黑色幽默、垮掉的一代、魔幻现实主义等。英国现代主义文学在经历了50年代的回归现实主义的传统后，到80年代突然全面转向了后现代主义的怀抱，小说家在创作中自觉将后现代的思维内化为创作的原则，将自反性、不确定性、滑稽模仿、语言游戏、不可靠叙事、作者闯入叙事等后现代艺术手法纳入文本构建中。同时各种文学批评思潮，如后现代精神分析学、女性主义、新历史主义等理论对小说家创作产生了深远影响，其作品中闪现独具特色的艺术内涵与多元杂糅的后现代主义美学取向。现今的英国文坛已经有一大批文学大家，如马丁·艾米斯（Martin Amis，1949－　）、A·S·拜厄特（Antonia Susan Byatt，1936－　）、朱利安·巴恩斯（Julian Barnes，1946－　）、大卫·洛奇（David Lodge，1935－　）等挤进了这股潮流中，更有诸多的当代作家徘徊在这股潮流的门外，但是其作品被深深打上了后现代主义的烙印，他们在反叛传统艺术的同时，也试图在与时代的磨合中找寻到一条可以与传统相结合的长期发展道路。

---

① Virginia Wolf. *Collected Essays* (Vol. 1). London: Hogarth Press, 1966: 321.

第二节　美国文学的渊源与发展历史概述

1. 美国文学的三足鼎立

随着文明的曙光照耀北美大陆，一个蒙昧的时代宣告终结。新大陆迎来崭新的春天，美国渐渐形成了具有鲜明特色的文化体系。究其根源，这个文化体系是在移民文化的根基上发展起来的，所以它的源头仍然是古希腊、古罗马文明。但是美国特定的历史、地理环境又造就了别具一格的文化和民族心理特征，归结起来，其中“基督传统、自由主义和个人主义构成了美国文化的三大要素，它们就像一只鼎的三足一样，支撑着美国的政治体制”。[①] 而美国文学也正是依托这“三足”生根、发芽，获得经久不衰、持续不断的生命力。

1.1　美国清教主义（American Puritanism）

为了上帝的荣耀，为了增强基督教信仰，为了提高我们国王和国家的荣誉，我们漂洋过海，在弗吉尼亚北部开发第一个殖民地。我们在上帝面前共同立誓签约，自愿结为一民众自治团体。

——《五月花号公约》

当人的自由意志被外界生存环境压制，寻求新的自由王国便成为不自觉的选择。15 世纪哥伦布发现了新大陆，这片神秘的国土向大洋彼岸的异乡人发出诚挚的邀请。此后，一大批欧洲人不畏艰难，远离故土，漂洋过海来到北美这块福地。1607 年，英国人在北美建立起第一个永久殖民地——弗吉尼亚的詹姆斯顿。1620 年，又有一批因受宗教迫害的英国人乘坐“五月花”号在普利茅斯建立北美第二个殖民地。这些移民者部分是出于生存的需要，逃离国内的宗教迫害，为后代觅得一个更好的栖息地，但更重要的是他们内心满怀热诚与希望，一种神圣的使命感激励和鼓舞他们在新世界重塑“伊甸园”，建立“山巅之城”，完成上帝的使命。他们就是“上帝的选民”——清教徒。

美国的清教徒在宗教上笃信约翰·加尔文（John Calvin，1509-1604）提出的五点神学主张，归结起来：（1）彻底的堕落（Total Depravity）：坚信上帝就是一切，而人是无足轻重的，是一切罪恶的来源，强调人的“原罪”。（2）无条件

① 朱世达．当代美国文化．北京：社会科学文献出版社，2001：1.

的拣选（Unconditional Election）：神没有任凭人在罪恶中灭亡，而是基于自己的意愿，在创世之前就拣选了一群人实行拯救，入选或是定罪都是预定的。（3）有限的赎罪（Limited Atonement）：基督并非为所有人赎罪，而只为得救者殉难。（4）不可抗拒的恩典（Irresistible of Grace）：上帝的恩惠是随意赐给的，既无法争取也不能拒绝。（5）圣徒的坚守（Perseverance of Saints）：上帝的选民得救后拥有执行上帝的一切旨意，自始至终永远正直地生活，人的地位无法凌驾于上帝。而美国清教的意义不在于他们为清教教义与神学做出多大贡献，而在于他们将清教教义中的原罪说、预定论、因信称义说等糅合在一起，从自身生存境遇出发，在《圣经》中读出了新的人生要义与生存法则。在近400年的历史变迁中，美国清教主义的内涵已经超越宗教神学的边界，渐渐成为一种“思想”、“人生观”、“价值准则”乃至“生活方式”，深刻影响了美国人的思想价值观，奠定了美国社会和美国精神的基调，塑造了美国人的性格，成为“美国文化的根”。[①]

美国清教主义作为一种传统思想，对美国文学的发展产生了深远持久的影响，特别是殖民初期的美国文学更是被打上了浓厚的清教主义色彩。这一时期出现的第一位诗人——安妮·布拉德斯特里特（Anne Bradstreet，1612–1672）怀着对上帝的崇拜，憧憬天国的美好，思虑人的生老病死等重大人生问题，以清教徒的虔诚之心写下了一组组带有宗教气息的诗歌。而以宣传清教主义思想为目的的布道文更是大行其道，成为该时期最流行、最大众化的文学形式，一批清教牧师，如约翰·科顿（John Cotton，1584–1652）、科顿·马瑟（Cotton Mather，1663–1728）、乔纳森·爱德华兹（Jonethen Edwards，1703–1758）等活跃在大众的视线中，影响着广大教民的思想行为。进入18世纪，受到欧洲启蒙思想的冲击，清教主义思想开始由“信仰”转向“世俗”，于是诞生了像富兰克林（Benjamin Franklin，1706–1790）《自传》（*The Autobiography*，1793）这样具有浓厚的理性、务实、乐观主义精神的文学作品。19世纪的美国浪漫主义文学思潮汲取清教主义中乐观自信的思想内核，摒弃“原罪”、“上帝主权说”等不合理的宗教教义，以批判者的姿态承袭清教主义精神。20世纪科学技术的飞速发展和两次世界大战摧毁了人们的“价值观大厦”，也使得清教主义成了思想保守、道德伪善、功利主义的象征。

清教主义的思想光芒渐渐淡去了昔日的辉煌，但是它深深植根于美国文学的机体里，无论是浪漫主义、现实主义、自然主义、迷惘的一代还是美国现当代的

---

① 朱世达．当代美国文化．北京：社会科学文献出版社，2001：2.

文学的作家都在清教主义中吸纳了理想主义的精神和价值观念。尽管新的文化价值体系渐渐取代清教主义的中心地位，但是在经历了文化多元化和精神信仰失落之后，当代美国作家又重新回归宗教源头，从清教主义中获取道德力量的源泉。

1.2　美国自由主义（American Liberalism）

人人生而平等，造物者赋予他们若干不可剥夺的权利，其中包括生命权、自由权和追求幸福的权利。①

——《独立宣言》

人类从诞生之初，从未停止对自由的追求。清教徒远涉重洋，远离欧洲旧世界的封建压迫和教权压迫，意在建立一个平等、自由、民主的理想王国。于是在他们尚未登上新大陆之前，就签订了具有宪政和契约精神的《五月花号公约》，将自由主义思想的种子播撒在美国历史的土壤中。自此，自由主义成为美国社会牢固的传统。自由主义（liberalism）始于 17 世纪，是新兴阶级反对教会和封建特权的思想武器，这里“自由”（liberal）的原意是宽厚大度，内含反对压制迫害。今天所说的自由主义是由几代思想大师在理论和实践上提炼总结而成，其中包括先驱霍布斯（Thomas Hobbes，1588-1679）、斯宾诺莎（Baruch de Spinoza，1632-1677），奠基者洛克（John Locke，1632-1704）、孟德斯鸠（Charles de Secondat，Baron de Montesquieu，1689-1755）、斯密（Adam Smith，1723-1790），以及鼎盛期的杰斐逊（Thomas Jefferson，1743-1826）、托克维尔（Alexis de Tocqueville，1805-1859）、密尔（John Stuart Mill，1806-1873）等。②

尽管他们在自由主义的理论上各执己见，但是对自由主义的基本要素都保留一定的共识。如政治上主张个人是法律和社会的基础，社会和制度的存在是为了推进个人目标的实现；文化上注重个人在道德观和生活方式上的权利，如性自由、信仰自由、认知自由等，并保护个人免受政府侵犯其私人生活。

基于自由主义思想的基因在美国社会历史发展中起到了重要的推动作用，它在美国文学中也留下了永不磨灭的痕迹。自由主义标榜人人生而平等，成功和幸福取决于个人奋斗，而不是其他的信条，造就了一大批自由主义的文学斗士在美国社会的历史长河中建起一座巍峨的自由城堡。特别是经历了内战洗礼后的美国，

① “大陆会议（1776 年 7 月 4 日）美利坚合众国十三个州一致通过的独立宣言”，美国历史文献选集. 美国新闻处，译. 北京：美国驻华大使馆新闻文化处，1985：209.

② 钱满素. 美国自由主义的历史变迁. 北京：三联书店，2006：2.

越来越希望发出独立、自由的声音。哈里叶特·比彻·斯托夫人（Harriet Beecher Stowe, 1811-1896）笔下的乔治·哈里斯不甘于逆来顺受，奋起反抗，逃往没有蓄奴制的北方，寻求自己的自由；马克·吐温在《哈克贝利·费恩历险记》(*Adventures of Huckleberry Finn*, 1884）中的主人公哈克和黑奴吉姆同样为追求个人自由，逃离家庭的不幸、种族主义的压迫，小说在一定程度上寄托了作家对自由理想社会的期盼；同时期的路易莎·梅·奥尔科特（Louisa May Alcott, 1832-1888）在《小妇人》（*Little Women*, 1868）中塑造了一群面对不完美生活的女性，勇于冲破世俗羁绊，寻求完美理想、爱情与自由，一代代美国人，尤其是美国女性从她们身上获得奋斗的力量和勇气。当然，由于追求自由已经成为美国人民族性格和价值观念中的一部分，在文学作品中作家倾力塑造的各色人物性格也必然是与其吻合的，因此不难发现在美国作家的笔下都有一种掩埋不住的自由之美。

1.3　美国个人主义（American Individualism）

“‘人’只是部分地存在于所有特殊的个人之中，或通过一种禀赋来体现；你必须考虑整个社会，才能发现完整的人。‘人’不是一个农夫，或是一位教授，或一位工程师，而是他们全体的总和。‘人’是神甫、学者、政治家、生产者、士兵。”①

——爱默生《论美国学者》

19 世纪美国超验主义的集大成者爱默生（Emerson, 1803-1882）在 1837 年发表的《论美国学者》一文中，高举“个人主义”的大旗，掷地有声地呼吁美国民族文化的独立。这宣告已经获得政治、经济独立的美国已不再满足做欧洲文化的跟班，急切需要以独立自主的新形象示人。爱默生顺应历史潮流，将“精神”、“直觉”、“体验”等个人主义的思想发展到极致，促进美国民族精神的建立。而“个人主义”并非爱默生首创，早在 1835 年，法国社会学家、历史学家托克维尔（Tocqueville, 1805-1859）在其经典著作《论美国的民主制》(*Democracy in America*, 1835）中就曾使用“个人主义”阐述美国人以个人为本位的人生哲学。历经时代变化，美国“个人主义”已经成为一个伴随美国社会发展变化的动态概念，早期的个人主义者追求个人自由、幸福，反抗压迫，西进运动时拓荒者信奉不畏艰险、开拓进取、自我完善的个人主义信条；19 世纪工

① 爱默生．爱默生演讲录．孙宜学，译．北京：中国人民大学出版社，2004：117.

业社会时期的个人主义强调创业、勤奋、进取、竞争和机会均等的原则；20世纪剧烈的社会变革催生了带有集体主义倾向的个人主义，而新时期精神文明的发展使得美国人更加追求自我完善的个人主义。但是，不管其含义如何变化，美国“个人主义”的根深深植入美国人的价值观，主导美国人的文化精神。“个人主义就像贪婪的幽深洞穴，它吸纳着人的各种欲望，也喷发着推动社会发展的巨大能量。”①

如同清教主义和自由主义一样，美国个人主义的思想也受到文学家们的青睐。其间，个人主义思想的精神披着“美国梦”的外衣不断出现在各个时代的作品中。富兰克林（Franklin，1706-1790）的《自传》是早期“美国梦”的代表作，作者以自己的切身经历讲述了个人如何通过自我修养、自立自强实现致富的目的，渗透着殖民地时期美国人追求独立、重视自我价值的个人主义思想。姆斯·费尼莫·库柏（James Fenimore Cooper，1789-1851）的《皮袜子故事集》（*The Leatherstocking Tales*，1827-1841）展现了美洲移民依靠自己的双手，依靠个人奋斗，实现自己“拓荒梦”、“财富梦”和当新大陆主人的梦想。人人机会均等、人人都能发财成功的乐观主义精神鼓舞着美国人开疆辟土、战胜恶劣的自然条件、获得生存与竞争的机会。20世纪的作家在批判中反思“美国梦”中的个人主义思想的优劣，一部分作家，如杰克·伦敦（Jock London，1876-1916）、欧内斯特·海明威（Ernest Hemingway，1899-1961）等在作品中塑造了众多硬汉形象，盛赞人的力量和精神价值不可战胜，坚信“美国梦”必然实现；而另有作家看到了日渐衰败的社会现实，歌颂“美国梦”基调也渐渐转向批判，质疑个人主义标榜的只要努力奋斗就能实现成功的信条。从西奥多·德莱塞（Theodore Dreiser，1871-1945）的《嘉莉妹妹》（*Sister Carrie*，1911）和《美国悲剧》（*American Tragedy*，1925），到弗朗西斯·菲茨杰拉德（Francis Fitzgerald，1896-1940）的《了不起的盖茨比》（*The Great Gatsby*，1925），再到阿瑟·米勒（Arthur Miller，1915-2005）的《推销员之死》（*Death of a Salesman*，1949）见证了“美国梦”走向幻灭的历程，也诉说个人理想在面对残酷现实面前的无奈与无助。

针对个人主义，有学者进行了精辟的概括：“我们信奉个人的尊严，我们确实推崇个人的神圣。任何东西，只要它破坏我们独立思考、独立判断、自己为自

① 李小芬．20世纪前美国个人主义的历史演变．厦门大学学报，2003（05）：127.

己决策的权力，它就不单单是错误的，而且就是对神圣的亵渎。”① 可以说，个人主义处在美国文化和美国人精神价值观的核心位置，而美国文学中的“个人主义”思想哲学经久不衰的原因就在于，“个人主义”的本质与美国精神文化价值观是一致的。因此，“个人主义”的哲学观是影响美国文学发展的又一强劲思想，它与“自由主义”像孪生兄弟一样主导着美国文学发展的方向。

2. 美国文学的五大思潮

2.1　18 世纪启蒙主义文学思潮：开启理性之门的钥匙

18 世纪欧洲启蒙思想以锐不可当之势迅速席卷世界各国，美国殖民地人民一边忙于革命，一边浸润启蒙思想的洗礼。这一时期的启蒙思想家信奉“自然神论”，他们强调理性，重视社会现实，认为“启蒙”或者教育是社会发展的主要途径。同时，受自然科学的影响，他们不再局限于清教思想中对上帝万能的认识，认为人不再是苦难的被动承受者，而完全可以凭借理性的头脑，消灭种族、信仰、身份的差别，实现“人人生而平等”的梦想。受其影响，18 世纪美国文学的主阵地渐渐被本杰明·富兰克林、托马斯·潘恩（Thomas Paine，1737－1809）、托马斯·杰斐逊（Thomas Jefferson，1743－1826）等推崇“实利主义”的文学家占领，他们以政论文章的形式鼓舞美国人民为实现独立而战斗。潘恩的《常识》(*Common Sense*，1776）将“天赋人权”、“独立自主”的思想深深植根于美国民众的意识中，唤起民族精神；杰斐逊的《独立宣言》明确提出“民主”、“平等”等重要的资产阶级思想，宣告了一个新的美利合众国的诞生。当然，诗歌在该时期也谋得一席之地，许多充满革命激情的诗人高举新的民主大旗，写下了不少慷慨激昂的爱国诗，代表诗人为菲利普·弗瑞诺（Philip Freneau，1752－1832)。除此之外，其他类型的文学体裁，如小说、戏剧等依然未能冲破欧洲文学的藩篱，尚处于起步阶段，但在创作思想上带有理性思想的印记，为日后美国民族文学的发展奠定了基础。

2.2　19 世纪浪漫主义文学思潮：释放情感，表达“新经历”

新大陆燃起一团希望之火唤起人们对未来的美好憧憬，独立战争之后，快速发展的经济和不断累积的财富使得希望之火蔓延到整个国家。19 世纪的美国人呈现出乐观积极、昂扬向上的精神面貌，但是残酷的现实又让他们不断感受着理

① 罗伯特·贝拉，等．美国透视——个人主义的困境．张来举，译．北京：社会科学文献出版社，1992：179.

想幻灭的失落与无奈。在理想与现实的激烈碰撞中，人们希望通过抒发个人情感缓解苦闷萎靡的情绪，通过对自我的强调和对自由的追求对抗清规戒律的束缚。加之欧洲文学思潮依然影射在美国社会的机体里，美国浪漫主义文学思潮应运而生。与欧洲的浪漫主义文学思潮不同，新大陆的全新经验为其打上了鲜明的美国烙印。西进运动的独特历史显现了边疆绮丽的风光与拓荒者的开拓进取精神，成就了美国浪漫主义文学独特的篇章，詹姆斯·库柏的《皮袜子故事集》(*The Leatherstocking Tales*, 1823-1841) 代表了西部边疆文学的突出成就，作品中散发着独特的浪漫主义气息。美国浪漫浪漫主义的独特性还在于它孕育了“超验主义”这一独具特色的支流。“超验主义”强调精神，或者“超灵”，认为它是宇宙万物存在之本；它肯定人的不可剥夺的价值，认为“人具有神性”①；而自然万物都是“神性的体现”，它具有上帝的精神和生命。爱默生（Ralph Waldo Emerson, 1803-1882）在这场声势浩大的文学思潮中勇立潮头，他的经典著作《论自然》(*Nature*, 1836) 成为“超验主义运动的宣言书”，《论美国学者》(*The American Scholar*, 1837) 和《神学院演讲集》(*Divinity School Address*, 1838) 被尊为“超验主义”哲学思想的典范，并形成爱默生“超验主义体系”的有机构成部分。自此，一大批作家，如亨利·戴维·梭罗（Henry David Thoreau, 1817-1862）等，面对物欲横流的资本主义社会现实，相继加入“超验主义”的阵营，由此带来了“美国文学的第一次大繁荣”。

2.3　19~20世纪现实主义文学思潮：回归生活，发出新声音

美国内战将浪漫主义时期憧憬的“美国梦”化为泡影，呈现在人们面前的是一个文明与野蛮同在、衰退与进步并行、贫穷与财富共存、绝望与希望共生的时代。现实主义文学家顺应时代潮流，摒弃有主观偏颇之嫌的浪漫主义，转向描绘客观的现实生活。他们以人道主义为思想武器，将社会的黑暗与肮脏曝光在公众的视野之中，以作家的责任感书写文明进程中人们真实的生存处境。威廉·迪安·豪威尔斯（William Dean Howells, 1837-1920）倾力描写中产阶级的社会现实，亨利·詹姆斯（Henry James, 1843-1916）聚焦心理现实，马克·吐温（Mark Twain, 1835-1910）以充满浓郁地方色彩的笔调描写底层劳动人民的真实处境。他们以自己的人生经历诠释了处于资本主义上升时期的美国人的人生理想和生存境遇，宣告美国作为独立国家民族意识和民族精神的形成。19世纪末期，新一代现实主义作家重塑文学观念，聚焦新的“真实”以及对美国社会的重新

① 拉尔夫·沃尔多·爱默生．论自然．北京：中国对外翻译出版公司，2010：37.

阐释，其独特的文学观察视角与创作意识使他们走向了自然主义。受到达尔文“物竞天择，适者生存”的进化论思想影响，自然主义作家所叙述的正是社会主体在社会进化过程中的抗争，在注定失败中堕落以及在悲剧性的结局中注定灭亡的故事。斯蒂芬·克莱恩（Stephen Crane，1871–1900）的《红色英勇勋章》（*The Red Badge of Courage*，1895），西奥多·德莱赛（Theodore Dreiser，1871–1945）的《嘉莉妹妹》（*Sister Carrie*，1900）、《美国悲剧》（*Tragic America*，1931）等作品中都渗透着自然主义强烈的悲观主义和宿命论的情调，展现了人类在各种欲望驱使下的本性，在假面具包裹下的无助和绝望。这种对人性和情感的深刻揭示，对心理与现实细致详尽的描绘，都为美国文学增添了绚丽的光彩。

2.4　20世纪现代主义文学思潮：回溯自我，梦想与迷惘

20世纪两次世界大战改变了世界格局，科技的迅猛发展使“精神”已经跟不上人对“物质”需求的步伐。人与人、人与自然、人与社会的关系进一步趋向对立，人的主体性丧失，精神陷入恐惧与迷茫，亟须新的价值体系进行精神救赎。美国现代主义文学家对现代人的异化深感忧虑，在超越传统理性的人本意识范围基础上，为现代人解答精神困惑。于是，海明威塑造了一个又一个“硬汉”，他们在现实和理想之间进行不屈不挠的斗争，在绝望中对传统价值观提出挑战，尽管他们很“迷惘”，但是总能在失败后找到重新站立起来的理由。福克纳（William Faulkner，1897–1962）笔下的人物诉说着现代文明与旧南方传统较量所招致的痛苦与悲剧，以及情感危机和失落感，在深层次上探究人类心灵的历史。尤金·奥尼尔（Eugene O'Neill，1888–1953）将古希腊悲剧演绎得惟妙惟肖，探究悲剧背后人的“命运”的曲折发展。T. S. 艾略特（Thomas Stearns Eliot，1888–1965）的《荒原》（*The Waste Land*，1922）描绘了一幅虚无荒谬的现代社会图景，30年代的约翰·斯坦贝克（John Steinbeck，1902–1968）用《愤怒的葡萄》（*The Grapes of Wrath*，1939）演绎现代人理性成长的历程，从分离走向团结，异彩纷呈，名家辈出的现代主义文学时期一方面孕育了具有鲜明美国文学特色的文学作品，另一方面也蕴含着作家对全人类命运与未来出路的深层理性思考。在多元流派并存的文学发展潮流中，美国现代主义文学奏出美妙的音符，为现代人的梦想与迷惘编制了一曲催人奋进的乐章。

2.5　20世纪后现代主义文学思潮：转向语言——破坏与重构

“玫瑰就是玫瑰就是玫瑰就是玫瑰。”[①] 看似荒诞好笑的诗句却点燃了美国后

① Gertrude Stein. *Geography and Plays*. Madison: University of Wisconsin Press, 1993: 187.

现代主义文学思潮的燎原之火，格特鲁德·斯泰因（Gertrude Stein，1874－1946）这位先锋派女作家大胆实验，挑战权威，颠覆传统，其独特的语言技巧、叙事结构、创作主题超越了现代主义的维度。受其影响，许多美国现代主义作家跨越现代主义和现实主义的藩篱，摆脱传统与现实环境对自我的束缚，果断地与二者决裂，转向以语言为中心的创作方法，高度关注语言的游戏与实验，追求创作方法的多元性与不确定性。同英国后现代主义文学思潮类似，这一时期的美国文学派别林立，如象征主义、表现主义、魔幻现实主义、超现实主义、达达主义、意象派、荒诞派、意识流、黑色幽默等。他们尽管创作原则各异，但是都立足于现有的文学理论与实践，传统的诗歌、小说、戏剧、散文等文学作品被解构，所谓的“终极价值”遭到遗弃，美国后现代主义作家破坏性地宣告了传统文化与艺术的死亡。但是反观美国后现代主义文学作品，尽管存在语言前后矛盾、人物形象模糊不清、性格支离破碎等问题，但这些作品是建立在对传统文学作品的批判与继承的基础之上的，而且当今的后现代主义文学思潮正朝着回归传统的趋势发展。从某种程度上讲，后现代主义文学在经历了对现代主义文学的继承、超越和背离后走向回归符合事物发展的一般规律，但不可否认的是，美国后现代主义文学思潮造就了一批千姿百态的作品，影响了世界各个角落的读者。

第三节　英美文学渊源共生，和谐共融

英美文学历经大浪淘沙似的考验，在世界文学的大花园中开出了一朵朵娇艳的花朵。无论是莎士比亚的悲剧、浪漫派的诗歌，还是培根的散文、现实主义的小说都将灵魂的种子洒在了读者心灵的土壤中，自觉或者不自觉地影响了他们的价值判断与趋向。回望英美文学的发展历程，不难发现，尽管两国分居大洋两岸，但是因其共通的语言、相似的文化孕育了彼此血脉相通的文学，在比肩同性的文学发展道路上相互借鉴、相互对话、取长补短，因而促进了各自不断创新、共同发展。

1．“共通的语言，近似的文化”

语言承载了一个民族起源、发展和文化的独特内涵，从语言本身出发，能够窥视英美文学的发展历程。文学与英语结合是很奇妙的事，“一方面，它最重视写的实在、朴素，用简单的本色方言；另一方面，它又创造大量新词、新结构、新语调，追求奇幻效果，把语言的表达力推到最远的一点。莎士比亚如此，狄更

斯如此，乔伊斯如此。”[①] 英语作为当今使用范围最广的语言，自然而然会把以英语为载体的英美文学作品的影响力推而广之。但是英语自身的发展也经历了漫长的历史过程，这个过程大致可以分为三个阶段：古英语时期（5-12 世纪）、中古英语时期（12-16 世纪）和现代英语时期（16 世纪以后）。在其历史演变中，每一个时期都伴随着外族文化的入侵，英语在慢慢地同化与抗拒中，形成了完整、独立、系统的，拥有强烈的文字魅力和艺术气息的语言体系，它不仅严谨，又富有内涵。借助于富有生命气息和活力的语言，英国文学实现了一次次蜕变，从《贝奥武甫》(*Beowulf*，公元 8 世纪）到《哈姆雷特》(*Hamlet*，1601)，作家将思想化作语言，将感情化作形象，栩栩如生地刻画了心中的“英雄”；从《简·爱》(*Jane Eyre*，1847）到《儿子与情人》(*Sons and Lovers*，1913)，从《傲慢与偏见》(*Pride and Prejudice*，1813）到《德伯家的苔丝》(*Tess of the D'Urbervilles*，1892)，“爱情”被作家写得或是欢快喜悦，或是凄美迷离。总之，读者透过作家用语言文字描绘的世界，谛听到思想，领悟到道理。而美式英语虽然和英式英语存在这样那样的差异，但同源同宗，只不过在新大陆的环境中吸纳了印第安人的土语。到今天为止，美式英语已经是成熟的、完整的语言混合体，这为美国文学的成长壮大提供了必要的条件。无论是马克·吐温的犀利风趣还是海明威的简洁朴素，抑或是阿尔比（Edward Albee，1928-　）的荒诞不羁都使美国文学更加丰富多彩。

如若英语成为拉近两国文学距离的纽带，那么近似的文化基因决定了二者殊途同归的发展道路。英美都隶属宗教型文化，其政治、经济、文化、法律和道德建设都深深植根于基督教的传统，文学的发展自然也不例外。历数英美文学的作家，无论他们处于哪个时代，也不管他们对宗教的正统思想持何种的怀疑与反抗，“上帝”的形象总是以某种合理的方式存在着，即便是标榜反传统的现代主义和后现代主义也未能摆脱基督教的影响。无论弥尔顿（John Milton，1608-1674)、狄更斯（Charles Dickens，1812-1870)，还是霍桑（Nathaniel Hawthorne，1804-1864)、奥尼尔（Eugene O'Neill，1888-1953）等英美文学作家，他们都在寻求“神灵”的道路上走到了一起。他们塑造高大伟岸的殉道者形象，歌颂博爱思想、探究宗教伦理、坚信信仰得永生的真理。宗教似一股暗流潜伏在作家创作的潜意识里，影响他们笔下人物的命运，而人道主义的传统则流淌在作家的血液中，激起他们悲天悯人的情怀或者义愤填膺的血泪控诉。人类从自我认

---

① 王佐良．英国文学史．北京：商务印书馆，1996：668.

知到反思，再到觉醒的过程始终将自己摆在中心位置，在与命运搏斗与抗争的战役中思索存在的意义和价值，渐渐认识到“爱与宽恕要战胜仇恨与暴力”，这正是人道主义最重要的命题。人道主义倡导的人文关怀使得文学家已经跨越国界，走向了关注全人类命运的道路上。从古典主义到浪漫主义、现实主义，再从现代主义到后现代主义，英美文学家沿着各自不同的轨道延续文学的生命，但最终又在各种文化因子的驱使下相聚在同一殿堂里，在彼此的互动认知中寻求真诚的对话。

2. “世界性与本土性，传统性与现代性的统一”

层出不穷的文艺思潮和文学流派已经打破了民族文学的界限，多元化、多层次的地区文学也已汇入世界文学的轨道，形成全球化语境下的世界文学。从1827年歌德提出“世界文学”的概念至今，对“本土性”与“世界性”及“传统性”与“现代性”的二元命题的争论从未休止，进入近代，甚至有愈演愈烈之势。英美文学置身这股浪潮的漩涡中，经历着西方中心主义解体和东方文学崛起的挑战，感受着走向世界与恪守传统以及现代性与民族性的持久错位与矛盾中。

“恪守传统，立足乡土”的理念一直伴随着英美民族文学的成长，这些具有地方色彩的作家循着历史的记忆，构建起传统韵味十足的理想世界。哈代（Thomas Hardy，1840-1928）笔下的威塞克斯（Wessex）、福克纳的约克纳帕塔法（Yoknapatawpha）、劳伦斯的诺丁汉郡（Nottinghamshire）、舍伍德（Sherwood Anderson，1876-1941）的温斯堡（Winesburg）都是地区历史变迁和民族历史的活化石。但是，正如鲁迅先生在《且介亭杂文集》中说“只有民族的，才是世界的”。这些承载了厚重历史感和乡土感的地方作家不仅传神地表达了一个地区或者民族的文化，还书写了人类性和普遍人性的世界情怀，因此不同时代的读者往往从他们的文学作品中寻到“世界性”的普世价值观。人类进入20世纪以来，全球化的多元格局使得原本被主流文学淹没的少数族裔文学异军突起，凭借异质书写的独特性为自己谋得一席之地。非裔、亚裔、拉丁美裔等族裔作家在两种文化夹击的矛盾中，以期为自己的同胞寻到文化身份的认同。民族文化的传统里蕴含着他们索求的“文学之根”，主流文学的框架里有着他们获得认可的“外衣”，他们依托“传统”与“现代”两块盾牌彰显自身的实力。而“寻根”在某种程度上是民族情绪的一种外化，它表明完全地照搬西方主流文化或者一味地恪守本土文化都不能使自己存在得更久，唯有将本土与西化、民族与现代相结合的作品方能获得“世界性”的意义。托尼·莫里森（Toni Morrison，1931-　）、艾丽斯·沃克（Alice Walker，1944-　）等作家借助本土性的表述规避政治文化上的风险，作品获得了“走向世界”的合法性。

对本土文化的膜拜必然与现代文明的变化产生矛盾，这就牵涉到“传统性”与“现代性”的关系。而“传统性”与“现代性”的关系是当今世界各种文学和文化都无法回避的一个问题：“传统性”是指文化中那些能使人发现这个民族独特特性的、与其过去血脉相连的方面，涉及民族独特的哲学、宗教、语言、民情风俗、审美惯例和神话等；“现代性”是指文化中那些能被归属于“现代化”进程的种种因素，这一进程在西方首先发轫，而今扩散到全球各民族的文化中，同普遍化、一体化或标准化等紧密相连。[①]

英国有文字记载的历史从公元5世纪日耳曼人的入侵发端，延续至今已经累积了悠久的文化传统，英国文学家沿着历史的脉络，在继承前人传统的基础上推陈出新，创造英国文学的辉煌。中世纪的神话传说、莎士比亚的悲剧、弥尔顿的史诗、雪莱的浪漫主义、狄更斯的批判现实主义仍然是现当代作家取之不尽、用之不竭的创作源泉，或者说“根基”。植根于优秀的文化传统，现当代作家用“现代性”激活“传统性”，于是才有了新奇的故事，不同形式的文学表达。与源远流长的英国文学传统相比，美国仅有的200多年历史就显得相形见绌了，但是因其没有欧洲封建国家的历史性包袱，反而在发展中能够后来居上，脱颖而出。其中“现代性”起到了举足轻重的作用。美国急速发展的现代文明孕育了纷繁复杂的新事物，如高楼大厦、汽车火车、航天飞机等。这些具有现代特征的东西改变着传统文明的行进方式，淘汰那些陈旧腐朽的落后文明。可以说，现代性作家在改变传统的同时重塑了文学形象，赋予其第二次生命的延续。当然，“传统性”与“现代性”的固有矛盾也使得英美文学作家在创作中陷入迷茫困惑，如何处理二者的关系，使之相互协调、相互融合成为他们不得不面对的问题。纵观整个英美文学发展历程，每一股文学思潮的兴起都伴随着对传统的批判、继承与超越，更融合了现代化的成果，也正是沿着这条继承与批判的道路，英美文学才成长为世界文学中枝繁叶茂的常青树。

---

① 王一川．传统性与现代性的危机——“寻根文学”中的中国神话形象阐释．文学评论，1995(04)：97.

思考题

1. 如何理解“文学是审美的人学”这一命题？

2. 英美文学相继更替的文学思潮如何推陈出新，获得持久的生命力？

3. 英美文学在多元格局的当下时代如何既获得“世界性”视野，又不失本土特色，既继承传统，又除旧革新？

第二讲
英国中世纪时期的文学

公元 1066 年，法国北部的诺曼公爵威廉（Duke William, the Conqueror, 1066－1087 在位）率军越过英吉利海峡，在多佛附近的黑斯丁斯大败盎格鲁-撒克逊国王哈罗德二世（Harold Ⅱ，1066 在位），自立为王。紧接着，威廉公爵统一英伦三岛，成为最高统治者。威廉公爵即英国国王威廉一世。这个事件被称作“诺曼征服”（Norman Conquest, 1066）。诺曼征服标志着英国封建社会的开始，旧的生产关系开始被新兴的封建生产关系取代。自此，英国的中世纪时期拉开了序幕。

英国的中世纪文学是承前启后的一个重要阶段。来自欧洲大陆的统治者打开了英国对外交往的大门，欧洲的先进文化丰富了英国文学的种类和内容；封建制度的确立带来了社会秩序的改变，也在客观上促进了骑士文学走向鼎盛；封建制度的不合理造成了下层人民与赖以生存的土地相分离，迫使部分下层劳动人民放弃自己的土地涌向城市，成为小商人和手工业者，客观上又壮大了文学作品创作者群体和读者群体；浓厚的宗教思想促成了说教性诗歌的发展和戏剧表演的出现，并为这两种文学形式走向成熟奠定了基础。此外，具有学习精神和开拓精神的文学家，如乔叟、郎兰德的出现，为英国文坛带来了新气象。英国文学正在准备走向新的阶段。

第一节　中世纪英国的社会历史制度与文学发展

1. 中世纪社会概况

在诺曼征服之后，威廉一世以及以后的国王成为封建主的代表。他们把土地赐给显贵和追随者，而受到分封的封建主再次把土地分为大小不等的庄园。国王则成为最高统治者，拥有至高无上的权利；大多数的下层劳动人民则沦为农奴，终日为封建主劳动，只拥有很少的生产和生活资料。各级封建主为了巩固自身的地位，维系封建等级制度，压榨剥削下层劳动人民，纷纷建立了自己的武装。为了争权夺利，这些封建主之间也时有战斗发生。封建主拥有武装导致社会动荡，而带来的苦难都是由下层人民承担。不过，这些武装的出现，客观上丰富了当时比较流行的骑士文学。“……‘骑士制度’便是封建时代的一种特殊制度，那么，代表‘骑士制度’的传奇文学便是中古时代封建思想所形成的特殊的文学。”① 浪漫骑士传奇故事层出不穷，为中世纪文学的发展打下了基础。下层劳动人民苦难的另一个源头来自于当时的天主教会。在罗马天主教庭的支持下，英国的教会拥有全国近三分之一的土地和大量的农奴，各级神职人员利用手中特权压榨下层劳动人民。非但如此，他们还拥有自己的宗教审判场所，在意识形态领域具有绝对的权威，只要下层人民提出异议，或者稍有反抗，教会便以宗教的幌子进行镇压。英国的天主教会利用自身的特殊地位攫取了大量的物质财富，成为当时英国社会第二位的剥削者。

由于受到封建主和教会的残酷剥削和压迫，又要负担沉重的徭役和租税，大量的农奴在不堪忍受的情况下纷纷出逃，甚至组织起来与封建主和教会展开形式各样的斗争。1337 爆发的英法百年战争（Hundred Years' War, 1337–1453）② 由于开支浩大，由国王代表的封建主强迫底层的农民缴纳更多额外的税负，从而加

---

① 金东雷．英国文学史纲．长春：吉林出版集团有限公司，2009：20.

② 百年战争：是指英国和法国，以及后来加入的勃艮第，发生于 1337 年到 1453 年间，是世界最长的战争，断断续续进行了长达 116 年，百年战争中，发展出不少新战术和武器。战争胜利使法国完成民族统一，为日后在欧洲大陆扩张打下基础；英格兰几乎丧失所有的法国领地，但也使英格兰的民族主义兴起。

剧了下层人民的苦难，使他们的生活状况进一步恶化。1394~1350 年的黑死病（Black Death）袭击了整个英国，造成大约一半的英国人口死亡。农奴数量急剧减少导致劳动成果的骤减，而封建主却要求农奴继续承受和原来相当或更多的税负和徭役，这种状况进一步加深了下层人民和统治者之间的矛盾。所有这些导致了 14 世纪后半叶此起彼伏的农民起义。下层劳动人民意识的觉醒为这个阶段文学的发展进行了必要的准备。

英国的统治者来自欧洲大陆，必然要求英国和欧洲大陆增加交往，因此，英国逐步加强了和欧洲各国之间的外交和贸易关系。“诺曼人征服英国之后打破了英国原来闭关自守的孤岛局面，使英国与欧洲大陆的外交和贸易关系得以建立起来。”① 外交关系的加强，可以开阔英国人的视野，丰富英国人的生活体验，也可以促进英国向外学习和借鉴先进的文化；在新兴的城镇里，商业和手工业有了迅速发展，很多以耕种为主的农民来到城市从事商业和手工业，资本主义的萌芽初显端倪。资本主义的发展促使城市自由民数量的增长，城市自由民比起农民有更多的时间，客观上为文学走向兴盛提供了大量的创作者和阅读者。

在诺曼征服之后的三百年中，法国文化以及法国习俗被大量地传到英国。更为重要的是，法国中世纪文学、意大利文学以及欧洲其他各国的先进文化也陆续被介绍到英国。② 从语言上讲，这个时期的英国语言出现了“三足鼎立”的有趣局面：诺曼贵族来自法国，因此官方语言是法语，因为“诺曼征服意味着英格兰必须接受一种来自大陆的新文化和语言”③；学者和教会神职人员使用拉丁语；而广大的英国下层劳动人民依然在使用英语。1485 年，威廉·卡克斯顿（William Caxton，1421-1491）把中国的活字印刷术引入英国。这一历史性事件促进了文化的广泛传播和语言的规范使用，极大地改变了当时的英国文化。同年，马洛礼（Sir Thomas Malory，？-1471）《亚瑟王之死》（*The Death of Arther*，1469）的印刷出版是英国文化史上的标志性事件。也在同一年，亨利七世（Henry VII，1457-1059）继位开创了都铎王朝，乱象纷争的封建社会宣告结束。不久，起源于意大利的文艺复兴运动横扫欧洲大陆之后，随即传入了英国，自此英国文学进入了文艺复兴时期。

---

① 候维瑞．英国文学通史．上海：上海外语教育出版社，1999：16.

② 候维瑞．英国文学通史．上海：上海外语教育出版社，1999：16.

③ 钱乘旦，许洁明．英国通史．上海：上海社会科学院出版社，2002：100.

2. 中世纪英国文学的发展

中世纪英国的文学作品种类繁多，其中不但有与“正统”的宗教题材相关的文学作品，如圣徒传记、《圣经》故事的意译、关于7项原罪和肉与灵的论述等，还有“非正统”但广受欢迎的世俗故事，如讽刺文、浪漫骑士传奇故事、亚瑟王传奇等。在前一类中，代表作有罗伯特·曼宁（Robert Mannying，约1264-1340）的《论赎罪》（*Handying Synne*，约1303-1338）和理查德·罗尔（Richard Rolle，约1290-1394）的《良心的责备》（*The Pricke of Conscience*，1340）等。这类宗教作品主要“表达一种教诲劝善的目的，宣扬禁欲主义和抛弃尘世向往天堂的思想”。[①] 然而，真正能准确反映社会面貌并广受欢迎的是非宗教性但具有较强说教性的作品，其中包括诗歌、戏剧及浪漫传奇等作品。

这一时期的作品既幽默又不乏教育意义，乔叟的《坎特伯雷故事集》能够很好体现这个时期的写作风格：“包括乔叟（虽然他的文字活泼、娱乐性强）在内的大多数作家，在创作时都有不同程度的说教目的。诚然，他们并不是不苟言笑地一本正经，因为就连郎兰德这样的作家偶尔也有让人发笑的时候。”[②] 作家都会受到所处时代的影响，乔叟也不例外，在欣赏他的作品时，读者能够领略到别出心裁的措辞和机智诙谐的语言，同时，也能够感受到浓厚的说教意味。如G. 基特里奇（George L. Kitteredge，1860-1941）所说：“《坎特伯雷故事集》（*Canterbury Tales*，1387-1400）中每个单篇故事不是以乔叟自己的语气写出来的，每个故事讲述者都有特殊性的喜剧表达。”[③] 此外，中世纪很多作家已经开始注重社会和作品的结合。在很多的作品中，作家一方面反映社会现实，一方面加入自己对社会的直接评价。他们强烈抵触社会的腐败现象，殷切期望去除社会的腐败气息。这样的作家有约翰·威克利夫（John Wycliff，1320-1384）和郎兰德等，他们渴望用自己的作品促进社会的改变。这些作家的作品也为后来的宗教改革埋下了伏笔。

2.1 浪漫传奇

运用叙事诗或散文诗来歌颂骑士历险或者其他英雄事迹的浪漫传奇文学，是中世纪时期最受欢迎的文学形式。在12世纪和13世纪的时候，亚瑟王传奇风行

---

① 候维瑞．英国文学通史．上海：上海外语教育出版社，1999：21.

② 常耀信．英国文学通史．天津：南开大学出版社，2010：089.

③ George L. Kitteredge. *Chaucer and His Poetry*. Cambridge：Harvard University Press，1970：155.

整个欧洲大陆，当时的很多传奇文学都是围绕这样一个英雄人物及其圆桌骑士展开。在所有用英语写成的传奇故事中，最著名的是《高文爵士与绿衣骑士》(*Sir Gawain and the Green Knight*, 1360-1370，作者不详)。浪漫传奇采用了颇具特色的中世纪冒险主题，讲述骑士与邪恶巨人的遭遇或者邂逅美丽爱人的故事。主人公通常是骑士，他们出门冒险，完成某些使命，例如保护教会或自己的主人、袭击凶恶的敌人、拯救少女等。在浪漫传奇中，读者经常可以看到一些不可能的，有时甚至是超自然的事物，如神秘和幻想。爱情是浪漫传奇故事中至关重要的主题，这类作品在当时受到了各个层次读者的欢迎。一方面，这类作品迎合了封建主的喜好：他们需要这样的故事美化自己，为自己拥有私人武装找到托词；另一方面，浪漫传奇的冒险和悬疑情节会让几乎所有读者产生兴趣，增加了故事传播的可能性；更为重要的是，浪漫爱情是人类亘古不变的追求，是人性和人文的重要体现。但囿于当时创作技法，人物都是模式化的，所以男主人公、女主人公和邪恶的敌人会被从一个浪漫传奇刻板地移植到另一个浪漫传奇。即便如此，浪漫传奇本身也具有重要的人文意义：它被用来表现中世纪贵族男女对理性化生活和人性的观点。

2.2　诗歌

在中世纪的文学中，存在一种相对高雅的文学类别，即抒情诗歌。中世纪的抒情诗歌大概有两种形式：说教性强的宗教诗作和民谣。[①] 前者是出于宗教目的而创造的，这类诗歌有浓厚的宗教说教性质。由于当时社会环境的原因，具有说教作用的宗教诗歌得到了很好的保存，这很大程度上得益于宗教在当时的社会地位：一方面，宗教集会上神职人员的布道等活动可以被一般观众视作娱乐活动，而神职人员乐于用这样鲜活的形式进行说教；另一方面，当时宗教氛围比较浓厚，从王公贵族到普通百姓几乎都是虔诚的宗教信徒，他们既愿意传诵别人创作的宗教诗歌，又把创作宗教诗歌看作对上帝的最大忠诚。尽管此类诗歌紧扣说教主题，这些诗歌也含有具有抒情成分的诗行和诗节，包含很明显的抒情特征。比如，诗歌《珍珠》(*The Pearl*, 约 1370) 是一首典型的宗教诗歌，罗素 (Stephen J. Russell) 认为“它 (*The Pearl*) 是一部彻头彻尾为传播基督教正统教义而呼号的严肃的神学作品。”[②] 当读者阅读这首诗歌的时候，会发现自然感情也会在

---

① 常耀信．英国文学通史 (Vol. 1)．天津：南开大学出版社，2010：091.

② Stephen J. Russell. *The English Dream Vision*: *Anatomy of a Form*. Columbus: Ohio State University Press, 1998: 160.

适当的时候跃然纸上。这些自然感情的流露为诗歌走向成熟奠定了一定的基础。

那个时期民众接受的教育有限，加上“地区间存在着语言差异，英语、法语和拉丁语之间持续竞争，这都导致了读写能力严格受限，识字率相对较低”①，一般民众普遍没有较高的文化素养。因此，对那个时期的一般读者来说，诗歌绝对算得上是“阳春白雪”。由于韵律、音部等诗歌的常用手法尚未成熟，读者对此也知之甚少，更谈不上深入了解，因此，诗歌的存在环境异常恶劣。然而，这个时期有一种较为流行的诗歌形式：民谣。民谣结合了音乐和诗歌两种形式，加上游吟诗人的传播，在当时非常流行。此类诗歌的例子有《布谷鸟之歌》(*Cuckoo Song*，约1300) 和《爱丽森》(*Alison*，约1300)。这两首抒情诗在歌颂自然之美和爱情的诗作当中显得特别优美。由于其“非正统”的地位，民谣没有得到很好的保存，我们现在仅能欣赏到300余首左右的中世纪民谣。

2.3 戏剧

戏剧表演的增多是这个时期文学发展的新动向。戏剧最初由罗马人从欧洲大陆介绍到英国，并在英国各地陆续建立了原始的剧场。由于宗教思想对社会影响巨大，早期间的戏剧表演也和宗教说教密不可分，舞台上表演的基本都是具有宗教意义的各种仪式和一般的宗教活动。“男人穿上长袍，女人捧着圣油，中间有动作有对话，再现教徒们在教堂里表演‘耶稣复活’的情景。剧里有墓地、香火、天使、象征性的耶稣复活、赞美歌声以及钟声等，形象地表现出《圣经》的这个题材”。② 由于这种舞台剧的严肃性和当时浓厚的宗教氛围，所有的参演人员，无论是神职人员还是一般的群众都表现出了高度的热情，从而促使这种所谓的“戏剧”开始朝真正意义上的戏剧表演靠近。除此之外，每逢宗教节日到来之际，广大的信众就会自发举行集会，在集会上表演《圣经》故事；人们也会在闲暇时间，进行简单的化妆之后表演民间故事，如贝奥武甫斩龙等故事片段。由于深受观众的欢迎，这些戏剧表演呈现出强大的生命力，它们预示着一个新的文学门类——戏剧在走向成熟。

这个时期的作品有两个明显的特征：作品冗长并包含低级趣味的内容。现代读者会觉得那个时期的作品太长，以至于超出了读者的阅读极限。在很多作家的作品中，叙述并非直截了当，而是拖泥带水。在叙述主要情节的同时，作家东拉西扯，加入了许多与情节关联不大，甚至没有什么关联的描写。为了弄清原因，

① K. Levine. *The Social Context of Literacy*. London: Routledge & Kegan Paul, 1986: 69.

② 常耀信. 英国文学通史 (Vol. 1). 天津：南开大学出版社，2010：093.

我们不妨去设身处地想象那个时候的生活。那个时期几乎没什么娱乐活动可言，如果能有机会听到游吟诗人歌唱有趣的故事，或者有机会欣赏一段现在看来非常无聊荒唐的骑士冒险故事，都是难得的享受。读者不会挑剔构思是否精巧、行文是否流畅、言语是否优美。另外一个“特色”是包含低级趣味的内容。一方面，作者借助这些“粗俗”的材料，吸引审美水平不高的读者关注作品；另一方面，作者在高雅的说教故事中加入这些内容，是通过添加“戏谑”要素，嘲弄所谓正统的说教故事。“它们（低级趣味的内容）无疑是作家对某些高调作品的反动，有意嘲笑说教作品，甚至浪漫传奇作品里所表达的崇高理想。”① 根据有些学者分析，那个时期很多作品里的低级趣味成分基本都是作者有意为之。

3. 中世纪文学的特点

寓言在中世纪文学中占有很大比重。“这个时期不少作品都有一个突出的共同点，那就是运用语言讲故事。例如当时闻名的乔叟、郎兰德和‘珍珠诗人’无一不是运用寓言讲故事的高手。”② 实际上，当时出现的大多数文学作品都是以寓言形式写成的，其中包括《亚瑟王之死》等作品。作家对这些寓言故事中想要表达的内容进行了很好的处理。比如，把抽象的概念如美、丑、善、恶、贪婪、无私、真理、谬误等，变成人物的名字，从而达到具体化的效果，然后通过情节的变化，如善良最终战胜邪恶等，使作者想要表达的思想一目了然。寓言故事涉及主题多种多样，包括生死、灵魂救赎、社会道德、宗教故事和个人举止都可以成为寓言故事描写的内容。这些素材可以是真实的，也可以是传说的，但不管怎样，人格化和具体化无疑是寓言故事最成功的处理方法。

创作想象力的空间提升，也是这个时期值得注意的文学现象。在中世纪初期，由于宗教等因素对人思想的禁锢，人们听天由命，任人摆布，把社会的不平等和对自己的压迫视为理所当然，文学作品中未能体现出应有的丰富想象力。文学作品的创作无非就是把一个故事的情节简单地移植到另外一个故事里，或者仅仅就是重复宗教故事。随着社会的发展，人们的教育程度和意识觉悟都在一定程度上得到提升，从而逐渐摆脱蒙昧的状态并有了理性的思维。人们开始思考社会制度的平等问题，开始有意识地反抗自己遭受的不合理的压迫，并开始审视自己的生活状态。不仅如此，不堪忍受剥削的很多下层劳动者来到城市变成了小商人

① 常耀信．英国文学通史（Vol. 1）．天津：南开大学出版社，2010：91.

② 常耀信．英国文学通史（Vol. 1）．天津：南开大学出版社，2010：95.

和手工业者。相对于田间劳作，他们有更多的自由和更为丰富的阅历，这也促进了中世纪时期文学思维的开化。一旦创作者的思维空间开始发散，思想的火花就会为文学的蓬勃发展点燃希望之火。

中世纪后期的作家，包括乔叟在内，在创作过程中逐渐加入了自己独特的构思，写作方法也逐渐“个性化”。在乔叟看似正统的著作中，读者会诧异地发现很多离经叛道的语言和故事片段。在当时的社会背景下，这些“骇人听闻”的做法是不可饶恕的，其实这只是乔叟叙事构思的一个方法，比如，在《坎特伯雷故事集》中的《磨坊主的故事》(*The Miller' Tale*) 便是很好的例子，他在讲述高雅故事的同时，加入有伤风化的言语，这简直可以被当作公然蔑视正统的恶劣典型。然而，无论乔叟如何幽默，如何具有开拓性眼光，毕竟他生活在那样的环境中，摆脱不掉环境的影响。因此，有学者认为，“乔叟虽然目光有些超前，性情也具有现代气息的幽默，但是他也会在引人发笑之后，不忘折回到上帝的‘羊圈’里来。”① 考量到文学的社会功能，乔叟的作品也会反映那个时代的精神，具有那个时期特有的说教意味。然而，这些作家的人文意识为文艺复兴时期文学的发展做好了充分的准备。

第二节　中世纪英国文学的重要作家和作品

中世纪是英国文学发展的第一个顶峰时期。在这个时期，各种文学题材以诗歌、小说、戏剧等不同的文学类型出现在读者面前，各类文学作品也逐渐由借鉴国外作品到“英国化”，完全植根于英国的土壤，反映英国社会的风貌，表现了当时人们的精神面貌。这一时期也见证了一些伟大作家的出现，他们将英国文学带向成熟发展的轨道。

1. 诗歌

杰弗里·乔叟 (Geoffrey Chaucer，约 1343-1400)

从诗歌发展的角度来说，中世纪的英国文学是“乔叟的时代”。杰弗里·乔叟 (Geoffrey Chaucer，约 1343-1400) 是英国文学史上第一位杰出的诗人，他对英国诗歌发展作出了巨大的贡献。在这个时期，没有哪个诗人取得的成就可以和乔叟相提并论。乔叟积极把外国诗歌引入英国，并在此基础上巧妙地对外国诗歌

① 常耀信. 英国文学通史 (Vol. 1). 天津：南开大学出版社，2010：96.

进行“改头换面”，使之成为英国人喜爱的文学形式；他的作品既正统又有趣，受到各个阶层的追捧和赞扬，因此，乔叟被称作“英国诗歌之父”。如果研究中世纪的诗歌，乔叟理所应当成为第一个研究对象。

一般认为，乔叟的生平可以分为三个时期：三十岁以前为第一个时期；三十岁至四十五岁为第二个时期；四十五岁以后为第三个时期。

第一个时期是乔叟从青少年到三十岁之前的一段时间。乔叟出生在一个相对富裕的伦敦商人家庭。他的父亲是一个酒商，并参与管理当时皇室的家务，因而乔叟后来获得了在皇宫内工作的机会。在乔叟童年和少年时期，乔叟比较痴迷法国文学作品，因此他如饥似渴地汲取着文学知识，并对法国的文学风格有了比较深入的了解。这个时期的文学积淀为乔叟以后在文学领域的杰出贡献奠定了基础。乔叟在大约 17 岁的时候，当上了伊丽莎白公主的侍童，并在后来迎娶了皇后宠爱的宫女，先后服务过三个皇帝。在英法百年战争的一次战斗中，乔叟被法国俘虏，英国国王爱德华三世（Edward Ⅲ，1312–1377）用巨款将他赎回。由此可见，乔叟和英国王室的关系非同一般。

第二个时期大约从 1370 年开始，主要涉及乔叟任职经历。在此期间，乔叟作为外交官员，很多时间都是在国外度过的；国外的经历进一步开阔了乔叟的眼界，丰富了乔叟的阅历，也提升了乔叟在文学方面的造诣。在乔叟因公职所游历的国家中，意大利对乔叟产生的影响最大，因为乔叟醉心于意大利诗歌，他的成就也与意大利的三位诗人密不可分，他们分别是但丁（Dante，1625–1321）、彼特拉克（Petrarch，1304–1375）及薄伽丘（Boccaccio，1313–1375）。乔叟曾经称但丁为“佛罗伦萨最贤明的诗人”，彼特拉克为“大师彼特拉克”，并且在自己的作品中直接提到过上述两位文学大师。虽然乔叟没有在作品中提到过薄伽丘，但他的作品里有很多材料都借鉴于薄伽丘。在大量阅读并深谙于心之后，乔叟开始模仿，并逐渐以英语为载体对意大利诗歌进行“英国化”改造。事实证明，乔叟这种有意无意的尝试对英国诗歌发展的影响至关重要。

第三个时期是乔叟生命中最为跌宕起伏的时期，也是乔叟文学上最为成功的时期。在该时期，乔叟“在宦海里沉浮不定，生活没有以前那样的安定了，时而贫贱，时而发财，有时失败，有时忽又交好运。”[①] 然而，这个时期是乔叟的文学创作走向成熟并大量涌现的时期，是一个丰收时期。在这个时期，乔叟创作了很多不朽的作品，其中有《公爵夫人颂》(*The Book of Duchess*，1369)、《百鸟

① 金东雷．英国文学史纲．长春：吉林出版集团有限公司，2009：33.

议会》(*The Parliament of Fowls*, 1377)、《坎特伯雷故事集》(*Canterbury Tales*, 1387-1400)、《特洛伊拉斯与克瑞斯德》(*Troilus and Criseyde*, 1372-1384) 等。正是因为在文学上作出的巨大贡献，乔叟死后被安葬在威斯特敏斯教堂 (Westminster Abby)。

乔叟的作品与该时期其他作家的作品有很大的不同。郎兰德的作品突出教化功能，属于正统的作品，然而由于太注重说教，可读性差强人意；高尔也注重说教，不过他走了另一个极端：为了吸引读者，他刻意讲解低俗的故事，但由于没有把握好分寸，导致其作品看起来过于庸俗。乔叟则不然，他的作品基本都是为说教创作，但是由于其语言生动、幽默，可读性强，又加上他对趣味性的分寸把握较好，没有走向郎兰德或者高尔那样的极端，且遣词造句比较讲究，因而不失高雅。除此之外，乔叟本人也具有很高的天赋，并善于学习，他“才华横溢、思想敏锐，善旁征博引，而且做事不辞劳苦”。[①] 这一切都使得乔叟成为后世膜拜的文学巨匠，他也被后人称为“英国诗歌之父”。

《坎特伯雷故事集》(Canterbury Tales, 1387-1400)

在乔叟所有的作品中，《坎特伯雷故事集》是最著名的作品。按照乔叟的计划，这部作品将非常宏伟：共有 30 名朝圣者，每个朝圣者需要在朝圣往返的路上讲 4 个故事，全部会有 120 个故事。而实际上，全书仅包括了 20 个完整故事和 4 个故事片段，但这样的篇幅已经称得上是“鸿篇巨制”。30 个朝圣者（包括充当裁判的旅店老板）计划前往坎特伯雷大教堂，对在自己教堂内殉道的托马斯·贝克特（Saint Thomas à Becket, 1118? -1170）表示敬意。为了打发旅途上无聊的时光，大家约定每人需要讲 4 个故事，并且由饭店老板判定故事是否有趣。《坎特伯雷故事集》中的 30 个人物中有骑士、神职人员、饭店老板、磨坊主等，他们年龄有大有小、背景各异，可以代表当时整个社会的各个阶层，他们的故事也可以反映出各个阶层的生活状况。因此，《坎特伯雷故事集》可以说是 14 世纪英国社会风貌的缩影。

2. 小说

骑士传奇

中世纪文学种类繁多，但是最能反映当时社会生活面貌又最受欢迎的作品有两类：说教性作品和骑士浪漫传奇。其中，骑士浪漫传奇因拥有广泛的读者而受

① 常耀信. 英国文学通史 (Vol. 1). 天津：天津大学出版社，2010：113.

人瞩目。从表面上看，骑士文学和当时的社会制度密不可分：封建主为了巩固或者争夺地位拥有私人武装，产生了骑士制度，因而促使了骑士传奇的传播。其实，如果人们深入了解，骑士文学更主要是各种相关传说与当时的骑士制度结合的产物。很多的骑士传奇并非描述当时骑士的英雄事迹，而是对骑士传说故事的再次更新与重构。此类传奇描述古代的英雄贵族经历的冒险和恋爱故事，一般都会加入诸如降服猛兽、打败怪物等离奇的情节。骑士传奇离不开一个主要的人物：亚瑟王（King Arthur），大多数骑士传奇都是围绕亚瑟王及其圆桌骑士展开的。因而，如果读者想了解骑士传奇，最好从亚瑟王传奇开始。在各种与亚瑟王相关的骑士传奇故事中，有杰弗里（Geoffrey of Monmouth，约 1100-1154）撰写的《不列颠王史记》（*Historia Regum Britanniae* or *The History of the Kings of Britain*，约 1136）、韦斯（Wace of Jersey，1100？-1174？）的《不列颠人的故事》（*Le Roman de Brut*）、莱亚曼（Layamon，约 1200-？）的长诗《不列颠人》和《布鲁特斯》（*Brut*）等。

“《不列颠王史》是英国文学史上第一部认真描写亚瑟王及其骑士的著作，他是亚瑟王传奇故事的‘摇篮’”。[①] 在骑士传奇故事传播的过程中，《不列颠王史》功不可没。虽然后世有很多骑士传奇作品出现，但是素材大多都是来自该书，是在该书基础上进行的扩展和修改，其基本面貌未有根本改变。因而，从这个角度上来说，杰弗里对骑士文学发展的功绩不可忽视。杰弗里创作该书的时候，颇费心思。在创作开始阶段，他声称自己得到了一本关于亚瑟王传说的古书，并要将此书译成拉丁文。基于对历史真实性的信任，民众普遍对该书的故事坚信不疑，这也成为该书广泛流传的重要原因。其实，这不过是杰弗里的一个噱头，他假借历史，让该书的存在具有合情合理解释，以博得广泛的关注。为了写作，杰弗里收集大量的民间传说，广泛地阅读相关的文史资料，并在此基础上发挥自己的想象力，对原来的材料进行扩展，把原本没有文学性的材料变成引人入胜的文学作品。杰弗里的《不列颠王史》主要讲述了不列颠人的历史。它从特洛伊人伊尼亚斯的后裔布鲁特斯占领不列颠岛开始说起，直至 7 世纪威尔士王凯达瓦尔达去世为止。书中也讲述了罗马凯撒大帝入侵英国以及亚瑟王的故事，讲述了亚瑟王的功过沉浮，也说起亚瑟王的父亲——征服者阿瑟尔以及魔术师梅林的故事。[②]

---

① 常耀信. 英国文学通史（Vol. 1）. 天津：天津大学出版社，2010：101.

② 常耀信. 英国文学通史（Vol. 1）. 天津：天津大学出版社，2010：101.

杰弗里的《不列颠王史》经过了后人的改编形成了不同的故事。而在亚瑟王的基础上，发展形成了以骑士为主人公的浪漫传奇（Romance）。“所谓浪漫传奇文学是泛指描写离开实际生活较远的冒险人物或冒险行动的文学作品。”① 骑士们根据主人的指令，到远方去执行各种任务，要么去开展营救行动，对象可能是主人的一个亲人，可能是某个重要的人物，也可能是一个漂亮的女子，要么为保护教堂和领地而与敌人展开不屈的斗争等。在这类作品中，比较著名的有《罗兰之死》（*The Song of Roland*，?）、《高文爵士和绿衣骑士》（*Sir Gawain and the Green Knight*，1360-1370）等。

《罗兰之死》起源于法国，后来传到英国。故事的主人公罗兰忠心耿耿地追随着查理曼大帝（Emperor Charlemagne，741-814）。查理曼大帝是8世纪著名的法国君主，是伟大的军事家和立法者。公元777年，在查理曼大帝与西班牙王阿拉-拉赫曼战斗的过程中，军队面临拉赫曼以及巴斯克叛军的双面夹击。查理曼大帝被迫留下数千将士殿后，自己率军北撤。罗兰就是负责殿后的武士之一，他英勇地与敌军展开战斗，最后壮烈牺牲。虽然这段故事与史实有一定的出入，但从文学上来说，《罗兰之死》具有民族史诗的地位。它不但受到了法国人的广泛关注和喜爱，而且也在其他地方传播。在11世纪传入英国之后，《罗兰之死》成为英国人最为脍炙人口的浪漫传奇之一。

3. 戏剧

中世纪的英国戏剧可以被认为是大众戏剧（Folk Plays），这种戏剧是民众根据诗歌改编而成，演绎特定人物的某个事迹，“它很似我国乡村中所演的‘草台戏’”。② 从内容上讲，中世纪的英国戏剧来源于两个渠道：民间渠道和宗教渠道。“中世纪戏剧的来源，不仅是起于民众画的通俗剧里，另一方面，还胚胎于教堂里使用的各种戏剧。”③ 需要指出，中世纪的戏剧无论从形式还是从内容都比较简单，有时候只是营造出一种类似的氛围，演员不需要有很多的台词。

民间渠道的戏剧形式多样，民众根据“耶稣复活”这样的情节，把这段圣经故事改编之后搬上舞台；民众可以在特定的节日，把故事或者传说改编之后变成原始的戏剧。除此之外，每逢重大节日来临之际，英国乡下的“异教徒”会

---

① 常耀信．英国文学通史（Vol. 1）．天津：天津大学出版社，2010：105.

② 金东雷．英国文学史纲．吉林：吉林出版集团有限公司，2009：58.

③ 金东雷．英国文学史纲．吉林：吉林出版集团有限公司，2009：59.

在传统节点到来的时候，排演相关的祭祀戏剧。戏剧中的主人公一般是个丑角，不但举止行为荒诞怪异，而且打扮也很滑稽：穿着女人的衣服，脸被涂成黑色。表演的内容除了不多的台词以外，还伴有跳舞、打斗、唱歌等。这类戏剧属于“非正统”的形式，演出和传播的范围远远不及宗教渠道的戏剧。

宗教渠道的戏剧指教会编排的具有宗教意义的戏剧，它在英国戏剧发展的初期具有非常重要的地位。这种戏剧按功能也可以分为两种：教化型戏剧和娱乐型戏剧。顾名思义，前者是为了“教化”没有受过文化教育的民众和教友。由于种种原因，中世纪很多英国民众缺乏基本的文化基础，无法通过自行阅读而理解圣经；教会组织就通过“戏剧”的方式演出圣经故事，吸引并教化大众。娱乐型戏剧是在重大宗教节日之际，为了让教友感受宗教的寓意和活跃氛围编排的戏剧。宗教戏剧又可以分为两种：表现《圣经》中故事的戏剧叫做神秘剧（Mysteries），表现宗教圣徒光彩事迹的叫做神迹剧（Miracle Plays）。无论他们属于什么类别，但目的是统一的：对大众进行规劝，劝人向善，具有说教意义。

该时期还有一种引人瞩目的戏剧——道德剧。虽然宗教剧里面包含了教人向善、待人友好等元素，但是毕竟主要是要人相信教义，内容略显枯燥。而道德剧是完全独立的一种，“它是中世纪的思想和文学的混合物，在当时也占有着极重要的地位，它包含真理、正义、和平、慈祥等象征。”[①] 如果加以区分，宗教剧更加倾向教化，包含“善良必然得到上帝眷顾，罪恶终将受到惩罚”等内容，突出“上帝”作为裁决者在善恶之间的作用；而道德剧则是以“人”的思维，阐述“可为”与“不可为”的利害关系，是理性思考的结果。从这个角度来说，道德剧更加突出“人”的理性作用，是人的思维进步的标志。

4. 散文

在中世纪，诗歌和骑士传奇在文学上占据着主导地位，几乎任何社会阶层对这两种文学形式都耳熟能详。由于娱乐方式匮乏，这两种题材成为人们为数不多的选择。诗歌的传播得益于当时浓厚的宗教氛围、其具有教化的内容及游吟诗人的传唱；骑士传奇的普遍传播主要应该归因于离奇的内容、曲折的故事、光芒四射的人性。此外，各式的早期戏剧，无论是民间戏剧、宗教戏剧还是道德剧，在英国也有一定的影响力。相对而言，散文是处于比较弱势地位的一种文学形式。然而，这个时期也出现了一些重要的散文家，他们为后世散文的发展奠定了一定的

① 金东雷．英国文学史纲．长春：吉林出版集团有限公司，2009：60.

基础，其中最著名的是马洛礼。

托马斯·马洛礼（Sir Thomas Malory，？－1471）是15世纪英国杰出的散文家。从某种意义上说，他是英国散文的先驱，因为他把散文变成可以和诗歌相提并论的叙述形式。马洛礼的散文具有清新真实、朴实流畅的特点。虽然他笔下的人物大多来源于传奇故事，但是他的描写总会给人一种真实的感觉。除此之外，他还比较擅长以含蓄的手法揭示人物的性格。①

马洛礼出身于沃维克郡一个绅士家庭，他的代表作是《亚瑟王之死》。《亚瑟王之死》（*Le Morte d'Arthur*, or *The Death of Arthur*, 1469）是马洛礼根据英国12世纪到15世纪大量的传说改编而来，全书共二十一卷。由于关于亚瑟王的传说非常庞杂，有些内容相互矛盾，无法构成一个统一的整体，因此，马洛礼对材料进行筛选和一定的改编，留取精彩部分并加以组合，最后把材料进行整理，重要部分加以补充，才创作出这部伟大的作品。该书的故事主要包括亚瑟王出生和早年业绩以及最终去世的故事、魔术家梅林的故事、关于皇后桂内薇尔的故事、关于亚瑟王圆桌骑士的故事以及关于寻找圣杯的故事。故事里包含了大量的冒险活动、战斗场面以及比武情景的描写。值得注意的是，文章也有很多关于情爱诱惑的情节，这可能是作者对情爱理解的一部分，也可能是为了吸引读者需要而增加的低级趣味的成分。

《亚瑟王之死》中有很多血腥屠杀以及男女之间不道德的恋爱等情节，它揭示了封建骑士制度腐朽和黑暗的一面。在骑士比武、战斗以及寻找圣杯的过程中屡屡出现无情杀戮的场面等，作为曾经的骑士，马洛礼把这些凶残的场面真实地展现在读者面前，这种场面也昭示着骑士制度的衰落。此外，作者对书中不道德的男女之爱表现出了极大的宽容，在言语和描写过程中甚至透出了赞许的态度，这也反映了上层社会的“骑士”们真正的面目。虽然该书有相当多的负面描写，但是它在英国文学史上，尤其是对散文的发展具有里程碑式的重要意义。“马洛礼的《亚瑟王之死》是英国文学史上英语散文从后期中古英语过渡到早期现代英语过程中的一部里程碑式的著作。马洛礼清晰朴简的散文风格也对后几个世纪的英国散文作家产生了广泛而深远的影响。”②

---

① 候维瑞．英国文学通史．上海：上海外语教育出版社，1999：48.

② 候维瑞．英国文学通史．上海：上海外语教育出版社，1999：51.

第三节　中世纪文学的衰落及其转向

马克思主义认为：经济基础决定上层建筑。作为上层建筑构成部分的文学，必定依赖经济基础——生产力发展的状况。诺曼公爵征服整个英国后所建立的封建主义统治制度在客观上促进了生产的发展和社会的进步，因而也成就了文学领域诗歌、骑士传奇、戏剧、散文等文学形式的出现和蓬勃发展。然而，随着时间的推移，旧的社会制度本身的弊病开始显现。

首先，骑士制度的衰败。在诺曼征服后建立的中央集权制制度下，国王是最大的封建主，在国王之下有若干等级不同、大小不一的封建主。封建主的私人武装成为骑士制度的基础，为保护封建制度和推动社会进步发挥了重要作用。然而，这一制度逐渐呈僵化、腐朽化的趋势，成为社会发展的桎梏。早期的骑士确实会行侠仗义，做出救人的举动。他们恪守法规制度，勇于为责任冒险。到后来，骑士的"侠义"精神也逐渐消失。荒淫无度、无恶不作，普通大众对"骑士"厌恶至极。因此，骑士制度最终走向坟墓，骑士传奇也随之消失。

在骑士传奇蓬勃发展的时期，杰弗里的《不列颠王史》、韦斯的《不列颠人的故事》、莱亚曼的《不列颠人》以及"亚瑟王"系列著作构成了骑士传奇故事创作的高潮。由于骑士制度的腐朽，骑士精神的消亡，骑士由人们敬仰的"贵族"变成了人人唾弃的对象。《亚瑟王之死》的作者托马斯·马洛礼是一个很好的例子。

其次，教会组织的腐败。中世纪的教会地位很高，与世俗社会的国王和贵族阶层不同，教会通过精神层面对大众实施统治。宗教教义中关于基督和圣徒的故事，基本都具有规劝意义，教人向善，再加上当时的大众知识有限，思想比较僵化，所以对教会宣扬的善恶坚信不疑。中世纪关于教会或者具有教化意义的作品占据着主导地位，比如，诗歌《珍珠》(*The Pearl*，约1370）和《道德颂》(*Peoma Morale*，约1170）都是说教性非常强的作品，甚至连《坎特伯雷故事集》都有浓郁的说教意味。然而，在宗教的外衣下面，教会也通过各种手段巧取豪夺，压榨普通大众，使社会矛盾进一步加剧。乔叟的巨著《坎特伯雷故事集》中关于卖赎罪符者的故事可以反映出神职人员的作为。"这个卖赎罪符者说一套做一套，他声嘶力竭警告世人应避免的罪孽，恰是他所遵循与身体力行的律条。一方面，他的信条宣称，'贪婪是所有邪恶的源泉'，而另一方面，他非常清楚，他本身的行为恰与这个信条背道而驰。"[①] 从这个故事可以看出，教会阶层已经失去原有的纯洁和崇高，人们对教会的态度发生了巨大转变，而普通大众对此也深恶痛绝。更重要的是，人们的思想领域也正在发生颠覆性的变化。在中世纪，人们的思想被基督教义所束缚。他们到教堂去听布道演讲，一起做弥撒，一起唱赞美诗，一起做祈祷。至于教徒们的个人感受，教会没有理睬，也没有察觉到他们的重要性。但是随着时间的推移，人们的自我认识在提高，到中世纪末期，这种认识已经开始让敏感的人们感受到社会和宗教的压力，他们已经觉察到，这些社会势力在极力压缩个人的空间，在窒息个性自我伸张而有力的申述。[②] 原本有着崇高地位的宗教文学，也因此受到了巨大的影响：人们在怀疑教会的同时，也开始质疑宗教文学的权威性，这使得宗教文学的地位一落千丈，读者群逐渐越来越小，而受到的质疑则越来越多。

最后，政治体制的动摇。在诺曼征服之后，中央集权制的封建制度得以确立，社会生活的各个方面都受到该制度的影响。庄园成为基本的经济单位，庄园主是绝对的主人，庄园的劳动者——农奴则没有任何人身权利，与奴隶没有根本的区别。历史上臭名昭著的"初夜权"就是农奴承受压迫的一个具体事例。加上后来十字军东征（the Crusades）、黑死病、英法百年战争等重大事件，下层农民的负担越来越重，农民的反抗活动此起彼伏。随着民智不断开化，生活在城市里的小资产阶级和中产阶级的民主和平等意识也日益增强。与此形成对比的是，君主仍然一意孤行，依然用独裁的方式维系着统治，有时甚至会变本加厉。小资产阶级和中产阶级与王权的斗争愈发尖锐，矛盾变得不可调和，持续的对抗和斗争以腐朽的君主制节节败退而进入高潮，民主思想越来越深入人心。在这种情况下，《大宪章》(*Magna Charta*, 1215）得以签订，英国议会制度正式确立。民主的进程一旦开启，就会一直前进。随着民众获得越来越多的自由，思想的禁锢不断减少，对君主专制的盲目赞扬和支持逐渐消失，歌功颂德的文学作品在数量上也出现锐减的局面。

对于存在的社会问题，有识之士不甘默默忍受。宗教改革成为人们对抗社会不公的突破口。由德国人马丁·路德（Martin Luther, 1483-1546）发起的宗教改革在欧洲大陆迸发火花之后，得到法国人约翰·卡尔文（Johannes Calvin, 1509-1564）等的积极响应，最终席卷了整个欧洲。新教派相信《圣经》认为任何人

① 常耀信．英国文学通史．天津：南开大学出版社，2010：127.

② 常耀信．英国文学通史．天津：南开大学出版社，2010：083.

都可以直面上帝，与上帝沟通并获得上帝的恩赐，进而得到救赎，这实际上就否定了教会以及神职人员的作用。宗教改革在人类智力发展和认识上发挥了巨大作用。宗教改革在人类思想发展中起到了巨大的作用，它开化民智，启发民众打破思想禁锢。民众有了自己的思考，就意味着民众从被动接受一切的思维模式中解放出来，开始对世界和周围的事物有了自己的看法。“宗教改革把人们的思想从中世纪教会的束缚中解放出来，摧毁了教皇和教职人员套在人们精神上的宗教紧箍咒。”① 因此，宗教改革开启了思想解放的大门，拉开了人文主义思想形成的序幕。

思想解放又为文艺复兴的发展做好了准备。在这个时期，古罗马和古希腊出土的文物和艺术珍品掀起了研究古典文化的热潮。研究的发现促使人们设想古代文化所体现的理想生活，并憧憬未来的美好生活。人们开始注重人的价值，重视人的需求和向往，人文主义思想落地生根并迅速成长。人文思想的核心是“人”，这一做法成为衡量一切的标尺。“如果说，世人此前多为未来而活，那么新生的一代，即人文主义的一代，已经开始转移生活的中心，把目光集中到眼前自己的世界上来。”②

文学是社会的镜子，社会各个层面的变化一定会体现在文学作品中。在社会层面发生重大变化的同时，文学领域随之变化：教会不再是绝对权威的象征，国王也并非必然的领导者，人民有权利质疑一切并追求幸福。这些思想逐渐在普通民众的心中悄然成长，也理所当然地体现在各类的文学作品中。最为重要的是，人的需要被认为是正当的，人的价值和作用得到重视，人文思想已经深入人心。其实，远在人文思想形成之前，人们或多或少都会在中世纪作品中感受到人文主义的情怀。在《坎特伯雷故事集》中，乔叟对人的各种缺点的包容，就可以看作对人性的重视，是人文思想的萌芽。随着人文主义思想的真正形成，人们有勇气打破束缚，创造理想的新世界，人类社会和文学都进入了发展的全新阶段。

思考题

1. 骑士文学兴起的社会根基是什么？它的文学源头是什么？
2. 从哪些方面说乔叟为英国诗歌的发展奠定了基础？
3. 中世纪时期宗教题材的作品都有哪些文学样式？举例说明。

---

① 常耀信．英国文学通史．天津：南开大学出版社，2010：085.

② 常耀信．英国文学通史．天津：南开大学出版社，2010：086.

第三讲 复活与新生——英国文艺复兴时期的文学

在卷帙浩繁的文学长河中，绝对不乏璀璨的文学思想洪流——新古典主义、浪漫主义、自然主义、现实主义等，不胜枚举。但是当谈及一切的发端，人们便不得不，也不能不提及文艺复兴（Renaissance）。[①] 文艺复兴，一个席卷欧洲的文化潮流，初现于14世纪的意大利，继而波及法国与西班牙，15世纪后期抵达英国。古今学者认为，文艺复兴有两个深刻的含义：复生或重生（Re-birth）与新生（New-birth）。“复生即是死去的希腊思想反着风行一时的希伯来思想而活动、而复活。新生即是近代一切文艺上、哲学上、政治上的新思想，乘此而起，诞生新的文化。”[②] 文艺复兴如春雷般扭转了欧洲文化的发展轨迹，是欧洲从荒蛮的中古时代到开化的近代之重要节点。如果

① 文艺复兴：意大利语为“Rinascimento”，由“ri-”（重新）和“nascere”（出生）构成，法语为“La Renaissance”，是14世纪中叶至17世纪初在欧洲发生的思想文化运动。文艺复兴在中世纪晚期发源于佛罗伦萨、米兰和威尼斯，后扩展至欧洲各国。

② 金东雷．英国文学史纲．长春：吉林出版集团有限责任公司，2009：62.

没有文艺复兴，近代的一切新文化、新思想、新事业便失去了萌芽、生长、开花、结果的土壤。

乔叟的时代过后，英国文坛上的一个大的变动，便是英国的文艺复兴。玫瑰战争之后的都铎王朝（Tudor dynasty，1485－1603）时期，亨利八世（Henry VIII，1491－1547）的宗教改革运动为英国的文艺复兴埋下伏笔。从“牛津改革派”学者把古典文学介绍到英国开始到人文主义（Humanism）新思想的兴起和繁荣，文艺复兴便真正在英国从复生走向新生。人文主义是文艺复兴带来的新思想，反映了新兴资产阶级的新面貌，让人们看到了展现在他们面前的新世纪。伊丽莎白女王（Elizabeth I，1533－1603）继位后经济繁荣、政治稳定、文化开明，黄金时代的英国文学发展盛极一时，为人文主义在英国的繁荣发展培育了肥沃的土壤，使之成为了英国文艺复兴时期文学的主旋律。

文艺复兴姗姗来迟，却不能阻挡它在英国最终绽放。从翻译、诗歌，到戏剧，再到散文，从托马斯·莫尔（Thomas More，1478－1535）、菲利普·锡德尼到埃德蒙·斯宾塞、克里斯托弗·马洛（Christopher Marlowe，1564－1593），到威廉·莎士比亚，再到本·琼森，最后到弗朗西斯·培根，这个时期产生了后世英国文学者们都奉之为圭臬的两大经典——莎士比亚全集和钦定版《圣经》（*The Authorized Version*，1611）。英国最早期的人文主义者——托马斯·莫尔的作品《乌托邦》（*Utopia*，1516）拉开了英国文艺复兴的序幕。

第一节　文艺复兴时期的社会概况与文学发展

1. 1500～1660年间英国社会历史概况

1500～1600年是从封建贵族向新兴资产阶级过渡的时期，英法百年战争后，三十年的玫瑰战争让英格兰陷入一片混乱，封建贵族势力被极大的削弱。国王亨利七世（Henry VII，1457－1509）建立了都铎王朝①，新的君主政权使得新兴资产阶级获益，而亨利八世的宗教改革运动又增强了这一阶级的贵族权力。而后，

① 都铎王朝：伯爵亨利·都铎于1485年8月，在法国援助下杀死理查三世，夺取王位，建立都铎王朝，史称亨利七世。都铎王朝统治英格兰王国直到1603年伊丽莎白一世去世为止，历经118年，共经历了五代君主。都铎王朝处于英国从封建主义向资本主义过渡时期，被认为是英国君主专制历史上的黄金时期。

有“血腥玛丽”之称的玛丽王后开展了反宗教改革运动。这虽然让新教遭受了极大的迫害，但其地位却在伊丽莎白女王继位之后得到了极大的巩固。

虽然英国文艺复兴的发端可追溯到14世纪后期乔叟出访意大利，后来的“牛津改革派”学者将古典文学介绍到英国，以及到最早的人文主义者托马斯·莫尔著成《乌托邦》。但是，谈及文艺复兴的辉煌，还要回到伊丽莎白女王统治时期。女王继位后，英格兰工业发展、海外贸易扩张、西班牙海战获胜等一系列重大的经济和政治事件为资产阶级迅速扩大在文化领域的影响提供了保障。英国的文艺复兴便在伊丽莎白女王时期——这个文化极度繁荣的“黄金时代”，浩浩荡荡走向了辉煌，整个欧洲文艺复兴运动的中心也转向了英国。

1.1　玫瑰战争与都铎王朝

英国诗歌之父——乔叟逝世后的一个半世纪，英国发生了巨变。英法百年战争的硝烟还未散去，英格兰便又陷入内战的泥沼。兰卡斯特家族和约克家族之间长达三十年之久的王位之争，历史上称之为玫瑰战争使得英格兰国王亨利七世渔翁得利。他抓住这一局势，建立了英国史上有名的都铎王朝。新型的中央集权制迎合了新兴资产阶级的需要，获得了他们的大力支持。

1.2　宗教改革与新教

都铎王朝的第二位英格兰国王——亨利八世在位期间，罗马天主教堂在欧洲的垄断统治地位无疑对英格兰国王建立自己独立的君主政权造成了极大的阻碍。二者之间冲突到了不可调和的地步，便催生了英国历史上影响极为深远的宗教改革运动。亨利八世的一系列举措，如宣布脱离罗马教会、大规模镇压僧侣、没收罗马教堂的土地财产等，增强了新型资产阶级的贵族权威，为新教(Protestantism)[①] 建立了强大的群众基础。其实，这是一场以宗教改革为载体的政治运动。通过这场运动，资产阶级争取到了他们为之长期奋斗的话语权力。

1.3　“血腥玛丽”残暴的反宗教改革

好景不长，玛丽女皇登上王位后，这场宗教改革运动便遭到了镇压。她颠覆了之前都铎王朝的君主拥护新教的局面，使得罗马天主教在英格兰复辟。作为女王，玛丽拒绝承认父亲亨利八世与罗马教廷分裂的事实，以及她弟弟爱德华六世所信奉的新教。玛丽一世对新教徒采取了高压政策，许多激进人士被处死。在她统治的五年中，有三百余人被烧死在火刑柱上，包括那个敢于宣布她父母的婚姻

---

① 新教（Protestantism）是16世纪宗教改革运动中脱离罗马天主教的一系列新教派的统称，是与天主教、东正教并列的基督宗教三大派别之一。

无效、她为私生女的克兰麦大主教等，而被迫流亡国外的新教徒则不计其数。此后的半个多世纪，整个英格兰岛在改革与反改革之间风雨飘摇，社会生活动荡不安。这一血腥的宗教迫害的反改革运动直到伊丽莎白女王实施教堂解决方案后才得以调停。伊丽莎白女王的改革方案既能与君主政权协调相一致，又能为更多人所接受。她采取了保护工商业的政策，促使资本主义在英国迅速发展。然而，伊丽莎白也抑制民主观念的传播。

1.4　圈地运动、贸易扩张、西班牙海战到伊丽莎白的“黄金时代”

14 和 15 世纪，在农奴制解体过程中，英国新兴的资产阶级和新贵族通过暴力把农民从土地上赶走，强占农民份地及公有地，剥夺农民的土地使用权和所有权，限制或取消原有的共同耕地权和畜牧权，把强占的土地圈占起来，变成私有的大牧场、大农场。这就是英国历史上的“圈地运动”（The Enclosure）。托马斯·莫尔在《乌托邦》中，便辛辣地指责这是一种“羊吃人”的社会现象。国内工业的发展也极大地刺激了国外贸易的扩张。伊丽莎白女王统治时期，海外游历和出海探险受到王权的鼓励和支持，这为英国商人提供了求之不得的发展机遇。野心勃勃的出海商人们远赴美洲等国度，建立了首批英属殖民地并带回大量的财富，这也使女王的政权得以巩固。与此同时，进行贸易扩张的英格兰遭遇了号称拥有“无敌舰队”的西班牙。这对长达三十余年的死对头在 1588 年爆发了西班牙海战，最终英格兰一举击溃了“无敌舰队”，确立了自己“海上霸主”的地位；英国资产阶级也因斥资造船拥护女王而登上了历史舞台。

圈地运动、贸易扩张、西班牙海战等一系列经济和政治上的时间提升了资产阶级的社会地位，扩大了这个阶层在文化领域的影响。在文化上，“伊丽莎白时代”可谓是英国历史上最为光辉灿烂的时代。文学，尤其是诗歌和戏剧进入了一个空前繁荣的“黄金时代”。这个时代出现了威廉·莎士比亚、克里斯多弗·马洛和弗兰西斯·培根等这样的文学巨匠，对后来大不列颠的统治者来说，伊丽莎白统治期涌现的许多人物对他们的统治都具有特别的意义。

伊丽莎白时期文学“黄金时代”的出现绝非偶然。伊丽莎白女王自幼便在古典文学、历史、数学等不同领域受到过良好教育，她的教师团队中包括像英国文艺复兴时期著名的人文主义者罗杰·阿斯坎（Roger Ascham，1515－1568）这样的大师。由于受到名师的点拨与指导，伊丽莎白具有较好的文学修养和深厚的文学底蕴，如同她的父亲，伊丽莎白本人也从事写作和翻译，亲自翻译了霍勒斯的《诗歌艺术》。因此，在这个受过良好教育女王的领导下，英国的文化进入了一个全盛时期。

2. 英国文艺复兴时期文学发展概述

正如上文所述，由于新航路发现之后海外贸易不断发展壮大，16 世纪的英国国力逐渐充实，民族主义高涨，加之 1588 年英国一举击败大陆强国西班牙的“无敌舰队”，内忧外患均一扫而空。政治和经济的蓬勃发展迎来了文化上名家频出、名作频现的昌盛局面——这便是英国文学的文艺复兴时期。若从时间上来划分，英国文艺复兴时期文学发展大体上经历了三个阶段：

第一个阶段从 15 世纪末到 16 世纪上半叶，文艺复兴萌芽和早期人文主义的出现。早期的人文主义者托马斯·莫尔等被称为“牛津改革派”。他们在牛津大学讲授希腊、拉丁文和“新学”，传播古典文化和来自意大利、法国的新知识、新思想，牛津大学在 16 世纪初成为英语古典文化的中心。第二阶段，即“伊丽莎白时代”，是英国文化的辉煌发达期。从 16 世纪后半期到 17 世纪初叶，特别是最后 20 年，文学创作极为繁荣。诗歌上，从早期的华埃特和萨里，到锡德尼再到斯宾塞。戏剧上，从早期“大学才子派”及其代表马洛的戏剧创作到莎士比亚的经典戏剧的出现，使戏剧成为了英国，也是欧洲文艺复兴时期文学的高峰。在散文上出现了培根和他的著作《随笔》(*The Essays*, 1625)。第三阶段从莎士比亚逝世到 17 世纪 40 年代初，文艺复兴时期文学走向衰落。英国文艺复兴时期的最后的一位作家约翰·弥尔顿（John Milton, 1608-1674）的名作《失乐园》(*Paradise Lost*, 1667）标志着英国文艺复兴时期文学的终结。

2.1　文艺复兴的发端与莫尔的早期人文主义

英国文艺复兴的发端可以追溯到 14 世纪后期乔叟的意大利之旅。我们可以在《坎特伯雷故事集》(*The Canterbury Tales*, 1386-1400）之中循迹意大利对这位“英国诗歌之父”、“英国文学之父”的影响。一如在 14 世纪的意大利，文艺复兴在英国是以重新发现希腊、罗马的古典文化开始的。大学里恢复了古希腊语的教学，接着出现了规模宏大的翻译活动，众多的学者、作家将古代希腊、罗马和近代意大利和法国的学术及文学名著译成了近代英语。哲学家、教育家、历史学家、政治家、宗教人士纷纷著书立说，用不同方式表达人文主义思想。

其中，“牛津改革派”的代表人物托马斯·莫尔用拉丁文写成了对话形式的幻想小说《乌托邦》，这可以说标志着英国文艺复兴时期文学的开始和早期人文主义的萌芽。这部作品以一个旅行者讲述其海外见闻的方式，描绘了一个没有私有制和宗教压迫并崇尚学术的理想社会，从而有力地谴责了现实中的英国——一个为了能多产羊毛而大规模圈地、迫使贫苦农民流离失所的“羊吃人”的国度。

莫尔在《乌托邦》中对理想社会的描摹深受古希腊哲学家柏拉图（Plato）的著作《理想国》(*The Republic*) 和希腊社会的影响，混合了宗法社会、中古生产方式与古代城邦政体，允许奴隶制的存在。但是作者通过对社会种种不平现象的揭露和批判、反对战争和金钱崇拜、鼓吹宗教宽容和人的全面发展，表达对理想社会的憧憬和向往。《乌托邦》作为乌托邦文学流派的开山之作，详细介绍了理想的社会和完善的城市。“在英国文学史上，《乌托邦》的重要性在于它是第一部详细、具体地写一个理想国家的著作。”[①] 虽然《乌托邦》是文艺复兴运动的产物，但其结合了柏拉图古典完美社会的概念和亚里士多德的古罗马修辞风格，它的影响一直持续到欧洲的启蒙运动。这一阶段文学的成就还表现在华埃特（Thomas Wyatt，1503-1542）和萨里（Henry Howard，Earl of Surrey，1517-1547）的诗中。

2.2 诗歌的空前繁荣

早期人文主义时期过后，英国的文艺复兴文学在伊丽莎白女王时期全面进入“黄金时代”。诗歌创作空前活跃，大批诗集出版，开一时风气的重要诗选也陆续问世。其中，上文提到的早期诗人华埃特和萨里对意大利的十四行诗进行了仿作，于 1557 年发表了《杂集》(*Tottle's Miscellany*)，使十四行诗在英国生了根。到了 16 世纪 90 年代，锡德尼、莎士比亚等著名诗人都出版了十四行诗集，虽然仍以歌颂爱情为主，却能突破旧格局而注入新内容，如锡德尼的爱情十四行诗集《爱星者和星星》(*Astrophel and Stella*，1580)。除莎士比亚外，成就最大的当数埃德蒙·斯宾塞。他的主要作品《仙后》(*The Faerie Queene*，1590-1596）规模宏大，内容丰富，利用中古骑士传奇的体裁，以寓言为主要手法，在精神上却反对天主教而歌颂作为英国民族象征的伊丽莎白女王，传达了正在兴起的清教主义的道德观，加之以优美而多变的韵文，使得斯宾塞不仅独步当时诗坛，而且成为后世讲究诗艺的作家所仰慕的“诗人的诗人”（Poet's poet)。

2.3 戏剧的划时代发展

诗歌的成就还包括无韵体诗在戏剧里的成功运用。诗歌同戏剧的结合产生了这一时期文学最骄傲的成果——诗体戏剧，简称诗剧。从 16 世纪 80 年代起，戏剧家们摆脱了中古神秘剧、奇迹剧、道德剧的宗教色彩和粗糙技巧，建立了一种生气勃勃的新戏剧，敏锐、强烈地表达了时代精神，并在艺术上做了多方面的大胆创新。第一个成功地使无韵体诗变成戏剧媒介的是克里斯托弗·马洛

---

① 王佐良，何其莘．英国文艺复兴时期文学史．北京：外语教学与研究出版社，2006：32.

(Christopher Marlowe, 1564-1593)。他用“壮丽的诗句”写壮丽的人物，如《帖木儿大帝》(*Tamburlaine the Great*, 1587) 中的中亚大帝国的创立者和《浮士德博士的悲剧》(*Doctor Faustus*, 1604) 中追求无限知识的德国博士，同时又在《爱德华二世》(*Edward II*, 1592) 里将一个国王的遭遇写成了英国第一个历史剧。马洛英年早逝，但是戏剧继续成长。经过“大学才子派”(University Wits) 的创作实践，戏剧题材扩大，技巧更趋成熟，而他们也“成了莎士比亚的前驱者”。①

英国文艺复兴时期的戏剧超越一切时代，这主要归功于一位戏剧创作上超越前人的集大成者——莎士比亚。他一生写了 37 部剧本，博采众长而又自有创造，在历史剧、喜剧、悲剧、传奇剧等各方面都写出了杰作。他的历史剧包括了从 13 世纪初到 15 世纪末三百年的英国历史，场面宏大、波澜壮阔、热情洋溢。他的喜剧活泼多趣，生活气息浓厚，充满浪漫诗情，令人心驰神往。他创作悲剧的天赋首先见于《罗密欧与朱丽叶》(*Romeo and Juliet*, 1594)，这个歌颂自由恋爱的剧本为后来西欧乃至世界的文学艺术提供了一个永恒的主题。1600 年以后，他的思想更深刻，技巧也更老练，创作了一系列卓越的悲剧，诗人常称之“莎士比亚四大悲剧”。《哈姆雷特》(*Hamlet*, 1601) 写一个年轻的人文主义者面对邪恶势力，在怀疑、犹豫之后终于为“重整乾坤”而献出生命；《奥赛罗》(*Othello*, 1604) 写一个威尼斯的黑人大将虽然武功盖世，却仍然受到邪恶势力的捉弄，以至亲手杀了无辜的爱妻；《李尔王》(*King Lear*, 1606) 是一部具有广阔社会画面和强烈理想光辉的悲剧，“着力表现的是以真诚仁爱为核心的人道主义与极端自私的利己主义之间的冲突”②，作者通过描绘李尔王的人性复归之艰难过程和邪恶力量最终遭到惩罚的情节，表达出了对于社会未来的乐观信念；《麦克白》(*Macbeth*, 1606) 则深入探索了野心的毁灭性，在充满迷信和恐怖的气氛里，作者通过他笔下的罪人不时剖析内心，使该作品具有前人作品难以企及的深度。这一时期的作品标志着莎士比亚达到了戏剧艺术的顶点。之后他转入传奇剧的写作，以宽恕、和解为主题，其中《暴风雨》(*The Tempest*, 1611) 仍是极具魅力的佳作。

在莎士比亚创作的末期，戏剧仍然繁荣，不仅传奇剧大行其道，还出现了莎士比亚所未曾尝试的社会讽刺剧，其代表作家是本·琼森，他最好的剧作是《狐狸》(*Volpone, or the Fox*, 1606) 和《炼金术士》(*The Alchemist*, 1610)，但

---

① 梁实秋．英国文学史（一）．北京：新星出版社，2011：264.

② 侯维瑞．英国文学通史．上海：上海外语教育出版社，1999：144.

本·琼森后来为了投宫廷所好而去写假面剧。之后，他的作品又出现了凶杀剧，渲染色情和恐怖。他末期的诗剧题材为信仰清教主义，为在政治上日益强大的资产阶级所厌恶，他们所控制的国会于1642年通过法令，封闭了所有戏院。从16世纪兴起的英国诗剧，在经历了60年的光辉灿烂的成长过程之后，逐渐衰落，最终退出了历史舞台。

2.4 翻译的介入和《圣经》英译①

从16世纪上半叶开始，文艺复兴就逐步发展成为英国文学的繁荣时期，古代意大利和法国文化渗入英国文化。为满足公众不断增长的文化需求，人们把意大利和法国的古典文学作品译成英文。由于英语表达力强，大规模的翻译活动中也产生了许多优秀的译作，如诺斯所译的普卢塔克（Plutach，约公元46-119）的《希腊罗马名人比较列传》(*The live of the Noble Grecians and Romans*，1579）从法译本转译，虽未能完全忠实于原文但英文非常流畅，生动有力，为伊丽莎白时代戏剧家提供了素材宝库。莎士比亚的戏剧不仅摄取了这个译本的情节、人物，有时甚至近乎于直接引用译文。再如弗洛里奥（John Florio，1553-1626）所译的蒙田（Michel Eyquem de Montaigne，1533-1592）的《随笔集》(*Essais*，1603），也是莎士比亚曾经参考过的书目。而十四行诗，这种当时英国诗歌最流行的写作形式之一，也是经过翻译活动从意大利引进英国的。

17世纪初最重要的译作则是1611年由国王詹姆斯一世（James I，1566-1625）下令出版的英文《圣经》(*The Holy Bible*)。宗教改革前，拉丁语圣经普遍见于天主教堂。事实上，宗教改革过程中新教与天主教的斗争催生出了英文《圣经》。几百年间新教徒长期致力于《圣经》的英译事业。在1611年前，《圣经》的英译本就几经改译和重译，直到詹姆斯一世钦定版《圣经》的出现。这是47位学者集体翻译的成果，吸收了以前英文译本的优点，用词纯朴而富于形象，韵律优美而富有乐感，对后来的英语产生了重大而持久的影响，为近代英国散文树立了良好的楷模。

2.5 散文的冒现

英国文艺复兴时期诗歌和戏剧一派繁荣，但文学中也不乏丰富多彩的散文作品。16世纪的英语虽然稍显芜杂，却十分富有表达力，叙事、状物、写景、辩论，无所不能，因此出现了各种风格的散文，繁丽工整如约翰·黎里（John

① 这里需要注意的是，不少英国文学史丛书从文体学的角度考虑，将钦定版英文《圣经》的出现归到了散文领域的成就。本书从英国文艺复兴时期翻译活动的重要性考虑，将其归入翻译的领域。

Lyly, 1553-1606) 的《尤佛伊斯》(*Euphuism*, 1578), 明白晓畅如托马斯·纳什 (Thomas Nashe, 1567-1601) 的《不幸的旅人》(*The Unfortunate Traveler, or The Life of Jack Wilton*, 1594), 绵密雅洁如理查德·胡克 (Richard Hooker, 1554? -1600) 的《论教会政策的法则》(*Of the Lawes of Ecclesiastical Politie*, 1594)、《高尚的手艺》(*The Gentle Craft*, 1597), 简约隽永如培根的《随笔》。此外, 还有托马斯·德隆尼 (Thomas Deloney, 1543? -1600) 写小城镇手工业者的三本书, 特别是写鞋匠的《高尚的手艺》, 在细节的叙述上已接近后来的现实主义小说。而培根的《随笔》被称作是"小作品, 大作用……后来它变成英国散文中最令人爱读的品种之一"。[①]

一言以蔽之, 以上思想、学术、诗、诗剧、翻译、散文等方面的成就卓越, 尤以诗剧为最, 使这一时期文学成为欧洲以至世界文学的高峰之一。直到 1600 年前后, 这个文学发展大体上顺风顺水, 波澜不惊。1603 年伊丽莎白女王去世, 伊丽莎白王朝文学告终, 后续的詹姆斯王朝在文学格调上起了变化, 国会与王权的斗争使得文学的内部矛盾也激化、表面化。于是, 在 1640 年左右出现这样一种局面: 关于宗教与政治论战性文章大量涌现; 诗歌界出现不同政治色彩的派别; 清教徒主持的国会于 1642 年关闭了戏院, 用无韵体诗创作的诗剧从此衰落。1660 年王政复辟, 英国文坛"仿法成风", 然而一位大诗人进行了最后一搏, 即 1667 年弥尔顿的《失乐园》(*Paradise Lost*) 出版。这部史诗既继承了人文主义的古典文学传统, 又表现了清教主义的激情, 亦即把希腊罗马文化的复生与宗教改革结合起来, 为英国文艺复兴的最后时刻涂抹了灿烂的一笔。

第二节　文艺复兴时期的重要作家和作品

1. 诗歌

15 世纪, 乔叟的时代一去不复返, 英格兰诗歌的大环境死气沉沉。苏格兰诗歌出现了生气, 却也难成气候。当然, 英国诗坛依然存在个别活跃的诗人, 如约翰·斯克尔顿 (John Skelton, 1460? -1529)。他是一位多产作家, 除了创作还涉足翻译。其典型的诗作风格是口语体诗, 诗句多用短行, 节奏突出, 韵脚整

---

① 王佐良. 英国散文的流变. 北京: 商务印书馆, 2011: 26.

齐，有时几十行一韵到底，对后来的斯宾塞、现代诗人如奥登[①]（Wystan Hugh Auden，1907-1973）和罗伯特·格雷夫斯（Robert Graves，1895-1985）都有影响。但是在16世纪初，人们觉得他的诗歌情调属于陈旧的中世纪（Middle Age），而当时文艺复兴之风已从意大利吹来，诗人们更加致力于引进彼特拉克（Francesco Petrarca，1304-1374）[②] 等人的新格律——十四行诗（Sonnet）。英国的诗歌天才善于吸收、融化和改造外来形式，比如，他们对十四行诗的改造非常成功。同时，他们又能看准本土的新生事物，加以大力扶植，使之超速生长，例如，无韵诗（Blank verse）就得到了很好的发展。这两种新诗体正是英国文艺复兴时期的主要诗体。十四行是先锋，但主力是无韵诗。众多的十四行体诗人迎来了诗歌的春天，但是彻底改变英诗局面的却是白体诗的大家们，马洛、莎士比亚等近百个剧作家用它写了诗剧，到了文艺复兴时期之末，弥尔顿又用它写了史诗。当然，还有别的诗体和别的重要诗人：斯宾塞和他的九行体诗。这便是英国诗歌的“黄金时代”，正是众诗人合力把这个时期的英诗推上世界文学的顶峰。

1.1 创作“十四行诗”的诗人们

华埃特（Thomas Wyatt，1503-1542）和萨里（Henry，Earl of Surrey，1517-1547）

1557年伦敦书商理查德·托特尔（Richard Tottel，1530-1594）出版了一部诗歌合集，世称托特尔《杂集》(Tottel’s Miscellany)。《杂集》共收诗三百余首，出自多人之手，体裁各异，但大部分是十四行诗[③]，多数为托马斯·华埃特爵士和亨利·霍华德即萨里伯爵所作。这本诗集为英国诗坛带来了新风。

从英诗的演进来说，华埃特的功绩就在于引进了十四行诗。意大利的彼特拉克可谓华埃特效仿之对象，他的多首诗歌被翻译和仿作之后介绍到英国。当然，为符合英语语言的特点，华埃特的一部分十四行诗对意大利十四行诗的形式作了些变动——前面八行照意大利式，后面六行则往往以互韵的两行作结。此后经过

---

① W. H. 奥登：公认的现代诗坛名家，1907年出生在英国，1946年成为美国公民。他充分利用英美两国的历史传统，作品的内涵因而更深广。

② 弗朗西斯克·彼特拉克：意大利学者、诗人，人文主义之父。他以其十四行诗著称于世，为欧洲抒情诗的发展开辟了道路，后人尊他为“诗圣”。他与但丁、薄伽丘齐名，文学史上称他们为“三颗巨星”。

③ 所谓十四行诗，是指一首短小的抒情诗，共十四行。意大利十四行诗的脚韵安排为 abbaabba cdecde（最后六行也可以是 cdcdcd），亦即一诗分成八行与六行两组，可以用来陈述一件事的两个方面，或前一部分进行陈述，后一部分进行问难。

萨里的运用，又经斯宾塞和莎士比亚的改进，发展成为一种“英国型”的十四行诗，每行有十个轻重相间的音节，脚韵安排为 abab cdcd efef gg，这样就可以有三段的陈述与引申，最后有两行作结。十四行体的引入带给英诗的一大好处是“纪律”，这种诗体对作者的要求很多，主要一点是“注意形式，讲究艺术”。这其实就是英国诗歌文明化的发端。当时英国的重要诗人斯宾塞、锡德尼、莎士比亚、丹尼尔、德雷顿、多恩、弥尔顿都写过十四行诗，而在后世还有华兹华斯（William Wordsworth，1770-1850）、雪莱（Percy Bysshe Shelley，1792-1822）、济慈（John Keats，1795-1821）、布朗宁夫人（Elizabeth Barrett Browning，1806-1861）、叶芝（William Butler Yeats，1865-1939）、奥登等人。时至今日，依然有人在使用这一经典诗体，而这一切都是从华埃特开始的。

继华埃特之后，萨里伯爵为十四行诗的“英国化”也作出了不可小觑的努力，其写作风格更为圆润，具体而又深邃，且佳作频出。然而，世人所记住的是他发明的无韵诗。[①] 在把维吉尔（Vergil，公元前 70-前 19）[②] 的《埃涅阿斯纪》（*The Aeneid*，约前 19）翻译成英文的时候，他大胆地尝试使用新诗体。谁曾想，这一试验却创立了一种对于英诗至关重要的主要诗体。倘若说十四行使得诗人们学会了严谨和纪律，那么无韵诗则赋予了他们自由和活力。而且，这诗体来得也正是时候，正在摸索前进的众多剧作家恰恰需要这样一种能够让他们自由驰骋的诗体来创作他们的诗剧。

锡德尼（Philip Sidney，1554-1586）

伊丽莎白一世在位期间，正值英国文艺复兴的鼎盛时期，因此，在文学史上称为“伊丽莎白时代”。特别是 1580 年以后，英国诗勃兴的时期，即所谓的“黄金时期”。这一时期，大家辈出，他们娴熟地驾驭新的诗体，创作出很多不朽的作品。说到“大家”，就不得不提到锡德尼。菲利普·锡德尼爵士是当时“仁侠的模式，风流的镜子”，他在英国同荷兰的一次战役中英勇战死，死前留下一百多首十四行诗和其他诗篇，合称《爱星者和星星》（*Astrophel and Stella*，约 1580）。另外，他的长篇传奇故事《阿卡迪亚》（*Arcadia*，1593）和文学论文《为诗辩护》（*Defence of Poetry*，1581）都是非常重要的作品。锡德尼是英国文学史上最早的诗人之一，《爱星者和星星》亦是英国最早的十四行组诗之一，文学价值

① 虽被称之为“无韵诗”，但这种诗体却是有节奏的——每行 5 个音步，每步两个音节，一轻一重。之所以无韵是因其没有脚韵。

② 普布留斯·维吉留斯·马罗（拉丁文：Publius Vergilius Maro），Vergil 或 Virgil 经常被译为维吉尔，其代表作《埃涅阿斯纪》长达十二册，是代表着罗马帝国文学最高成就的巨著。

较高。组诗共含108首，叙写了作者同斯特拉相爱的各种心情变化。“Stella”是“星星”在意大利语中的说法，而锡德尼笔下的星星则时而指星，时而指人。组诗通篇充斥着火山一般炽热的爱情，一对恋人之间“求之不得，辗转反侧”的爱情跃然纸上。此外，锡德尼的文论《为诗辩护》被公认为是德莱顿[①]（John Dryden，1631-1700）之前最好的证论文。作为诗论，它自成体系，核心是：诗人是创造者，能创造一个比自然更美的自然。在锡德尼的《为诗辩护》中所说的诗实际上指全部文学，文学已经有了充分自信。锡德尼称，自然是铜的世界，只有诗人们带来金的世界。[②] 这预示着英国文学的黄金时代已经到来。

1.2 “诗人的诗人”——斯宾塞（Edmund Spenser，1552? -1599）

提及文艺复兴时期盛极一时的英国诗歌，就必须提到一位黄金时代极负盛名的诗人——斯宾塞。英国诗歌在1400年乔叟去世后衰退了一个半世纪，直到《牧人月历》(*The Shepherd's Calendar*，1579）的出版才标志着英国文艺复兴之花在北爱尔兰盛开。[③]

毕业于剑桥大学的埃德蒙·斯宾塞，曾是贵族阶级的门客，并且还广交以锡德尼爵士为代表的英国“创新诗歌”的诗人。受其影响，1579年斯宾塞创作并发表了他的牧歌集《牧人月历》。到了1580年，斯宾塞去了爱尔兰，担任英驻爱尔兰总管秘书一职。那时，他住在伊丽莎白女王赐给他的城堡中，并在那里创作出他的代表作品《仙后》(*The Faerie Queene*，1590)。他长期居住在爱尔兰，在一次当地居民起义中，他所占有的古堡被烧，全家仓皇逃回英格兰，不久便病死。值得一提的是，斯宾塞死后被埋在威斯敏斯特大教堂[④]（Westminster Abbey）的“诗人角”，紧挨着乔叟，足见其在英国诗史乃至英国文学史上的重要地位。在不少英国批评家眼里，斯宾塞是英国最伟大的诗人之一，足以与他相提并论的只有莎士比亚、弥尔顿与华兹华斯等二三人而已。因此，斯宾塞并称作是“诗人的诗人”，是从乔叟过渡到莎士比亚最杰出的诗人。他还著有长诗《克劳茨回

---

① 德莱顿：一生为贵族写作，为君王和复辟王朝歌功颂德，被封为“桂冠诗人”。他是英国古典主义时期重要的批评家和戏剧家，他通过戏剧批评和创作实践为英国新古典主义戏剧的产生和发展做出了巨大贡献。

② 锡德尼．为诗辩护．钱学熙，译．北京：人民文学出版社，1964：9.

③ 刘炳善．英国文学简史．上海：上海外语教育出版社，1981：43.

④ 在教堂或具有特别纪念意义的建筑物中，大都会专为杰出的人物划出一席之地。正如法国的名人葬在先贤祠，英国的名人身后则有幸进入威斯敏斯特教堂。他们或被埋葬在教堂内，或者在此竖立纪念碑。教堂内的“诗人角”因埋葬14世纪诗人乔叟和文艺复兴时期诗人斯宾塞而得名。后来，英国著名的文学家、艺术家，如狄更斯、哈代等，都在这里建有墓室或墓碑。

家记》(*Colin Clouts Come Home Again*, 1595), 十四行诗集《小爱神》(*Amoretti*, 1595)、《婚曲》(*Epithalamion*, 1959) 等。

田园诗作——《牧人月历》

作为诗人最早的田园诗作，《牧人月历》又译《牧羊人日记》，仿照罗马诗人维吉尔等人的古代牧歌创作而成。《牧人月历》共计十二首，每首正好对应一年中的一个月份。在写作形式上，除首尾两首外，余下均是对话体。作品中的主要人物是热情的牧羊人柯林·克劳特（Colin Clouts），诗中描摹的是淳朴和谐的乡村生活画面。诗人借由田园生活赞美人与自然的契合，暗讽宗教的虚伪。这十二篇田园诗虽有仿古之嫌，但也充满了英国精神。诗中的牧羊人代表诗人自己和他的朋友们。《牧人月历》是诗人为其文学庇护者、挚友锡德尼所作，是使斯宾塞成名的第一部诗作，主人公牧人科林·克劳特实际上是诗人自己的化身。诗篇情意绵绵，内容丰富多彩。在最后的一首“十二月”里年轻的诗人哀叹人生的徒劳，他回顾一年光阴的流逝，把四季比作人生的主要阶段：春如青年，夏为成熟，秋作收获，冬临一死。在《仙后》发表之前，《牧人月历》是体现文艺复兴创新精神的第一部英语诗歌集，是英语诗歌史上里程碑式的作品。

鸿篇巨制——《仙后》

斯宾塞最伟大的作品还要数长诗《仙后》，这是一部献给伊丽莎白女王的作品，从诗名“仙后”便可见一斑。写作之初他计划鸿篇巨制一十二卷，最后却只完成了预计的一半数量。斯宾塞曾在写给友人的信中透露出这篇诗史的创作意旨是将亚瑟王（King Arthur）这个传奇人物塑造成一个具有十二种高尚品德的完美人物。因此，亚瑟王在他的诗中便成了骑士精神和人文主义汇于一身的理想人物，一个寓言式的故事便围绕着他而展开了。十二卷诗企图描写十二位分别代表十二种不同美德骑士的冒险经历。其中，诗人假借仙后葛罗丽亚娜（Gloriana）之名来颂扬伊丽莎白女王。仙后举行一年一度的十二天宴会，每天都有一人前来哀告有恶龙逞凶或是妖女惑人、善良的人遭遇磨难等，希望仙后能伸张正义、除恶扬善。于是，仙后每天派遣一名骑士前去降魔，途中历尽艰险。诗人原拟编写十二卷，但在谢世以前仅完成了六卷多一点，只描写了六个分别代表神圣、节制、贞洁、友谊、正义和礼节的骑士冒险故事。其中大部分情节借自托马斯·马洛礼（Sir Thomas Malory, 1395-1471）的《亚瑟王之死》(*The Death of Authur*)。这些生动的故事都被赋予道德、宗教和政治的寓意，使历史传说和现实有机地交织在一起。诗人对于将要发生的事隐而不露，只是在序曲中有一行透露出诗篇的旨意，即激烈的战斗和忠贞的爱情被赋予深刻的道德含义。除内容上的大气磅礴外，其诗体形式也是诗人匠心独运的首创。《仙后》是用一种特殊的诗体创作而成，每节九行，前八行每行均是十个音节，第九行为十二个音节，按照ababbcbcc押韵，被称作“斯宾塞诗节”（the Spenserian stanza）。

2. 戏剧

2.1 戏剧先驱——“大学才子派”（University Wits）

15世纪80年代末，一些毕业于牛津、剑桥大学的年轻人来到伦敦驰骋文才，尤其是在戏剧方面颇多杰作，成为莎士比亚的先驱者。这些被通称为“大学才子派”的作家有约翰·黎里（John Lyly，1554? -1606）、乔治·皮尔（George Peele，1556-1596）、托马斯·洛奇（Thomas Lodge，1558-1625）、罗伯特·格林（Robert Green，1558-1592）、托马斯·纳什（Thomas Nashe，1567-1601）、托马斯·基德（Thomas Kyd，1558-1594）和克里斯托弗·马洛。这其中重要的剧作家有基德、格林和马洛。

基德没有上大学，他是马洛的朋友。他的无韵诗剧《西班牙的悲剧》（*The Spanish Tragedy*，1582-1592）轰动一时且享誉很久，是伊丽莎白时代“复仇剧”的典范。该剧遵循塞内加①（Seneca Lucius Annaeus，约公元前4-公元65）的传统，描写宫廷倾轧和流血复仇故事，但不再使用古典剧以“报信者”的口头报告叙述剧情的方法，而是把激烈行动在舞台上当场表演出来。剧中充满谋杀、自杀、疯狂，人物借戏中戏杀死敌手来复仇，可以看出基德的这部作品对莎士比亚的《哈姆莱特》（*Hamlet*，1601）产生重大的影响。格林毕业于剑桥大学，他在戏剧、抒情诗、散文故事、讽刺文学方面皆有建树。他的作品大都是写浪漫爱情故事的散文作品，穿插轻松的抒情诗歌，莎士比亚的《冬天的故事》（*The Winter's Tale*，1610）便取材于他的一篇散文传奇。他在戏剧方面的重要作品有《修道士培根与修道士班格》（*Friar Bacon and Friar Bungay*，1590），讲述的是两个修道士努力制造会说话的铜头的故事，表现出文艺复兴时期人们借助魔法探知自然的强烈愿望。《詹姆士四世》（*James IV*，1591）的编剧技艺完美，其中王后朵劳西娅女扮男装的手法被莎士比亚在《维洛那二绅士》（*The Two Gentlemen of Verona*，1594）、《威尼斯商人》（*The Merchant of Venice*，1596）和《第十二夜》（*Twelfth Night*，1600）等剧中反复使用。

---

① 塞内加：古罗马悲剧家，生于罗马帝国行省西班牙，早年到罗马，受过很好的修辞学训练，擅长演说，对哲学、宗教、伦理道德和自然科学都有研究和著述，是古罗马斯多葛学派的代表人物之一。

马洛是“大学才子派”中最杰出的剧作家。他主要成就在戏剧方面，他写了四部重要剧作：《帖木儿大帝》、《浮士德博士的悲剧》、《马尔他的犹太人》（*The Jew of Malta*, 1589）和《爱德华二世》(*Edward II*, 约1592)。其中，《帖木儿大帝》作为其代表作，分上下两篇来描摹这个东方大帝的兴败传奇。上篇写帖木儿从牧羊人成长为波斯国王，征服众多国家；下篇续写他征服基督教和伊斯兰教国家，但爱人之死给了他沉重打击，于是性情日益暴虐，最后病死。帖木儿是历史风云人物，贪求无厌，东征西战，他的野心和对权势的渴望，正反映出文艺复兴时期的人要求扩张和发展的愿望。马洛的戏剧结构较为松散，情节略显单调，但其无韵诗体确是气势雄浑，被本·琼森赞称是“马洛式的雄浑诗行”。

“这些剧本以不同的方式反映了新型资产阶级的精神：对无论是知识、财富还是军事权力等永不满足。”① 如果说《帖木儿大帝》表现了对权力的野心，《浮士德》则表现了对知识的欲望，而《马尔他的犹太人》则表现了人类对财富的贪婪。此外，他的《爱德华二世》是伊丽莎白时代最早的历史剧，莎士比亚的《理查二世》在主题上与此剧极为相似。在莎士比亚出现之前，马洛可谓是当时最出色的戏剧家。他的剧作表现了文艺复兴时期的时代精神，赞美人的伟大力量。他的悲剧的冲突不是建立在表面动作，而是建立在人物的内心冲突之上，具有一定的心理深度。

2.2　集大成者——莎士比亚（William Shakespeare, 1564-1616）

英国文艺复兴时期戏剧的集大成者威廉·莎士比亚，是英国乃至欧洲文艺复兴时期最有成就的作家，在世界文学史和戏剧史上的重要地位也不言而喻。1564年4月23日，莎士比亚出生于英国中部艾汶河畔沃里克郡的斯特拉福镇(Stratford)。这个离伦敦约一百英里的镇上有居民两千人，大部分居民务农或从事小型手工业。莎士比亚的父亲曾是杂货商人，后被选为市镇议员，三年后当选为镇长。莎士比亚的母亲是乡绅之女，有地产作陪嫁。这使得莎士比亚年少时家道富裕，得以接受良好的教育。他大约7岁时进了当地的文法学校，学习拉丁文课程，读了古典作家西塞罗、维吉尔、贺拉斯、泰伦斯等人的作品。16岁时，莎士比亚家中经济每况愈下，他不得不离校帮助父亲经商。1582年，18岁的莎士比亚与比他大8岁的安妮·哈瑟维（Anne Hathaway, 1555-1623）结婚。

五年后，莎士比亚去了伦敦，此行便成为了莎士比亚人生道路上的重大转折点。那时，伦敦的戏剧事业正在急剧发展，公共剧院纷纷建立，“大学才子派”

① 刘炳善．英国文学简史．上海：上海外语教育出版社，1981：54.

在编写剧本。莎士比亚先在剧院外看守观众的马匹，此后逐渐开始担任杂务，直到后来成了演员，开始饰演一些配角。当时的剧团竞争中，剧本是一个极为重要的因素，莎士比亚便开始为剧团修改旧戏，试作新戏。1588~1590年大约是他开始写作的时间，约两年之后他便小有成就。"大学才子派"的格林写过一本劝告戏剧家同行的小册子，里面谈到演员从编剧那里渔利，实际上就是暗讽莎士比亚这个后来居上者。他最初加入的剧团是"海军大臣剧团"，1594年他进入"内务大臣供奉剧团"，成为固定成员和股东。1598年剧院重建，次年莎士比亚加入了伦敦著名的环球剧院，并成为股东兼演员。此后，莎士比亚逐渐富裕起来，并为他的家庭取得了世袭贵族的称号。1603年，伊丽莎白女王去世，"内务大臣供奉剧团"接受新国王詹姆斯保护，改称"国王剧团"。这以后莎士比亚创作达到最高潮。1608年，剧团开始在私人剧院"黑衣僧"剧院演出。这里看戏条件好，观众文化教育水平较高，戏风不同于公共剧院。莎士比亚为其写了后期的传奇剧。1612年他作为一个有钱的绅士衣锦还乡，住进自己十几年前买下的房子，但仍不时到伦敦访问。1616年，大文豪莎士比亚安详地长眠于自己的家乡斯特拉福。

莎士比亚是位多产剧作家，其编剧生涯20余年，差不多每年两部戏。虽然莎翁的剧作多是对现成题材的改造，但颇有"点石成金"的本领。从时间上，一般把莎士比亚的创作分为三个时期：第一时期（大约从1590至1600年）包括他的早期剧作——十部历史剧中的九部，三部早期悲剧，及重要的浪漫喜剧。第二时期（大约从1601到1608年）是莎士比亚最重要的创作时期，所有重要的悲剧作品都出现于这个时期。第三个时期（从1609至1612年）是莎士比亚的创作晚期，主要是传奇剧的创作。以下，我们按照不同的戏剧题材，来着重介绍下莎士比亚的主要剧作。

历史剧（Historical Play）

莎士比亚有历史剧共10部，有所谓"两个四部曲"的结构形式，另有两部独立剧。10部历史剧系统反映了英国自13世纪到16世纪三百多年的社会历史，展示了英国封建社会从动乱纷争到中央集权的曲折反复、惊心动魄的历史进程，表达了作者谴责昏君，赞颂明主，反对封建，反对战争，拥护中央王权的政治理想，洋溢着深厚而强烈的爱国主义和民族自豪感。其中，《亨利四世》(*Henry IV*, 1597）上、下篇堪称莎士比亚历史剧创作的顶峰。出身于骑士阶层的福斯塔夫是一个集多种性格为一身的人物。他厚颜无耻、吹牛说谎却又乐观诙谐。他是16世纪全部戏剧中最有名的一个，莎士比亚栩栩如生地勾勒出了一个一心想从社会动乱中小捞一把且享受快乐的喜剧形象。作为一个艺术形象，他并非十恶不赦，他那玩世不恭的人生哲学里未必没有令人沉思的深刻道理。《亨利四世》之所以备受欢迎，其中关键之处就归因于福斯塔夫这个形象。《温莎的风流娘儿们》（*The Merry Wives of Windsor*, 1598）就是莎士比亚奉伊丽莎白女王之命所写的关于福斯塔夫的续集，这部受命之作描写没落骑士福斯塔夫的情场角逐，具有讽刺戏弄的意味，富于现实的生活气息，实为一部喜剧精品。在《亨利四世》中，莎翁把宫廷王室的权力争夺画面与小镇荒村中的日常生活交织在一起，一是高雅，一是粗俗，一雅一俗，形成对比。在高雅严肃中突出了喜剧因素，在贵族意识和平民意识的双向投射中产生一种复调式的历史对唱，莎士比亚极高的创造才能尽显无遗。

喜剧（Comedy）

莎士比亚喜剧共 10 部，其共同风格是浪漫与抒情，故被称为“浪漫喜剧”或“抒情喜剧”，也有人称之为“实验喜剧”。《仲夏夜之梦》（*A Midsummer Night's Dream*, 1595）是为了宫廷演出而写的一部最富幻想和浪漫抒情色彩的喜剧，从这部戏开始，莎士比亚喜剧进入成熟阶段。剧情复杂，共有四条线索，戏中的神话世界和现实世界交织在一起，神和人都有七情六欲，都向往追求爱情生活的幸福。喜剧背景是大自然，场面宏大，莎士比亚调动了许多艺术手段，如虚构、巧合、滑稽及大量音乐舞蹈场面等，使此剧成为充满嬉笑怒骂和愚蠢行为的优美戏剧。《威尼斯商人》（*The Merchant of Venice*, 约 1596–1598）是讽刺喜剧与抒情喜剧的巧妙结合，包含两个独立而又相互照应的情节。莎士比亚用浓墨重彩描绘了夏洛克这个栩栩如生的艺术形象：唯利是图、爱财如命、贪婪残忍。莎士比亚所着力美化、热情讴歌的形象是鲍西亚，因为她“不仅美丽、聪明，同时也勇敢、机智……寄托着人文主义者对新女性的理想，代表了文艺复兴时期富有生命力的女性人物。”① 莎士比亚喜剧创作的顶峰是三部“欢快喜剧”，即《无事生非》（*Much Ado about Nothing*, 1598）、《皆大欢喜》（*As You Like It*, 1599）、《第十二夜》（*Twelfth Night*, or *What You Will*, 约 1600–1602），最能体现其喜剧的浪漫和抒情风格。《第十二夜》围绕爱情安排了七条线索，表现了七种爱情。单相思主题在剧中起着主要的喜剧作用。“莎士比亚成熟的喜剧往往带有忧郁的色彩”②，从《威尼斯商人》到《皆大欢喜》，这些喜剧虽然主题欢快，结局圆满，但其中均渗透着悲剧性的忧郁色彩。这反映了莎翁对社会的深入观察产生了对生活的深刻思辨。

---

① 侯维瑞．英国文学通史．上海：上海外语教育出版社，1999：130.

② 杨周翰，等．欧洲文学史．北京：人民文学出版社，1979：173.

悲剧（Tragedy）

莎士比亚的悲剧是其成就的顶峰，共10部。有爱情为题材的，有复仇为线索的，还有直接揭露野心、金钱、权势等罪恶的。众所周知的《罗密欧与朱丽叶》(*Romeo and Juliet*, 1594）是莎士比亚悲剧中浪漫主义抒情色彩最浓的一部剧作，也是一曲反对封建主义，宣扬自由平等、呼吁个性解放、歌颂婚姻自主的赞歌。然而，莎士比亚的悲剧以《哈姆雷特》、《奥赛罗》(*Othello*, 1604)、《李尔王》(*King Lear*, 1605)、《麦克白》(*Macbeth*, 1605）最为著名，被称为“莎士比亚四大悲剧”。

《哈姆雷特》是莎士比亚全部创作的代表，也是文艺复兴文学的代表，在英国文学史乃至世界文学史上均享有至高地位。该剧取材于12世纪的《丹麦史》，在他之前曾多次被改编成流行一时的复仇剧上演。《哈姆雷特》写于17世纪初，该剧以中世纪丹麦宫廷为背景，通过哈姆雷特为父复仇的故事，真实描绘了文艺复兴晚期英国和欧洲的社会面貌，表现了作者对文艺复兴运动的深刻反思，对世人命运与前途的深切关注。在这部剧中充满着种种误杀，表现了人物与环境之间不以人的意志为转移而导致的阴差阳错的悲惨结局，这是古希腊悲剧中的基本主题：人无法抗拒命运。并行交错的复杂情节加上广阔的社会场景——从宫廷到民间，从国内到国外，从陆地到海上，从人的世界到鬼魂世界，从外界到内心世界，从现实世界到戏剧世界，使得《哈姆雷特》展示了一幅幅宏伟壮丽的人生画面。但是《哈姆雷特》本质上不是一部命运悲剧，而是一部性格悲剧。它描写最深刻动人的不是外部世界，而是主人公的内心冲突。这些都鲜明地表现在哈姆雷特犹豫的性格和在贻误复仇的时机之上。莎士比亚把这个人物放在这样的环境中，在这个环境中他不得不当机立断——哈姆雷特是勇敢的，他不畏惧死亡；但是，他由于敏感而犹豫不定，由于思索而拖延，精力全花费在做决定上，反而失去了行动的力量。《哈姆雷特》在艺术上代表了莎士比亚戏剧的最高成就。在人物塑造上，莎士比亚致力于通过人物内心矛盾冲突的描写来揭示人性的深层内涵，他由古典的命运悲剧进入到了现代的性格悲剧，将一个简单的复仇故事升华成了一个复杂的性格悲剧，彰显出更为深刻的人性思考。莎翁善于运用内心独白将隐藏在人物内心深处的情感纠葛、欲望贪婪等多层次地展现出来，像“生存还是毁灭”这样富于哲理的独白将长存于世界文学史中，经久不衰。

悲喜剧（Tragicomedy）

莎士比亚在创作悲剧时期连续写出了三部独特的戏剧，它们既不像悲剧，也不像喜剧，长期以来，人们根据其气氛的阴暗和结尾的喜剧性，称之为“阴暗喜剧”。目前学术界倾向于将其单独分类，称之为“悲喜剧”。莎士比亚的悲喜剧带有问题剧的特色，他的创作主旨和描述重心，在于揭露社会，提出问题，显示生活的真实面目，而不在解决问题。其中《特洛伊罗斯与克瑞西达》(*Troilus and Cressida*, 1602) 提出的是“战争与奸淫”的问题，《终成眷属》(*All's Well That Ends Well*, 1602) 提出的是人们普遍关心的“门第与爱情”的问题，《一报还一报》(*Measure for Measure*, 1604) 提出的是一个引人注目的“强权与苛政”的问题。因此，莎士比亚在艺术构思上，有意识地打破悲与喜的严格界限，在喜剧的框架形式内表现具有悲剧性的矛盾冲突，揭示社会问题的严重性。

传奇剧 (Miracle Play)

莎士比亚的 4 部传奇剧写于其荣归故里、人生的最后一个创作时期。在这几部作品中，表现出乐观、开朗和更理想化的境界，带有浪漫色彩和悲剧情节的故事在其发展进程中突然转向喜剧结局，渗透着宽恕与和解的主题。其中，代表作《暴风雨》(*The Tempest*, 1611) 是莎士比亚总结自己一生的压轴之作。其主题是和解与惩罚，希望用道德感化的方式来改造人类，完成对社会的改良。此剧颇具田园风味，乐观恬淡。其中，超自然现象对剧情的展开起着关键作用。全剧结构恪守古典戏剧的“三一律”，时间集中在一天的下午到傍晚的几个钟头之内，地点则固定在一个孤立的海岛上。剧中既有幻想又有现实，既表现了人的兽性，又表现了人的理想主义。

2.3　“文学之王”——本·琼森 (Ben Jonson, 1572-1637)

本·琼森与莎士比亚同时创作并持续到莎士比亚辞世之后，戏剧生涯达三十余年。他写过大量假面剧，主要为娱乐贵族阶级。他大力倡导古典戏剧理论，写了两部罗马题材悲剧《席阶纳斯》(*Sejanus*, 1603) 和《克蒂琳》(*Catiline*, 1611)，但是他主要以喜剧见长，在喜剧理论和创作上，本·琼森都有建树。他在早期喜剧《个性互异》(*Every Man in His Humor*, 1598) 里表明了他的“气质论”。这种概念是指人的体内含有一定的流质，即“气质”，人的心理和性格皆由此而定。本·琼森据此写作“特色喜剧”，写具有主导情欲或“气质”的人。他一反浪漫喜剧的写作潮流，表现出对社会罪恶的讽刺。他最成熟的喜剧《福尔蓬奈，或狐狸》(*Volpone, or the Fox*, 1605) 尖锐地讽刺了社会上的贪婪风气。他的《炼金术士》(*The Alchemist*, 1610) 也是以喜剧形式揭露社会上的拜金主义。本·琼森晚年成了当时的“文学之王”[①]，一群青年诗人和作家围绕在他周围，

① 刘炳善．英国文学简史．上海：上海外语教育出版社，1981：95.

他们喜欢到伦敦酒馆坐在他的脚边，并以自称为“本的儿子们”（Sons of Ben）而自豪。虽然没有得到官方的认可，但是本·琼森实际上是詹姆斯一世时期的“桂冠诗人”（Poet Laureate）。

3. 散文

3.1 培根（Francis Bacon，1561-1626）

文艺复兴时期最重要的散文作家当数弗兰西斯·培根。“英国唯物主义的真正祖先是培根。在他看来，自然哲学是唯一真正的哲学，而基于感觉经验之上的物理学，则是自然科学最重要的学科。照他看来，感觉是正确无误的，是一切知识的源泉。所有科学都是以经验为基础的，是理性的研究方法的主要形式。”① 作为近代科学的奠基人，培根以一切知识为其研究范围，努力在各个知识领域里寻求新的思想体系，企图将全部科学、技术和人类的一切知识全面重建。因此他写一套名为《伟大的复兴》的著作，虽只完成原计划六个部分中的一二部分，但已形成重大影响。

培根对英国文学最重要的贡献是他由58篇短文组成的《随笔》。《随笔》在1597年初版时只有10篇，后经过了1612年和1625年两次增补扩充。英国文学中本无随笔这种类型，由于培根的示范，才开始在英国植根。后来出现许多以写随笔著称的名家，随笔也就成为了英国文学中有特色的体裁之一。58篇短文主要谈的是处世立身之道，所以《随笔》的副题是“社会的与道德的劝言”。作为通晓人情世故的哲学家和政治活动家，培根具有冷静深刻的观察力和言简意赅的表达力。他的随笔的内容关涉哲学思想、伦理情感、处世之道、治家准则、读书作文、旅行娱乐等具体问题的建议。在对待艺术与自然美的态度和观点上，培根总是阐述自己独运匠心的见解。其论道客观精辟、紧凑缜密、正反辩证、权衡利弊、逻辑清晰、说理性强。他的随笔围绕题目，无多赘述，格言警句频出。例如他的《论读书》妙语连珠、脍炙人口：“读书足以怡情，足以博彩，足以长才。其怡情也，最见于独处幽居之时；其博彩也，最见于高谈阔论之中；其长才也，最见于处世判事之际。”② 当时文体大多繁缛冗长、句式复杂、辞藻堆砌，而培根的文笔凝练犀利、睿言智语、措辞得当，颇具魅力。

3.2 文艺复兴时期丰富多彩的散文作品

约翰·黎里是伊丽莎白时代“大学才子派”的戏剧家，也是著名散文小说

---

① 马克思，恩格斯．马克思恩格斯全集（第二十二卷）．北京：人民出版社，2003：286.

② 王佐良，何其莘．英国文艺复兴时期文学史．北京：外语教学与研究出版社，2006：275.

家，他在24岁时以《尤菲绮斯》(*Euphues, or the Anatomy of Wit*, 1578) 扬名，1580年又出版了续集《尤菲绮斯和他的英格兰》(*Euphues and His England*)，小说成功后遂转向戏剧写作。《尤菲绮斯》的故事情节简单，年轻富有的雅典人尤菲绮斯来到那不勒斯，不听年老的智者的劝告，放纵享受，爱上了朋友菲劳斯特的爱人露西亚。喜新厌旧的露西亚不久便另结新欢。尤菲绮斯重返雅典，埋首书本之中。作者借这个故事，谈论了爱情、信仰、道德、教育等问题。黎里的传奇小说与中世纪幻想传奇有所不同，他着力刻画了当代的生活。但是他极力注重行文语言，创造了被称为“尤菲绮斯体”（euphuism）的特殊的文体。[1] 当时的宫廷贵族间盛行这种文体，亦有不少人进行模仿。

与黎里的传奇小说相对的是另一类关于市民生活的写实性作品，代表作家有纳什和德隆尼。纳什是“大学才子派”中最年轻的一员，他写的《不幸的旅人》(*The Unfortunate Traveller*, 1594) 可以说是英国最早的“流浪汉小说”。[2] 这种小说类型于16世纪开始在英国盛行，在18和19世纪的小说中得以继续发展。纳什在作品里描写了亨利八世宫廷里的一名侍童杰克·威尔逊的丰富经历，并借由他一连串的经历，勾画出了一幅描写当时社会生活的真实画卷。德隆尼的三部小说写了三个行业的普通人的故事：《纽伯来的杰克》(*Jack of Newbury*, 1597) 写的是织工，《雷丁的托玛斯》(*Thomas of Reading*) 写的是布商，而《高尚的手艺》(*The Gentle Craft*, 1597) 写的是制鞋匠。他真实描写普通手艺人的生活，语言虽偶有“尤菲绮斯体”影响，但总的来说比较质朴且生活化。从某种意义上讲，他与纳什的作品开创了英国现实主义小说的先河。

第三节 英国文艺复兴文学的意义和转向

1. 英国文艺复兴的意义

“文艺复兴”所产生的结果，与其说是“古典文化的再生”，不如说是“近代文化的开端”；与其说是“复兴”，不如说是“创新”，与其说是“复活”，其

① 尤菲绮斯体：用词上，大量使用直喻、隐喻、拟人、对仗、双声等手段，追求绚烂绮丽的效果；句法上，将从句或短语骈化，类似中国六朝的骈体文；内容上，大量引用来自古希腊罗马神话、名人典故，极力堆砌双关语、谚语与俏皮话。

② 流浪汉小说：16世纪中叶西班牙产生的新的小说类型，一般用自叙体形式，以主人公流浪生活为线索，从下层人物角度观察、讽刺一些社会现象，针砭时弊。

关键点更在于“新生”。“文艺复兴”在人类文明发展史上标志着一个伟大的转折。它是新文化，是当时社会的新政治、新经济的反映，是新兴的资产阶级在思想和文化领域里的反封建斗争。

恩格斯曾高度评价“文艺复兴”在历史上的进步作用。他写道：“这是一次人类从来没有经历过的最伟大的、进步的变革，是一个需要巨人而且产生了巨人——在思维能力、热情和性格方面，在多才多艺和学识渊博方面的巨人的时代。”① 如果说地理大发现是人类向未知的物质世界进军的话，那么文艺复兴则是人类向未知的精神世界的探索。这个探索在文学、艺术、政治思想及自然科学领域内创造了丰硕的成果。文艺复兴的重大历史意义在于它促使欧洲人从以神为中心过渡到以人为中心，在于人的觉醒，在于人们把重点从来世转移到现世。它唤醒了人们积极进取、创造创新以及科学实验的精神，从而为资本主义制度的胜利和确立开辟了精神道路。文艺复兴在整个欧洲的历史发展上都占有极为重要的地位。

第一，是人的发现。与中世纪对比，文艺复兴在意识形态领域内带来了一系列巨大的变化。最突出的变化是关于人的价值观念的转变。在中世纪，理想的人应该是自卑、消极、无所作为的，人在世界上的意义不足称道。文艺复兴发现了人和人的伟大，肯定了人的价值和创造力，提出人要获得解放，个性应该自由。重视人的价值，要求发挥人的聪明才智及创造性潜力，反对消极的无所作为的人生态度，提倡积极冒险精神。在文学艺术上要求表达人的感情，反对虚伪和矫揉造作。第二，文艺复兴打破了宗教神秘主义的一统天下，有力地推动和影响了宗教改革运动。文艺复兴提倡重视现世生活，反对权威，在人们中间唤起了对天主教会及神学的怀疑和反感。以上事例都充分说明文艺复兴对宗教改革的助力。从此，世界从不可知、不可为、不可能变为可知、可为和可能。第三，文艺复兴打破了经院哲学统一的局面，为以后的思想进步扫清了道路，使各种世俗哲学兴起。其中英国的经验论唯物主义推动了政治学说的发展，一大批思想家相继出现，发展起“自然权利”、“社会契约”、“人民革命权”以及“三权分立”等理论。所有这些为启蒙运动和资产阶级革命做了充分的思想准备。第四，否定封建特权，否定君权神授。在中世纪，封建特权是天经地义，门第观念根深蒂固，国家和君主被说成是上帝所赐，为的是拯救堕落的人类。文艺复兴则使这些因素在衡量人的天平上丧失了过去的重量，人文主义者却把国家看作世俗幸福的工具，

① 马克思，恩格斯．马克思恩格斯全集（第二十卷）．北京：人民出版社，2003：254.

它的基本任务是维护社会安全与和平。他们反对专制，提出自由和平等的口号。他们相信，君主如果成为暴君，必为人民所推翻。自由的概念不同于古代，具有了鲜明的政治内容。平等也不再是早期基督教那种在上帝面前的平等，而是在法律面前的平等。这也就催生了后来英国国王查理一世被英国人民送上断头台的历史事实。第五，破除迷信，解放思想。文艺复兴恢复了理性、尊严和思索的价值。虽然文艺复兴在哲学上成就不大，但是它摧毁了僵化死板的经院哲学体系，提倡科学方法和科学实验，培根在其散文《随笔》中提出的“知识就是力量”，开创了探索人和现实世界的新风气。人们坚信自己的眼睛和自己的头脑，相信实验和经验才是可靠的知识来源。这种求是态度、这种思维方式、这种科学方法为17、18及19世纪的自然科学的大发展打下了坚实的基础。第六，文艺复兴时期创造出大量经久不衰的文学杰作，成为人类艺术宝库中无价的瑰宝，永放光芒。中世纪，圣经传说充斥艺坛，窒息了艺术的生命。文艺复兴不但把圣母变成人间妇女，把使徒像化为对人体的歌颂，而且开始了日常生活和现实人的直接描写，西欧近代现实主义艺术也从此发端。英国文学史上极为重要的几大名家和其名作精品均出自文艺复兴时期，上文已尽数详谈，这里便不再赘述。

2. 英国文艺复兴文学的回顾与必然转向

时代造就伟人，伟人书写历史。我们随着文学史的脚步去循迹过去，不得不去赞叹这样一个史实——1550年以来的一百多年，是英国文学史，乃至整个英国国家历史的方方面面中最为关键的一个时期。一方面，经过文艺复兴，英国跻身西欧列强，加冕海洋霸主，扩展全球统治；另一方面，文艺复兴使得英国国内政局风起云涌，宗教改革大浪淘沙，后期大革命使得历史上英王首次被人民送上断头台。历史上第一次，英国人的理想被激发，感情自由、严肃认真、坚定决绝、勤于思索，乐于辩论人与上帝、人与自然的这些哲理问题。与此同时，英国文艺复兴时期在文学文艺、科学文化上的收获亦是空前的，大体可以分成以下的几大方面：

（1）文学上的重大的突破。一个文学新形式“诗剧”横空出世，作家、剧本，无不生气勃勃，即使到了它的衰落期也仍然有精力有声势，其间莎士比亚又以其丰富深刻的内容和灵活多变的语言艺术令世界折服。在诗歌本身，伊丽莎白“黄金时代”的斯宾塞等人和后来的琼森和邓恩①（John Donne，1572-1631）两

① 邓恩是玄学派诗歌（Metaphysical Poetry）的创始人和主要代表人物。

大诗派都作出了重大建树，而最后弥尔顿又以雄奇瑰丽的史诗填补了英国诗空缺，将其推向新的高峰。散文领域也出现了莫尔和培根等大家，散文的创作呈现“数量多，质量高”的特点。“这是一个英国历史上最有学问的时期，文学一方面十分接近学问和哲学，另一方面却又接近人生和行动，这情况是别的时期所罕见的。”①

（2）科学打破了中世纪主义的束缚。培根为其在哲学上打开道路，实践科学开始有组织地进行，思想上空前活跃，英国式理性主义哲学和政治学开始形成。

（3）同时，艺术领域上也相当活跃。16 世纪的英国在音乐上也是一个伟大时期，17 世纪则在建筑和雕刻、装饰等领域出现了伊尼戈·琼斯（Inigo Jones, 1573-1652）这样的“全能天才”。

但文艺复兴时期的英国文学也是有其缺点的——不够文明、有点怪僻、个性过于突出、棱角过于尖利。因此，以 1660 年之后的人们的眼光来看，这一时期的文学还显得粗野不驯，这也就预示着新古典主义时期的英国文学要反其道而行之，用“法国式”的优雅和整齐来纠正以前的“桀骜不驯”。然而，从另一个角度来看，这种“桀骜不驯”是文艺复兴时期文学的最大优点。有了这种野性，才能击败中世纪顽固的负面势力，促使新事物的生长。也许，像莎翁这样有点“野性”的作家才是真正文雅的，具备以往文人难以企及的优秀品质。英国的文艺复兴过后，也不是德莱顿等复辟派一统天下，因为英国文坛还有暂时失败了的清教徒约翰·班扬（John Bunyan, 1628-1688）等人幸存，继续在“不服国教者”的名义下进行着斗争，这对于以后英国文学的发展也是大有好处的。②

思考题

1. 怎样理解文艺复兴时期英国文学的“复活”与“新生”？

2. 1500~1660 年间英国社会状况对英国文艺复兴时期的文学发展有什么样的影响，请举例说明具体表现在哪些方面？

3. 请选择你认为最能代表英国文艺复兴时期文学的一部文学作品，并结合相关的文学史实和文学理论谈一谈你的理由。

---

① Douglas Bush. *English Literature in the Earlier Seventeenth Century*: 1600 - 1660. Oxford: Clarendon Press, 1945: 400.

② 王佐良，何其莘．英国文艺复兴时期文学史．北京：外语教学与研究出版社，2006：337.

第四讲
英国新古典主义时期文学

英国文学史上的新古典主义时期，是指 1688 年英国“光荣革命”到 1798 年华兹华斯和柯勒律治合编的《抒情歌谣集》(*Lyrical Ballads*) 出版之间的这一横跨一个多世纪的英国文学时代。当时的英国正处于风云变幻、矛盾交织的改革时期，由于受到欧洲启蒙运动的影响，英国文坛的先驱们开始对欧洲古典名著产生浓厚的兴趣。他们崇尚古希腊罗马时期经典文学艺术作品的典雅协调，认为当代文学作品应当效仿古典文学的形式。他们推崇理性、逻辑和秩序，追求表达上的协调统一，强调语言明晰、结构对称、措辞优雅、形式完美。此外，新古典主义作家还秉承人文主义精神，认为文学作品应当对读者起到一定的教化作用。新古典主义时期上承文艺复兴时期，下启浪漫主义时代，无论是诗歌、小说、戏剧还是散文，都在整个英国文学的发展历程当中占了重要的地位。

本讲首先结合英国斯图亚特王朝 (The House of Stuart) 复辟、光荣革命时期的社会时代背景以及启蒙运动对英国社会文化的主要影响，简述新古典主义时期诗歌、小说、戏剧以及散文的主要发展历程。在诗歌方面，本讲主要聚焦于英雄双韵体大师亚历山大·蒲伯、感伤主义代表诗人托马斯·格雷；在小说方面，本讲主要梳理了小说兴起的社会背景，着重概述现实主义小说的奠基人丹尼尔·笛福、讽刺文学大师乔纳森·斯威夫特、书信体小说的鼻祖塞缪尔·理查逊以及被誉为“英国小说之父”的亨利·菲尔丁的成就；在戏剧方面，本讲着重讨论了社会风俗喜剧作家理查德·谢里丹及其作品；在散文方面，着重聚焦期刊文学的创始者理查德·斯蒂尔和约瑟夫·爱迪生。最后，本讲阐述了新古典主义时期文学的重要意义以及其在转向浪漫主义过程中的变化与关联。

第一节　新古典主义时期的社会历史概况与文学发展

1660 年，为了巩固新兴资产阶级在英国的统治，被驱逐出境的英王查理二世（King Chales II, 1660-1685 在位）返回英国登基，史称“斯图亚特王朝复辟”（Restoration of the Stuart），英国资产阶级革命遭受了巨大的挫折。查理二世上台不久后就公开违背约定，开始实行“反攻倒算”的政策，引起了资产阶级和贵族的不满。王朝复辟期间，英国两大党派，代表贵族地主阶级利益、拥护君主王权的托利党与代表新兴资产阶级和新贵族利益的辉格党斗争不断，国王和议会之间的权力斗争愈演愈烈。1688 年，英国发生光荣革命，身为清教徒的公主玛丽二世（Mary II, 1662-1694）与她的丈夫威廉三世（William III, 1650-1702）将在位的英王詹姆斯二世（James II, 1685-1688 在位）赶下台，从此确立了英国君主立宪的政体。此外，当时英国的教派斗争也尤为激烈。在新教拥护者伊丽莎白一世（Elizabeth I, 1533-1603 在位）的统治下，天主教在英国的地位可谓一落千丈，但残余势力依旧影响巨大，与新教进行顽强的抗争。新教与天主教之间的矛盾以及统治阶级与被统治阶级之间的矛盾都是导致 17 世纪后半叶英国矛盾交织、社会动荡的主要原因。

17、18 世纪的欧洲还发生了一场举世瞩目、影响深远的资产阶级思想文化解放运动——启蒙运动。在这场运动中，一些具有前瞻性眼光的文化先锋纷纷对封建制度、教会剥削以及贵族专权进行口诛笔伐，处于上升时期的资产阶级由于经济力量的迅速提升，遂要求取得与老牌封建贵族同等的社会地位和政治权力。英国的启蒙运动是继法国之后开始的。在英国启蒙运动开始之时，国内的资产阶级革命已如急风暴雨般冲击了贵族和教会的封建统治，大大削弱了他们的势力，因此英国的启蒙运动相对其他国家而言较为温和，主要以清除封建残余、建立资产阶级意识形态为主。因而英国启蒙文学相对文艺复兴时期文学而言有更强烈的哲学思辨特征和政治经济学底蕴。这时期的作家在创作过程中既注重形式上的庄重典雅、和谐统一，又以对资产阶级日常生活的细腻描述代替对伟大英雄形象的赞颂。因此，17 世纪后半叶到 18 世纪前半叶的英国文学经历了由新古典主义诗歌到散文再到现实主义小说和戏剧的演变过程。

1. 诗歌：承前启后，逐步演化

1700～1740 年这四十年因其文学作品特征庄重典雅、形式宏大而被称为“奥古斯坦时代”（the Augustan Age），这一名称也让人联想起被称为“奥古斯都”的罗马皇帝屋大维（Caesar Augustus）在位时期，维吉尔（Virgil）、贺拉斯（Horace），以及奥维德（Ovid）的创作风格。查理二世王政复辟期间，桂冠诗人约翰·德莱顿（John Dryden，1631－1700）用其庄重雄伟、辞藻华丽的颂诗和讽刺诗极大地推进了“英雄双韵体”在英国诗坛的地位，而德莱顿本人也被誉为“‘奥古斯坦诗歌（Augustan Poetry）’的先驱”。[①] 作为德莱顿的继承者和发扬者，亚历山大·蒲伯将德莱顿的英雄双韵体臻于完善，以他为代表的新古典主义诗人也继承了德莱顿的创作原则，认为艺术、社会和人都应该遵循统一的原则，在文学创作中也如是。由于资产阶级掌握了国家政权，这一时期的诗人不再像他们的前辈们一样致力于歌颂神话英雄和时代巨人，而是用诗人的视角和诗意的语言着重描绘平凡的资产阶级生活。他们将新古典主义的标准完美地运用到自己诗歌创作当中，十分讲究诗歌创作的韵律和措辞，注重诗歌结构的完美对称，讲究诗歌和谐统一。

18 世纪后半叶，圈地运动和工业革命使得英国社会的矛盾再次激化，工业的发展虽然给英国带来了经济的增长和生产力的发展，却也加剧了英国的社会矛盾。资产阶级与人民的斗争也反映到了文学当中。新古典主义时期的一些作家对自然环境所受的破坏、贫富差距的日益扩大以及冷漠残酷的社会现实深感不满，却又无法改变，只能希望寄情于艺术和文学来表达自己的思想情感。在此期间，新古典主义诗歌逐渐脱离了其原本的创作轨道，开始向其对立面——浪漫主义逐渐演变。作为过渡，感伤主义诗歌盛行一时。“感伤主义”一词来源于英国作家劳伦斯·斯特恩（Lawrence Sterne，1713－1768）的小说《感伤旅行》（*A Sentimental Journey*，1768），而感伤主义文学也在英国发端，随后传入法

---

① Harry Blamires. *A Short Story of English Literature*. New York：Routledge，1984：160.

国、德国等西欧国家。以托马斯·格雷为代表的墓园派诗人（Graveyard Poets）以死亡和永生为主题，用伤感哀怨的基调和细腻丰富的笔法表达出自己内心的情感，又在创作技艺上更进一层，达到了古典主义诗歌高度精巧的完美境界。奥利弗·哥尔斯密（Oliver Goldsmith，1730－1774）的诗歌清新流畅，简朴自然。他善于借景抒情，注重自然景物描写的同时，又将内心情感自然流露于诗行之间。感伤主义诗歌在发展过程中与新古典主义所崇尚的理性主义逐渐背离，感伤主义诗人过分沉溺于多愁善感的情绪之中，强调内心情感的抒发，并试图借用悲伤、死亡、永生等主题来唤起读者的同情和共鸣，借此表达对矛盾重重的社会现实的不满和对工业化时代带来的破坏的无奈。

新古典主义时期的诗歌上承文艺复兴时期诗歌的庄重典雅，气势宏伟，下启浪漫主义时期诗歌的情感丰富、灵动细腻，是英国诗歌发展史上一个承前启后的重要阶段，也是英国诗歌由理性主义转向感性主义的关键时期。

2. 小说：方兴未艾，多彩纷呈

英国新古典主义文学时期上最引人注目的成就要数小说的兴起。在经历了光荣革命和产业革命之后，英国的生产力得到前所未有的解放，资本主义工商业已经有了长足的发展，资产阶级为积累原始资本而不断从事冒险开发活动，刺激了个人意识的不断增长。作家们开始关注特定的时间空间下发生的特定事件，通过特殊时空构成的具体场景，来展现个性生活的独特魅力，从而促成了写实小说的诞生。作为新兴资产阶级的代言人，丹尼尔·笛福（Daniel Defoe，1660－1731）创作了以记录冒险活动和传奇经历为特色的英国最早写实小说。工业化时代的到来也改变了人们原有的自给自足的家庭生产模式，取而代之的是日复一日、平淡无奇的机械化生产模式，人们渴望通过小说中出现的丰富刺激的冒险活动来填补精神上的空虚。小说中夸张的情节和瑰丽的想象恰好满足了人们在日常庸碌刻板的机械工作之后渴望冒险的心理需求。此外，随着生产力水平的大大提高，中产阶级妇女们已不再被要求从事生产劳动。因而有充足的空闲时间来阅读大量的文学作品。由于受到文化水平的限制，许多妇女无法理解高深的古典文学作品，因此，更多的通俗小说便应运而生。塞缪尔·理查逊等小说家着重描写婚姻、爱情等主题，迎合了妇女的阅读趣味，受到了广泛的欢迎。

处于萌芽期的英国小说最大的特点便是“写实”二字，也正是这一风格的延续和发展为19世纪现实主义小说的兴起奠定了坚实的基础。当时的小说普遍具有以下特点：（1）偏重对客观具体的现实进行细致的描写，强调人物与环境之间的现实关系。(2) 对特定的人物、环境和事件进行特定的描写，尤其注重描写典型人物的典型性格。(3) 小说语言通俗易懂，趋向生活化，甚至直接采用较为粗俗的语言。(4) 小说叙事结构较为简单，多为平铺直叙，故事情节通常按照时间顺序正常发展。

如果说1740年前后是英国小说的萌芽期，那么在此后的15年间，英国的小说作品有如雨后春笋般涌现，多彩纷呈，使得小说一下子成了文学的主要体裁之一。18世纪的英国小说家以政治、社会、哲学主张不同而分为两派——“温和派”和“激进派”。“温和派”以笛福、理查逊为代表，基本上赞成现有的社会秩序，主张局部改良。他们的作品笔调温和，内容或是宣扬资产阶级积极进取、勇于开拓的精神，或是热情讴歌资产阶级清教徒式的道德标准。相比之下，以斯威夫特、菲尔丁和斯摩莱特（Tobias George Smollett，1721-1771）为代表的“激进派”则以尖锐讽刺的笔调向读者呈现出当时英国的全貌，着重描写劳苦大众的日常生活，无情地撕开资产阶级伪善的面具，揭露英国社会黑暗的现实。从写作手法来看，笛福最早采用纪实性的写作方式，文风朴素、语言简练、注重细节；斯威夫特是讽刺文学的一代宗师，幽默尖锐、笔锋犀利、深刻理性；理查逊是书信体小说的创始人，也是心理分析小说的鼻祖，他注重小说的道德说教功能，叙事委婉、笔调温和、寓意深刻；菲尔丁则是激进派的代表人物，他的小说描写深入，气势宏大、包罗万象。自此之后，英国现实主义小说在近两个世纪内一直呈现良好的发展势头，并取代了诗歌和戏剧在英国文学中的主导地位，成为英国最重要也是最广受欢迎的文学体裁。

3. 戏剧：波澜不惊，此起彼伏

与文艺复兴时期戏剧的繁盛发展相比，新古典主义时期的英国戏剧显得波澜不惊，并无太大建树。这一时期的英国剧作家大多“致力于模仿和改写‘伊丽莎白时期戏剧’和‘法国戏剧’”。① 1737年议会颁布的“戏剧审查法”（The Licensing Act in 1737）要求对即将上演的戏剧进行主题、语言和演出形式等方面的严格审查，使一些戏剧家在创作时被更多教条式的规定束缚，严重阻碍了戏剧的自由发展。该时期虽然没有杰出的戏剧作品，但新的戏剧形式依然崭露头角。新的戏剧形式——风俗喜剧（Comedy of Manner）和感伤喜剧（Sentimental

---

① Albert C. Baugh. *A Literary History of England* (Volume 3): *The Restoration and Eighteenth Century* (1660-1789). New York: Appleton-Century-Crofts, 1959: 884.

Comedy）在这一时期诞生并广为流传，而以资产阶级平民为主人公的资产阶级悲剧和家庭悲剧也代替了以英雄和贵族为主人公的古典主义戏剧。简而言之，18世纪的英国戏剧开始集中思考“人与社会、人与人和人与自然之间的关系”[①]，开始经历由文艺复兴时期的英雄历史剧向资产阶级伦理剧的转变。

18世纪早期的英国剧作多以喜剧为主，主要包括闹剧、风俗喜剧和感伤喜剧。作为英国小说的奠基人之一，亨利·菲尔丁在小说上的成就显然大大盖过了他在戏剧上的成就，但他在戏剧上所作的贡献仍不可忽视。在戏剧创作中，菲尔丁在政治闹剧方面的造诣又高过他在风俗喜剧上的创作。他著名的闹剧《作者的闹剧》（*The Author's Farce*, 1730）和《堂吉诃德在英国》（*Don Quixote in England*, 1734）分别讽刺了英国城镇生活的空虚无聊和议会选举的腐败。理查德·斯蒂尔作为风俗喜剧的代表，创作了《葬礼》（*The Funeral: or Grief a-la-Mode*, 1701）、《撒谎的情人》（*The Lying Lover*, 1703）和《温柔的丈夫》（*The Tender Husband*, 1705）。斯蒂尔声称，他戏剧创作的目的是要推动“思想的简化、善良的天性、友谊及荣誉”，并试图让他的戏剧成为“天主教共和国的适当娱乐”。[②] 感伤喜剧的起源最早可追溯到科利·西伯（Colley Cibber, 1671-1757）的剧作《爱的最后一招》（*Love's Last Shift*, 1696），后经后继者们的不断推进和发扬，逐渐发展成一类新的戏剧形式。斯蒂尔的《自觉的情人们》（*The Conscious Lovers*, 1722）将感伤喜剧推向了高潮。感伤喜剧的真正领军人物是18世纪后期的剧作家谢里丹。不同于当时一些为追求造作的情感和夸张的情节而创作的剧本，他的作品《情敌》（*The Rivals*, 1775）和《造谣学校》（*The School for Scandal*, 1777）通过运用娴熟的技巧、辛辣的讽刺和个性鲜明的语言，揭示了当时英国社会的虚伪和冷漠。他将人物的感情和感伤通过幽默的手法去展示，更加发扬了喜剧的趣味和魅力，使感伤喜剧达到了发展的顶峰。哥尔斯密是感伤喜剧的强烈反对者，尽管他是感伤主义诗歌的代言人。他的剧作《好脾气的人》（*The Good Natur'd Man*, 1768）和《委曲求全》（*She Stoops to Conquer*, 1773）严格贯彻了他“欢笑戏剧”的理念，设计荒谬的情节，采用古怪的对话，令读者捧腹大笑之余又深刻思考。

与喜剧的蓬勃发展相反，新古典主义时期的悲剧创作显得更加默默无闻、停

---

① 蹇昌槐．18世纪英国戏剧的伦理学观察．外国文学研究，2006（5）：71.

② Albert C. Baugh. *A Literary History of England* (Volume 3): *The Restoration and Eighteenth Century* (1660-1789). New York: Appleton-Century-Crofts, 1959: 887.

滞不前。这一时期悲剧的主要创作来源是"英国传统、东方神话和英国中世纪历史"。[①] 18 世纪早期，尼古拉斯·罗尔（Nicholas Rowe，1674-1718）的悲剧作品在当时拥有一定的人气，并在剧场频频上演。18 世纪文学造诣最高的英国悲剧当属艾迪生的《卡托》（*Cato, a Tragedy*，1712）。该剧将矛头指向资产阶级的专政统治，呼吁个人精神自由、民主共和，强调逻辑和理性的重要性。

4. 散文：人才辈出，各显所长

英国散文自弗朗西斯·培根起便人才辈出，争奇斗艳，涌现出大量文风各异、题材新颖的随笔散文作品。而散文在 18 世纪的蓬勃发展更是超越了诗歌和戏剧，可与小说相提并论。18 世纪的英国文学也可以说是个典型的"散文时代"。促成 18 世纪英国散文繁荣发展的原因是多方面的：首先，光荣革命之后资产阶级尽管夺取了政权，但封建贵族和教会的残余势力仍然如暗流涌动，企图卷土重来，推翻新兴政权。为反击旧势力，巩固新势力，一批致力于宣扬资产阶级核心价值观的散文家在时代的推动下诞生了。其次，18 世纪的英国文学深受启蒙主义思潮的影响，将理性主义奉为文学创作的宗旨。以斯蒂尔和艾迪生为代表的散文作家作为传播启蒙精神的主力军，积极推进散文艺术，还开拓了期刊随笔这一新的文学领域，使散文有广泛传播的文化背景和社会条件。最后，随着生产力的解放和科学技术的提升，英国的印刷业和出版业迅猛发展，由斯蒂尔与艾迪生首创的期刊文学备受推崇，日报和周报如雨后春笋般涌现。笛福、斯威夫特、菲尔丁、约翰逊、哥尔斯密等名家都曾主编期刊或为期刊撰稿，可见此风之盛。他们的努力使英国式的随笔得到进一步的提高，其题材更广泛，文笔也更灵活。

18 世纪的文坛巨匠们均对报刊文学有持久不衰的热情，他们各显所长，促进了报刊文学的发展。笛福是报刊文学中最活跃的人物，他在写小说之前长期从事报刊工作，文风朴素，语言简练，善于观察，贴近现实。斯威夫特作为托利党的代言人，用犀利辛辣的语言作为武器，撰写了不少反对辉格党的小册子，与持反对意见的文人作家进行激烈的论战。斯蒂尔和艾迪生是报刊文学的先驱，他们创办的《闲谈者》（*The Tatler*）和《旁观者》（*The Spectator*）以闲适幽默的笔调客观真实地记录了当时的时事新闻、社会风尚以及道德观念。在散文创作上，艾迪

① Albert C. Baugh. *A Literary History of England* (Volume 3): *The Restoration and Eighteenth Century* (1660-1789). New York: Appleton-Century-Crofts, 1959: 893-894.

生比斯蒂尔更胜一筹，他的文笔尤见典雅、温润隽秀，被认为是“上继培根下开兰姆（Charles Lamb，1775-1834）一代随笔散文大师”。[①] 塞缪尔·约翰逊是18世纪下半叶英国散文界的巨匠。他继承和发扬了弥尔顿宏伟雄辩的文风，而他的传记类作品注重格律辞令和伦理说教，开创了英国传记文学的先河。

新古典主义散文句式对称、过分崇尚理性，这在后来的浪漫主义散文家看来显得过于呆板无趣、装腔作势，但该时期的散文语言简练、文笔秀雅，在一定程度上为浪漫主义散文的兴起提供了重要的启示，催生了查尔斯·兰姆、威廉·赫兹里特（William Hazlitt，1778-1830）、德·昆西（Thomas De Quincey，1785-1859）以及李·亨特（Leigh Hunt，1784-1859）等文风简朴、文笔优美的浪漫主义散文大师。

第二节 新古典主义时期的重要作家及其代表作品

1. 诗歌

1.1 亚历山大·蒲伯（Alexander Pope，1688-1744）

亚历山大·蒲伯是18世纪初英国诗歌的主要代表人物。蒲伯出生于英国伦敦一个天主教家庭。蒲伯是一位多产的作家，从11岁起便开始诗歌创作，于20岁开始创作《批评论》(*Essay on Criticism*)，该作于1711年发表时他年仅23岁。《批评论》是以“英雄双韵体”写成的长篇讽刺诗。全诗共700多行，讲述了当时文学批评界的大致局面，给当时的批评者和诗人提出了一些创作原则。蒲伯认为，批评者和诗人应当遵从贺拉斯和维吉尔等经典作家的创作原则，在批评过程中应当谦虚谨慎、不带偏见、态度和蔼，不能一味贪求新奇，追求文体华美，偏重音韵。虽然蒲伯没有在《批评论》中提出自己的新见解，但作为对文学批评理论的综合研究，该诗在倡导古典主义原则、普及新古典主义传统方面对同时代的作者产生了巨大影响，是英国新古典主义的宣言书。此外，他用严整的格律、简洁的语言、优美的文体将这些批评观以简洁优雅的形式呈现给了读者，使诗中一些经典的诗句至今还为世人传诵，家喻户晓。

《鬈发奇遇记》(*The Rape of the Lock*，1713）是蒲伯创作的另一首长篇叙事讽

---

① 姚春树．英国散文概观．福建师范大学学报：哲学社会科学版，1994（3）：45.

刺诗。全诗讲述了一位贵族少爷不小心剪下了一位贵族小姐的一缕头发，从而引发两个贵族家庭之间的矛盾。虽然这是一件鸡毛蒜皮的小事，但是蒲伯在叙述时极尽使用夸张的手法，故意将该诗写得如同英雄史诗《伊利亚特》般宏大壮观，让读者以为事态严重，从而更使得该诗风趣幽默、滑稽可笑，令人捧腹不止。蒲伯借助英雄史诗的诗体，讽刺了当时的上流社会的虚荣浮夸、无聊至极。

蒲伯不仅用诗歌讽刺贵族阶级的虚伪无聊，还以诗歌为武器，用尖刻的语言和嘲讽的口吻抨击自己在文学上的敌人。与《鬈发奇遇记》一样，《笨伯记》（*The Dunciad*, 1728）也是一部伪史诗。在诗中，蒲伯将批评他的埃德蒙·科尔描写成沉闷女王钦定的桂冠诗人贝亚斯，组织为女王效力的文人作家们进行各项活动来取悦女王。蒲伯创造“笨伯”（Dunciad）一词来讽刺那些批评他作品的庸俗文人，抨击他们的软弱肤浅、见风使舵、矫揉造作。

此外，蒲伯还出版过《田园诗集》(*Pastorals*, 1709)，翻译过荷马史诗《伊利亚特》(*Translation of the Iliad*, 1713）和《奥德赛》(*Translation of the Odyssey*, 1726)，并于 1725 年出版了他编辑的《莎士比亚全集六卷本》(*The Works of Shakespear, in Six Volumes*)。晚期他还创作了著名的《人论》(*Essay on Man*, 1733-1734)。

蒲柏是第一位受到欧洲大陆关注的英国诗人，也是启蒙运动时期古典主义文学的代表，他“使得德莱顿倡导的英雄双韵体更臻于完善，成为 18 世纪上半叶英国诗坛的主导形式”[①]，形式更为整齐优美，节奏更跌宕起伏。但进入 19 世纪后，一些评论家认为他的诗歌过分注重技巧，没有实质的内涵，而浪漫主义的兴起也使得新古典主义逐渐衰落。但蒲伯的诗歌工整规范、韵律优美、形式典雅，依旧具有很高的欣赏价值，值得拜读。

1.2　托马斯·格雷（Thomas Gray, 1716-1771）

托马斯·格雷是英国新古典主义后期重要的抒情诗人，也是感伤主义诗歌的代表，同时也是墓园派诗歌的领军人物。

虽然格雷是后世公认的感伤主义诗歌创作先驱，但他一生诗作并不多，仅十余首传世，其中最著名的当属《墓园挽歌》(*Elegy Written in a Country Churchyard*, 1742-1750)。全诗为抑扬格五音步，共 128 行，分为 32 个诗歌小节，每小节有 4 行诗句，每行由 10 个音节组成，尾韵为“abab”，结构整齐，韵律优美，颇有古典主义诗歌的庄重典雅之风，又唯美细腻地描写了乡村暮景，从而表达了诗人内

① 王守仁，方杰. 英国文学简史. 上海：上海外语教育出版社，2005：88.

心丰富的情感。诗歌的前三节用优美的语言和大量的修辞向读者展现夜幕降临时分的村落图景，抒发了诗人对自然的崇敬之情。随即这幅图景随着诗人的目光来到了乡村的墓园，作者继而幻想墓园中的逝者们生前的生活状态，又感叹无论是封建权贵还是劳苦大众，最终的命运都是走向死亡。在之后的诗节中，诗人的情感开始升华。他认为长眠在地下的劳动人民一生辛劳，生前饱受压迫，死后却也默默无闻，十分值得同情。诗歌的最后，诗人开始陷入沉思，他认为人们在面对死亡时应当从容不迫，勇敢面对。该诗最初是为哀悼一位他在伊顿公学的同窗好友而作，然而纵观全诗，我们可以发现，诗歌表达的不仅仅是对个人的哀悼沉思，而是通过对白金汉郡（Buckinghamshire）的斯托克·波吉斯（Stoke Pogis）村一处墓地的描写，表达了对逝去之人的哀悼和惋惜，同时也表达了对下层劳动人民贫困交加的生活的深切同情，对权贵的嘲讽和对现实的不满。

从《墓园挽歌》我们可以看到，托马斯·格雷的诗歌基调伤感、哀婉缠绵，堪称感伤主义诗歌的代表作，但他又巧妙地将古典主义与感伤主义相融合，使得这首诗歌在表现感伤主义内容时，又采用古典主义诗歌的表达形式——托马斯·怀亚特（Thomas Wyatt，1503-1542）的哀歌诗体（elegiac stanza）。诗歌结构匀称，句法统一，实现了语言和形式上的完美结合，读起来朗朗上口，令人回味无穷。

2. 小说

2.1 丹尼尔·笛福（Daniel Defoe，1660-1731）

丹尼尔·笛福是英国第一位真正意义上的小说家，也被认为是现实主义小说的奠基人。他出生于伦敦一个中产阶级家庭。

笛福59岁才开始写小说，流传后世的有《鲁滨孙漂流记》(*Robinson Crusoe*，1719)、《辛格顿船长》(*Captain Singleton*，1720)、《莫尔·弗兰德斯》(*Moll Flanders*，1722)、《陆军上校杰克》(*Captain Jack*，1722）以及《罗克萨娜》(*Roxana*，1724)。《鲁滨孙漂流记》是根据水手亚历山大·赛尔柯克的真实经历改编创作的，也是笛福流传最广的小说。小说的主人公鲁滨孙·克鲁索喜欢冒险，在前往非洲的航海旅行中遭到海难，虽然得以生还却被困孤岛。凭着惊人的毅力，他独自在岛上生活了二十八年。之后岛上来了一群野蛮人，打破了鲁滨孙平静的生活。他从野蛮人手中救下了一个人，给他取名为“星期五”，教他学习英语，并使他成为自己的奴隶。后来，一艘英国的商船经过荒岛，鲁滨孙搭乘商船得以回国。

《鲁滨孙漂流记》之所以流传甚广，是因为笛福在该书中营造出了一种真实感：首先，小说以自传体作品的形式出现，采用第一人称叙述；其次，小说的主要内容涉及荒岛生存的实际问题，非常贴近生活；再次，作者对具体细节描写十分重视，描写不厌其烦，数字精确；最后，该书语言朴实无华，客观地记述了荒岛上发生的事件。主人公鲁滨孙是英国资产阶级发展早期的代表人物，他的形象契合了 18 世纪英国的时代精神。他渴望冒险，不甘平庸的生活；乐观向上，充满斗志，充满了自我奋斗的精神。他是富有开拓和进取精神的资产阶级英雄，也是充满征服欲和开疆拓土的殖民代表。在他对仆人"星期五"的驯服中，他的殖民主义色彩更加明显。笛福把浸润着资产阶级个人进取精神的大胆想象与具体逼真的写实手法相结合，使得《鲁滨孙漂流记》成为现实主义小说的奠基之作。该小说也是颂歌资本主义和企图使殖民主义合法化的叙事文学作品。

笛福常被人认为是现代主义小说的创始人，他是英国文学史上最早将现实主义的各种要素融合在一起的作家。他的小说中大量对环境和生活细节的具体描写，以及纪实性的写作手法和朴素的文风，给读者以强烈的真实感。

2.2　乔纳森·斯威夫特（Jonathan Swift，1667-1745）

乔纳森·斯威夫特是 18 世纪英国著名的讽刺作家、散文家、政治宣传者和诗人。他于 1667 年出生于爱尔兰都柏林一个律师家庭。斯威夫特于 1704 年发表了《书的战争》(*The Battle of the Books*) 和《桶的故事》(*A Tale of a Tub*) 两部讽刺小说。《书的战争》初次显示了他的讽刺才能，而《桶的故事》在文学造诣方面远高于前者。1708 年他还发表了《比克斯塔夫历书》(*Bickerstaff Almanac*)。斯威夫特中年时期卷入辉格党和托利党之间的党派斗争，并写了许多小册子来鞭挞当局的好战政策，呼吁人民反对战争，斥责当局政府贪污腐败。其中著名的有《一个麻布商的来信》(*The Drapier's Letters*，1726)、《一个小小的建议》(*A Modest Proposal*，1729) 等。斯威夫特后半生回到爱尔兰，成为某教区的一位牧师。他鼓励爱尔兰人民捍卫自己的民族权力，反抗英国人的剥削，为民族的自由而斗争，这使他成为爱尔兰的民族英雄。尽管如此，斯威夫特晚景依旧凄凉。他年幼时期曾患过脑膜炎，晚年耳聋头痛日益加剧，最后几年时常昏睡乃至精神失常。这位讽刺文学的一代宗师于 1745 年 10 月 19 日逝世，葬于圣帕特里克大教堂。

《格列佛游记》(*Gulliver's Travels*，1726) 是斯威夫特最伟大的作品。全书共分为四卷，每一卷都讲述了格列佛传奇般的经历。第一卷讲述格列佛在出海途中遇险，来到了小人国利立浦特。岛上的居民身高均不过六寸，但在争权夺利时却施展了种种卑劣的手段，连大头还是小头打开鸡蛋这种鸡毛蒜皮的小事都能成为两国交战的理由，可见其荒谬无聊至极。该卷实际上是讽刺当时英国两大党派，托利党和辉格党任意挑起战争，导致民不聊生的劣行。第二卷格列佛来到了大人国布罗丁奈格，这里的居民恰恰与小人国相反，身高六十尺，庞大无比。该国虽然经济文化较为落后，但民风淳朴，人民性情纯良，是格列佛的理想国，具有乌托邦的性质。斯威夫特在此卷中花大量的笔墨对大人国的政治制度进行赞扬，从而反衬出英国当时政治制度的荒谬与腐败。第三卷讲的是格列佛在飞岛国的经历。岛上的居民大多是喜欢空想的数学家和音乐家，他们整日冥思苦想，不切实际。他们是统治者，统治着下方岛上的居民。这部分既讽刺了英国对殖民地的统治行为，也讽刺了当时的皇家学会科学家们整日空想、无所事事、不切实际的特点。第四卷讲的是格列佛在慧马国的经历，也是本书中最辛辣的讽刺。在这片土地上，慧马虽然身形似马，却拥有智慧，是最高的统治者。而被统治的是野胡，他们卑鄙龌龊，贪得无厌，是斯威夫特对资产阶级统治者最辛辣的讽刺。《格列佛游记》是一部讽刺寓言小说，通过主人公格列佛的幻想旅行，作者尖锐地讽刺了当时英国的党派斗争、议会制度、社会现状甚至人性本身，使这部作品直到现代仍有重要的意义。

斯威夫特作为一名讽刺文学的大师，语言简洁明了、充满活力。他的讽刺通常一针见血，但讽刺却总是隐藏于表面的严肃之后，不动声色的平静之下潜伏着辛辣的讽刺，对后世的文学创作产生了巨大的影响。

2.3 塞缪尔·理查逊（Samuel Richardson, 1689-1761）

塞缪尔·理查逊是英国著名的小说家。他出生于小资产阶级下层。1743 年写成了他的第一部书信体小说《帕美拉》(*Pamela*, 1741)，此后理查逊又出版了两部书信体小说《克拉丽莎》(*Clarissa*, 1747-1748) 和《查尔斯·格兰迪森爵士》(*Sir Charles Grandison*, 1753-1754)。

《帕美拉》是理查逊的代表作，也是英国第一部书信体小说。该书是由一位叫帕美拉·安德鲁斯的女仆给父母写的一系列信件组成的。《克拉丽莎》是理查逊另一部代表作，也被誉为是“英国第一部悲剧小说”。小说讲述了一位富家小姐克拉丽莎·哈洛的婚姻悲剧。克拉丽莎出身富家，容貌美丽，品行端庄，是一位娴雅的淑女。但出于野心和贪婪，她的父母和哥哥强迫她嫁给一位样貌丑陋、品行恶劣、目不识丁的富商。为了逃避这场婚姻，克拉丽莎在恋人拉夫雷斯的帮助下成功出逃，但让她意想不到的是，拉夫雷斯也是个衣冠禽兽，他对克拉丽莎的爱只停留在对其肉体的欲望，并想方设法想要获取她的贞操。在被拉夫雷斯强暴之后，克拉丽莎伤心离世。小说和《帕美拉》一样用书信体写成，由克拉丽莎和她的密友，以及拉夫雷斯和他的朋友之间共五百七十多封信件组成。小说采用了悲剧的形式，心理描写细致入微，让读者感同身受。《克拉丽莎》出版后获得了大量的好评，成为英国最早的“畅销书”。相比上一部作品，理查逊在该书中对人物性格塑造的功力显然更进一层，书中的男女主人公的性格相较于帕美拉都更为复杂，具有双重性。例如男主人公拉夫雷斯，虽然表现得放荡不羁、贪财好色，但他本人又极具魅力，时而诙谐幽默，时而愤世嫉俗的态度，就如王尔德《认真的重要性》(*The Importance of Being Ernest*, 1895) 中的花花公子形象一样，令人费解，却又忍不住去探究。

在今天看来，理查逊的作品过于冗长繁重，已很少有人阅读。但他开创了书信体小说的先河，对英国小说文体的发展做出了重要的贡献。此外，理查逊是英国最先对人物心理活动的变化进行细致描写的小说家，被后世誉为“心理分析小说的始祖”。[①] 他着重描写人物的内心情感，将感伤主义与现实主义相结合，使小说更加引人入胜。尽管他的作品受到了同时代的英国著名小说家亨利·菲尔丁等人的批判，但他独特的写作风格也在很大程度上影响了西欧文学，例如18世纪法国作家卢梭（Jean-Jacques Rousseau, 1712–1778）的书信体小说《新爱洛伊斯》(*Julie, or the New Heloise*, 1761) 和德国作家歌德（Johann Wolfgang von Goethe, 1749–1832）的《少年维特之烦恼》(*The Sorrows of Young Werther*, 1774) 都深受理查逊小说的启发和影响。

2.4　亨利·菲尔丁（Henry Fielding, 1707–1754）

亨利·菲尔丁是英国18世纪最伟大的小说家，也被司各特誉为“英国小说之父”。他出身于英国西南部萨摩赛特郡的一个贵族家庭，20岁时便发表处女作《各种假面具下的爱情》(*Love in Several Masques*, 1728)，却没有成功。之后他开始翻译并改编一些当时较有影响力的剧本，包括《吝啬鬼》(*The Miser*, 1732)、《堂吉诃德在英国》(*Don Quixote in England*, 1734) 等。致力于戏剧创作的菲尔丁，在伦敦戏剧界获得了不小的声誉。可是好景不长，由于菲尔丁的戏剧笔锋犀利，讽刺当局，他的戏剧受到了种种阻挠。1737年，英国议会通过的“戏剧审查法”更阻碍了菲尔丁戏剧的上演，菲尔丁于是被迫放弃戏剧创作，开始写小说。菲尔丁共创作四部小说：《约瑟夫·安德鲁斯》(*The History of the Adventures of Joseph Andrews*, 1742)、《大伟人江奈生·魏尔德》(*The Life and Death of Jonathan Wild, the Great*, 1743)、《汤姆·琼斯》(*The History of Tom Jones, a Foundling*, 1749) 和《阿米莉亚》(*Amelia*, 1751)。菲尔丁晚年疾病缠身乃至四

① 王守仁，方杰．英国文学简史．上海：上海外语教育出版社，2005：78.

肢瘫痪，不得不去葡萄牙里斯本求医疗养。无奈没过多久他便因病客死异乡，死后被葬在当地的墓园中。

《约瑟夫·安德鲁斯》是菲尔丁的第一部小说，也是他对塞缪尔·理查逊的小说《帕美拉》的戏仿之作。菲尔丁认为《帕美拉》夸大了帕美拉的妇德，过分强调帕美拉的高尚，反而显得矫揉造作，极尽虚伪。因此他创作了《约瑟夫·安德鲁斯》来表达自己的观点。约瑟夫·安德鲁斯是帕美拉的弟弟，在一个贵族家庭里当仆役，为了不受女主人的诱惑，约瑟夫从主人家出逃，前往女友芬妮·歌德威尔处。约瑟夫在旅途中遇到了他的牧师朋友亚伯拉罕·亚当斯，两人结伴同行，四处流浪，经历了不少奇闻轶事。最终约瑟夫在朋友的帮助下，与恋人芬妮共结连理。该书之所以被称为理查逊小说的戏仿，是因为书中的约瑟夫和他的"姐姐"帕美拉不同，帕美拉尽管声称不愿沦为主人B先生的情妇，却最终嫁给了他，而约瑟夫却因为不愿受女主人诱惑而愤然出走。两者相比，帕美拉略显伪善，但约瑟夫却真诚善良，对恋人忠贞不渝，坚持自己的原则。尽管菲尔丁与理查德一生针锋相对，但有一点是相同的，他们都相信小说的教化作用。在这部戏仿小说中，菲尔丁也宣扬了约瑟夫正直真诚的品性来教化读者。小说后半部分脱离了"帕美拉模式"，开始了约瑟夫和亚当斯的流浪历程，菲尔丁用风趣幽默的语言展现了当时英国的社会百态，令读者在捧腹大笑之余也不禁引发深思。

菲尔丁的另一部代表作《汤姆·琼斯》被誉为英国小说中结构最完美的作品之一，也是菲尔丁小说创作生涯达到巅峰的标志。汤姆·琼斯是英国一位乡绅奥尔沃绥先生与妹妹百利姬收养的孤儿。长大后的汤姆相貌英俊、单纯善良，却因为自小娇生惯养而有些轻率放荡。汤姆爱上了邻家乡绅的女儿索菲亚，而索菲亚也同样钦慕汤姆。但奥尔沃绥先生的外甥、百利姬的儿子布利菲尔也在追求索菲亚，此人心术不正，他的目的是为了霸占奥尔沃绥先生的家产。由于布利菲尔的陷害，汤姆一度被赶出家门，流浪在外，而索菲亚也带着女仆逃出家门以逃避与布利菲尔的婚姻。两人在伦敦分别经历了一系列离奇的事件，而他们的爱情也一度经受了考验。最终两人消除了之前的误会，汤姆的身世也被知情人和盘托出：原来汤姆是百利姬和一位教士的私生子，是布利菲尔同母异父的兄弟，也是奥尔沃绥先生的外甥。奥尔沃绥先生随即取消了布利菲尔继承人的资格，立汤姆为继承人，而汤姆与索菲亚也有情人终成眷属。该小说共18卷，每一卷都以对小说艺术的探讨开始。小说场面宏大，涉及当时英国社会的千姿百态，包括城市、乡村、戏院、赌场、法庭、监狱等，无所不有，包罗万象。小说揭露了当时英国以布利菲尔为代表的某些贵族阶级绅士唯利是图、奸诈狡猾、虚伪阴险、为达目的不择手段的阴暗面，也宣扬了以汤姆为代表的正人君子正直善良、光明磊落的美德。小说和《约瑟夫·安德鲁斯》一样具有教化作用，教化世人弃恶扬善，歌颂美好纯真的爱情，批判金钱至上的婚姻观。

菲尔丁可以称之为英国现实主义小说的奠基人，他的作品确立了小说在文学中的地位。他在小说创作中插入自己对小说创作艺术独具匠心的理论观点，用完整的理论来从事小说创作，对后世小说的发展起了重大的作用。他通过作者的全知视角，用简明、清晰、直白却又灵活生动的语言和叙述口吻来讲述真实的故事，给读者一种真实感。他的小说描写当时英国社会的现状，涉及英国社会的方方面面，展现了一幅英国当时社会的全景图。

3. 戏剧

理查德·布林斯利·谢里丹（Richard Brinsley Sheridan, 1751–1816）

理查德·布林斯利·谢里丹出生于爱尔兰都柏林。1775 年，年仅 24 岁的他创作了首部喜剧《对手》(*The Rivals*）并在皇家剧院上演，风靡一时；同年，他又创作了《圣帕特里克日》(*St. Patrick's Day*）和《多维娜》(*The Duenna*)。1777 年，谢里丹达到了他戏剧创作的顶峰，他的感伤喜剧《造谣学校》(*The School for Scandal*）用机智幽默的语言批判了伦敦上流社会妇女捕风捉影、造谣生事的社会风气。谢里丹的其他戏剧作品还有《斯卡博罗之行》(*A Trip to Scarborough*, 1777)、《营地》(*The Camp*, 1778)、《批评家》(*The Critic*, 1779)、《光荣的六月一日》(*The Glorious First of June*, 1794）以及《比扎罗》(*Pizarro*, 1800)。尽管盛年享尽了光辉荣耀，谢里丹晚年的境况却不尽如人意。1813 年他因债务问题被逮捕，并且又长期遭受脑病的折磨。1816 年 7 月 7 日，谢里丹去世，葬于威斯敏斯特大教堂。

谢里丹最著名的戏剧作品当属他的五幕喜剧《造谣学校》。该剧从类型上来讲可归为世态喜剧一类，而“世态喜剧由于其机智的主要特征被称为‘机智喜剧’，同时还因故事发生在客厅中，又有‘客厅喜剧’之称”。[①] 所谓的“造谣学校”，指的是施尼维尔夫人家中的会客厅。以施尼维尔夫人为首的贵族资产阶级妇女常聚集在这里，捕风捉影、造谣生事，因此施维尼尔夫人也被戏称为“造谣学校校长”。剧中的主人公是萨菲斯兄弟约瑟夫和查尔斯。约瑟夫看上去风度翩翩、循规蹈矩，实则道貌岸然、荒淫无度。他不仅与施维尼尔夫人和狄泽

① 陈瘦竹．“风俗的明镜”——谢立丹的世态喜剧名著《造谣学校》．文史哲，1982（5）：77.

尔夫人私通，还妄图勾引弟弟的女友玛利亚。他表面上乐善好施，实则斤斤计较。查尔斯虽然表面上挥霍浪费、放荡不羁，实则单纯善良、慷慨仁慈。由于施维尼尔夫人与约瑟夫有私情，约瑟夫被她形容得英俊潇洒、高尚仁慈，而查尔斯则被形容成一个不折不扣的浪荡子。兄弟俩的叔父奥利弗·萨菲斯爵士在印度经商十五年，回到伦敦后不信众人对兄弟俩的评价，便扮成放高利贷的犹太人来试探他们。经过仔细调查，他发现事实并不是人们所传的那样，兄弟俩的性格均与传闻截然相反，人们都被他们的表象所迷惑。该剧最终以皆大欢喜的形式收场，约瑟夫和施维尼尔夫人的私情和奸计被揭发，落荒而逃；查尔斯和玛利亚有情人终成眷属。

作为谢里丹的代表作，《造谣学校》也成了感伤主义的宣言书。谢里丹在剧中借查尔斯之口说道："世界上没有什么比感伤的人更尊贵的了。"[①] 不同于其他感伤主义文学作品，《造谣学校》除了表达感伤之外，融入了更多的机智和幽默，增添了剧本欢乐幽默的气氛。谢里丹运用高超娴熟的写作技巧，通过灵活的语言、不动声色的讽刺和生动有趣的情节真实地把当时英国上层阶级荒淫虚伪、挥霍成性、捕风捉影、无聊至极的社会风气描绘得淋漓尽致。

谢里丹在戏剧创作上的光辉让沉寂多年的英国剧坛再次引起世人瞩目。他创造性地将感伤主义和现实主义结合起来，并将幽默和智慧融入戏剧对话当中，用生动灵活的语言来表达感伤的内容，让读者在欣赏其富有戏剧性的对话和离奇有趣的情节的同时，又能了解当时英国上流社会的生活方式和风俗习惯。在作品中，谢里丹也完美地将戏剧的教化作用发挥出来。他无时无刻不在讽刺上流社会的腐朽生活，通过幽默和讽刺教化读者，将道德和人生感悟很好地融入了戏剧表演当中。谢里丹的风俗喜剧上承威廉·康格里夫（William Congreve，1670－1729），下启奥斯卡·王尔德，是18世纪英国戏剧发展的重要里程碑。

4. 散文

理查德·斯蒂尔（Richard Steele）和约瑟夫·艾迪生（Joseph Addison）

理查德·斯蒂尔（1672－1729）和约瑟夫·艾迪生（1672－1719）是当之无愧的"英国报刊文学之父"。斯蒂尔出生于爱尔兰都柏林一个律师家庭。斯蒂尔是个多面手，在戏剧、散文方面都有一定成就。1701年他发表了宗教论文《基

---

① Albert C. Baugh. *A Literary History of England* (Volume 3): *The Restoration and Eighteenth Century* (1660－1789). New York: Appleton-Century-Crofts, 1959: 1047.

督教的英雄》(*The Christian Hero*)，从此开始他的写作生涯。之后他又创作了几部风俗喜剧，包括《葬礼》(*The Funeral*, 1701)、《撒谎的情人》(*The Lying Lover*, 1702)、《温柔的丈夫》(*The Tender Husband*, 1705) 等。斯蒂尔的小品文堪称一绝，他语言质朴、文风简练、措辞恳切，颇有培根散文之风，而其中有不少句子如今已成为警句箴言。

艾迪生是英国散文家、诗人、剧作家，他出生于英国西南部威尔特郡的一个牧师家庭。

艾迪生在文学上的造诣要高于斯蒂尔。他文笔清新、文字隽永，在诗歌、散文、戏剧等方面都颇有建树。他的诗歌大多用英雄双韵体写成，其中著名的有《矮人与鹤的战争》(*The Battle of the Pigmies and the Cranes*, 1698) 和《战役》(*The Campaign*, 1705)。他创作的悲剧《卡托》(*Cato*, 1712) 被誉为是18世纪英国最出色的悲剧作品。此外，他还创作了歌剧《罗萨蒙德》(*Rosamond*, 1707)。

斯蒂尔和艾迪生对英国散文最大的贡献便是其极大地促进了报刊文学的发展，创办了报刊《闲谈者》和《旁观者》。《闲谈者》最早由斯蒂尔于1709年创办，每周二、周四和周六出版。斯蒂尔曾经说过，办该报的基本目的是"揭露生活中错误的艺术，撕去狡诈、虚荣、装模作样的面具，并推崇服饰、交流和行为上的简化"。[①] 该报信息来源广泛，大多来自于文人聚会闲谈的咖啡馆。例如报刊上的诗歌采集于德莱顿时期就远近闻名的威尔咖啡馆 (Will's Coffeehouse)，而国内外新闻则采集于圣詹姆斯咖啡馆 (St. James Coffee-house)。《闲谈者》的创办和撰写主要以斯蒂尔为主，报刊创办之初艾迪生仍在国外游历。在报刊出版印刷过程中，斯蒂尔单独编写了188期，而艾迪生只编写了42期，两人合写36期。该报还得到了当时著名的讽刺文学大师斯威夫特的支持和帮助。

斯蒂尔和艾迪生为英国报刊文学的发展作出了重要的贡献，他们所创办的报纸不仅用文学形式记录了人们的日常生活，也为作家提供了发表作品的基地，并使得文学朝着大众化的方向发展。他们的小品文文风延续了一个多世纪，被后世散文家争相模仿，极大地推动了英国散文的发展。

---

① Albert C. Baugh. *A Literary History of England* (Volume 3): *The Restoration and Eighteenth Century* (1660-1789). New York: Appleton-Century-Crofts, 1959: 873.

第三节　英国新古典主义文学的意义和转向

英国新古典主义文学是英国文学的重要组成部分，该时期的文学推崇理性，强调明晰、对称、节制、优雅，追求艺术形式的完美与和谐。然而18世纪后半叶，随着社会的变迁和文艺思潮的发展，该文学流派开始背离原来的创作轨道，出现了新的文学理念和特征，并逐渐向浪漫主义文学转变。

英国新古典主义诗歌继承了文艺复兴时期史诗和颂诗的庄严朴素，又吸收了启蒙运动思潮的精髓，以英雄双韵体为主要形式，却更讲究诗歌的措辞与韵律。以蒲伯为代表的新古典主义诗人主张诗歌格律严谨、技艺精巧，反对华丽的辞藻和过分抒发的情感，推崇理性、崇尚自然，并重视诗歌的教化作用。然而新古典主义诗歌除了结构优雅、韵律工整之外，似乎缺乏想象力、创造力和实质的内涵。自18世纪中后期起新古典主义诗歌便不太受追捧，取而代之的是有“前浪漫主义诗歌”之称的感伤主义诗歌。感伤主义诗歌一反新古典主义以上层社会为题材的传统，把目光投向农村，去描写劳动人民，同时要求语言的民主化。他们不满新古典主义对理性的强调，转而强调情感，竭力展示人的内心世界和思想情感，调子凄婉、哀怨，从而形成了感伤主义的创作风气。但感伤主义诗人也继承了新古典主义诗歌的一些传统，他们仍然坚持“人本善”的信念，并确信人的道德是可以完善的。他们要用感情和仁爱作武器向社会作劝善教育。感伤主义诗歌将目光投向农村和自然，并注重内心情感的抒发，为19世纪浪漫主义诗歌的出现创造了良好的开端。19世纪初期，以威廉·华兹华斯为代表的浪漫主义诗人“反对新古典主义诗歌的‘诗意辞藻’、‘抽象词汇’，主张用‘人们真正使用的语言做诗’”①，推崇感情的流露，并运用夸张的手法和瑰丽的想象使诗歌更加丰富自然。但浪漫主义诗人对新古典主义诗歌并不是完全持否定态度，他们的创作并未完全脱离理性的节制，常常呈现出情与理的交融。而他们所提倡的“情感”、“想象”、“田园生活”也是对感伤主义的继承。

18世纪的英国文学是小说兴起的时代，而新古典主义时期的小说主要以写实小说为主。当时的小说以“真实”二字为创作理念，因而小说既成为文学家

---

① Daniel G. Hoffman, Samuel Hynes. *English Literary Criticism: Romanticism and Victorian*. New York: Meredith Publishing Company, 1963: 21.

们反映生活、表现生活真实感受的重要手段与方式，也成为普通民众观察生活和宣泄情感的重要渠道，成了文化传播的重要媒介。笛福、斯威夫特、理查逊、菲尔丁等小说家从不同的角度将笔触伸向英国社会的各个角落，用简朴平实的笔调真实地将英国社会的全景图展现在读者眼前。18 世纪下半叶，感伤主义思潮也影响了小说的创作。劳伦斯·斯特恩是英国感伤主义小说的代表，他认为："文学的主要任务是描写人的内心世界和他变化无常的情绪。而小说结构的基础不是逻辑性而是情感性的原则。"[①] 斯特恩感伤主义的笔法不仅开启了感伤主义文学的先河，还成了浪漫主义文学的先声。18 世纪末，英国出现了一种新的小说形式——哥特式小说（Gothic Novel）。该类小说的开山鼻祖是霍勒斯·沃尔波尔（Horace Walpole，1717-1797），他的作品《奥特兰托城堡》（*The Castle of Otranto*，1764）标志着哥特式小说正式登上英国文坛。哥特式小说的出现绝非偶然，它既继承了当时英国墓园派诗人的"哥特式"情结，又借鉴了埃德蒙·伯克（Edmund Burke，1729-1797）的"哥特式"美学标准。哥特式小说注重从超现实的角度叙述离奇怪幻的故事，给人提供一种新的观察事物的视角，让事物以一种全新的面目展现在读者眼前，表现出对 18 世纪理性主义的反叛。哥特式小说采用超自然的素材，运用意识流、现实与超现实相结合的手法，讲述奇人、奇事、奇景、奇境，从而拓展了小说的创作领域，丰富了小说的艺术表现手法。

尽管新古典主义时期的英国戏剧发展与其他文体的蓬勃发展相比显得有些黯然失色，但这一时期的戏剧仍然起着承上启下的重要作用。起初，新古典主义只认可两种戏剧形式：悲剧和喜剧，而亦喜亦悲的戏剧则被视为掺染杂质的劣等品。因此悲剧只能关于王公贵族的堕落，文体庄严肃穆，富有诗意；而喜剧内容则相对轻松，表现的都是中产阶级以及下层人民的日常生活，较为诙谐幽默。新古典主义者认为戏剧的使命在于惩恶扬善，悲剧的目的在于告诫人们错误的行为导致的可怕后果；而喜剧则大多是寓教于乐，嘲讽资产阶级和贵族不合时宜的荒诞行为。新古典主义者讲究戏剧的肖真，因此严格遵守"三一律"（The Three Unities）：整部戏剧应当在 24 小时之内完成；剧情发生的地点只能在一处，至少是 24 小时内可来回的地方；情节要统一，只能有一条主线。虽然"三一律"有助于统一戏剧结构，增强戏剧张力，却也有矫枉过正之嫌。约翰逊只承认"三一律"中情节整一，而对时间整一和地点整一给予无情的批判。自从感伤主义喜剧诞生，"三一律"被逐渐淡忘并最终摒弃。18 世纪后期，感伤喜剧成为英国

---

① 陈亚平．感伤：创造社小说的美学风貌．安徽大学学报，2007（4）：59.

剧坛的主导形式。以谢里丹为代表的感伤喜剧家将感伤主义和理性主义相结合，将幽默机智的语言融入戏剧对话当中，一方面尖锐地讽刺了 18 世纪伦敦上层社会的种种不良习气，揭露了资产阶级造谣、虚伪等种种败德；另一方面也宣扬了回归自然人性的伦理思想。18 世纪末 19 世纪初，随着浪漫主义之风兴起，戏剧也相应有了形式和内容上的改变：戏剧题材扩大，不再纯粹反映中产阶级社交生活，而是将笔触伸向方方面面，剧作家们又重新对历史剧和神话剧产生兴趣；戏剧通常为 5 幕，模仿莎翁的剧作，采用插曲式史诗结构；戏剧时空不受任何约束，甚至出现剧中人周游列国甚至穿越时空的情节；戏剧人物通常为浪漫主义英雄，个性鲜明、情感强烈、疾恶如仇、藐视规范、追寻真理。感伤喜剧和浪漫主义戏剧均为维多利亚时期王尔德风俗喜剧的出现打下了坚实的基础。

新古典主义时期的英国散文颇有建树，这时期的散文界人才辈出，涌现了不少文笔遒劲、文风质朴的散文家。笛福的散文贴近现实，宣扬精神；斯威夫特的讽刺作品言语尖锐，一针见血；艾迪生的小品文清新隽永，语言朴素；约翰逊的传记作品贴近现实，叙事生动。此外，斯蒂尔和艾迪生所创办的《闲谈者》和《旁观者》更是促进了英国散文的发展，许多知名作家都为两报撰写文章。他们或宣扬自己的政治立场，或反映社会现实，或通过描写再平常不过的小故事来讽刺当权者的荒谬可笑，这些均为 18 世纪的英国散文增添了光辉。18 世纪末 19 世纪初，新古典主义日渐式微，浪漫主义思潮也同样影响了散文创作。浪漫派散文家兰姆和赫兹里特等人开始挑战新古典主义教条，将英国随笔散文的发展推向极致，丰富了散文的内容及样式，使英国散文更加多彩纷呈。他们不重视新古典主义散文家所提倡的启蒙教化，而更重视自我情感的表达和自我情趣的提升。在他们的革新和努力下，散文变得更贴近生活和日常口语，文风更简洁朴素，形式更加自由，语言更加酣畅优美，呈现出更绚丽灿烂的文学景观。

思考题

1. 英国新古典主义文学的主要特征是什么？
2. 报刊文学为何在该时期兴盛？与当时的社会背景有着怎样的关联？
3. 英国新古典主义文学是如何向浪漫主义文学转变的？

第五讲
英国浪漫主义时期文学

“浪漫主义”来源于中世纪法语中的 Romance（意为“传奇”）一词。公元 11 世纪前后，在现在的法国地区，出现了一批用罗曼语写成的世俗文学作品，主要描写中世纪骑士的爱情、游侠和冒险故事，后来逐渐形成一种文学体裁——Romance（传奇），音译为“罗曼”。以后人们就把那些同传奇故事、离奇遭遇、想象色彩相联系的文学作品统统划归为浪漫主义。文学史上的“浪漫主义”一词就是由此演变而来。

作为一种文学观念和一种表现方法，浪漫主义同现实主义一样，早在世界各民族的文学艺术发展处于口头创作时期，就已经出现了。如果说浪漫主义文学最基本的特点是以充满激情的夸张方式来表现理想与愿望的话，那么，可以说，在人类最初的文学活动中，就已经存在这种形态的文学了。不管是炎黄子孙的远古神话，还是爱琴海畔的英雄史诗，都具有这样的特点。表现理想和幻想本是促成文学发生的重要原因之一，也是文学构成的基本要素之一。从这个意义上说，浪漫精神是文学的一个重要源头，文学从一开始就和浪漫主义有着极其密切的关系。[1] 但此时的浪漫主义尚未形成一种文学思潮，也无明确的理论概念，一些作品中的浪漫主义因素和特点是人们不自觉的掌握的创作方法。浪漫主义文学的发展经历了漫长的历史过程，在长久的酝酿和等待后，浪漫主义运动终于喷薄而出，以山雨欲来之势席卷了整个欧洲和北美，相继产生了众多影响深远的作家和璀璨的作品。

第一节　英国浪漫主义时期的社会历史概况与文学发展

1. 社会历史概况

西方文学史上的浪漫主义运动无法一言以蔽之，尤其是它的确切时间和特点，因为这是一场席卷欧洲及美国的浩大文学变革。通常认为，18 世纪末到 19 世纪初是浪漫主义盛行的时期，其理论发源地是德国，但在文学上成就最高的是英法两国。浪漫主义作家表现了处在资产阶级革命和社会变革漩涡中的社会情绪、意识形态、世界观和人生观。他们对新古典主义标榜的理性和规则感到强烈不满，要求关注人的本能并抒发个人情感，着力表现人的主观精神和个性自由，乘着想象的翅膀讴歌对理想的追求。

英国浪漫主义时期一般被认为始于 1798 年，标志为威廉·华兹华斯与萨缪尔·泰勒·柯勒律治合著的《抒情歌谣集》的出版，止于 1832 年，标志为沃尔特·司各特的去世及议会第一个改革提案的通过。

浪漫主义运动之所以能在世纪之交风靡大不列颠，并不是一个偶然。德国古典哲学和英法的空想社会主义唤起了人们对内心世界的关注，对自由解放、美好未来的追求。人们对新古典主义的清规戒律愈加不满，要求文学作品表现个人的灵感和想象，抒发强烈的个人情感。正如韦勒克（René Wellek，1903－1995）指出的，“浪漫主义的意思简直包括一切不是按照新古典主义传统写出的诗歌”，其含义是“指那种与新古典主义诗歌相对立并从中世纪和文艺复兴时期得到启发并以此为榜样的诗歌”。[2] 而作为一种社会文化思潮，浪漫主义运动不仅是文学领域的大变革，也是资产阶级反对封建王权和贵族的民族民主觉醒在思想文化

---

① 王先霈，孙文宪．文学理论导引．北京：高等教育出版社，2005：121.

② 韦勒克．批评的概念．张今言，译．杭州：中国美术学院出版社，1999：129，147.

上的反映，有着深刻的社会历史契机。

从社会历史的角度看，浪漫主义思潮是法国大革命直接催生的产物。浪漫主义对旧制度、旧传统的否定，对新社会理想的追求，对个性解放、个性自由和个性独立的肯定，与法国大革命的宗旨和理想息息相关。英国局势深受大革命的影响，经历了深远的社会和经济变革。一方面，随着英国工业革命的高涨，资产阶级不仅控制了生产方式，也控制了贸易与世界市场。贸易与制造业欣欣向荣，工厂如雨后春笋在全国各地蔓延。同时，英国也积极地进行海外扩张，大肆侵占他国资源，敛聚大量财富。到了维多利亚时代，大英帝国统治了当时全球近四分之一的人口，其殖民地分布在除南极洲以外的各大洲，面积占世界陆地总面积的四分之一。另一方面，由于原始的农业社会被现代的大工业社会取代，资产阶级霸占土地并推行农业机械化，大批农村人口转入城市，成为城市工业发展的廉价劳动力。然而，城市生存环境严峻，工人们生活在水深火热之中。拿破仑战争结束后，英国陷入经济萧条期，物价飞涨、工资骤降，工人们一天工作十六小时却无法养家糊口。他们起来罢工，捣毁机器，请愿游行，却遭到政府血腥镇压，最有名的事件便是1819年曼彻斯特的“彼得卢屠杀”（Peterloo Massacre）。正如诗人雪莱（Percy B. Shelley，1792－1822）在《暴政的假面游行》（*The Mask of Anarchy*，1819）一诗中号召人民像睡醒的雄狮一样奋起反抗那样[①]，工人们的革命热忱并未受挫，1832年“改革法案”在议会通过并实施，工人们与资产阶级的斗争仍在继续。

为浪漫主义运动奠定哲学基础的是德国古典哲学和英法的空想社会主义。[②]康德（Immanuel Kant，1724-1804）、费希特（Johann Fichte，1762-1814）、黑格尔（Georg Hegel，1770-1831）的唯心主义哲学，夸大主观精神的作用，强调想象和灵感的精神力量，认为自我高于一切，要求文艺表现人的内心世界、抒发人的思想感情。这种唯心主义论为浪漫主义文学强调个人主义和主观精神提供了坚实的理论基础。英法的空想社会主义则揭露资本主义的贫困现象、民主自由的虚伪、婚姻制度的腐朽和殖民掠夺的残酷，并构想出一个理想国度。在那里，没有统治者与被统治者之分，全体社会成员各尽所能，各取所需。

从文学角度来看，浪漫主义是在与新古典主义文学斗争中产生的。新古典主

---

① 诗歌原句：Rise like lions after slumber/In unvanquishable number—/Shake your chains to earth like dew/Which in sleep had fallen on you—/Ye are many-they are few.

② 李少林．欧洲文化史．呼和浩特：内蒙古人民出版社，2006：258.

义主张理性至上、尊重传统道德价值观并倡导公民义务。它为每一种文学体裁都制定了框架和原则，作品缺乏想象力和感染力，在后期发展中严重阻碍了作家的创作自由。在新古典主义清规戒律的束缚下，文坛终于掀起了反对新古典主义的潮流。法国卢梭，感伤主义文学、哥特式小说、前浪漫主义文学、德国狂飙突进运动文学，都推崇自我、强调主观精神、讴歌大自然。这些都为作为思潮的浪漫主义的出现做了铺垫。此后，浪漫主义逐渐形成了一个有纲领、有理论基础的文学运动，把欧洲文学推向了一个新的阶段。

2. 文学发展

浪漫主义时期是诗歌的时代，从以《抒情歌谣集》的出版作为英国浪漫主义运动起始时间即可窥见一二。事实上，在此之前，布莱克和彭斯（Robert Burns，1759-1796）就开创了英国浪漫主义诗歌的先河。彭斯从苏格兰民歌中汲取养料，创作了几百首极富苏格兰气息、语言质朴、节奏明快的诗歌，“一扫18世纪新古典主义、感伤主义的沉闷忧郁之气，为19世纪浪漫主义的发展带来了一股醇醪浓郁的土地气息和强劲有力的新风尚”。[①] 他的《高原玛丽》(*Highland Mary*，1792)、《一朵红红的玫瑰》(*A Red，Red Rose*，1794）等都是脍炙人口的抒情诗，是英国诗歌中的瑰宝。布莱克在诗集《天真之歌》(*Songs of Innocence*，1783）和《经验之歌》(*Songs of Experience*，1794）中歌颂自然、宣扬民主，同时抨击封建专制、揭露黑暗社会、同情普通大众，他的诗歌强调本能、情感、想象力，具有浓重的象征意义和神秘色彩，在18世纪大放异彩，极大地影响了英国浪漫主义诗歌乃至现代英国诗歌。

到了19世纪初，英国浪漫主义诗歌达到顶峰。根据诗人的社会立场和作品的思想内涵，这一时期的英国浪漫主义可以分为消极浪漫主义和积极浪漫主义。以华兹华斯、柯勒律治和骚塞等“湖畔诗人”[②] 为代表的消极浪漫主义诗人对法国大革命抱着矛盾的态度，他们厌恶资本主义的工业文明和城市文明，缅怀中世纪和宗法式的乡村生活，竭力讴歌农村生活和大自然，偏爱描写神秘离奇的情景与异国风光。而以拜伦（George Gordon Byron，1788-1824）、雪莱、济慈（John Keats，1795-1821）等为代表的积极浪漫主义诗人则充满破除封建束缚的革命激

---

① 龙毛钟，等．英美文学精华导读．上海：华东理工大学出版社，2010：29.

② 这三位诗人曾在英国西北部的昆布兰湖区居住，并在思想观点和创作理论上有不少相同之处，因此被称为“湖畔派”。

情和向往新生活的崇高理想。

在小说创作方面，浪漫主义时期也是人才辈出，其中最负盛名的要数苏格兰作家司各特。在他的小说中，司各特表现出对政治与传统力量及它们对个人影响的敏锐洞察力。在他笔下，苏格兰成为整个欧洲的浪漫主义国度：壮丽的风景、坚强独立的农民、血腥却真实动人的历史。司各特将自己的个性与想象融入了他笔下的历史事件，将历史小说发展成一种富有价值的可行的小说形式。同时，他十分推崇同时代的一位女作家简·奥斯汀（Jane Austen，1775-1817）。她遵循现实主义传统，运用现实主义手法进行小说创作。她的作品描写爱情与婚姻，格调轻松诙谐，富有喜剧性冲突。在被喻为“两寸象牙雕”的作品中，她通过绅士太太们日常的对话交际反映出了当时的社会百态，用幽默的语言讽刺唯利是图、爱慕虚荣的现象，用喜剧性的场面嘲讽人们的愚蠢、自私、势利和盲目自信等可鄙可笑的弱点。

哥特式小说也是这一时期小说创作的一部分。这种小说的主要题材是暴力、恐怖及对超自然力和鬼神的描写。玛丽·雪莱（Mary Wollstonecraft Shelley，1797-1851）在经历一次暴风雨后，写下了《弗兰肯斯坦》(*Frankenstein*，1818)，意外地成为后世恐怖故事创作的始祖。安·莱德克利夫（Ann Radcliffe，1764-1823）的《尤道弗的奥秘》(*The Mysteries of Udolpho*，1794）确立了哥特式小说标准样式，使哥特式恶人（villain-hero）进入文学领域。甚至连布莱克、柯勒律治、雪莱、济慈等诗人也常运用哥特式小说的迷幻、神秘、奇异与野蛮等要素来创作诗歌。

散文也在浪漫主义时期有了较大的发展。由于教育水平和识字率的提高，市民对读物的需求也在增长，因此这一时期私人经营的报刊杂志呈现繁荣景象。著名的有《爱丁堡新闻综述》(1802)、《新闻综述季刊》(1809)、《布莱克伍德杂志》(1817)、《伦敦杂志》(1820）等，这些刊物刊登了高水准的文学评论文章，为新型评论散文的发展开辟了道路，培养了如兰姆（Charles Lamb，1775-1834)、哈兹里特（William Hazlitt，1778-1830）及昆西（Thomas de Quincey，1785-1859）等散文家。

这一时期的英国戏剧没有像诗歌、散文那样脱颖而出。由于受到政府限制，以及剧院观众口味的变化——更青睐情节浪漫曲折、布景华丽精致的法国情节剧，导致英国戏剧在莎士比亚、哥尔斯密（Oliver Goldsmith，1730-1774）和谢里丹之后出现了空白期。当时较为著名的是拜伦和雪莱等浪漫主义诗人所创作的诗剧，雪莱的《被解放的普罗米修斯》(*Prometheus Unbound*，1819)、拜伦的《曼弗雷德》(*Manfred*, 1817) 及柯勒律治的《懊悔》(*Remorse*, 1813) 都是当时诗剧的精品。但诗人们受自身知识局限，对戏剧舞台知之甚少，他们的诗剧作品即使再出色也是写给读者的，而并非写给观众的。

第二节 英国浪漫主义时期的重要作家及其代表作品

1. 浪漫主义时期诗歌的发展

1.1 乔治·戈登·拜伦 (George Gordon Byron, 1788-1824)

拜伦是西方19世纪最伟大的诗人之一，也是英国浪漫主义运动的杰出代表。他出身于伦敦一个贵族家庭。10岁继承叔祖父的贵族头衔，成为拜伦第六世勋爵。拜伦先后就读于哈罗私立贵族学校 (Harrow School) 和剑桥三一学院 (Trinity College)，在此期间阅读了大量文学作品，深受法国启蒙思想家卢梭 (Jean-Jacques Rousseau, 1712-1778) 的影响。1807年，他发表了第一部诗集《懒散的时刻》(*Hours of Idleness*)，但他的诗歌天赋却遭到《爱丁堡评论》(*Edinburgh Reviews*) 的猛烈抨击。作为回击，拜伦发表了长诗《英国诗人和苏格兰评论家》(*English Bards and Scotch Reviewers*, 1809)，充分展现了他犀利的讽刺才能。

在1809年获得上议院世袭的议员席位后，拜伦随即踏上了为期两年的欧洲之旅，游历了葡萄牙、西班牙、阿尔巴尼亚、希腊、土耳其等地，为后来的诗歌创作积累了大量素材，涂抹上了浓重的异国情调。《恰尔德·哈罗尔德游记》(*Childe Harold's Pilgrimage*, Cantos I & II, 1812) 第一、二章正是此次游历的结晶，一经发表，反响热烈，借用他自己的原话就是“一夜醒来，发现自己成了名人”(“awoke one morning and found myself famous”)。归国后，拜伦在议院发表演说，为诺丁汉的纺织工人辩护，谴责政府残酷的镇压行为。1814年，他积极参加意大利烧炭党人的爱国斗争。两年后，拜伦因离婚丑闻遭到政敌攻击，愤而出走，再也没有回到故国。1823年，他投身希腊民族独立解放运动，甚至组建了一个“拜伦旅”(Byron Brigade)，此举鼓舞了希腊人民反抗土耳其统治的决心。1824年，年仅36岁的诗人积劳成病，不幸离世，结束了他短暂而硕果累累的一生。

拜伦一生创作了大量优秀的诗歌，有反映各国政治事件的政治诗，如《“编织机法案”制定者颂》(*Ode to the Framers of the Frame Bill*, 1812)、《当一个人在本国无自由可争取时》(*When a man Hath No Freedom to Fight for a Home*, 1820)、《审判的幻景》(*The Vision of Judgment*, 1822) 等;有抒发他对生活的热爱和对爱情的追求的抒情诗,如《当初我俩分开》(*When We Two Parted*, 1813)、《她在美光中行走》(*She Walks in Beauty*, 1814)、《希伯来歌曲》(*Hebrew Melodies*, 1815) 等;以及奠定他在英国浪漫主义诗歌史上地位的长篇叙事诗,如《恰尔德·哈罗尔德游记》、《海盗》(*The Corsair*, 1814)、《锡雍的囚徒》(*The Prisoner of Chillon*, 1816)、《唐璜》等。

在他一系列诗作中,拜伦创造了一批侠骨柔肠的硬汉,有海盗、异教徒、被放逐者、贵族等不同身份的人,但无一例外,他们都具有矛盾的性格:一方面,他们热爱生活,勇于追求幸福,敢于蔑视现有制度,与社会恶势力誓不两立,因此,他们是罪恶社会的反抗者和复仇者;另一方面,他们又傲世独立,行踪诡秘,好走极端,他们的思想基础是个人主义和自由主义,在斗争中单枪匹马,远离群众,而且也没有明确的目标,因而最后以失败而告终。这些高傲、孤独的叛逆者表现出诗人对社会不妥协的反抗精神,同时也反映了他的忧郁、孤独和彷徨的苦闷。这就是文学史上著名的“拜伦式英雄”(Byronic Hero)。例如,《恰尔德·哈罗尔德游记》中的贵公子哈罗尔德、《海盗》中的康拉德、《唐璜》中的主人公唐璜等。

1.2 珀西·比希·雪莱 (Percy Bysshe Shelley, 1792-1822)

雪莱是英国浪漫主义时期的伟大诗人,被认为是历史上最出色的英语诗人之一。和挚友拜伦一样,他的一生如同划过天际的流星,又如瞬间绽放的烟花,那么灿烂夺目,又那么短暂。雪莱出身于贵族家庭,中学时代就开始文学创作。在牛津大学学习期间,他发表了《无神论的必然性》(*The Necessity of Atheism*, 1811),被学校开除。此后,他参与了爱尔兰人民的民族独立运动,甚至自费印刷他写的《告爱尔兰人民书》(*Address to the Irish People*, 1812),成为爱尔兰的民族自由和宗教解放的旗手。1813 年,雪莱发表第一部长诗《麦布女王》(*Queen Mab*),抨击封建制度的专横无道和英国资本主义制度的剥削,反映劳动人民的悲惨境遇,引起了英国资产阶级的仇视,而重婚丑闻又使他的处境雪上加霜,5 年后他被迫侨居意大利。

但雪莱的革命热情和诗歌才华并没有遭到扼杀,优秀作品不断问世。在《伊斯兰的起义》(*The Revolt of Islam*, 1818) 和《解放了的普罗米修斯》中,他分别借用东方故事和古希腊神话题材,抨击反动的封建势力,表达反抗专制统治的斗争必将获胜的信念和空想社会主义的理想。他还创作了《西风颂》(*Ode to the West Wind*, 1819)、《云》(*The Cloud*, 1820)、《致云雀》(*Ode to a Skylark*, 1820) 等抒情诗，借物咏志，通过描写自然景象寄托自己的思想情感，诗歌想象丰富、音韵和谐、节奏明快，在英国诗歌史上占有不可忽视的地位。1822 年，雪莱与朋友驾帆船游玩时突遇风暴，不幸沉舟身亡，年仅 30 岁。璀璨的明星虽然在短暂辉煌后陨落，但他的优秀诗篇将永远为世人谨记。

《西风颂》作于 1819 年秋天。据诗人说，一天傍晚，他在意大利佛罗伦萨附近的树林里遇上一场暴风雨，狂风暴雨和电闪雷鸣的壮观景致使诗人感触万分，挥笔写下这首不朽诗作。全诗共五部分：第一部分写西风在陆地上的威力。它既是一个有力的“破坏者”（destroyer, L. 14），又是一个有责任心的“保护者”（preserver, L. 14）。它摧枯拉朽、横扫林中残叶（... the leaves dead/Are driven, like ghost from an enchanter fleeing, L. 2-3），同时又吹送生命的种子，静待春天的降临（... O, thou/Who chariotest to their dark wintry bed/The winged seeds..., L. 5-7）。第二部分写西风在天上的威力，它搅动天上的浓云密雾，呼唤着暴雨雷电的到来（Loose clouds like earth's decaying leaves are shed/Shook from the tangled boughs of Heaven and Ocean/Angles of rain and lightning..., L. 16-18）。第三部分写西风在海上的威力。它掀起大海的汹涌波涛，摧毁海底花树，把地中海从夏天的沉睡中唤醒（Thou who didst waken from his summer dreams, L. 29）。第四部分从写景转向抒情，诗人希望自己能和西风一样奔放而不受世俗约束，桀骜不驯而能自由翱翔（If I were a dead leaf thou mightest bear/If I were a swift cloud to fly with thee/A wave to pant beneath thy power, and share/ The impulse of thy strength..., L. 43-46）。第五部分情感更加激烈，诗人表达了自己强烈的愿望：让我们合二为一，并从我的唇间向昏睡的大地吹出预言的号角，既然冬天已经来到，春天还会远吗？（Be thou, Spirit fierce/My spirit! Be thou me, impetuous one! /... Be through my lips to unawaken'd earth/The trumpet of a prophecy! O Wind, /If Winter comes, can Spring be far behind? L. 61-62, L. 68-70）

整首诗歌结构严谨，层次清晰，主题集中，构成一个有机的整体。前三部分写景，三个部分三个意境，诗人乘着想象的翅膀飞翔在陆地、天空和大海之间，飞翔在现实和想象之间，形象鲜明，意象丰富，但中心理想只有一个，就是歌唱西风扫除腐朽、鼓舞新生的强大威力。后两部分抒情，表现诗人心中愤懑和激昂之情。但写景与抒情并不是自成一体，景中有情，情中有景，景与情和谐地交融在一起。每一部分共 14 行，分为 5 节（stanza），即 4 组“三行诗”（triplet）和

1组“偶句”（couplet）；4组“三行诗”采用三联韵，即aba，bcb，cdc，ded，犹如阵阵风雨；“偶句”的韵律为ee，犹如隆隆雷声；每行诗均为五音步，抑扬格与扬抑格兼用，节奏明快而多变。全诗五部分既可独立成篇，又连贯有序，前后呼应，层层递进，气势磅礴。

诗人借西风横扫落叶之势来比喻强大的革命力量，既深刻批判了黑暗的社会现实，又抒发了豪迈奔放的革命热忱以及对自由与新生活的热切渴望与追求。整首诗歌充满战斗激情，是战斗的宣言书、思想的播种机，因而恩格斯称他是“天才的预言家”。雪莱自己也在《诗辩》（*A Defense of Poetry*，1821）中写道：“诗人们是祭司，对不可领会的灵感加以解释；是镜子，反映未来向现在所投射的巨影；是言辞，表现他们自己所不理解的事物；是号角，为战斗而歌唱，却感不到所要鼓舞的是什么；是力量，在推动一切，而不为任何东西所推动。诗人们是世界上未经公认的立法者。”[①]

1.3　约翰·济慈（John Keats，1795－1821）

济慈出生于伦敦，自幼喜爱文学。由于家境窘困，不满16岁就离校学医，后又弃医从文；1818年感染肺结核病，1821年离世，年仅26岁。然而，他被认为是英国浪漫主义诗人中最年轻、最有才气的优秀诗人之一，一生致力于创作永恒之美和不朽真理相结合的诗歌。他主张“美即是真，真即是美”，擅长描绘自然景色和事物外貌，表现景物的色彩感和立体感，重视诗歌韵律，追求唯美语言，对后世抒情诗的创作影响极大。

1817年济慈的第一部诗集出版，其中收录了他创作的第一首诗歌《仿斯宾塞》（*Imitation of Spenser*，1814），以及不少优秀的十四行诗，《蝈蝈与蛐蛐》（*The Grasshopper and the Cricket*）就是其中的名篇。1818年到1820年，这段患病时期却是济慈诗歌创作的鼎盛时期，他在一则古希腊神话爱情故事的基础上创作了长诗《恩底弥翁》（*Endymion*，1818），又根据薄伽丘（Boccaccio，1313－1375）的《十日谈》（*The Decameron*，1348－1353）创作了叙事诗《伊莎贝拉》（*Isabella*，1820），之后他先后完成了《圣阿格尼斯之夜》（*The Eve of Saint Agnes*，1819）、《希腊古瓮颂》（*Ode on a Grecian Urn*，1819）、《夜莺颂》（*Ode to a Nightingale*，1819）、《秋颂》（*To Autumn*，1820）、《忧郁颂》（*Ode on Melancholy*，1820）等不朽之作。

《夜莺颂》作于1819年5月。当时济慈住在朋友查理·布朗（Charles

① 伍蠡甫．西方文论选（下）．上海：上海译文出版社，1979：56.

Brown，1771－1810）家中，经常听到夜莺啼叫，不由浮想联翩。据查理回忆，一天清晨，诗人把椅子搬到李子树下，一连坐了几个钟头，回来时将几张纸片随手塞在书底下。他好奇地翻开纸片，发现原来是一首有感于夜莺啼叫而创作的诗歌，这就是著名的《夜莺颂》。此时，诗人已患上当时的不治之症肺结核，知道自己命不久矣，却不知死亡何时降临，时时刻刻笼罩在死亡的阴影中，只有从幻想中寻求片刻的慰藉和解脱。这首诗就是在这样的心境下写成的，诗人对夜莺美妙的歌声和人类如蜉蝣般短暂的生命做了对比并进行思索，表现了色彩绚丽的幻想幻灭后仍是悲伤现实的苦痛。

在诗歌开头，诗人听着夜莺啼叫，陷入了幻想，欲随夜莺一同融入自然，忘却世间烦恼（第一、二、三节）。第一节中，诗人在夜莺这个轻翼仙灵（light-winged Dryad，L. 7）的引领下，仿佛沉入忘川河水（Lethe-wards had sunk，L. 4），开始神思困顿，展开奇思妙想。诗人以寥寥数笔勾勒出躲入林间歌唱夏季的夜莺形象，营造出与如同饮过毒鸠抑或吞服鸦片的困顿状态（drowsy，L. 1）相对应的朦胧之感。第二节中，诗人把夜莺的鸣唱比作醇酒，进一步描述他渴望沉浸其中的心情（That I might drink，and leave the world unseen/And with thee fade away into the forest dim，L. 19－20）。夜莺的歌声与酒的共同之处在于，二者都可使人如痴如醉。通感的应用，使歌声不仅具备了声音效果，还带上了气味和味道，读者仿佛可以闻到歌声的醇香，品尝到歌声的甘甜。第三节承接上一节，描述诗人为什么想要彻底遗忘（quite forget，L. 21）这个世界。诗人连用 5 个 where 从句，具体描写了存在于这个世界的疲劳、热病和烦躁（The weariness，the fever and the fret，L. 23），这里充满了“groan”（L. 24）、“sad”（L. 25）、“pale”（L. 26）、“thin”（L. 26）、“die”（L. 26）、“sorrow”（L. 27）、“despair”（L. 28），既没有“Beauty”（L. 29），也没有“Love”（L. 30）。

之后，诗人便沉溺于幻想之中，想象出一幅幅犹如仙境般美妙的图景（第四、五、六、七节）。第四节，诗人大喊着：“走开！走开！”（“Away！Away！”L. 31）便坐上诗歌的翅膀，看到月亮女王（Queen-Moon，L. 36）被星星仙女们（starry Fays，L. 37）簇拥着，周围寂静而幽暗，唯有月光和星光，唯有吹拂的轻风，和黑绿色草丛里的几条弯弯曲曲的小路（Save what from heaven is with the breezes blown/Through verdurous glooms and winding mossy ways，L. 39－40）。第五节，诗人继续他的视觉幻想，描写大簇大簇盛开的白枳花、玫瑰、紫罗兰、麝香蔷薇，色彩鲜艳，飘香四溢，以至于成了夏夜蚊蝇嗡嗡萦绕的地方（The murmurous haunt of flies on summer eves，L. 50）。第六节，想象中的蚊蝇之声将诗人引入听觉幻想中。他仿佛听到自己用沉静的韵律呼唤死神（Call'd him soft names in many a mused rhyme, L. 53），渴望速死；又仿佛看到自己已埋入黄土，任夜莺啼叫也听不到了（Still wouldst thou sing, and I have ears in vain—, L. 59）。第七节，诗人由死亡幻想进入时空幻想中。他想到夜莺的歌声陪伴了多少寂寞的灵魂，无论是路得（Ruth, L. 66）[①]，还是被魔法囚禁在古堡的公主，抑或是他自己。第八节，一声"Forlorn"如钟声打断了诗人的幻想，让诗人不禁怀疑刚才的一切究竟是幻觉还是梦寐（Was it a vision, or a waking dream? L. 79），究竟自己是睡是醒（Do I wake or sleep? L. 80），他又回到了第一节中的困顿状态。

和诗歌痛苦不堪的基调相得益彰的是，诗歌华丽的语言、复杂的修辞和奇妙的搭配，如用"full-throated ease"形容夜莺的歌喉，用"leaden-eyed despairs"形容目光，以及"embalmed darkness"、"mused rhyme"、"melodious plot"等诗人独创的词汇。此外，诗人还引经据典，营造出一种悠远神秘的气氛。诗中不仅有古罗马诸神，如酒神（Bacchus）、缪斯（Muses）、花神（Flora）和林中仙女（Dryad），还有《圣经》中的人物路得和魔法故事中被困的公主。被死亡阴影笼罩的诗人，以华丽的语言、神秘的气氛构造了他的幻想世界，企图继续追求美、追求艺术。然而，夜莺的歌声远去，他的幻想也随之破灭，在可怕的现实中诗人只能喃喃自语："Do I wake or sleep?"全诗格律颇为工整，共8节，每节10行，其中9节均为抑扬格五音步，第8行为抑扬格三音步，每节韵式为ababcdecde。

2. 浪漫主义时期小说的发展

2.1　沃尔特·司各特（Walt Scott, 1771-1832）

司各特是英国著名诗人和历史小说家，被推崇为"西欧历史小说之父"，是浪漫主义时期重要作家。他出生于爱丁堡一古老家族。司各特的创作可以分为两个时期。前期以诗歌创作为主，重要的作品包括《末代行吟诗人之歌》（*The Lay of the Last Minstrel*, 1805）、《玛密恩》（*Marion*, 1808）、《湖上夫人》（*The Lady of the Lake*, 1810）等。他的长诗大多以历史或民间传说为题材，表现古代苏格兰和英格兰君王和贵族们的骑士冒险事迹。作品富有浪漫主义情调，表达了诗人对苏格兰风光的热爱和对古代骑士理想的向往。

司各特后期转向历史小说创作。从1814年到1832年逝世，他一共创作了近

---

① 路得，据《旧约·路得记》记载，她是大卫王族的女祖先。在丈夫死于饥荒之后，她随婆婆去异邦逃荒，靠拾田里遗下的麦穗为生。

30 部历史小说，其中最脍炙人口的有以苏格兰历史为背景的《修墓老人》(*Old Mortality*, 1816)、《红酋罗伯》(*Rob Roy*, 1817)、《中洛辛郡的心脏》(*The Heart of Mid-Lothian*, 1818)，以英格兰和欧洲历史为背景的《艾凡赫》(*Ivanhoe*, 1819)、《惊婚记》(*Bride of Lammermoor*, 1823) 等。他的小说气势磅礴，宏伟壮丽，极好地反映了欧洲历史重大转折时刻的矛盾冲突。在他的笔下，历史事件并不是枯燥地铺陈开来，而是和故事中人物悲欢离合的曲折遭遇完美地结合起来。

《艾凡赫》是其小说代表作之一。这部小说的卓越成就，在于它较为真实而生动地再现了 12 世纪末英国封建主义全盛时期的历史，较为全面而深刻地反映了当时社会中种种复杂的矛盾。自从 1066 年威廉公爵（William I the Conqueror, 1027-1087）征服英国后，英国的盎格鲁-撒克逊民族（Anglo-Saxon）受到异族的压迫，广大农民沦为农奴，原撒克逊封建主也受到诺曼封建贵族的欺压。除了王室，当时的统治阶级还包括封建贵族和僧侣。封建领主们实力强大，在各自领地上的统治也已稳固，日趋骄纵自满，甚至敢于反叛国王。为了满足骄奢淫逸的生活需求，他们不断加重对农民的剥削和压迫，迫使部分农民铤而走险。而当时的教会又是另一股势力，并不隶属于王室，而是直接归罗马教廷管辖，拥有全国三分之一的土地。

在这样广阔的背景下，这部小说描写“狮心王”理查东征时失踪，其弟约翰趁机夺位摄政，而撒克逊贵族塞得利克也打算联合族人恢复王朝。与此同时，理查秘密回国，他得到一些诺曼人和塞得利克之子艾凡赫及绿林好汉罗宾汉等撒克逊人的帮助，最终战胜约翰，重登王位，肃清叛逆。塞得利克等人也认清了形势，决定和诺曼统治者合作。在作者生动的描写中，尖锐复杂的社会斗争一一呈现：以诺曼统治集团内部约翰亲王为代表的诺曼封建贵族与国王理查一世之间争夺王位的权利斗争、以塞得利克为代表的撒克逊贵族与以布里昂为代表的诺曼贵族之间的民族斗争、以罗宾汉为代表的被压迫农民与弗朗等诺曼封建主之间的阶级斗争，以及犹太人和基督徒之间的宗教斗争。

在宏大的历史画卷上，作者不仅生动地描绘了当时典型的历史环境，如巍峨的城堡、骄奢的贵族生活、浓密的森林、庄严的广场比武、残酷的封建刑罚，而且精心刻画了形形色色的典型人物，如奢侈的封建领主、蛮横的僧侣、淳朴的农民、滑稽的弄人、仆从、行侠仗义的绿林豪杰等。[①] 虽然作者有所美化理查一世，并以民族矛盾的调和作为小说的圆满结局，但也揭露了封建贵族

① 韩小卡．读不尽的人生欧美小说史话．海口：海南出版社，1993：47.

和僧侣们的腐化堕落，以及农民在压迫下的苦难生活和英勇斗争，并在书中意味深长地指出："小说书里的描述，还未将那一时代中黑暗悲惨的实况完全揭露出来。"

司各特的创作对欧洲历史小说起到了开创作用，英国的狄更斯（Charles Dickens, 1812-1870）、斯蒂文森（Robert Stevenson, 1850-1894），法国的雨果（Victor Hugo, 1802-1885）、巴尔扎克（Honoré de Balzac, 1799-1850）、大仲马（Alexandre Dumas, 1802-1870），美国的库柏（James Cooper, 1789-1851）等著名作家都深受其影响。

2.2 简·奥斯汀（Jane Austen, 1775-1817）

简·奥斯汀出生于英国乡村小镇斯蒂文顿的教区中一个牧师家庭。奥斯汀共创作了6部长篇小说，《理智与情感》(*Sense and Sensibility*, 1811)、《傲慢与偏见》(*Pride and Prejudice*, 1813)、《曼斯菲尔德庄园》(*Mansfield Park*, 1814)、《爱玛》(*Emma*, 1815)、《诺桑觉寺》(*Northanger Abbey*, 1818) 和《劝导》(*Persuasion*, 1818)。其中，《傲慢与偏见》是最受读者喜爱的一部作品。小说以古典的现实主义笔法，讲述了班纳特一家5个待嫁女儿的爱情婚姻故事，反映了当时人们对婚姻的各种不同看法。二女儿伊丽莎白与达西的故事是小说的主线，达西的傲慢使伊丽莎白对他产生偏见，而在种种误会消除之后，伊丽莎白接受达西的求婚，有情人终成眷属。

小说通过伊丽莎白姐妹不同的爱情婚姻历程，反映了作者的恋爱婚姻观：为了财产和地位而结婚是错误的，但婚姻不考虑财产也是不可取的。表现了当时的妇女要求独立、平等，反对门第和腐朽婚姻制度的思想。在小说中，作者塑造了伊丽莎白这一惹人喜爱的人物。她机智聪明、充满生机、善于分析、敢于反抗。她以过人胆识和长远目光勇敢地挑战上流社会，最终在爱情上收获了成功和幸福。这一举动在当时是非常可贵的，因为她的身上闪耀着现代女性独立解放的光芒。当然，女主人公也存在一定的弱点，由于出生于小地主家庭，再加上她"自视甚高"，使她一开始对出身富豪的达西存有偏见，但这一偏见也是对达西自然流露的傲慢的反抗。

除了曲折的故事情节和形象鲜明的人物，小说的语言也有很大特点。奥斯汀善于用喜剧讽刺的手法反映现实生活，常常能够一针见血地揭露事情的本质，使故事在轻松幽默的风格中达到较高的艺术深度，引起读者的共鸣。她的语言机智诙谐，富于讽刺，这在小说的开场白中即可领略。"It is a truth universally acknowledged, that a single man in possession of a good fortune must be in want of a wife."① 本应成为猎手的有钱单身汉却沦为小姐们追逐的猎物，不仅别开生面地点出了作品主题，也奠定了小说反讽的语言风格。紧接着，作者以寥寥数语介绍了班纳特一家，在班纳特太太和其先生的对话中展开情节，勾勒出一个势利的母亲和玩世不恭的父亲形象，精彩的对话和恰到好处的讽刺意味为小说增添了趣味性和可读性。

在庸俗无聊的感伤小说和哥特小说充斥英国文坛的时期，奥斯汀的小说一反常规，并没有遵循当时主导的浪漫主义创作手法，而是因循了古典的现实主义传统，展现了18世纪末英国乡村的日常生活和田园风光。虽然其作品反映的广度和深度有限，但对改变当时小说创作中的庸俗风气起了良好作用，在英国小说的发展史上有承上启下的意义，被誉为“可与莎士比亚平起平坐”的作家。

3. 浪漫主义时期散文的发展

查尔斯·兰姆是英国著名随笔作家。他出生于伦敦。兰姆的作品涉及散文、诗歌和戏剧。1807年，与姐姐合著的《莎士比亚故事集》(*Tales from Shakespeare*) 取得了巨大的成功。这本以散文的形式叙述莎翁剧作的故事集，原是为英国儿童写的通俗读物，现已成为全世界莎剧初学者必读的入门书。1830年他的《诗集》(*Album Verses*) 问世，一些优秀诗篇获得了评论家的好评。但他最重要的作品是他的散文创作，代表作有《伊利亚随笔》(*Essays of Elia*, 1823) 和《伊利亚续笔》(*Last Essays of Elia*, 1833)。② 这两部随笔集收录了兰姆最优秀的散文作品，内容多种多样，或写他青少年时代的往事，或写他的亲朋好友，或写他琐碎的职员生活，或写他忙里偷闲的乐趣，或写他读过的书、念过的诗、看过的戏、认识的演员，或写伦敦的街景市情，还写乞丐、扫烟囱的穷孩子，写书呆子、单身汉和酒鬼等。其中最为人们所称道的作品有《古瓷》(*Old China*)、《梦中孩子》(*Dream Children*)、《除夕随想》(*New Year's Eve*)、《扫烟囱的孩子》(*The Praise of Chimney Sweepers*)、《单身汉对结过婚的人行为的抱怨》(*A Bachelor's Complaint of the Behavior of Married People*) 等。

---

① Jane Austin. *Pride and Prejudice*. 珠海：珠海出版社，2004：1.

② 兰姆借用一位老同事的名字“伊利亚”作为笔名，陆续在《伦敦杂志》发表了大小六十多篇随笔散文，文章内容和形式都不限。后来，这些散文出版成为两本书，即《伊利亚随笔》和《伊利亚续笔》。

第五讲　英国浪漫主义时期文学

从文学史的角度说，兰姆的散文属于英国浪漫派文学运动的一个分支。在思想上摆脱理性主义的约束，追求个性和感情的解放；在创作方法上摆脱新古典主义的限制，追求“我手写我心”——在这些根本方面，兰姆和其他英国浪漫派作家并无二致。但不同之处在于：当其他浪漫主义作家把农村、大自然、崇高理想、热烈爱情作为讴歌对象时，兰姆在自己的随笔里却以伦敦的城市生活为描写对象。他从城市的纷乱复杂中寻找出诗意，赋予日常生活中的平凡小事浪漫的色彩。美国学者安妮特·鲁宾斯坦博士曾指出：兰姆是19世纪资本主义社会中职员、教员、会计、雇佣文人等中下层“白领工人”的代言人。

他的作品始终立足于个人心境和个人体验，描写生活琐事，评论自己所熟悉的事物，给读者一种亲近之感。他以细腻的文笔书写周遭事物并塑造鲜明的人物个性，以辛辣的讽刺揭露当时社会的黑暗和矛盾，以贴切的典故赋予文章一定的趣味性和文学性，字里行间无不流露他的真挚情感：或是对社会底层的贫苦百姓深切的同情，或是对现实生活的无奈，或是对生活小事由衷的喜悦……他的《梦中孩子》就是这样一篇文章，跌宕起伏的结构和亦真亦幻、悲喜交织的梦境气氛构成了文章独特的艺术魅力。兰姆把个人的不幸身世升华为美丽隽永的文章，在娓娓道来中透露出淡淡忧伤。

《梦中孩子》以优美的文笔，生动的情节，浅显的语言，描写了“我”在梦中给爱丽丝姐弟讲故事的情景。文章一开始就以亲切的口吻谈到“孩子们总是爱听关于他们长辈的故事的”。[①] 于是，“我”对他们讲述了他们曾祖母的故事：她漂亮动人，心地善良，正直率真，还能背出《圣经》中的所有诗篇。然后又给他们讲述了曾祖母最爱的约翰叔叔，他相貌堂堂，又坚毅勇敢。在“我”腿瘸时，他悉心照顾，常常背着“我”走好几英里。他的英年早逝令“我”伤心不已，而“我”的伤心也感染了孩子们，他们也为约翰叔叔的早逝哭泣。之后我又给他们讲述他们的母亲，讲着讲着，孩子们的身影逐渐模糊。“我”醒来才发现这不过是南柯一梦，身旁只有姐姐一人守着。

散文中曾祖母和哥哥的故事确有其事，而文中的妻子、孩子们逝去的母亲其实是作者之前的恋人，但他们并未在一起，而兰姆因为家庭缘故，终身未婚，又哪里来的孩子呢？作者对孩子们的描绘惟妙惟肖，栩栩如生，孩子们的天真烂漫、单纯心思和活泼可爱跃然纸上，使读者仿佛看到了活生生的爱丽丝姐弟。然而，当“我”醒来，发现自己坐在“bachelor armchair”（单人扶椅）上，这里

---

① 唐菲．精美散文世界卷（第1辑）．兰州：甘肃文化出版社，2003：245.

的“bachelor”实则暗示单身，增添了本文的悲剧色彩，透露出作者无尽的心酸。这种梦境与现实交织的写法使文章充满魅力，淡雅优美的文字和隐藏其后的深深无奈使读者每一次阅读都忍不住泪水盈眶。

4. 浪漫主义时期戏剧的发展

4.1 情节剧

英国的浪漫主义主要表现在诗歌、小说和散文领域，但对戏剧也有一定影响。这一时期虽无伟大的戏剧家可与莎士比亚、谢里丹媲美，但也产生了风靡一时的情节剧和诗剧。情节剧（melodrama）源于中世纪的道德剧和口头文学，这种文学传统在18、19世纪的法国浪漫主义戏剧和西欧伤感小说中延续下来[①]，后从法国传入英国，盛极一时。这种戏剧类型最初是指穿插音乐的戏剧，音乐在戏剧中或填补剧情进行中的间隙，或渲染气氛、强化舞台效果，因此由“melo”（曲调）和“drama”（戏剧）组成。随着“情节”地位的不断上升，音乐不再是重要因素，这一词汇才有了“情节剧”的意思。英国情节剧的盛行与当时的工业革命和城乡人口变化有着密切联系。大批农村劳动力涌入城市，由于他们文化水平较低，阅读能力也不高，观看戏剧便成了他们主要娱乐途径之一。情节剧以曲折离奇、富有浪漫色彩的情节和富丽堂皇的布景吸引观众，并且包含着惩恶扬善的道德宣传，这与当时人们的欣赏水平和善恶有报的传统思想相一致，因而它才得以兴盛。

情节剧通常有4个程式化的人物：高贵勇敢的男主角、年轻美貌的女主角、代表邪恶势力的坏蛋、增加喜剧效果的丑角。人物性格单一片面化，缺乏深度和变化。它的剧情通常也是程式化的：第一幕表现爱情，第二幕恶人作祟，女主角受难，第三幕男主角在丑角的帮助下惩罚恶人，以大团圆结束。剧中主人公在经历种种磨难与迫害后，终于苦尽甘来，收获财富和爱情，而作恶多端的恶人，最后得到了应有的惩罚。这种惩恶扬善的剧情和邪不胜正的结局顺应了当时人们的信仰，迎合了他们的口味，因此才能打动他们，赢得他们的同情。又因追求轰动效果，其剧情有时候显得夸张牵强、荒诞离奇，甚至连魔鬼、灵魂、女巫等超自然事物都被搬上舞台。在布景上，情节剧更是一味追求华丽壮观，要求舞台逼真地表现暴风雪、船只失事、火车相撞等景象，有时甚至用真实的动物作道具来造成轰动效果。

---

① 王志敏，陆嘉宁．电影学简明词典．北京：中国电影出版社，2011：180.

4.2　诗剧

情节剧日益商业化，且它在情节、人物和布景上的特征逐渐使它走入死胡同，一些浪漫主义诗人便开始仿照莎士比亚或希腊戏剧的风格创作诗剧，如雪莱的《解放了的普罗米修斯》(*Prometheus Unbound*, 1819)、《钦契》(*The Cenci*, 1819)、《希腊》(*Hellas*, 1821) 等，拜伦的《曼弗雷德》(*Manfred*, 1817)、《马林诺·法里埃罗》(*Marino Faliero*, 1817)、《该隐》(*Cain*, 1821) 等。可惜这些诗剧并不适合演出，对戏剧没有产生直接的影响。

三幕诗剧《曼弗雷德》讲述了孤傲的伯爵曼弗雷德企图从幻灭的痛苦中解脱，反而陷入了更大的失望，最终走向自我毁灭的故事。主人公曼弗雷德孤身住在阿尔卑斯山中一座城堡里，他富有、博学，但由于早年的过错而受到灵魂的煎熬，从而踏上寻找解脱之法的路。他借用秘术向精灵索求“忘却”而不得，企图跳崖自杀却被人救下，造访魔女和邪恶与黑暗之神也没有得到满意的答复，修道院院长对他的宗教说教也起不了作用。最后，主人公勇敢地面对自己的死亡，如英雄般平静地死去，一如他说的“只有我自己才能毁灭我自己。”

《曼弗雷德》是拜伦在《浮士德》(*Faust*, 1808) 的启发下创作的。主人公曼弗雷德与歌德笔下的浮士德既相似又有所区别，两人都是孤独的思考者和叛逆者，都对现实不满，但曼弗雷德更桀骜不驯、悲观色彩也更浓重，是一个“拜伦式英雄”。一方面，他高傲孤独，绝不出卖自由，绝不向邪恶势力妥协；另一方面，他悲观忧郁，好走极端，在斗争中单枪匹马，远离群众，最后以死亡告终。

这个高傲、孤独的叛逆者表达了诗人启蒙主义理想的破灭，同时也反映了这种理想破灭引起的思想苦闷。诗人借曼弗雷德的口说道：“在我年轻的时候，我也曾有过那些世俗的幻想与高尚的抱负，想把别人的智慧变为我自己的，成为人类的启蒙者……但是这已经过去了，我的想法原来是错误的。”拜伦认为，从 18 世纪启蒙学家那里得来的科学、知识，是有限的；法国大革命最终也是徒劳无用的。曼弗雷德的深奥学识并没有为他带来幸福，反而造成痛苦，“‘知识之树’并不是‘生命之树’。”曼弗雷德寻求精神上的“忘却”，质疑一切宗教传统与人生的意义。他固然悲观，却并不向黑暗势力妥协，始终保持着独立自由的灵魂。魔鬼们的诱惑吸引不了他，所谓的宗教救赎也打动不了他。他之所以孤独，是因为不愿意去“谄媚人，乞求人，时刻注意，到处钻营”，不愿意“跟兽群为伍，即使去作它们的领袖——去作豺狼的领袖。狮子总是孤独的，我就是这样。”最后，他在孤独、骄傲、悲观和痛苦中死去。《曼弗雷德》的基调是沉重的，结局是悲壮的。由于该剧以诗体写作，缺乏戏剧性，更适于朗诵而非表演，因而直到诗人去世 10 年后才被搬上舞台。

第三节　英国浪漫主义文学的意义和转向

虽然英国浪漫主义运动有着明确的结束时期①，其文学主导地位也早已消失，但它为丰富人类的文学艺术宝库作出了不可磨灭的贡献。浪漫主义时期不但见证了伟大的文学巨匠的诞生和瑰丽的文学作品的问世，而且该时期的文学创作手法被广泛接受，长期影响着后世的文学创作。其文学理念和美学主张也被镌刻在文学发展史上，激发并演变出新的文学思潮和派别。因而，浪漫主义文学对于研究西方文学具有深远的意义。

浪漫主义作家或讴歌自然，厌弃城市，或追求自由，追逐理想，或缅怀过去，沉浸于异域情调。尽管浪漫主义存在两种截然不同的阵营：积极浪漫主义与消极浪漫主义，但他们在创作手法上有许多共同的特点：

第一，描写理想，抒发强烈的个人感情。浪漫主义作家将对现实的不满表现在对理想的追求上，把现实和理想对立起来，着重描写他们所追求的美好理想生活和艺术典型。他们强调创作自由，着重描写人内心世界的激烈冲突，抒发内心情感的体验，把想象、灵感、热情提到了文学的首要地位，其作品带有强烈的主观抒情色彩。

第二，着力描写自然景色，抒发作家对大自然的感受。浪漫主义作家接受卢梭“回归自然”的思想，常以大自然为描写和歌颂的对象，在尽情抒发对大自然的感受中，既寄托自己的理想，又突出人和大自然的精神交往。他们厌恶城市文明，用大自然的美来反衬资本主义社会的丑，借以抒发对自由的向往。

第三，重视民间文学。浪漫主义作家对中世纪带有神秘色彩的历史和丰富多彩的民间传说、民歌、民谣极感兴趣。民间文学不仅为浪漫主义文学提供了丰富的创作素材，还在想象的丰富、感情的真挚、表达的自由、语言的生动通俗等方面给浪漫主义文学以很好的借鉴。对民间文学的重视，有助于增强民族意识。

第四，追求离奇情节、异域色彩，喜用夸张手法。浪漫主义者反对古典主义的因袭陈规、压制个性，而要求个性解放和绝对的创作自由，反对艺术家遵循任

---

① 一般认为，英国浪漫主义时期止于 1832 年，标志为沃尔特·司各特（Walt Scott，1771-1832）的去世及议会第一个改革提案的通过。

何规则。从这种观点出发，他们在创作中擅用多种多样的体裁形式，喜爱用夸张和对比的表现手法，还喜欢运用华丽的辞藻，作品中充满生动丰富的比喻，使美与丑、善与恶形成强烈鲜明的对照。

追根溯源，这些创作手法上的共同点都是对新古典主义的反抗。浪漫主义作家在思想上深受德国唯心主义古典哲学的影响，重视人的自由、自在和自为性，重新认识"自我"、审视"自我"，从而进一步追求"自我"价值的实现。正是由于对"自我"内心情感的抒发和追求，英国浪漫主义作家才同欧洲各国的先驱们一起开始以作品为宣泄口，追求强烈情感的自然流露，张扬个性解放，以锐不可当之势冲垮了被理性统制长达100多年的文学大堤，是西方文学在近代历史上的又一次"文艺复兴"。英国的浪漫主义使英国文学作品从传统的描摹自然、重视理性转向了描摹自我的内心世界、重视自我情感的抒发。在具体的创作实践中，英国的浪漫主义作家重视对民歌、童话等民间文学的整理和搜集，在很大程度上保存并发扬了西方文学的民间传统。在德国和英国，浪漫主义就是从搜集民间文学开始的。浪漫派从民间传说、神话、童话中撷取题材，从民间文学创作中汲取大量营养，从而摆脱了新古典主义的种种束缚，开始发挥自由的想象，表达强烈的情感，并从内容、语言、形式等诸多方面都进行了新的改革尝试，极大地丰富了文学的表现手法，为现代主义文学题材的繁荣奠定了基础。

在文学理念上，浪漫主义彻底抛弃了亚里士多德所奠定的、为新古典主义所拥趸的"模仿说"，在新时代个性心灵解放的基础上，提出了艺术是"主观表现"的理论，并以此为核心，形成了一个与新古典主义截然对立的文艺观，最终完成了从理论上反抗新古典主义的历史任务。亚里士多德指出客观世界是文艺的唯一蓝本，文艺可以反映客观世界。从文艺复兴到18世纪末，欧洲文艺经历了文艺复兴、新古典主义、启蒙主义等不同的历史发展阶段，他的唯物主义美学观点却屹立不倒，足以看出其对文学创作产生的巨大影响。但"模仿说"最大的局限就在于忽略了文艺的主观因素，忽略了文艺创作中艺术家的主观能动性。而浪漫主义抛弃了传统的"模拟说"，最早提出了后来在西方文艺理论界长期占据主导地位的"表现说"。华兹华斯在《抒情歌谣集》序言中提出：一切好诗都是强烈情感的自然流露（All good poetry is the spontaneous overflow of powerful feelings）。[①]柯勒律治在《论诗或艺术》中写道："像诗一样，它们都是为了表达

① William Wordsworth. Preface to Lyrical Ballads，新编英国文学教程（上）. 李公昭编. 北京：世界图书出版公司，1998：196.

智力的企图、思想、概念、感想，而且都是导源于人的心灵……”① 雪莱在《为诗辩护》中说：“一般来说，诗可以解作‘想象的表现’。”② 拜伦则反复强调“诗是激情的表现。”③ 无论是哪一种说法，实际上都表现了浪漫派对艺术本质的基本认识：艺术是艺术家心灵的表现，艺术的基础和源泉存在于艺术家的主观精神世界。艺术品在本质上是内心世界的外化，是激情支配下的产物，是诗人的感受、思想、情感的共同体现。

从宏阔的社会历史背景中看，人类历史上没有任何一个文学思潮和风云变幻的社会变革能如此紧密地结合起来。浪漫主义文学是近代历史上人们对科学理性、物质主义带来的异化现象的一次彻底的检视和清算。浪漫主义颠覆了西方资本主义旧的价值理性，以强烈的反叛精神构建了一个新的文化模式。而这场精神解放为20世纪的现代主义多元化的文学奠定了基调，诸多现代派都可以看作是浪漫主义文学蜕变、演进的结果。很多现代主义者自称“新浪漫派”，可见浪漫主义文学对现代主义文学带来的深远影响。

思考题

1. 浪漫主义为何在特定的历史时间内形成了一场波澜壮阔的文学思潮和文学运动？

2. 浪漫主义经历了哪些阶段，在文学的各个领域有哪些表现，出现了哪些文学巨匠及作品，对后世英国文学创作有哪些影响？

3. 在本讲的学习中，你最喜欢哪位作家？请选择他/她的一部作品，谈谈你的理解。

---

① 柯勒律治．“论诗或艺术”，十九世纪英国诗人论诗．刘若端编．北京：人民文学出版社，1984：97.

② 雪莱．“为诗辩护”，十九世纪英国诗人论诗．刘若端编．北京：人民文学出版社，1984：119.

③ R. Wellek. *A History of Modern Criticism* 1750-1950. Connecticut: Yale University Press, 1955: 123.

第六讲
英国批判现实主义时期的文学

现实主义文学是19世纪欧美主流的文学思潮，它于19世纪30年代首先出现在西欧的法、英等国，而后又传播到俄国、北欧和美国，造就了近代欧美文学的另一个高峰。现实主义文学继承并发展了文艺复兴时期的现实主义传统，注重客观、真实地描绘现实生活，塑造典型环境中的典型人物，揭露和批判资本主义社会的黑暗现实。由于其强烈的批判性，它也被称为批判现实主义。

英国的批判现实主义文学于19世纪30年代萌芽，40、50年代达到顶峰，在文学的各个领域涌现了一大批优秀的作家，如诗人丁尼生、勃朗宁；小说家狄更斯、萨克雷；戏剧家王尔德；散文家卡莱尔、罗斯金等。19世纪末20世纪初，英国现实主义文学由盛转衰，逐渐被现代主义文学取代。但英国批判现实主义文学在英国文学史的地位是毋庸置疑的，它对后世文学的发展也产生了重大影响。

第一节 英国批判现实主义时期的社会历史概况和文学发展

1. 社会历史概况

19 世纪现实主义文学是西欧资本主义确立和发展的产物。从 19 世纪 30 年代到 60 年代，英国社会经历了复杂而深刻的变化，英国历史迈进了新的阶段。在这期间发生的几件大事对文学创作产生了不可低估的影响，它们在这一阶段的文学作品中都有记载和表现。

第一，批判现实主义文学的出现有其特定的政治历史背景。从 19 世纪 30 年代开始，英、法等国的资本主义势力先后取得了决定性胜利，资本主义进入繁荣发展阶段。但随着资本主义的不断发展，社会矛盾日益尖锐，"这种特定的社会政治经济形势，直接影响着文学，成为现实主义文学形成与发展的决定性因素"。[①] 社会、政治、经济结构形态的剧变使人的道德文化价值观念也发生了深刻的变化。随着资本主义在欧洲各国的不同程度的发展，人们头脑中的物质利益观念不断加强，金钱成了衡量人主要或唯一的尺度，人与人之间的关系也随之发生变化。这样的社会现实告诉人们：启蒙主义者宣扬的"自由"、"平等"、"博爱"不复存在，浪漫主义者所描绘的"理想国"只不过是画饼充饥。这一切都使得人们"不得不用冷静的眼光看他们的生活地位，他们的相互关系"。[②] 反映在文学创作上则是现实主义作家摈弃了浪漫主义的主观性和抒情性，通过对现实社会的客观描述来揭露社会的黑暗，反映底层群众的心理。于是，一种写实性和批判性很强的现实主义文学思潮应运而生了。

第二，批判现实主义文学的产生还和当时的自然科学、哲学和社会观念有密切关系。19 世纪的自然科学获得了长足发展，最为突出的是细胞学说、能量转化学说和进化论的提出。科学的发展拓宽了人们的视野，促进了唯物主义和辩证法迅速发展，也启发作家用科学的思维方法进行文学创作。在哲学方面，空想社会主义和唯物主义影响巨大。空想社会主义深入地分析、批判了资本主义的种种

---

① 郑克鲁．外国文学史．北京：高等教育出版社，1999：193.

② 北京大学中文系文艺理论教研室．马克思恩格斯列宁斯大林论文艺．北京：人民文学出版社，2000：85.

罪恶，加深了批判现实主义作家对现实的理解，唯物主义哲学也引导批判现实主义作家用客观的态度去观察、分析生活，透过表象去洞察事物的本质。

19 世纪中后期正值维多利亚女王（Queen Victoria，1819－1910）执政期，社会生活的各个方面在不同程度上给文学创作留下了不可磨灭的烙印。表面上的道德要求实际影响到了作家的创作，他们开始遵循一套说教式的美学，丁尼生强调家庭观念的重要性，狄更斯呼吁同情心和人道主义等现象都是最好的体现。

2. 文学发展

英国批判现实主义文学始于 19 世纪 30 年代，在 19 世纪的中后期迎来了繁荣的局面。无论是诗歌、小说，还是戏剧、散文，英国文学在各个领域都取得了丰硕的成果。

2.1　诗歌

19 世纪的英国诗歌经历了从浪漫主义到维多利亚诗风的转变。在形式上，许多诗歌采取了讲故事的方式，追求诗艺的典雅；在内容上，不少诗人捕捉时代之音，抒发时代困惑。这个时期的伟大诗人包括丁尼生、勃朗宁、阿诺德（Matthew Arnold，1822－1888）等。丁尼生是维多利亚时期最优秀的诗人，也是继华兹华斯之后的桂冠诗人。他的诗歌富有抒情色彩，同时又富有哲理性和寓言性。勃朗宁也是维多利亚时期重要诗人，与丁尼生齐名。他的诗歌长于心理分析，并成功地创造了“戏剧独白”（dramatic monologue）这一手法，对 20 世纪诗歌创作的影响巨大。其中，《男人和女人》(*Men and Women*，1855)、《戏剧人物》(*Dramatic Personae*，1864)、《指环与书》(*The Ring and the Book*，1868) 是他最好的戏剧独白诗集。另一位与丁尼生同时代诗人阿诺德的诗歌常常表现悲怆的情绪。他擅长描写失恋、孤独和死亡等主题，带有浓厚的忧郁色彩。他著名的诗歌包括《多佛海滩》(*Dover Beach*，1867)、《吉普赛学者》(*The Scholar Gipsy*，1853)、《被遗弃的人鱼》(*The Forsaken Merman*，1849) 等。其他诗人还包括勃朗宁夫人（Elizabeth Barrett Browning，1806－1861）、史文朋（Algernon Charles Swinburne，1837－1909）、罗塞蒂（Christina Georgina Rossetti，1830－1894）和霍普金斯（Gerard Manley Hopkins，1844－1889）等。

2.2　小说

正如浪漫主义时期是英国诗歌创作的黄金时代，批判现实主义时期则是小说的辉煌盛世。从 40 年代开始，以批判为主要特点的现实主义小说迅速繁荣起来，一批优秀的作家也随之涌现，如狄更斯（Charles Dickens，1812－1870）、萨克雷

(William Makepeace Thackeray, 1811-1863)、盖斯凯尔夫人 (Elizabeth Cleghorn Gaskell, 1810-1865) 等，马克思称之为“现代英国的一批杰出的小说家”。[①]

在19世纪英国作家当中，狄更斯是最具代表性，文学成就最高，对后世影响也最深远的英国小说家。他在小说中运用讽刺、幽默、夸张的艺术手法，塑造了一系列栩栩如生的人物形象，描绘了维多利亚时期英国社会的全景画面。与狄更斯擅长描写英国下层社会和小人物不同，萨克雷在作品中塑造了一系列贵族资产阶级的人物形象，揭露和批判了英国上层社会的丑恶和腐败。此外，他继承了斯威夫特和菲尔丁开创的讽刺社会现实的风格，对贵族资产阶级趋炎附势、唯利是图等丑恶行径进行讽刺和批判，这使他获得了“英国19世纪的菲尔丁”之美名。其代表作《名利场》(*Vanity Fair*, 1848) 的出版标志着萨克雷的创作进入了成熟时期。这部小说也是他讽刺、写实风格的最好体现。

19世纪的英国产生了一批重要的女性小说家，如盖斯凯尔夫人、勃朗特姐妹、乔治·艾略特等。在并不算长的55年生涯里，盖斯凯尔夫人将其丰富的人生经历注入到她的作品中，为后世留下了《玛丽·巴顿》(*Marry Barton*, 1848)、《露丝》(*Ruth*, 1853)、《克兰福德》(*Cranford*, 1853)、《南方与北方》(*North and South*, 1855)、《西尔维娅的恋人》(*Sylvia's Lovers*, 1863)、《菲利丝表妹》(*Cousin Phillis*, 1864)、《妻子与女儿》(*Wives and Daughters*, 1866) 六部长篇小说以及大量的短篇小说、书信和杂文。其中《玛丽·巴顿》是她的成名之作，也是欧洲文学史上最早接触劳资矛盾的小说。夏洛蒂·勃朗特 (Charlotte Brontë, 1816-1855) 在短暂的一生中仅写过四部小说，这些小说具有自传性质，讲述了女主人公在情感和人生上的认识和成长。《简·爱》(*Jane Eyre*, 1847) 是她的代表作。小说以第一人称的叙述手法追忆了女主人公十年间的似水年华。小说中炽热、感性、穿透灵魂的浪漫元素影响了乔治·艾略特的创作。艾米莉·勃朗特 (Emily Brontë, 1818-1848) 在英国文学史上占据了独特的位置，这个被姐姐夏洛蒂称为“比男人还坚强、比孩子还单纯”[②] 的女作家，在与世隔绝的状态下创作出了富含想象力、创造力的史诗性悲剧《呼啸山庄》(*Wuthering Heights*, 1847)。小说淋漓尽致地展现了作者热情奔放、独立叛逆的性格和丰富纠结的内心情感，被认为是一首发自作家内心深处的抒情诗。安妮·勃朗特 (Anne Brontë, 1820-1849)

---

① 马克思.“英国资产阶级”马克思恩格斯全集（第十卷）.中共中央马克思恩格斯列宁斯大林著作编译.北京：人民出版社，1956：686.

② Lawrence F. Laban. “Emily Brontë”, *Critical Survey of Long Fiction*. F. N. Magill. ed.. Pasadena: Salem Press, 2000: 393.

是三姐妹最小的一位，虽然其文学成就不如两位姐姐高，但她的创作角度却独具一格，对于宗教也有一种无言、伤感、近乎病态的虔诚。她的代表作是：《阿格尼丝·格雷》(*Agnes Grey*, 1847) 和《王尔德费尔楼的房客》(*The Tenant of Wildfell Hall*, 1848)。乔治·艾略特同样为英国小说的发展作出了巨大贡献。首先，她习惯用写实的手法对人物和自然进行描写，展现出当时英国乡村社会的风土人情；其次，她擅长运用心理描写来表现人物复杂的内心活动和情感变化，这一手法影响了康拉德 (Joseph Conrad, 1857-1924) 和乔伊斯 (James Joyce, 1882-1941) 等现代派作家的创作。她的主要作品有《米德尔马其》(*Middlemarch*, 1872) 和《丹尼尔·德龙达》(*Daniel Deronda*, 1876) 等。

托马斯·哈代 (Thomas Hardy, 1840-1928) 是英国 19 世纪下半叶的代表作家，同时也是英国小说从传统的现实主义发展到现代派的连接桥梁。他在继承现实主义小说写实、批判等传统的同时，又能够突破其桎梏，在作品思想、题材和写作技巧等方面进行了创新。他的作品如《还乡》(*The Return of the Native*, 1878)、《德伯家的苔丝》(*Tess of the D'Ubervilles*, 1891) 等都成为英国小说中的经典。

2.3　戏剧

比起同时代的小说、诗歌与散文，该时期戏剧的影响要逊色很多。英国戏剧在哥尔斯密和谢里丹之后的一百年间都处于低迷状态。1843 年之前，英国的戏剧演出全由伦敦较大的两个剧院（特鲁里街剧院"Drury Lane"和科芬园剧院"Covent Garden"）包办且要经过宫内大臣的严格审查，这极大地限制了英国戏剧的发展。维多利亚时期是英国戏剧繁荣的时期，1843 年的《剧院法》(*The Theatre Act*, 1843) 打破了二院独占制的现状，到 1899 年伦敦已有 61 家剧院。这时期戏剧界的代表是王尔德和萧伯纳 (George Bernard Shaw, 1856-1950)。王尔德是英国唯美主义运动 (Aesthetic Movement) 的代表人物，戏剧《莎乐美》(*Salomé*, 1893) 原著用法文写成，由阿尔弗雷德·道格拉斯勋爵 (Lord Alfred Douglas) 译成英文，该剧最好地诠释了他唯美主义的思想，被认为是唯美主义在戏剧领域的典范之作。除此之外，王尔德在喜剧创作上取得了很大成就，他以幽默风趣的笔触，对英国上流社会中闲散度日的贵族资产阶级进行了嘲讽和批判。萧伯纳虽然直到 20 世纪才享有巨大声誉，但从 19 世纪 90 年代开始就写了不少反映社会问题的优秀剧本，如《鳏夫的房产》(*Widowers' Houses*, 1892)、《华伦夫人的职业》(*Mrs. Warren's Profession*, 1894) 等。

2.4 散文

与18世纪散文家艾迪生（Joseph Addison，1672-1719）那种“文雅而不炫耀，亲切而不俚俗的风格”[①] 不同，亦与班扬（John Bunyan，1628-1688）、笛福（Daniel Defoe，1660-1731）的平易风格有别。19世纪的散文种类丰富、风格各异，迎来一个繁盛时期。此时的散文家活动在广阔的领域，以锐利的笔锋，或讥笑怒骂，或呐喊感召，他们更具社会责任感，对时代之殇更加敏感。其中的佼佼者包括历史学家卡莱尔、思想家阿诺德、宗教人士纽曼（John Henry Newman，1801-1890）、科学家达尔文（Charles Darwin，1809-1882）、政论家密尔（John Stuart Mill，1806-1873），以及美学家罗斯金等。

卡莱尔受德国先验论的影响，反对启蒙主义思想，主要历史著作是《法国大革命》(*The French Revolution*，1837)。他的作品夹叙夹议，充满感情色彩，在尊重史实的基础上又可以让自己的想象力自由驰骋。纽曼年轻时深受新教思想影响，后又放弃英国国教，改信罗马天主教。后来在文集《辩生平》(*A Defense of His Life*，1864）中，他细致记载了信仰上的危机和转变。文章用情绪激昂的雄辩来寻求精神慰藉，用娓娓道来的自白诉说灵魂苦痛，堪称一本思想自传和精神实录。达尔文影响最大的著作是《物种起源》(*The Origin of Species*，1859)。在书中，达尔文首次提出进化论的观点，阐述了“适者生存”（survival of the fittest）的思想。政论家密尔的《论自由》(*On Liberty*，1859）是资本主义思想的基本论著之一，他指出自由不应仅局限于个人，还要从民族的未来着眼。罗斯金是19世纪中后期英国成就最大的散文家，代表性的作品有《现代画家》(*Modern Painters*，1843-1860)、《建筑的七盏明灯》(*The Seven Lamps of Architecture*，1849)等。他初期的散文将山、云、建筑等意象描绘得如诗如画，且注重韵律，具有音乐效果。他后期的散文则更加简洁纯朴，无论是讨论经济问题还是环境问题，他都表现出很强的社会责任感。

第二节　英国批判现实主义时期的重要作家及其代表作品

19世纪的英国现实主义文学迎来了繁荣的局面，无论是诗歌、小说，还是戏剧、散文都取得了丰硕的成果。

---

① 王佐良．英国散文的流变．北京：商务印书馆，1994：133.

第六讲　英国批判现实主义时期的文学

1. 诗歌

在世界诗歌史上，英国19世纪诗歌是绚丽多彩、波澜壮阔的一章。19世纪30年代，浪漫主义大诗人济慈、雪莱、拜伦、司各特已相继去世，而华兹华斯、柯尔律治等“湖畔派”诗人也已失去了诗情。新一代诗人丁尼生和勃朗宁开始在诗坛崭露头角，英国诗史已经翻到了新的一页。

1.1　丁尼生（Alfred Tennyson, 1809-1892）

丁尼生是19世纪维多利亚时期英国最优秀的诗人。1842年两卷集《诗集》（*Poems*, 1842）获得了成功，为丁尼生赢得了巨大声誉。5年后，丁尼生发表了他的第一部叙事长诗《公主》(*The Princess*, 1847)。该诗涉及家庭、爱情和妇女权益等主题，其中融入了各种形式的田园诗，抒情意味浓厚，格调清新典雅。1850年长篇挽诗《悼念》（In Memoriam, 1850）的发表标志着丁尼生创作生涯达到了顶峰，同年他继华兹华斯被封为“桂冠诗人”（Poets Laureate)。1855年另一部叙事长诗《摩德》(*Maud*, 1855）出版，这是一部由许多韵律不一的抒情短诗组成的“单人剧”（monodrama)。《国王之歌》(*The Idylls of the King*, 1859-1888）叙述了亚瑟王和圆桌武士的故事，用甘姆洛宫的兴衰来象征一个古文明的起落。这三部叙事诗和一部悼亡诗是丁尼生诗歌创作的巅峰之作。之后，其创作重点从诗歌转移到戏剧上。

丁尼生的代表作《悼念》是为纪念好友哈拉姆（Arthur Henry Hallam, 1811-1833）而作的。哈拉姆不仅是丁尼生的挚友，而且还是他创作上的良师，然而他的英年早逝让诗人陷入了沉痛之中。这首诗不仅记录了诗人在挚友去世后的悲伤绝望，也记录了他在漫漫人生中对生与死、善与恶、人与宇宙、上帝与自然等诸多问题的思索，更记录了他苦苦追寻，试图将自己从彷徨中解放出来，积极面对未来的心路历程。

丁尼生在诗歌技巧上也做了很多革新，他既可以像济慈、斯宾塞那样把诗歌写得优美，又可以像弥尔顿那样激昂雄辩，但无论如何，他的诗歌都具有特殊的音韵之美。《悼念》的每首诗长短不一，但都是韵脚为“abba”的四行诗段，节奏上抑扬顿挫，随着诗人感情的起伏时而婉转，时而雄壮。现代诗人奥登（Wystan Hugh Auden, 1907-1973）就称他“可能是耳朵最灵的英国诗人”，但又是“最笨拙的诗人”。[①] 前者说他的诗具有音乐美感，后者则暗示丁尼生写诗不

---

① M. H. Abrams. ed.. *The Norton Anthology of English Literature*. New York: W. W. Norton & Company, 1985: 1095-1096.

善取巧而擅长沉思。总的来说，丁尼生的诗较为完美地融合了古典主义和浪漫主义的风格，气质上优美典雅，“像水明沙净的小溪而不像野性不驯的瀑布，像晨风拂过带露的草地而不像西风横扫森林和海空”。[①] 他创作的抒情诗、叙事诗和哲理诗为英国诗歌的发展作出了重要的贡献。

1.2 勃朗宁（Robert Browning，1812–1889）

勃朗宁的诗歌数量大、种类多，最具代表性的是抒情性的短诗和戏剧性的独白诗。他的短诗涉及主题有爱情、乡思、民主思想等，这些诗歌短小精悍，在描写人物心理方面更是言有尽而意无穷。另一方面，他没有像丁尼生那样在自然和梦幻的国度里寻找灵感，而是运用粗犷的口语和“戏剧独白”的形式探究曲折、复杂的心理变化，这使得他的诗歌具有更多的“现代性”。勃朗宁的作品大都收集在《戏剧抒情诗》（*Dramatic Lyrics*，1842）、《戏剧性浪漫故事》（*Dramatic Romances*，1845）、《男人和女人》和《戏剧人物》中，后期作品《指环与书》则奠定了他在维多利亚时期一流诗人的地位。

《我已故的公爵夫人》是勃朗宁最具代表性的戏剧独白作品。这首诗是根据文艺复兴时期意大利费拉拉公爵阿方索二世的一个真实故事创作的。诗中的叙述者是公爵，公爵夫人刚刚去世，随即有人上门提亲，公爵带媒人参观自己的艺术收藏品，全诗即是此时公爵的一番独白。诗中透露，公爵夫人之死与公爵有直接关系，但这却成了他向别人炫耀的谈资。

这首诗采用了戏剧独白的形式。在整首诗中，公爵滔滔不绝，尽情抒发，而使者缄默不语，似在凝听。本诗通过这种叙事方式入木三分地刻画了公爵的两面性：表面上他温文尔雅、热情谦卑，实际上专横霸道，冷酷自私。媒人来提亲时，公爵带人去欣赏艺术品，并借机对已故前妻大加贬斥。然而读者从他的口中捕捉到的信息却是公爵夫人友善而又开朗，他不能容忍夫人的天真活泼恰恰暴露了自己心胸狭窄的本性。他刚说完前妻之死便对新人提出了嫁妆要求，讨价还价未毕却又夸耀起自己的艺术藏品，这将他的冷酷和虚伪暴露无遗。

勃朗宁以心理描写和戏剧独白诗闻名于世，他曾在给朋友的信中说道：“除了与心灵发展相关的事外，其他没有什么值得研究。”[②] 他也因此被称作是“心理诗人”[③]，对现代诗歌和小说有重要影响，成为现代主义的先驱之一。现代诗

---

① 飞白．略论英国维多利亚时代的诗．外国文学研究，1985（2）：82.

② Hugh Skypes Davis. *Browning and the Modern Novel*. Hull：University of Hull Publications，1962：9.

③ Elizabeth A. Howe. *The Dramatic Monologue*. New York：Twayne Publishers，1996：24.

人如艾略特（T. S. Eliot，1888-1965）、庞德（Ezra Pound，1885-1972）、弗罗斯特（Robert Frost，1874-1963）等都擅长运用戏剧独白的形式写诗，小说家康拉德（Joseph Conrad，1857-1924）、福克纳（William Faulkner，1897-1962）等人的叙事技巧也受到了勃朗宁的影响。总之，在诗歌道路上，勃朗宁开辟出了一条不同于丁尼生的道路："不追求优美流利，有时写得很晦涩；不追求甜美的乐调，有时写得佶屈聱牙；不师事斯宾塞、弥尔顿、济慈而师事多恩。如果丁尼生更多传统性，那么勃朗宁更多现代性。"①

2. 小说

从 19 世纪 30 年代开始，小说逐渐在英国文坛上活跃起来，涌现了狄更斯、萨克雷、盖斯凯尔夫人、勃朗特姐妹、哈代等诸多优秀的小说家。作家之多，成果之丰，叙事艺术发展之多方面多层次都令人感到惊叹。②

2.1　狄更斯（Charles Dickens，1812-1870）

狄更斯是英国批判现实主义文学最杰出的代表，是英国乃至世界文学史上最伟大的小说家之一。在其 38 年的创作生涯中，狄更斯为我们留下了 14 部长篇小说，还有许多中、短篇小说以及散文、随笔、游记等，可谓是著作等身。《匹克威克外传》（*The Pickwick Papers*，1836）、《雾都孤儿》（*Oliver Twist*，1837-1839）、《大卫·科波菲尔》（*David Copperfield*，1849-1850）、《双城记》（*A Tale of Two Cities*，1859）等都是我们耳熟能详的作品。

在狄更斯所有的小说中，《大卫·科波菲尔》是最受读者欢迎的。在评论这部小说时，他形象地说道："我最喜欢它……犹如许多慈祥的父母一样，我的心灵深处也有一个我最喜欢的孩子。他的名字叫'大卫·科波菲尔'。"③

主人公大卫的父亲在他尚未出生之前就已经离世，他母亲改嫁到摩德斯通家后受尽继父的虐待。随后他被送到一所寄宿学校，但是校长也是一个残忍暴躁的人；在母亲死后他又被继父送到伦敦一所工厂做童工，忍饥挨饿受尽了折磨。幸运的是，他受到乐观开朗的米考伯先生喜爱并寄宿在他家里。后来，大卫因不堪工厂的种种屈辱而去投靠了贝西婆姨。婆姨送他到坎特伯雷读书，期间他住在威克菲尔德律师家里并与其女儿阿格尼丝建立了深厚的感情。大卫毕业后当了律师

① 王佐良．英国诗史．南京：译林出版社，2008：378.

② 王佐良．英国文学史．北京：商务印书馆，1996：277.

③ Bernice Frankel. ed.. *David Copperfield*. New York：American R. D. M. Corporation，1963：9.

并娶了朵拉小姐为妻，后朵拉因难产去世，大卫也伤心地离开了英国。三年后大卫回到英国，这时他已是一位知名作家，并最终娶了一直深爱着他的阿格尼丝。

《大卫·科波菲尔》是一部带有自传性质的小说。全书采用第一人称的方式，由主人公大卫以回忆的形式叙述而成，很大程度上反映了作者的人生经历和奋斗历程。书中大卫幼年时跟母亲学字母的情景是作者本人的亲身经历；母亲被折磨死后，大卫被送去当童工的年龄也正是狄更斯当童工时的年龄；他们都是作家，而在最初开始创作时又表现出同样的犹豫不决……小说虽然带有自传色彩，但狄更斯并不拘泥于临摹现实，而是充分发挥想象力，利用生活素材进行再创作。他并不是孤儿，却大胆地把大卫设计为孤儿，又把自己父母的性格糅进米考伯夫妇的形象当中，狄更斯把这种创作方法概括为“经验想象，糅合为一”。可以说，大卫是艺术化的狄更斯。

对于这样一部广受欢迎的小说，读者和评论界给予了高度的评价，1850 年英国著名的《弗雷泽杂志》就评论道：“我们认为《大卫·科波菲尔》是作者最好的小说，情节巧妙，引人入胜，为作者任何作品所不及。这里没有多愁善感，没有冗长的描述，没有夸张的热情，一切都恰如其分……。作者的品位越来越高雅，创作风格也越来越自然、优雅、娴熟。”①

在狄更斯身上，我们还发现了一种可贵的混合：他是现实主义作家，同时身上又充满了浪漫主义诗人的气质。在人物塑造上，人物特征的真实描摹与自身情感的熔铸结合；在环境描写上，入木三分的笔触和诗样的氛围结合；在社会现实的披露上，冷静深刻与温情怜悯结合。正是由于真实细节与诗样气氛的融合，冷静批判与感伤情调的融合才使得狄更斯的作品更加丰满且富有戏剧性。对于狄更斯这种独特的艺术气质，王佐良先生曾经评论道，在狄更斯的身上，若干相反的东西统一起来了：他幽默，然而他又富于悲剧感；他使人感到压抑，然而当他走出穷巷斗室，一车飞驰大路的时候，又使人感到精神上的空前解脱；他多次被人贬为庸俗、伤感、夸张，但连最清高的批评家也承认正是他紧紧抓住了真实人生的核心；他是大众的愉悦者，又是社会的良心；同莎士比亚一样，他运用语言是多层次、多方面、多声域的，令所有的学究皱眉，却使英语更加活跃；也同莎士比亚一样，他是最通俗的作家，又是在根本意义上最懂艺术的大师。②

---

① John William Parker. ed.. “Charles Dickens and *David Copperfield*”, *Fraiser's Magazine* (Volume 42), 1850: 698-710.

② 王佐良．英国文学史．北京：商务印书馆，1996：289.

2.2　艾米莉·勃朗特（Emily Brontë, 1818-1848）

艾米莉·勃朗特是英国19世纪著名的诗人和小说家，是英国文学史上著名的“勃朗特三姐妹”之一。马修·阿诺德在凭吊艾米莉·勃朗特时说，“她的心灵中的非凡的热情，强烈的情感、忧伤、大胆是自从拜伦死后无人可与之比拟的。”[①] 夏洛蒂襟怀坦白，她的思想和见解无不溢于言表，而艾米莉则藏而不露，像水中倒影一般朦胧迷离，难以捕捉，这也增加了读者理解其作品的难度。

艾米莉的创作是从诗歌开始的，她写过近两百首短诗，她那些雄劲粗犷、深沉诚挚的诗歌为她的小说创作奠定了基础，成为她小说中的基本格调。1847年艾米莉和姐姐夏洛蒂分别匿名出版了《呼啸山庄》和《简·爱》，然而《简·爱》一出版就好评如潮，《呼啸山庄》则遭受了普遍的冷遇和批评，但它的文学价值随着深入挖掘才逐步显现，这部小说也因此被称为英国文坛上“最奇特的小说”、“文学中的斯芬克斯”。[②]

故事发生在19世纪初英国北部的一个荒原上。呼啸山庄的主人恩肖先生从街头捡来一个吉普赛人的弃儿，取名希斯克利夫。老恩肖非常喜爱这个孩子，这引起了小主人亨德雷的强烈嫉妒。主人死后，亨德雷把希斯克利夫贬为奴仆，并百般迫害，可是他的妹妹凯瑟琳却跟希斯克利夫亲密无间。后来，凯瑟琳对画眉山庄林顿家的儿子埃德加产生好感，希斯克利夫感觉受到背叛，愤而出走。三年后希斯克利夫致富回乡后伤心地发现凯瑟琳已经嫁给了埃德加。希斯克利夫为此进行疯狂的报复，他先是故意娶了埃德加的妹妹伊莎贝拉并进行迫害，后来又通过赌博夺走了亨德雷的财产。亨德雷本人醉酒而死，儿子哈里顿成了希斯克利夫的奴仆。内心痛苦不堪的凯瑟琳因难产而死，女婴同样取名凯瑟琳，而伊莎贝拉也生下儿子林顿，十年后离开了人世。埃德加死后将财产留给了小凯瑟琳，希斯克利夫又逼迫病入膏肓的儿子小林顿和她结婚——他终于实现了自己的复仇计划：成为呼啸山庄和画眉山庄的主人。然而他并不能从自己的罪恶和对凯瑟琳的思念中解脱出来。小凯瑟琳和哈里顿就像当年的自己和凯瑟琳一样相爱，他突然在两个孩子身上看到了自己和凯瑟琳的影子。最后，他经常受到凯瑟琳幽灵的纠缠，郁郁而终。小凯瑟琳和哈里顿继承了两个山庄的产业，开始了新的生活。

小说的独特性首先体现在其叙述方式上，艾米莉采用了倒叙与顺叙相结合的方法。整个小说前后跨越了31年——从1771年（希斯克利夫被带到呼啸山庄）

---

① 艾米莉·勃朗特．呼啸山庄．杨苡，译．南京：译林出版社，1990：247.

② Winifred Gerin. *Emily Brontë: A Biography.* Oxford: Oxford University Press, 1971: 11.

到 1802 年秋（小凯瑟琳和哈里顿成为一对情侣）。女作家把叙述的起点安排在 1801 年的冬天，之前的章节是倒叙部分，而最后四章则是顺叙。这样做的好处是使小说悬念的终止和高潮的到来在时间表上非常接近，悬念刚结束，震撼人心的高潮就接着来到了，因此小说的故事情节始终是扣人心弦的。其次，作者采用了由若干叙述层面构成的嵌套式结构。在最外层，是洛克伍德的叙述，他租住了希斯克利夫的画眉山庄，以一个旁观者的身份讲述他到呼啸山庄所见所闻。女仆耐莉的叙述构成了叙事的第二层，也是小说的主层次，主要叙述发生在山庄的往事。此外，在耐莉的叙述中还穿插着希斯克利夫、凯瑟琳、伊莎贝拉和女仆齐拉等人的叙述，他们的叙述构成了小说的第三层次叙事。这样的叙事将作者主观感情和客观评论结合了起来，虽然情节错综复杂，但是主次分明，脉络清晰，具有很大的艺术魅力。

小说的独特性还表现在作家在对现实生活的真实反映中表现出了浓厚的浪漫主义色彩。全书始终笼罩着离奇、紧张、浪漫的艺术气氛。19 世纪 30 年代是英国浪漫主义运动高涨的时代，少年时期的艾米莉受到司各特、拜伦等浪漫主义作家的影响，被激情四溢的冒险人物和色彩绚烂的自然景观深深吸引。其次，艾米莉和乔治·桑（George Sand，1804-1876）一样，对神秘、超自然和哥特式的东西很感兴趣。[①] 英国作家毛姆（William Somerset Maugham，1874-1965）谈到德国作家霍夫曼（Ernst Theodor Wilhelm Hoffmann，1776-1822）对艾米莉的影响时说："我情愿相信，她从德国浪漫主义作家的那些神秘、残暴和恐怖的故事里，找到了某种投合她自己那暴烈的天性的东西。"[②] 小说在很多方面都采用了哥特式手法，在主题方面，涉及仇恨与阴谋；在人物塑造上，希斯克利夫就是典型的哥特式"恶棍英雄"（villian-hero），这样的人物既是迫害者也是受害者，时而郁郁寡欢，时而暴跳如雷。[③] 在对环境和意象的描写上，呼啸山庄的外形以及阴森、昏暗的内部环境都符合哥特小说的背景。然而，艾米莉突破了哥特传统的限制，将浪漫主义植入到现实的土壤，将哥特形式和深沉的主题结合起来。与狄更斯和萨克雷那样积极探索改良社会途径的风格不同，艾米莉向更加神秘、空灵和超现实的世界寻找慰藉，无论是对于爱恨情仇还是人性之恶她都给予了深刻的理

---

① 简·奥尼尔．勃朗特姐妹的世界：他们的生平、时代与作品．叶婉华，译．海口：海南出版社，2004：86-87.

② 杨静远．勃朗特姐妹研究．北京：中国社会科学出版社，1983：402.

③ Marie Mulvey Robert. ed.. *The Handbook to Gothic Literature*. New York：New York University Press，1998：112.

解。艾米莉为现实主义小说注入了强烈情感、心理深度和新鲜活力，使得这部小说超越了维多利亚小说的正统，展现出独特的艺术魅力。

最后，小说的独特之处还表现在其“现代性”上。现代社会的主要特征是人与人之间的关系越来越疏远、冷漠，社会变成了一种异己的力量，作为个体的人感到无比的孤独。现代主义文学不主张用作品再现生活，而是提倡从人的心理感受出发，通过象征、隐喻、幻觉和想象来构筑和表现人的精神世界。无论是人物内心世界的扭曲，还是作品表现的主题和采用的艺术手法，《呼啸山庄》都有现代主义的倾向。其中最直接的表现就是，“荒原”的意象承载着深刻的象征意义，成为艾米莉在内心深处构建的一个精神家园和心灵的栖息地。

英国作家弗吉尼亚·沃尔夫（Virginia Woolf，1882-1941）在评论夏洛蒂和艾米莉时说：“她们笔下的风暴，她们笔下的荒原，她们笔下悦目的夏日绿野，都不是用来点缀一页沉闷乏味的文字，或卖弄作者观察力的装饰品——它们饱含着情绪，显示了全书的主旨。”① 评论家阿诺德·凯特尔（Arnold Kettle，1916-1986）认为“荒野的重要意义用冷冰冰的逻辑语言是不能表现出来的（这并不意味着它是不合逻辑的）。”因为“艾米莉·勃朗特不是通过概念而是通过象征来进行创作的”。② 在作者心中，荒原不仅代表现实世界，也代表着超验世界。在她看来荒原是原始的、野性的，有时美丽怡人，有时恣意肆虐。荒原不仅是自由、爱情、生命的象征，而且还是人们的精神庇护所和心灵栖息地。荒原上没有对人尊严的践踏，没有世俗的压力，没有金钱、地位的诱惑，人们可以呼吸到自由、清新的空气。荒原气质已深深渗透进男女主人公的灵魂深处，他们同属于大自然，他们的恋情像荒原上盛开紫花的石楠，浑然天成、粗犷奔放，顽强对抗虚伪的世俗文明，他们的生命也像荒原上的暴风骤雨，野性十足，坚守着人类最原始而淳朴的人性与情感。男女主人公的爱情虽以悲剧告终，但他们死后却可以同归泥土，灵魂遨游于荒原，可谓是生不能同衾，死也要同穴。

夏洛蒂·勃朗特曾说：“我妹妹艾米莉爱荒原。在她眼中，最幽暗的石楠丛会开放出比玫瑰还要娇艳的花；在她心里，银灰色的山坡上一处黑沉沉的溪谷，会变成人间乐园。她在荒原寂寥的处所找到许多开怀的乐趣，而她胜过一切、最热爱的是——自由。”③ 然而，艾米莉对自由的探索是从自己的内心世界、精神

---

① 杨静远．勃朗特姐妹研究．北京：中国社会科学出版社，1983：295.

② 杨静远．勃朗特姐妹研究．北京：中国社会科学出版社，1983：375.

③ 杨静远．勃朗特姐妹研究．北京：中国社会科学出版社，1983：31.

世界、超灵世界出发的。作为一个文弱女子，她是在陋室中，在荒原上，用语言来构建自己的精神家园和灵魂世界。

一个多世纪以来，围绕这部小说已经产生了很多的争论，但总体上褒大于贬。毛姆认为它是“英语语言中十部最伟大的小说之一”。[①] 批评家沃尔特·阿伦则肯定道：“《呼啸山庄》是最奇罕的英文小说，它完美无缺，少见地完美无缺。……就艺术而言，简·奥斯丁、亨利·詹姆斯、约瑟夫·康拉德这些英文小说形式方面的大师都没有超过它。”[②] 总之，艾米莉从爱写到恨，又从死亡写到灵魂、孤独和人性，她自由驰骋的想象力使她挣脱了现实人生的羁绊，缔造出一个别具一格的艺术王国。

3. 戏剧

19 世纪的英国戏剧受到政府限制和观众的冷遇，剧院里演的也只是一些情节剧或者闹剧。虽然不能与同时期的小说和诗歌相提并论，但也涌现了一些优秀的剧作家，奥斯卡·王尔德便是促成 19 世纪末英国戏剧复兴的重要人物。

奥斯卡·王尔德（Oscar Wilde, 1854-1900）

奥斯卡·王尔德是 19 世纪英国著名的戏剧家、诗人和小说家，唯美主义艺术运动的倡导者。他早期的代表作有：诗歌《雷丁监狱之歌》(*The Ballad of Reading Gaol*, 1898）和两部童话集《快乐王子及其他童话》(*Happy Prince and Other Fairy Tales*, 1888）以及《石榴之家》(*The House of Pomegranates*, 1891)。1891 年王尔德唯一一部长篇小说《道连·葛雷的画像》(*The Picture of Dorian Gray*, 1891)[③] 出版，小说集中体现了他唯美主义的创作思想。王尔德是维多利亚后期英国最成功的戏剧家，奠定他戏剧地位的是五个剧本：悲剧《莎乐美》以及四部喜剧：《温德米尔夫人的扇子》(*Lady Windermere's Fan*, 1892)、《无足轻重的女人》(*A Woman of No Importance*, 1893)、《理想丈夫》(*An Ideal Husband*, 1895）和《认真的重要性》(*The Importance of Being Earnest*, 1895)。

《莎乐美》取材于《圣经》的《马太福音》第 14 章和《马可福音》第 6 章，王尔德做了一些改动。犹太王因贪图其嫂希罗底美色，于是杀兄娶嫂。先知约翰因此谴责他们的婚姻，这引起了二人的极大痛恨，他们将约翰囚入水牢之

---

① William Somerset Maugham. "Emily Brontë and *Wuthering Heights*". *Great Novelists and Their Novels*. Philadelphia: The John C. Winston Company, 1948: 115.

② Walter Allen. *The English Novel*. London: Penguin Books Ltd, 1991: 194.

③ *The Picture of Dorian Gray* 又可以被译为《道林·格雷的画像》。

中。王后希罗底的女儿莎乐美出于好奇让侍卫队长把约翰从水牢之中带上来。莎乐美对约翰一见钟情却遭拒绝，侍卫队长也因嫉妒莎乐美对约翰的爱而自杀。希律王同时也垂涎莎乐美的美色，承诺如果莎乐美肯在他的生日宴会上跳舞，他就答应莎乐美的一切要求。莎乐美利用这个许诺，迫使希律王将约翰的人头赐给了她。看着她忘情地狂吻约翰血淋淋的人头，希律王忍无可忍，令士兵将莎乐美处死。

《莎乐美》是王尔德唯美主义戏剧的代表作。在19世纪后期市侩之风盛行、功利主义当道的英国社会，在道德说教遮盖审美趣味的英国文坛，这部戏剧的出现正像一股清新的气息冲破了沉闷的气氛。早在牛津大学求学时期，王尔德就接受了瓦尔特·佩特（Walter Horatio Pater，1839-1894）的唯美主义思想，后者极力倡导一种艺术化的生活方式："让生活燃烧成宝石般炽热的火焰，保持这种心醉神迷的状态，乃是人生的成功。""诗的激情、美的渴望、为艺术而热爱艺术，乃是智慧的极致。"[①] 受其影响，王尔德也崇尚"为艺术而艺术（art for art's sake）"，他认为美是艺术的灵魂，艺术并无任何道德和实用目的，艺术不是现实的反映，而现实却是艺术的反映。他强调："唯有通过艺术，而不是别的，我们才能实现我们所追求的至善至美；唯有通过艺术，而不是别的，我们才能保护自己免于实际生活中的可悲沉沦。"[②]

体现在具体创作上，王尔德认为，"艺术本身的完美在于它内部而不在外部，它不应该由任何关于外形的外部标准来判断。"[③]《莎乐美》的象征主义手法，追求美和感官刺激的主题都符合王尔德的这种审美观。王尔德对美的迷恋在《莎乐美》中体现得尤为突出。莎乐美疯狂迷恋先知的身体，她渴望得到他的肉体、头发和嘴唇，可以说这是一种畸形的爱，超越了道德、伦理的束缚。侍卫队长因莎乐美的美貌而堕入情网，希律王也因觊觎莎乐美的秀色而轻易许诺，所有这一切表现的都是强烈的爱美热情和美的诱人力量。全剧以莎乐美对约翰的爱为主线，注重对莎乐美变态心理的渲染，表现出莎乐美肉欲的、病态的爱美热情，同时又特别强调感官刺激和瞬间强烈情感的流露，这些都是王尔德唯美主义理论的最好诠释。

---

① Walter Pater. *The Renaissance: Studies in Art and Poetry*. Donald L. Hi ll. ed.. Los Angeles: University of California-Berkeley, 1980: 190.

② 王尔德."评论家也是艺术家"，英国作家论文学.汪培基编.北京：三联书店，1985：277.

③ Richard Ellmann. ed.. *The Artist as Critic: Critical Writing of Oscar Wilde*. New York: Vintage Books, 1969: 306.

王尔德受法国象征主义作家的影响，语言简洁优雅，暗示性很强，舞台的灯光、布景、舞蹈和音乐都在营造一种梦幻般的意境。其中，月亮是王尔德在剧中使用的贯穿全剧的意象，对不同人物而言，它具有不同的象征意义。对于侍卫队长而言，月亮像会跳舞的公主；对莎乐美而言，月亮是清冷娴静的处女；而对于希律王而言，月亮是一个想要寻找情人的疯女人。

王尔德一生共创作了四部喜剧：《少奶奶的扇子》（*Lady Windermere's Fan*，1892）、《无足轻重的女人》（*A Woman of No Importance*，1893）、《理想的丈夫》（*An Ideal Husband*，1895）、《贵在认真》（*The Importance of Being Earnest*，1895）。这些喜剧以 19 世纪末英国的社会矛盾、家庭问题、恋爱婚姻事件为题材，揭露了英国上流社会的虚伪和市侩，具有进步的社会意义。然而，最能体现其喜剧艺术特色的还是他机智巧妙的语言。他在喜剧中运用了反论（Paradox）、矛盾修辞（Oxymoron）和头韵（Alliteration）等手法，使得对话更加有趣，也使人物塑造更加丰满而真实。他的语言没有任何的愤世嫉俗，更多的是幽默机智，读者在叹服王尔德字字珠玑的同时，还能体味到他语言背后的讽刺意味。

王尔德留给世人的四部喜剧各有其独特魅力，有力地推动了英国戏剧的复兴。同时，他唯美主义的理论拓宽了艺术的表现范围，提高了艺术的表现能力，对艺术独立性和纯洁性的追求也使他的作品能够历久弥新。

4. 散文

这个时期的散文也是硕果累累，不仅形式多样，作品丰富，而且涉及领域也非常广泛。此时的散文家以笔为媒，探讨社会热门话题，危机感和责任感更强烈，史学家卡莱尔和美学家罗斯金就是其中代表。

4.1 卡莱尔（Thomas Carlyle，1795-1881）

托马斯·卡莱尔是苏格兰散文家、史学家，一生著作颇丰，散文、评论、历史都有涉足，被尊为“切尔西的圣哲”。①

《法国大革命》是卡莱尔的主要历史著作，记叙了巴黎人民攻占巴士底狱、路易十六被推上断头台，雅各宾派专政和拿破仑建立帝国等历史事件。卡莱尔的历史观是从现实出发，将当代与过去紧密地联系起来，由现实而进入历史研究，为此他独具匠心地使用了现在时态。此外，这是一部充满感情色彩和想象力的作

① Mark Cumming. ed.. *The Carlyle Encyclopedia*. New Jersey: Fairleigh Dickinson University Press, 2004: 16.

品。攻占巴士底狱、路易十六临刑等章节写得尤其传神动情，在记叙历史事件时他不满足于记流水账，而是注重描写人们在紧张氛围时的一举一动、一言一行。因此，卡莱尔笔下的人物是有血有肉、个性鲜明、情感复杂的。作为史书，《法国大革命》是欠缺客观和真实性的，但是卡莱尔并不是想还原历史，而是让文献和史实能够为其所用，让自己的想象力自由驰骋。卡莱尔独具一格的文风在书中表现得淋漓尽致：他运用感叹号和大写字母使自己的议论气势磅礴，“写法则大笔渲染，靠积累产生力量”① 每一个事实和情景都环环相扣，令人应接不暇，他的书读起来不仅震人心魄还能发人深省。

卡莱尔是英雄史观的忠实信徒，这在他后来的作品《过去与现在》(*Past and Present*, 1843)、《克伦威尔信函及演讲集》(*Oliver Cromwell's Letters and Speeches*, 1845) 和《普鲁士腓特烈大帝传》(*The History of Friedrich* Ⅱ *of Prussia*: *Called Frederick the Great*, 1858) 中体现得尤为明显。他对参孙、克伦威尔和腓特烈大帝那样的英雄推崇备至，认为英国应该有这样的真英雄来带领国家走出危机。他1840年5月在伦敦作有关历史的演讲时，开篇就声称：“在我看来，世界的历史，人类在这个世界已完成的历史，归根结底是世界上耕耘过的伟人们的历史。……甚至不妨说他们（伟人）是创世主。……可以公正地说，整个世界历史的灵魂就是这些伟人的历史。”② 1841年，卡莱尔的这些演讲被编集成书，即《论英雄、英雄崇拜和历史上的英雄事迹》(*On Heroes and Hero-Worship and the Heroic in History*, 1841)，在书中，卡莱尔将英雄分为六种：神灵、先知、诗人、教士、文人、君王。卡莱尔之所以有英雄崇拜的情结，是因为他深感维多利亚时期的社会危机四伏，需要英雄人物或者英雄精神来匡扶救治。他曾号召人们“合上你的拜伦，打开你的歌德”③，实际上是在召唤一个道德上积极乐观的人，一个务实坚定的文化英雄。

晚年的卡莱尔沉溺于英雄崇拜，渐渐走上拥护强权、反对民主的道路。他保守的历史观曾经遭人诟病，到了法西斯猖獗的20世纪30年代和40年代，进步文人更是将矛头直指卡莱尔的英雄史观。然而，他对维多利亚时期社会思想的形成具有不可替代的作用，他的文章即使在今天读来也具有震人心魄的力量。

4.2　约翰·罗斯金（John Ruskin, 1819-1900）

约翰·罗斯金是个多才多艺的人，他既是诗人、美学家、建筑学家，又是极

① 王佐良．英国散文的流变．北京：商务印书馆，1994：137.

② 托马斯·卡莱尔．英雄和英雄崇拜：卡莱尔演讲集．张峰，吕霞，译．上海：三联书店，1988：1-2.

③ 托马斯·卡莱尔．拼凑的裁缝．马秋武，冯卉，译．桂林：广西师范大学出版社，2004：178.

具影响力的社会评论家。他的创作内容涉及艺术、自然、科学、政治与经济诸领域，可谓是无所不包。

从19世纪40年代开始，罗斯金发表了一系列艺术评论，他也被看作是维多利亚时代英国艺术思想的典型代表。他的主要著作有《现代画家》(*Modern Painters*, 1843-1860)、《建筑的七盏明灯》(*The Seven Lamps of Architecture*, 1849)、《威尼斯的石头》(*The Stones of Venice*, 1851-1853)，这几部作品集中体现了他的艺术观和美学思想。《现代画家》共有五卷，主要讨论了美的理论、浪漫主义绘画理论、风景画艺术发展和艺术结构（composition）等问题。这本书的基本思想是艺术品的伟大与艺术家本人的道德修养及思想的崇高之间有着必然的联系。《建筑的七盏明灯》认为伟大的艺术产生于社会，又是社会生活中高尚品质的反映，这些品质是由牺牲、真理、力量、美、生活、记忆和服从这七盏明灯所照亮的。《威尼斯的石头》将建筑放在道德、社会形态和表现技巧等背景下进行讨论，表达了罗斯金对中世纪艺术风格的热情，尤其是对哥特式建筑风格的推崇。在这些作品中，罗金斯展现了他独特的散文风格。作为一个美学家，他笔下的文字空灵写意，无论是对自然景色还是对建筑物的描写，总能呈现给读者一幅幅生动的景象。因此这些关于绘画和建筑的论著更像是“有光影、有感情、有诗意的文学作品”。[①]

在强调审美的同时，罗斯金也很看重道德责任心。他始终认为，艺术不能脱离道德，“你不能没有快乐去追求艺术，但是，你也不能只为快乐去追求艺术。”[②] 当目睹工业化大生产带来的环境污染、人类异化等现象时，他又产生了深深的忧虑。在1860年左右，罗斯金转向了对社会经济问题的关注。他的社会批评主要表现在《金河王》(*The King of the Golden River*, 1841)、《芝麻与百合》(*Sesame and Lilies*, 1865) 和《野橄榄王冠》(*The Crown of Wild Olive*, 1866) 中，在这些作品中，罗斯金探讨了经济改革、妇女的社会待遇和儿童教育等问题。

此外，罗斯金较早地注意到了环境污染问题，是一位具有前瞻意识的环境保护论者。1884年，罗斯金在伦敦学院发表了题为“19世纪的暴风云”（The Storm-Cloud of the Nineteenth Century）的演讲，这次演讲涉及当时还未引起世人注意的“暴风云”现象，为罗斯金赢得了“第一位绿色保护者”[③] 的美名。罗

---

① 王佐良．英国散文的流变．北京：商务印书馆，1994：164.

② Dinah Birch. ed.. *Ruskin and the Dawn of the Modern*. Oxford: Oxford University Press, 1999: 149.

③ Michael. Wheeler. *Ruskin and Environment: The Storm Cloud of the Nineteenth Century*. Manchester: Manchester University Press, 1995: 3.

斯金关于人与环境的论述，都植根于他对 19 世纪工业革命乃至机械文明的焦虑。他一方面对工业化造成的环境恶化这一现象表达了无比愤恨，另一方面又表现出对人与自然和谐相处的无限向往。他向人类描述了一幅理想图景："我们可以想象一家人，他们过去常常坐在这个小花园里度过他们的夏日时光，听潺潺的流水透过石楠的篱笆轻轻地传过来，看绵羊在远处的丘陵上沐浴在阳光中。"[①] 事实上，在罗斯金的笔下，山清水秀、阳光斑驳的景象常常跟烟囱林立、黑云蔽日的景象形成鲜明的对比，字里行间饱含着作者的忧思、愤慨和祈望。

第三节　英国批判现实主义文学的意义及转向

1. 现实主义文学的起源

现实主义（Realism）有广义和狭义之分，广义的现实主义指的是一种文艺的基本创作方法，狭义的现实主义指的是一种文艺流派。作为一种创作方法，现实主义从各民族文学艺术的开始阶段就已不同程度地存在着，并随着社会历史的发展而呈现为不同的形态。作为文艺流派，它一般指 19 世纪 30 年代以后取代浪漫主义而占主导地位的文艺思潮运动。

"现实主义"作为一种文艺思潮、文学流派和创作手法的名称，首先出现在法国文坛。1850 年左右，法国画家库尔贝（Gustave Courber，1819－1877）和小说家尚弗勒里（Champfleury，1820－1899）等人初次用"现实主义"这一名词来标明当时的新型文艺，并由杜朗蒂（Louis Edmond Duranty，1833－1880）等人创办了一种名为《现实主义》的刊物。刊物发表了库尔贝的文艺宣言，他主张作家要"研究现实"，如实描写普通人的日常生活。这派作家明确提出用"现实主义"这个新"标记"来代替浪漫主义的旧"标记"。最早称 19 世纪的现实主义文学思潮为批判现实主义的是高尔基，他在谈及 19 世纪现实主义文学时曾说过："资产阶级浪子的现实主义是批判现实主义，批判现实主义揭发了社会恶习，描写了个人在家庭传统、宗教教条和法规压制下的生活和冒险，却不能给人指出一

① 约翰·罗斯金．拉斯金读书随笔．王青松，等，译．上海：三联书店，2000：238.

条出路。”[①]

对现实主义理论的探讨，可以追溯到古希腊的“模仿说”，亚里士多德（Aristotle，公元前384-公元前322）主张“按照事物本来的样子去模仿”；文艺复兴时期的人文主义作家坚持并发展了“艺术模仿自然”的观点；启蒙运动时期的文学从唯物主义观点出发，坚持文艺的现实基础，启蒙小说对人物的刻画和细节的描绘为现实主义提供了借鉴；最后，现实主义文学是对浪漫主义文学的继承和发展，浪漫主义作家注重描写大自然和抒发人物情感，对现实主义作家产生了有益的影响。

2. 英国批判现实主义文学的创作特点和意义

英国文学源远流长，从一开始就在不同程度上带有现实主义的色彩。英国最早的小说家如笛福、菲尔丁等在他们的小说创作中就表现出明显的现实主义倾向。笛福的《鲁滨孙漂流记》描绘了英国资本主义原始积累时期的冒险精神，作者生动逼真的细节描写使故事具有强烈的真实感。菲尔丁最受欢迎的小说《汤姆·琼斯》中人物、风景、场面都是典型的英国式的，把英国现实主义文学推到一个新的水平。19世纪的现实主义文学继承了笛福、菲尔丁所代表的启蒙主义传统，在更广阔的社会背景中展示了各种生活现象，描写人们最关心的社会问题。在现实主义大师狄更斯、萨克雷等小说家手中，英国现实主义更是达到了其辉煌的巅峰。但必须指出的是，此时的现实主义已不同于18世纪，而应被称为批判现实主义。

由于本国独特的社会历史背景和文学传统，英国批判现实主义文学除了具有现实主义文学的一般特征外，还具有自身特征：

第一，最早正面描写劳资矛盾，对现实进行深刻的揭露和批判。英国作家的矛头直指资本主义社会的种种罪恶和暴行，揭露腐败的制度、堕落的人物、社会中丑恶的金钱关系和虚伪的道德。英国资本主义高度发达的同时也伴随着尖锐的劳资矛盾，盖斯凯尔夫人的代表作《玛丽·巴顿》便是世界文学史上第一部正面描写工人阶级生活和斗争的小说。马克思对英国批判现实主义作家给予了高度的评价：“现代英国的一批杰出的小说家，他们在自己卓越的、描写生动的书籍中向世界揭示的政治和社会真理，比一切职业政客、政治家和道德家加在一起所

① 高尔基．论文学．孟昌，译．北京：人民文学出版社，1978：335.

揭示的还要多。”①

第二，强调对典型环境中典型人物的塑造。恩格斯认为，现实主义作品“除细节的真实外，还要真实地再现典型环境中的典型人物。”② 批判现实主义作家成功地塑造了各种各样的人物典型，这些人物性格的形成、发展与其生活的特定环境有密切的关系。狄更斯尤其擅长描写小资产阶级的个人奋斗，正面形象几乎都是“小人物”。

第三，具有温和的人道主义和浓厚的改良主义精神。作家把人道主义当作批判资本主义罪恶和封建暴政的思想武器，幻想用道德力量或社会改良来解决社会矛盾。但是由于历史的和阶级的原因，英国现实主义作家有其局限性。他们对本阶级的前途感到失望，并努力为人类社会寻找出路、描绘蓝图，但是他们看不到资本主义社会罪恶的根源，更谈不上提出解决矛盾的正确途径。

批判现实主义文学是资本主义确立、发展并不断巩固时期的产物，它广泛地反映了当时英国的社会现实，揭示了当时社会的本质及其发展的趋势，具有极大的认识价值和深刻的思想意义。批判现实主义代表作家、代表作品和塑造典型人物之多，反映社会生活之广泛、深刻都是空前的。它通过描写人民群众的深重苦难、揭露贵族资产阶级的罪恶，真实地反映了资本主义社会的矛盾，有助于引发人们对于现存制度合理性的质疑。

与古典主义相比，现实主义不再忽视现实、不再刻意营造一种和谐的场面或结果，而是以艺术的方式反映、揭露并影响现实；与浪漫主义相比，它不再回避现实，而是直接以现实作为艺术研究的对象，并渴望在观察和发掘现实中寻找出路。在批判现实主义作家的努力下，长篇小说的创作出现了空前的繁荣景象，他们将丰富多彩的生活画面和多种多样的人物形象熔铸在完整有机的情节结构中，在思想和艺术两方面都达到了前所未有的高度。因此，英国批判现实主义文学不仅具有深刻的思想意义，而且具有高度的艺术感染力；不仅使英国文学在19世纪中期达到高峰，而且还为现代主义作家的创作奠定了基础。

---

① 马克思．“英国资产阶级”，马克思恩格斯全集：第十卷．中共中央马克思恩格斯列宁斯大林著作编译．北京：人民出版社，1956：686.

② 恩格斯．“致玛·哈克奈斯”，马克思恩格斯选集：第四卷．中共中央马克思恩格斯列宁斯大林著作编译．北京：人民出版社，1972：462.

3. 英国批判现实主义文学的转向

19 世纪 70 年代至 90 年代，西方社会进入帝国主义阶段，资本主义的固有矛盾进一步激化。两次世界大战摧毁了人们心中的理性和人道原则，传统的道德和价值观念彻底崩溃。生活中的人、自然、社会全面异化，出现了许多无法用常理去解释的“非理性”或“反理性”现象，这就使得西方社会弥漫着一种悲观、绝望的情绪。现实主义文学对现实的批判和揭露在深度和广度上都不能满足时代的要求，更不能反映这种悲观和绝望的情绪。此时，现代主义文学便应运而生，并在两次世界大战期间达到鼎盛。

现代派的首要特征是反传统、反理性。在创作方法上的表现就是抛弃了自亚里士多德以来的客观反映论，主张以荒诞的形式和极其夸张的手法去表现异化的荒诞世界和人生。韦勒克曾批评批判现实主义“排斥虚无缥缈的幻想，排斥神话故事，排斥寓意与象征，排斥高度的风格化，它还包括对不可能的事物，对纯粹偶然和非凡事件的排斥。因为在当时，现实尽管仍具有地方和一切个人的差别，却明显地被看作一个 19 世纪科学的秩序井然的世界，一个由因果关系统治的世界，一个没有奇迹、没有先验世界的世界。”① 此外，现代派认为美在于表现内心的真实，现实主义小说无法洞察人的内心世界。英国小说家沃尔夫就曾批评高尔斯华绥（John Galsworthy，1867－1933）等现实主义小说家是“物质主义的作家”，“不关心精神而关心肉体，让我们感到失望”。②

虽然批判现实主义文学占据文学潮流主导地位的历史时期早已结束，但随着历史车轮的前行，艺术将不断突破自己原有的形式，批判现实主义以新的形式在新的时空中被赋予新的含义。虽然文学思潮推陈出新，在几乎所有后期的文学作品中都可以发现现实主义的影子，因此我们可以说，批判现实主义的创作手法将长期影响着文学创作，它的深远影响，或许只有在其后汹涌澎湃的现代主义文艺潮流中才能够看得更清楚。

---

① R. 韦勒克．批评的诸种概念．丁泓，等，译．成都：四川文艺出版社，1988：230－231.

② 戴维·洛奇．二十世纪文学评论．葛林，译．上海：上海译文出版社，1987：158.

第六讲　英国批判现实主义时期的文学

思考题

1. 英国的现实主义作家及其创作是怎样体现批判现实主义文学的特点的？试举例说明。

2. 为什么狄更斯把《大卫·科波菲尔》称为“最喜欢的孩子”？

3. 英国批判现实主义文学在英国文学史上具有怎样的地位？为什么后来又被现代主义文学取代？

第七讲
英国现代主义时期的文学

19世纪末到当代被称为英国现代主义时期，这时期的文学在英国文学史上占有重要地位。最具时代特征的现代主义文学在其间萌芽、发展并达到顶峰。“世纪之初，一些小说家继承了维多利亚时代批判现实主义传统，但同时也进行了大胆的实验”[①]，出现了D. H. 劳伦斯、詹姆斯·乔伊斯、弗吉尼亚·沃尔夫等现代主义大家。爱尔兰诗人威廉·巴特勒·叶芝构建自己的神秘主义象征体系，创作了极富意象美与现代感的诗作；爱尔兰剧作家萧伯纳在承袭了英国讽刺传统的同时，融入了易卜生（Henrik Ibsen，1828-1906）社会批评的方法，形成了独具特色的问题剧；散文家伯兰特·罗素（Bertrand Russell，1872-1970）的传世之作《我为什么而活》（*What I Have Lived for*，1965）以其洗练优美的语言成为英语诵读的经典。现代主义时期是英国文学史上的一个黄金时代，文坛群星璀

① 毛忠龙，颜静兰，王慧．英美文学精华导读．上海：华东理工大学出版社，2010：96.

璨，佳作迭出。现代主义以其独特的意识流写作技法、深入细致的人物心理分析、对人性的独特见解成为当时文学创作的潮流，为英国当代文学的发展奠定了基础。

第一节　英国现代主义时期的社会历史概况与文学发展

19世纪后半期，伴随着对原材料以及世界市场的迫切需求，英国实行了殖民扩张。不断扩大的势力范围，使英国的经济在第一次世界大战前居于领先地位、政治居于主导地位。强大的综合国力让英国抢先一步，进入了帝国主义阶段，成为名副其实的“日不落帝国”。

20世纪上半叶在欧洲不断兴起的文艺之风也促进了英国文学中的现代主义思潮的发展。对英国现代主义文学影响颇深的是奥地利精神分析学家西格蒙德·弗洛伊德（Sigmund Freud，1856－1939）。作为精神分析学派的奠基人，弗洛伊德将文学创作与心理分析相联系，通过文字记录人的意识流动并对其进行提炼。D. H. 劳伦斯深受弗洛伊德影响，创作了心理分析小说；弗吉尼亚·沃尔夫和詹姆斯·乔伊斯侧重于记录人的意识流动，创作了意识流小说。同时，英国现代主义的兴起也受到了欧洲一些哲学家的影响，如法国哲学家亨利·柏格森（Henri Bergson，1859－1941）、德国哲学家亚瑟·叔本华（Arthur Schopenhauer，1788－1860），以及德国哲学家弗里德里希·尼采（Friedrich Nietzsche，1844－1900）。柏格森认为人的生命意识可以视为一个整体，其思想对文化的各个方面都有影响。德国悲观主义哲学家叔本华认为意志是超越时空概念的。德国哲学家尼采作为后期意志主义的代表，继承了叔本华的学说，同时将“生命意志”改为“力量意志”。这些哲学思潮进一步影响了西方现代主义运动。

19世纪末，几乎所有的文学形式都已在英国出现。到了20世纪，英国的作家们不再致力于开辟新的文学体裁而是专注于文学技法的革新。当时，大胆创新的表达成为英国文学的时尚风向标。“英国现代主义文学在思想内容和艺术形式上都力图摆脱传统的束缚，具有前卫色彩。”① 作为20世纪英国诗歌的先锋，托马斯·哈代（Thomas Hardy，1840－1928）的诗歌在继承传统诗歌特点的同时，又融入了现代诗歌的新特征：语言洗练，少用修饰，多用口语词汇。尽管哈代的诗歌在当时并没有受到评论界的推崇，但它们对于后世是有一定影响的。20世

① 王守仁．英国文学选读．北京：高等教育出版社，2002：8.

纪上半叶英国诗歌的高峰是现代主义诗歌，代表人物是爱尔兰诗人威廉·巴特勒·叶芝。相较维多利亚时期的诗歌，现代主义诗歌摆脱了道德的桎梏，将目光投向现代西方人精神的崩溃与道德的堕落，试图通过诗歌创作来拯救日渐堕落的西方文明中的人们。到20世纪40年代，英国诗人侧重描摹人类情感。在法国超现实主义的影响下，这种潮流逐步发展成为新浪漫主义，代表人物有狄兰·托马斯（Dylan Thomas，1914-1953）、乔治·贝克（George Baker，1866-1936）等。在他们的推动下，新浪漫主义诗派逐步成为英国诗坛的主流。

20世纪是英国小说经历巨变的时代，时代的更迭要求文学作出积极回应。"弗吉尼亚·沃尔夫曾轻率地声称'1910年的12月左右，人类的特质发生了变化'。到1924年，这似乎是对于新的开始和对于过去的抗拒不断累积的喜悦感。"[①] 相较现实主义小说，现代主义小说具有以下特点：从主题看，多通过记录人物的心理变化来反映疏离、孤独等现代主题；从形式看，现代主义小说是极富流动性与多样性的——现代主义作家们总是打破时空的限制，以碎片化的方式呈现人物的精神世界；从写作技法看，现代主义作家们善于进行叙述视角的转换，多采用人物的内心独白来塑造人物形象。20世纪20年代，英国现代主义小说达到了顶峰。作为现代主义小说的先驱，康拉德打破了传统全知全能的叙事体系，充分运用象征以及哥特元素为读者展开一幅幅殖民地的风情画卷。他的代表作《黑暗的心》(*Heart of Darkness*，1902）"以马洛作为叙述者，既为作者创造了灵活自由的叙述空间，又体现了他对人的本质所抱有的怀疑主义思想。"[②] 福斯特不仅娴熟运用象征手法，更是在不同人物之间进行叙事视角的切换，以求揭示人物的内心世界的矛盾与挣扎。他的代表作《印度之行》(*A Passage to India*，1924）"描写了印度大夫阿齐兹和英国人菲尔丁之间的友谊，主张英国与殖民地人民间的相互理解。"[③] 最能代表英国现代主义的三位作家是D. H. 劳伦斯、詹姆斯·乔伊斯和弗吉尼亚·沃尔夫。D. H. 劳伦斯力图通过对性的大胆描写，寻求治愈生活在工业社会中人们的隐疾。詹姆斯·乔伊斯的意识流小说不仅推动了英语小说形式的转变，更是触发了现代西方小说的革命。弗吉尼亚·沃尔夫在不断进行形式实验的同时，"关注人的精神与外在，看重个人的主观感受与

---

① Andrew Sanders. *The Short Oxford History of English Literature*. New York：The Oxford University Press，2000：507.

② 孙建．英国文学辞典——作家与作品．上海：复旦大学出版社，2010：241.

③ 孙建．英国文学辞典——作家与作品．上海：复旦大学出版社，2010：157.

经验”。[①]

戏剧是本时期辉煌成就之一。爱尔兰戏剧家萧伯纳关注现实生活，在忠实记录现实生活的同时，巧妙地融合了易卜生社会批评的方法。他“擅长用机智幽默的警句、俏皮话和似是而非的艺术手法”[②]，来抨击资本主义社会的丑恶现象。萧伯纳的戏剧架起了19世纪戏剧与20世纪戏剧之间的桥梁，爱尔兰文艺复兴促进了戏剧的繁荣。以叶芝为代表的爱尔兰诗人以及剧作家们，以爱尔兰民族运动为主题，为争取爱尔兰民族独立创作了一系列剧作。这一时期的散文创作以伯兰特·罗素为代表。罗素兴趣广泛，学科涉猎甚广，撰写了众多经典论著，文学成就斐然，于1950年获得诺贝尔文学奖。王佐良教授对罗素的散文风格有这样的评价：“语言之有魅力，风格之值得研究，主要是因为后面有一个大的精神世界；但这两者又必须艺术地融合在一起，因此语言表达力同思想洞察力又是相互促进的。”[③] 罗素的散文以其简洁凝练的语言表达其背后蕴藏的独特精神世界以飨读者。

英国现代主义时期的文坛名家众多，佳作荟萃。现代主义经历了从萌芽、发展并达到顶峰的过程。其间既有现代主义的先行者康拉德，也有现代主义大家劳伦斯、乔伊斯与沃尔夫。文学的变化源自社会环境的变化，更是源于文学本身对于变革的渴求。只有变革才能让文学成为源头活水，永葆活力。

第二节　英国现代主义时期的重要作家及其代表作品

1. 诗歌

威廉·巴特勒·叶芝（William Butler Yeats，1865-1939）

叶芝留下了《当你老了》(*When You Are Old*，1893）等许多脍炙人口的抒情诗歌。叶芝的诗歌，既有感情唯美的抒情诗，如《茵内斯弗里湖岛》(*The Lake of Innisfree*，1890)，也有气势磅礴的叙事诗，如《乌辛之浪迹》(*The Wanderings of Oisin*，1889)。

① 孙建．英国文学辞典——作家与作品．上海：复旦大学出版社，2010：466.

② 孙建．英国文学辞典——作家与作品．上海：复旦大学出版社，2010：485.

③ 王佐良．风格和风格的背后．北京：人民日报出版社，1987：2.

威廉·巴特勒·叶芝出生于距离爱尔兰首都都柏林不远的山迪蒙。早期诗歌尝试将诗歌和宗教观念、情感结合起来，通常取材于爱尔兰神话和民间传说，语言风格受到拉斐尔前派散文的影响，主题多半是爱情或神秘事物。除此之外，雪莱的很多诗歌，比如《解放了的普罗米修斯》，都对叶芝的创作产生很大的影响。叶芝早期创作的《茵内斯弗里湖岛》"常被认为是叶芝最为有名，最富浪漫主义的抒情小诗之一"。[1] 叶芝的第一篇长篇叙事长诗《乌辛之浪迹》，取材于爱尔兰古代勇士的传说和神话故事，收录于诗集《乌辛之浪迹及其他诗作》(*The Wanderings of Oisin and Other Poems*, 1889) 中。在《乌辛之浪迹》之后，叶芝再未创作过长诗。随着叶芝的作品影响力越来越大，叶芝受到了王尔德和萧伯纳等英国文学家的关注。1890 年，叶芝和欧那斯特·莱斯（Ernest Rhys, 1859－1946）共同创建了"诗人会社"，主要发表一些与叶芝志同道合的朋友的诗歌。然而，"诗人会社"的文学成就并不高，叶芝几乎是其中唯一取得了显著成就的诗人。在叶芝的中期创作之中，现代主义风格日趋明显：诗人逐渐放弃传统的诗性语言，风格也越来越冷峻，直接切入主题，主要作品集有《责任》(*Responsibilities*, 1914) 等。叶芝晚年仍是笔耕不辍，出版了许多诗集、戏剧和散文。叶芝的巅峰之作《驶向拜占庭》(*Sailing to Byzantium*, 1926) 就是在这一时期完成的。这首诗技法成熟，结构严谨，主要体现了叶芝对于人类永恒问题的探讨以及对古老神秘的东方文明的向往。1939 年 1 月，叶芝在法国去世。

叶芝不仅是一位出色的诗人，也是一位知名的剧作家。作为剧作家，叶芝"早期的戏剧总有着固定的程式，即剧中角色反映抽象思想，其中的心理现实主义以预兆、回忆等手法反映出来。"[2] 叶芝后期的戏剧受到日本能戏的影响，意象更加自由，加入了更多的舞蹈等成分。1896 年叶芝和格雷戈里夫人、马丁以及一些其他爱尔兰作家共同发起了著名的"爱尔兰文艺复兴运动"，这场运动最大成就之一便是艾比剧院的成立。1902 年，叶芝资助建立了丹·埃默出版社，用以出版与文艺复兴运动相关的作家作品。

2. 小说

19 世纪后半叶，小说受到现代文学作家的青睐。"现代作家不断地试验新型小

---

① 毛忠龙，颜静兰，王慧．英美文学精华导读．上海：华东理工大学出版社，2010：113.

② Andrew Sanders. *The Short Oxford History of English Literature*. New York: The Oxford University Press, 2000: 483.

说写作技巧”[①]：象征主义，打破时空秩序，意识流叙事等，代表作有弗吉尼亚·沃尔夫的《达洛维夫人》(*Mrs. Dalloway*, 1925)、詹姆斯·乔伊斯的《尤利西斯》(*Ulysses*, 1922) 等。近几十年来，现代小说在技巧上进一步创新，出现了内延小说、反小说等形式，大都采用删除传统小说要素，打破传统小说的限制来取得独特的艺术效果。

2.1 D. H. 劳伦斯 (D. H. Lawrence, 1885-1930)

劳伦斯出生于诺丁汉郡伊斯特伍德煤炭资源丰富的小村庄，父亲是一名矿工，母亲受过教育，知书达理。从幼年时期开始，劳伦斯就在父母之间苦苦挣扎。小时候，劳伦斯仰慕母亲温文尔雅、品味高尚，总是坚定地支持母亲。反之，他的父亲总是举止粗鲁、言辞激烈，有时还醉醺醺地对家人施暴。母亲与劳伦斯的依赖是相互的，劳伦斯成为了她情感生活的中心和精神上的依靠。但是，母亲对劳伦斯强烈的占有欲也成了他在恋爱关系中的障碍。劳伦斯在感情上的种种问题可以从他的名作《儿子与情人》(*Sons and Lovers*, 1913) 中看出一二。在《儿子与情人》中，主人公保罗的父亲行事粗鲁，但充满生机。保罗的母亲举止温柔，但对于保罗的控制欲极强。保罗的母亲在丈夫那里难以得到温柔对待，对婚姻生活也是失望透顶，移情作用让她将自己的感情全部倾注在儿子保罗身上。因而，她对保罗的恋爱关系也总是插手控制，致使保罗的恋情总是不能圆满。多年后，劳伦斯逐渐意识到，他的父亲身上的生机与活力才是对抗异化世界的利器。也许劳伦斯父亲身上原始的生气会令家庭陷入贫困，但是原始的生机与活力才能为已经异化的世界注入新血液。

1908 年，劳伦斯在诺丁汉大学获得教师资格认证。1909 年，劳伦斯在《英语评论》(*English Review*) 上发表了一系列小诗，被人评论为“最好的诗歌主题集中，意蕴深沉且不押韵。”[②] 同年二月，他出版了第一部短篇故事集。1910 年，劳伦斯的处女作《白孔雀》(*The White Peacock*) 问世，受到评论界的好评。1908 年到 1912 年间，劳伦斯与弗里达（诺丁汉大学一位法语教授的妻子）坠入爱河并于 1914 年在德国结婚。在旅居国外的日子里，劳伦斯完成了他的自传性质的小说《儿子与情人》。第一次世界大战的爆发迫使劳伦斯携妻子弗里达回国，然而弗里达的德国国籍与劳伦斯强烈的反战倾向让他们与英国当局摩擦不断。1915

① 艾布拉姆斯．文学术语词典．吴松江等编译．北京：北京大学出版社，2009：391.

② Andrew Sanders. *The Short Oxford History of English Literature*. New York: The Oxford University Press, 2000: 525.

年，劳伦斯发表了他的名作《虹》(*The Rainbow*，1915)。但是由于《虹》中对两性之间的大胆描写，使得该书在当时成为禁书。《虹》的查禁使劳伦斯陷入深深的思考，他甚至认为整个的现代文明世界都在和他作对。一战一结束，劳伦斯就离开了英国，先后旅居意大利、奥地利、墨西哥等地，直至病入膏肓。1930 年 2 月 30 日，劳伦斯因肺结核在法国南部逝世。当时，他只有 44 岁。

劳伦斯一生饱受争议，多由于作品中对两性关系的坦率描写。在他的众多作品中，最具有争议性的是《查泰莱夫人的情人》(*The Lady Chatterley's Lover*，1928)，最优秀的作品被认为是《虹》，最畅销的作品则是具有自传性质的小说《儿子与情人》。他的作品“对家庭、婚姻和两性关系进行了深入的探索，对二十世纪的小说写作产生了广泛的影响。”① 但是，虽然他的小说也因其中说教成分过多而受到诟病，但相较之下，劳伦斯的短篇小说则在艺术与情感上达到了完美的统一。

《木马赢家》(*The Rocking-Horse Winner*，1933) 作为劳伦斯短篇小说的代表作之一，将现实主义记事与浪漫主义氛围渲染糅合，达到了情感与技法的统一。故事的主人公小男孩保罗为了讨得拜金母亲的欢心，骑上了那匹能够带他发现幸运之地的木马。渐渐地，保罗发现这匹神奇的木马可以帮助他预测下一次赌马的赢家。随着对金钱日益加深的热望，母亲让保罗不断地进行预测，然而保罗在做了最后一次预测之后，从木马上跌落死去。在保罗死去之时，他的母亲仍出入宴会厅堂，对于儿子的死讯漠不关心。赌马使她的金钱欲不断膨胀，并导致了保罗的死亡。这篇小说反映了劳伦斯对于金钱将人性异化的担忧。人们对于金钱的狂热追求让他们失去了原本纯真的感情，儿子因钱缺失母爱，“母爱因而不再是爱的源泉，而成了造成儿子悲剧的根源。”②

2.2　詹姆斯·乔伊斯 (James Joyce，1882-1941)

詹姆斯·乔伊斯生于爱尔兰的首都都柏林，从小就开始接受天主教教育。六岁到九岁之间，乔伊斯在克朗格沃斯学院就读；十一岁到十六岁之间，他在都柏林的拜唯迪尔大学读书，后来转投文学创作；之后，他在都柏林大学学习现代语言学。当乔伊斯还是个孩子的时候，就对都柏林虚伪的市侩之风表示不屑，渴望脱离世俗。在他眼中，文学是叛逆与流放的代名词，能实现他的愿望，因而，他拒绝参加任何形式的社会活动，将热情与精力注入文章的创作中。乔伊斯很欣赏

① 孙建．英国文学辞典——作家与作品．上海：复旦大学出版社，2010：276.

② 王守仁．英国文学选读．北京：高等教育出版社，2002：169.

挪威剧作家易卜生的作品。为了能和易卜生更好地交流沟通，乔伊斯还自学挪威语。1902 年，乔伊斯获得学士学位。此时的他已经坚定信念做一名叛逆的流放者，以作家作为自己的终身职业。1904 年，乔伊斯返回欧洲大陆，在特里斯特和苏黎世教英语。在乔伊斯身边，一直有一位名叫诺拉·巴拉凯尔的女性同伴。她充满活力，富有农家女的独到智慧，尽管她对文学不感兴趣，但还是无法阻止乔伊斯对她的迷恋。1940 年，乔伊斯去瑞士寻求避难，几周后，于苏黎世逝世。

虽然乔伊斯长期与故土分离，但没有一个作家像乔伊斯一样熟悉都柏林的一切，没有一个作家可以如此详尽地记录下都柏林的一切，还将它凝结成人类的普遍感受。乔伊斯是最早采用系列故事的方式构建都柏林生活的作家。1914 年出版的《都柏林人》(*The Dubliner*, 1914) 就是都柏林精妙的人物速写集，其中的短篇故事大多细节精准，组织有序，又富有象征意义。在乔伊斯去世后，他的部分手稿以原名《斯蒂芬英雄》(*Stephan Hero*, 1944) 出版。《青年艺术家画像》(*A Portrait of the Artist as a Young Man*, 1916) 是对现代世界中艺术与社会之间关系的描摹，尽管其中不乏乔伊斯本人的生活经历，但并非乔伊斯本人的自传。与《斯蒂芬英雄》相比，它更是将其进行整合重组以达到的最佳效果。乔伊斯的杰作是《尤利西斯》(*Ulysses*, 1922)。该书一经面世就因有淫秽之嫌同时被英美两国列为禁书，停止了在《小评论》(*Little Review*) 的刊载。幸而《尤利西斯》一书得到地方法官的偏爱，才得以解禁，在英美两国自由发行。"阅读《尤利西斯》的过程就是一种重新熟悉的过程。在阅读中，重新熟悉写作形制与写作技法。一方面，这部小说将现实主义推至荒诞的顶点。……另一方面，这部小说比先前的小说观察的更加细致。"① 《芬尼根的觉醒》(*Finnegan's Wake*, 1939) 中意识流技巧的娴熟运用令人叫绝：通过打破时间顺序，重新构建时空观念，乔伊斯反映了现代社会对于人的心理的影响。同时，精妙的语言也让乔伊斯的作品增色不少。"乔伊斯对小说形式和内容进行的探索标志着英国小说史上的重大突破"。② "乔伊斯被公认为 20 世纪最伟大的文学家之一，是'作家中的作家'，其为数不多的几部作品中体现的思想、文学观及写作技巧深刻影响着 20 世纪的西方乃至世界文学创作及文学研究。"③

---

① Andrew Sanders. *The Short Oxford History of English Literature*. New York: The Oxford University Press, 2000: 542.

② 王守仁. 英国文学选读. 北京：高等教育出版社，2002：158.

③ 孙建. 英国文学辞典——作家与作品. 上海：复旦大学出版社，2010：363.

2.3　弗吉尼亚·沃尔夫（Virginia Woolf, 1882-1941）

弗吉尼亚·沃尔夫生于英国伦敦，其父莱斯利·史蒂芬是维多利亚晚期的评论家、传记写作家、学者。沃尔夫从小就从她父亲的图书馆中汲取知识的养分，会见维多利亚时期的学界名流，向沃特·派特（Walter Patter, 1839-1894）的姐姐学习希腊文。1904 年，沃尔夫的父亲去世，沃尔夫就同她的姐姐与兄弟二人居住在布鲁姆斯伯里。在这里，出现了英国文学史上重要的文学团体之一——布鲁姆斯伯里派（Bloomsbury Group）。在这个人才济济的文学团体里，既有传记作家利顿·凯特里奇（Lytton Strachey, 1880-1932），也有著名的经济学家 J. M. 凯恩斯（J. M. Keynes, 1883-1946）。这个团体里的成员还有罗杰·弗莱（Roger Fry, 1866-1934）、E. M. 福斯特（E. M. Forster, 1879-1970）。"对朋友们来说，布鲁姆斯伯里是一种气氛轻松，略带消极的精英未来；对于敌人们来说，例如曾经受到庇护后来却被疏远的劳伦斯来说，布鲁姆斯伯里则是由中上层'蟑螂们'组成的小团体。"[①] 1912 年，沃尔夫与伦纳德·沃尔夫结婚。1917 年，沃尔夫同丈夫一起创办了霍加斯出版社，主要出版一些当时引人注目的文学作品，如艾略特（T. S. Eliot, 1888-1965）的《向约翰·德赖登致敬》（*Homage to John Dryden*, 1924）。在沃尔夫生机勃勃、充满智慧的外表下是不堪重负、濒临崩溃的精神。长期的精神压力令她不堪重负，最终在 1941 年 3 月以自杀来摆脱这种压力。

家庭的熏陶和朋友们的影响，使沃尔夫自然而然地成为了一位职业作家。沃尔夫一向厌恶"物质主义"作家，如阿诺德·贝内特（Arnold Bennet, 1867-1931）以及约翰·高尔斯华绥（John Galsworthy, 1867-1933）等人的创作，她试图寻找一种能够表现人类真实经历的创作手法。在沃尔夫的评论文章《现代小说》（*Modern Fiction* 1919）中，她认为"未来小说家的任务是要传达生命的荣光时刻变化着的，不受拘束的未知精神。作家在传达的过程中要尽可能减少外部因素的混入。"[②] 为此，沃尔夫摒弃了传统的创作手法，形成了自己的风格。沃尔夫在运用意识流创作的同时，融入了抒情诗的意象与节奏，使得她的小说既极具现代性又充满了语言本身的美感。她的短篇小说注重探索行动与思考之间的关系，常常在对于过去的回顾以及对于未来的展望之间来回穿梭，比如《礼拜一或礼拜二》（*Monday or Tuesday*, 1921）。1922 年创作的《雅各布的房间》（*Jacob's*

---

① Andrew Sanders. *The Short Oxford History of English Literature*. New York: The Oxford University Press, 2000: 514.

② Andrew Sanders. *The Short Oxford History of English Literature*. New York: The Oxford University Press, 2000: 516.

Room, 1922）和 1925 年的《达洛维夫人》(*Mrs. Dalloway*, 1925）则标志着沃尔夫在小说实验上的成功。1927 年的《到灯塔去》(*To the Lighthouse*）和 1931 年的《海浪》(*The Waves*）是最具有沃尔夫风格的小说。“沃尔夫试图以一纵而逝情感或是有意识、无意识的精神活动来传达人类的经验，之后将外部经验与形式与韵律结合。”[①] 沃尔夫的抒情散文也得到了评论家的称赞。

同时，沃尔夫还是一位出色的文艺批评家。她一生撰写过不少评论性散文，收录在《普通读者》(*The Common Reader*, 1925）和《普通读者第二卷》(*The Second Common Reade*, 1932）中。她从个人的角度进行评论，文风朴实自然，注重写作技法的探讨。作为女性，沃尔夫还是一位女权主义者。她关心女性地位，关注职业妇女的发展以及社会对于职业妇女的束缚。为此，沃尔夫写过一些随笔，如《一间自己的房间》(*A Room of One's Own*, 1929）和《三畿尼》(*Three Guineas*, 1938)。

《达洛维夫人》是沃尔夫的代表作之一。在这部小说中，沃尔夫娴熟地运用了意识流的创作技巧，记录了女主人公达洛维夫人在为晚间聚会出门买花期间的意识流动。在漫步伦敦街头时，达洛维夫人回忆起了从前的情人彼得·沃什，在过去的回忆与现实的思绪中来回切换。同时，蒂默斯·史密斯因在一战中受到心理创伤而最终自杀。“小说中素不相识的两位主人公性别、经历、身份、地位、精神状态几乎没有共同之处，却令读者看到了一战后西方人中普遍存在的焦虑、困惑和恐惧心理。”[②] 小说将故事发生的时间限定在一天之内，看似时间有限；而对于故事中的人物来说，他们的思绪可以跨越时空的界限，将小说延伸到广大的时空范围之内。人物们自由驰骋，在过去与现在之间任意穿梭。“评论家认为沃尔夫在小说中真实地记录了人物思想产生的实际过程”。[③]

3. 戏剧

萧伯纳（Gorge Bernard Shaw, 1856-1950）

萧伯纳于 1956 年出生于都柏林，1876 年搬到伦敦居住。不久萧伯纳加入了费边社（Fabian Society），投入到社会活动中。同时，萧伯纳写作了一些关于音乐、戏剧等的评论文章并在其中介绍其他国家的文化的发展情况。1885 年，萧

---

① Andrew Sanders. *The Short Oxford History of English Literature*. New York: The Oxford University Press, 2000: 516.

② 孙建．英国文学辞典——作家与作品．上海：复旦大学出版社，2010：468.

③ 王守仁．英国文学选读．北京：高等教育出版社，2002：165.

伯纳创作了他的第一部戏剧《鳏夫的房产》(*Widowers' Houses*, 1892)，但是反响平平。之后，萧伯纳创作了《感情不专的人》(*The Philanderer*, 1894)和《华伦夫人的职业》(*Mrs. Warren's Profession*, 1894)两部作品。《华伦夫人的职业》旨在讽刺商业社会中物欲横流导致的人性丧失，曾一度被禁演。萧伯纳的戏剧触及了社会生活的各个方面。1894年萧伯纳创作了讽刺战争"荣光"的戏剧《武器与人》(*Arms and the Man*, 1894)；1897年的《康蒂坦》(*Candida*, 1897)探讨了女性如何处理三角恋的问题；同年的《左右命运的人》(*The Man of Destiny*, 1897)则讽刺了拿破仑的好大喜功，不切实际的政治野心；1900年的《你决不能讲》(*You Never Can Tell*, 1900)是对新女性的嘲讽。舞台上的不断成功促使萧伯纳出版了戏剧集——《愉快和不愉快的戏剧集》(*Plays Pleasant and Unpleasant*, 1898)。在戏剧集的前言中，萧伯纳对于剧本中涉及的社会问题发表了自己的评论，将之前简单的舞台提示扩展成为完整的描述，增加了人物简介。这样的变化给读者提供了接触戏剧的机会，增加了戏剧剧本的可读性。通过对剧本的修改，萧伯纳提升了戏剧在文学上的地位。

通过出版戏剧集，萧伯纳将自己对社会以及艺术创作的观点更好地展现在读者面前。在《凯撒与克里奥佩特拉》(*Caesar and Cleopatra*, 1900)中，萧伯纳抨击了历史的虚假性；在《魔鬼的门徒》(*The Devil's Disciple*, 1900)中，萧伯纳撕开了道德的虚伪面纱；在《英国佬的另一个岛》(*John Bull's Other Island*, 1904)中，萧伯纳认为英国人是耳根软的感性派，爱尔兰人是典型的实用主义者；在《人与超人》(*Man and Superman*, 1905)中，萧伯纳认为恋爱本身就是两性之间的较量，男人对于女人大献殷勤，这就让男人成为了恋爱中的弱者，而女人则是恋爱中自然意义的化身；在《大夫困境》(*The Doctor's Dilemma*, 1906)中，萧伯纳对总是绕着医生打转，以期欺骗病人的骗子进行了抨击；在《结婚》(*Getting Married*, 1908)中，萧伯纳对婚姻生活中的假正经表示反对。《范尼的第一部戏剧》(*Fanny's First Play*, 1911)是萧伯纳对荒谬戏剧评论的哂笑；《安可斯和狮》(*Androcles and the Lion*, 1912)是关于基督殉道的作品。萧伯纳的戏剧与其说是具有说教性，倒不如说是具有指导性。剧中的论述与社会、科学、哲学相杂糅；人物之间的对话从广义上的喜剧开始，中间夹杂一些严肃的论述，最后回归喜剧，富有生气；戏剧的背景设定在20世纪的世纪之交，却总能在21世纪的今天激发人们的思考。①

---

① Andrew Sanders. *The Short Oxford History of English Literature*. New York: The Oxford University Press, 2000: 480.

4. 散文

伯特兰·罗素（Bertrand Russell，1872–1970）

20世纪，散文呈现多元化发展趋势，出现了哲学、社会学等人文随笔，有伯特兰·罗素（Bertrand Russell，1872–1970）等散文家。19～20世纪，散文多以哲理散文为主，以“思辨哲学、政治学、宗教、伦理道德甚至科学等广阔的领域为表现对象”[①]，题材日益多元化。

罗素一生涉猎广泛，成绩斐然。在数理逻辑方面，罗素提出了“罗素悖论”。1910年，他和他的老师阿尔弗雷德·诺斯·怀特黑德（Alfred North Whitehead，1861–1947）一起发表了三卷本的《数学原理》（*Principia Mathematica*），对罗素悖论做了初步的整理。哲学上，罗素将研究重心放到实在主义上，并很快成为“新实在主义”的主要研究者。罗素最为畅销的哲学著作就是《西方哲学史》（*A History of Western Philosophy*，1948），并因此获得1950年的诺贝尔文学奖。在伦理学和道德方面，罗素态度开明，提倡试婚、离婚从简等在当时前卫先进的行为。罗素曾因支持未婚男女在双方都愿意的情况下发生婚前性行为在美国遭到激烈抗议，最终还导致他失去了纽约城市大学的教授职务。教育上，罗素认为教育的基本目的应该是培养“活力、勇气、敏感、智慧”四种品质，更多地发展个人主义。罗素还是一位和平主义者。他反对军国主义，并积极推动反核运动，于1954年4月，发表了著名的《罗素——爱因斯坦宣言》（*Russell-Einstein Manifesto*）。罗素晚年之际，着手完成了他的《自传》（*The Autobiography of Bertrand Russell*，1956），对自己漫长的一生做了总结。

罗素的著作清新流畅，优美动人，具有极高的文学价值。在罗素《西方哲学史》一书中，质朴的句子频频出现，如“哲学就我对这个词的理解来说，乃是某种介乎神学和科学之间的东西。它和神学一样，包含着对于那些迄今仍未确切的知识所不能肯定的事物的思考；但是它又像科学一样是诉之于人类理性而不是诉之于权威的，不论是传统的权威还是天启的权威。一切确切的知识——我这样主张的——都属于科学；一切涉及超乎确切知识之外的教条都属于神学。但是介乎神学与科学之间还有一片受到双方攻击的无人之境，这片无人之境就是哲学。”[②]（何兆武译）在这一段文字中，罗素没有采用一些偏词、难词来彰显自己

---

① 罗选民．英美文学赏析教程·散文与诗歌．北京：清华大学出版社，2002：34.

② Bertrand Russell. *History of Western Philosophy*. London：Routledge，2000：13.

作为哲学家的修为，而是在平易朴实的词句中传递了最为深刻的哲学道理。罗素在《自传》的序言中写作的《我为何而生》(*What I Have Lived For*, 1956) 一文，堪称散文中的上品。“三种朴素而又异常强烈的感情支配了我的一生：对爱情的渴望，对知识的探求，以及对人类苦难的不可遏制的同情。”① 罗素在这篇散文中言辞简洁明确，表明了自己一生所追求的人生理想，其高尚人格也跃然纸上。罗素在阐明关于人生的哲理时，不仅语言平实准确又不乏幽默。在评论修女的虚伪掩饰时，罗素写到“譬如说那些修女，她们洗澡时总要穿着浴衣。当有人提出，既然没有男人能看见她们，为什么还要穿呢？她们的回答是：‘喔，但你们忘记了善良的上帝’。很显然，她们把上帝想象成偷看的汤姆了。上帝是万能的，他可以透过澡堂的墙壁看见里面的活动，却在浴衣前面毫无办法。这种看法令我惊讶。”② 罗素的散文平实质朴，语言准确明快，文风犀利幽默，是散文中的佳品，值得读者细细品读学习。

第三节 英国现代主义时期的主要流派及其影响

现代主义内容庞杂，包含众多的文学创作手法。“现代主义，即 20 世纪初期广泛的实验以及先锋派文学的总称，包括象征主义、未来主义、表现主义、意象主义、漩涡主义、达达主义、超现实主义以及其他一些作家的创新。”③ 现代主义文学的基本特征是“非理性的思想基础，全面异化的内容，反传统的形式革新。”④ 作为那个时代的先驱者，现代主义的作家们不仅有意识地与 19 世纪的创作传统决裂，还要与整个西方文化决裂。“前卫派艺术家往往表现为对现存秩序的‘异化’”⑤，以撼动固有的社会秩序为己任以唤醒读者。同时，他们不断更新艺术创作技法，描绘禁忌体裁。现代主义高潮时期始于第一次世界大战之后。仅在 1922 年，就出现了《尤利西斯》、《雅各布的房间》等数部现代主义文

① Bertrand Russell. *The Autobiography of Bertrand Russell*. London: Unwin Paperbacks, 1978: 9.

② Bertrand Russell. *The Basic Writing of Bertrand Russell*: 1903-1959. ed.. Robert Egner & Lester Denonn. London: Routledge, 1992: 76.

③ Chris Baldick. *Oxford Concise Dictionary of Literary Terms*. New York: The Oxford University Press, 2000: 140.

④ 毛忠龙，颜静兰，王慧．英美文学精华导读．上海：华东理工大学出版社，2010：96.

⑤ 艾布拉姆斯．文学术语词典．吴松江，等，编译．北京：北京大学出版社，2009：337.

学上丰碑式的作品。

现代主义文学流派众多，如象征主义、表现主义、意象派等，最有影响力的当属象征主义。19 世纪末，法国出现了象征主义诗人，他们反对现实主义，主张“通过使用象征来激发人们的主观情感”。[①]

现代主义时期的英国文学发展蓬勃，人才辈出。从诗歌看，爱尔兰诗人叶芝的（William Butler Yeats，1865-1939）诗歌将宗教与情感结合起来，利用一系列具有象征意义的意象，创作了《驶向拜占庭》这样流传不衰的名作。这一时期以现代小说为主，现代小说家“通过分解叙事结构和叙事语言的连贯性，破坏了早期散文体小说创作的基本规范。”[②]代表人物有心理小说家劳伦，意识流小说家沃尔夫、乔伊斯。劳伦斯将视线投向两性关系，认为两性关系的和谐是对抗日益异化的工业社会的利器，为此创作了《虹》、《儿子与情人》等作品。沃尔夫反对当时高尔斯华绥等人所代表的物质主义，认为作家应该更为关注人类的心理变化。同时，沃尔夫致力于写作技法上的创新，能够运用意识流这一新兴手法进行创作。沃尔夫的代表作《达洛维夫人》，将故事时间限定在一天之内，通过记录达洛维夫人的意识流动讲述达洛维夫人的故事。这样的写作手法打破了时空的限制，让主人公在时空之间来回穿梭，延伸了故事的时间，拓展了故事的空间。爱尔兰作家乔伊斯创作的《尤利西斯》被视为意识流小说的大师之作。在小说中，尤利西斯不再是人们原本熟知的为了回归故土克服重重阻碍的英雄，只是芸芸众生中的一员，其貌不扬，才智平平。乔伊斯通过记录尤利西斯一天之中意识的流动，表现了现代人的苦闷和彷徨。

现代主义的蓬勃发展，在一定程度上促进了后现代主义的出现。“后现代主义通常用于指第二次世界大战（1939-1945）以后的文学艺术作品。”[③] 由于第二次世界大战的影响，西方原本岌岌可危的道德体系进一步瓦解，敏感的艺术家以及文学家们对日益堕落的道德以及日益荒芜的西方文明深感担忧。为此，他们在继承现代主义创作传统的同时，也加强了现代主义时期反传统的力度。现代主义中常见的形式主义创作方法，如碎片式、断裂式、多层结构、意识流、内心独白、蒙太奇等，也出现在后现代主义作品中。后现代主义的作家们试图通过流行的大众文化，如电视、电影、报纸等，来颠覆现代主义中的精英文化。荒诞是后

① Chris Baldick. *Oxford Concise Dictionary of Literary Terms*. New York：The Oxford University Press，2000：220.

② 艾布拉姆斯．文学术语词典．吴松江等编译．北京：北京大学出版社，2009：337.

③ 艾布拉姆斯．文学术语词典．吴松江等编译．北京：北京大学出版社，2009：337.

现代作品的特征之一，在荒诞派剧作家塞缪尔·贝克特的《等待戈多》(*Waiting for Godot*, 1952) 中，“采用摒弃现实场景、逻辑推理和条理清晰的连贯情节的戏剧形式，来反映丧失理性、无助的、荒诞的生活。”[①] 在荒诞派作家看来，生活的本质就是荒诞不经的，寻找生活的意义也是毫无意义的。此外，后现代主义小说家们还采用更加极端的方式表现现实的不可能性，如“剪切、拼贴、堆砌、文字游戏等解构小说虚构现实的过程，还其人工制品和非自然的本来面貌，并以此暗示各种控制、操纵大众思想与行为的政治与思想体系也是一种虚构。”[②] 在后现代主义的小说中，小说形式重于内容。有时语言夸张，毫无逻辑；有时叙事冗长，无时间顺序。经过一段时间的发展，后现代主义中的极端创作方法被一种接近现实主义的创作方法取代，称为“新现实主义”。总之，现代主义文学为后现代主义文学的兴起和发展提供了思想和技法上的支持，也为后现代主义文学百花齐放，流派纷呈局面奠定了基础。可以说，英国的现代主义文学时期在英国文学史上占有极为重要的地位。

思考题

1. 现代主义文学产生的时代背景是什么？

2. 现代主义文学的主要代表作家及其代表作品分别是什么？同时请就这些作家以及他们的作品给出自己的评价。

3. 现代主义文学对之后的文学发展有什么影响？

① 艾布拉姆斯．文学术语词典．吴松江等编译．北京：北京大学出版社，2009：5.

② 毛忠龙，颜静兰，王慧．英美文学精华导读．上海：华东理工大学出版社，2010：253.

第八讲
当代英国文学

20世纪英国文学流派纷呈、个性鲜明、大胆创新、高潮迭起，在小说、诗歌、戏剧、文学评论等各个方面都取得了举世瞩目的成就，深刻反映了20世纪英国社会、文化、政治、经济等领域的精神面貌，既为英国和世界人民呈现了20世纪英国发展的历史画卷，又为他们提供了思想与行为上有益的启示与参照。[1]本讲将对20世纪英国文学产生的社会历史背景，重要的小说、诗歌、戏剧作家及作品等进行梳理和观照，以期为读者提供一幅英国当代文学的“导游图”。

第一节　当代英国文学产生的社会历史背景和总体观照

20世纪对于英国来说可谓是涤荡起伏，不平凡的100年。20世纪初维多利亚女王的去世（1901年），标志着一个伟大时代的结束；两次世界大战的浩劫，让英国经济

---

① 李公昭，王岚．20世纪英国文学导论．西安：西安交通大学出版社，2001：2.

受到了重创，殖民地国家的纷纷独立等，使得这个昔日的“日不落”帝国辉煌不在；“二战”后1945年工党因务实的态度、顺应民意赢得了大选，执政后锐意改革，在教育、医疗、就业、养老保险等方面，实施了一系列的新政，使得社会福利惠及所有国民，英国人民生活因此得到了改善，经济逐渐恢复生机，20世纪50到60年代英国进入了相对经济繁荣期。随着中下层人民的收入的增加和文化素养的提高，阶级差别相对缩小。但是，到了60年代中期，英国经济再次面临危机：失业率居高不下，通货膨胀蔓延，英镑连连贬值等，使得英国国力下降，影响力衰退。直到1979年英国第一位女首相撒切尔夫人上台之后，英国社会经济政策出现了决定性的改变，使得英国在政治、军事、外交、经济、文化等方面有了很大起色。

社会动荡往往给文学提供极好的素材。“二战”后，英国经济社会形态从国家垄断资本主义经济转向了自由市场经济，而经济环境的变化给作家们带来了种种困惑和冲突。由于无法对眼前的困惑提出根本性的解决方案，作家们便以嬉笑怒骂的方式变相暴露问题，于是社会讽刺小说开始盛行，代表人物有金斯利·艾米斯（Kingsley Amis，1922-　）、约翰·布莱恩（John Brian，1922-1986）等。“这一派别的小说，往往通过一些平凡甚至贫穷的‘小人物’的遭遇，用朴实且充满讽刺的语言风格，批判了现实社会的不公”。[①] 而同时，在这个高度物质化、机械化的英国，价值观念断裂、传统艺术秩序崩溃，逼迫文学艺术去寻求新的价值观念、审美取向和与之相匹配的艺术形式，这就形成了实验主义风格的小说。伊恩·麦克尤恩和马丁·艾米斯就是其中的代表。麦克尤恩把英国哥特式小说传统和后现代价值观念相结合，使他的作品如梦魇般令人困扰。马丁·艾米斯则在现实主义的叙述中夹杂意识流、黑色幽默、魔幻现实主义等现代、后现代主义的艺术手法。

女性小说家也是英国当代文学中一个重要的群体。“二战”后，英国的一大批年轻妇女接受了高等教育。随着一代知识女性出现，女权运动开始兴起，女性作家也新人辈出。除了老一辈的多丽丝·莱辛、A. S. 拜雅特（A. S. Byatt，1936-　）、安吉拉·卡特等，中青年作家中的珍妮特·温森（Janet Winson，1959-　）、扎迪·史密斯（Zadie Smith，1975-　）、基兰·德塞（Kiran Desai，1971-　）等也不可小视。近年来，英国文坛也出现了一个最引人瞩目的大趋势，那就是“族裔小说”的兴起。随着移民浪潮，有色人种在英国的数量急剧

① 王佐良，周珏良．英国二十世纪文学史．北京：外语教学与研究出版社，1997：351.

增加，民族融合问题日益突出，这成为少数族裔作家关注的重点。除了对民族问题的思考，族裔小说作品所包含的思想容量也更加深厚广博，并能拓宽读者的审美视野，迅速成为英国文学的重要组成部分。J. M. 库切、萨尔曼·拉什迪都是其中的代表人物。而距今最近的当属英国小说家J. K. 罗琳，她的《哈利波特》受到当代青少年的狂热追捧。英国当代文学在战争中萌芽，在改革中起步，在秩序下发展，在演变中升华，不但代表了英国当代文化发展的主力军，更是引领了世界文学的发展方向。

1. 英国当代文学发展第一阶段

该阶段从第一次世界大战至1945年，随着一批批优秀作家的涌现，英国的文坛发生了翻天覆地的变化。

1.1 小说

英国的小说在这一阶段的特点是风格更加多样化，并且更侧重于对人内心感知的探索。这是一种对文化残存碎片的回应，更是对历史灾难以及现实暴力的变相回应。战争和它所遗留的历史以及心理问题是永恒的，并且无处不在，这也是许多文学作品产生的根源。这一时期的著名作家有福特·马多克斯·福特（Ford Madox Ford, 1873-1939）和E. M. 福斯特（E. M. Foster, 1879-1970）为代表的更加具有现实主义特征的现代作家。随着国际共产主义的兴起和1917年俄国革命的爆发，此阶段的作家大都开始涉及共产主义这一主题，而其中以伊夫林·沃（Evelyn Waugh, 1903-1966）和乔治·奥威尔（George Orwell, 1903-1950）最为突出。19世纪40年代的小说作品则更加具有宗教倾向，“小说家们在作品中纷纷表达了对于西方物质文明梦想破灭的惋惜，并积极转向宗教寻求精神安慰的愿望”①，其中最重要的作家是格雷厄姆·格林（Graham Green, 1904-1991）。

1.2 诗歌

这段时期的诗歌创作达到了高度的现代主义化阶段，在经历了W. B. 叶芝、托马斯·哈代的传统诗歌之后，随着T. S. 艾略特（T. S. Eliot, 1888-1965）的出现，英国诗歌出现了急剧的转向。艾略特的诗歌是对英国传统诗歌的一种改革，而他本身也属于现实主义流派的领军人物。另一位重要作家则是伊迪丝·西特韦尔（Edith Sitwell, 1915-1963），她的创新性的象征主义诗歌为她在英国文坛奠定了特殊的地位。20世纪30年代，以W. H. 奥登（W. H. Auden, 1907-

① 张中载．二十世纪英国文学小说研究．郑州：河南大学出版社，2001：56.

1973）为首的新一派“桥塔诗人”更是带着敏锐的政治嗅觉和对资本主义丰富的联想力走向了创作的舞台。但随着1939年第二次世界大战的爆发，他们失去了创作热情，并最终分道扬镳。20世纪40年代是英国诗歌的转型时期。在此阶段，现实主义诗人将现代诗歌推向了极致之后，他们陈旧的诗歌创作形式渐渐为读者所摒弃。因此这一时期的诗人在积极尝试以一种更为温婉的感情释放形式进行创作，他们对于20年代高度的现代主义和30年代随意散漫的诗歌提出了挑战，迪伦·托马斯（Dylan Thomas，1914-1953）是其中的典型代表。

2. 英国当代文学发展的第二阶段

英国当代文学发展的第二阶段大致是从1945年至1960年。在这一阶段，国际政治局势复杂。“虽然第二次世界大战以盟军的胜利而结束，新的两极格局却在悄然诞生”。[①] 而英国虽然保证了自己主权的独立和领土的完整，却迎来了比第一次世界大战更为严重的经济危机以及政治上的分崩离析。它也成了最大的负债国，并在经济和军事上依附于美国。

2.1 小说

20世纪50年代，英国文坛上出现了一群被称作“愤怒的年轻人”的特殊作家。随着乔伊斯、沃尔夫等老一代文人的逝世，“现代主义小说也走向了终结，英国文学在第二次世界大战后的前景显得尤为暗淡”。[②] 所幸这种局势在1953年被打破，随着约翰·韦恩（John Wien，1907-1979）的作品《赶在黎明》（*Hurry on Dawn*，1953）的出版，一大波“愤怒的年轻人”走向了英国文坛。这一批作家主要延续了20世纪现实主义作家的传统，并重点关注英国社会的战后现状。他们创作了许多主人公来自于工人家庭的作品，并且表达了对社会习俗的不满。20世纪60年代英国文坛则迎来了一种新的创作形式，除了“愤怒的年轻人”外，另外一批同样重要的作家纷纷开始投入创作，其中包括爱丽丝·默多克（Iris Murdoch，1919-1999）、穆里尔·斯帕克（Muriel Saprk，1918-2006）等。这一部分作品的特点是减少了现实主义元素，增加了想象的元素，并凸显了个人意识的觉醒。而另外两位作家，多丽丝·莱辛（Doris Lessing，1919-2013）和约翰·福尔斯（John Fowles，1926-2005）则将一种全新的写作精神融入了小说的创作中，而这种小说创作精神对于小说题材这个概念本身，有着至关重要的影响。

---

① 王丽丽．二十世纪英国文学史．济南：山东大学出版社，2001：191.

② 李公昭，王岚．20世纪英国文学导论．西安：西安交通大学出版社，2001：18.

2.2　诗歌

20世纪50年代是一个全盛时期。这一时期的诗歌再现了英国某些方面的传统，重要代表诗人如菲利普·拉金（Philip Larkin，1922-1985）、唐纳德·戴维（Donald Davie，1966-　）等。而20世纪60年代则是英国现代主义的传统风格和来自美国、欧洲的后现代主义风格相融合的时期，新一代诗人的诗歌在颇有根基的英国诗歌风格和新锐的、生机勃勃的美国风格的强烈碰撞中逐渐形成。这种碰撞体现在不同作家的作品风格中，也会出现在同一个作家不同时期的作品中。这一时期的代表作家包括特德·休斯（Ted Hughes，1930-　）、杰弗里·希尔（Geoffrey Hill，1932-　）等。

2.3　戏剧

英国新戏剧革命开始于1956年，以约翰·奥斯本（John Osborne，1929-1994）的戏剧《愤怒中回顾》（*Look Back in Anger*，1956）在伦敦的皇家剧院上映为标志。此后，奥斯本开创了先例，将舞台的性质从一开始的娱乐性扩展开来，并赋予了其更宽广的意蕴。奥斯本创新地将舞台创设成了展示社会问题的媒介，让舞台成为了展现社会冲突、揭示社会问题的有力武器。另一个颇具意义的英国戏剧的时间节点是1955年贝克特的《等待戈多》（*Waiting for Godot*，1955）的上映。此剧一经上映，便引起轩然大波，有人称："如果说社会分裂是现实主义的源泉，那么哲学分裂便是贝克特荒谬剧的源泉。"①此剧后来由哈罗德·品特（Harold Pinter，1930-2008）和乔·奥登（Joe Orton，1933-1967）进行了改编和发展。

3. 英国当代文学发展的第三阶段

英国当代小说的最后一个发展时期为20世纪70年代至今，在这一时期，全世界紧张的局势有所缓和，但不幸的是英国再一次受到了经济萧条的严重影响，在所有的工业国家里，英国的通货膨胀情况最为严重。1979年，在英国第一任女首相撒切尔夫人上任之后，其采取了一系列政策来缓解通货膨胀的压力。"撒切尔改革"迅速转变了社会、政治和文化气候，并带动了整个国家走向了和平与统一。

3.1　小说

在1969年，随着布克文学奖（英国小说年度奖Booker Prize）的创立，公众

① 王丽丽．二十世纪英国文学史．济南：山东大学出版社，2001：193.

对于小说的注意力也从英国本土转向了其他英语国家。在20世纪70年代，英国涌现出了许多不仅针对历史问题，同时也面向现代文学发展与当代人民生活水平的文学作品。伴随着女性主义的出现，许多女性作家，如玛格丽特·德拉布尔（Margaret Drabble, 1939- ）、佩内洛普·菲兹杰拉德（Penelope Fitzgerald, 1916-2000）等都登上了英国当代文学的舞台。“20世纪80年代是一个让政治家错愕的时代，许多撒切尔主义时代的作家都把这个时代视为分裂与衰退的时期”。[①] 这段时期充斥着怀疑、黑暗的预言、愤世嫉俗的话语和潜在的警报。而作品的主题、风格和情感也在经历着一个巨大的转变。虽然现实主义的传统还在延续，但此时期的文学作品中已经明显混入了其他复杂的现代手法与元素。此阶段的代表作家有马丁·艾米斯（Martin Amis, 1949- ）、萨尔曼·鲁西迪（Sir Salman Rushdie, 1947- ）等。20世纪90年代则是文学作品的主题和形式趋向国际化的一个阶段，虽然英国政府对于文学创作的引导方向尚未出现太多的变化，但作家的创作感情和热情却有了显著的不同，作品带有了更多的国际化色彩，性别和自我认知的主题也变得尖锐而鲜明。这一时期的作品题材来源更为宽广，因而其作品所带来的国际影响也更为巨大。“与此同时，小说家们的创作也借用了当下较为流行的电影、音乐和电视等形式，可以说，一直到20世纪末期，英国的小说界都在经历着一个大规模的转型”。[②]

3.2 诗歌

从20世纪60年代至70年代，英国文坛上出现了一位非常著名的爱尔兰诗人谢默斯·希尼（Seamus Heaney, 1939-2013）。他被认为是自叶芝之后最为伟大的爱尔兰诗人，并于1995年获得诺贝尔文学奖。而1970至1980年间，一些有着工人阶级家庭背景的诗人成为诗歌界的主流人物，代表人物有哈里森（Tony Harrison, 1937- ）、道格拉斯·邓恩（Douglas Dunn, 1942- ）。另一派别的诗人则将重点放在诗歌形式的界定和研究上，代表作家如安德鲁·莫逊（Andrew Motion, 1952- ）等。而“火星学派”的诗人则出现于20世纪70年代末至20世纪80年代初。他们的作品因为使用了丰富的视觉修辞手法来取得读者感官上的认同而得名。20世纪90年代则是“新生一代”的崛起时期，这一时期，有超多20位年轻诗人被社会各界给予了不同程度的关注。他们的作品也通过印刷、广播和电视等多种形式传播到了广大民众的生活中，最为著名的当属阿

① 张中载．二十世纪英国文学小说研究．郑州：河南大学出版社，2001：112.

② 王丽丽．二十世纪英国文学史．济南：山东大学出版社，2001：288.

米·蒂奇（Simon Armitage，1963-　）和卡罗尔·安·达菲（Carol Ann Duffy，1955-　）。

3.3　戏剧

汤姆·斯托帕德（Tom Stoppard，1937-　）是20世纪70年代的戏剧家代表，和奥斯本、品特有着同等重要的地位。除了他之外，也有一群旗帜鲜明的政治戏剧作家，如霍华德·布列塔尼人（Howard Breton，1946-　）等。这些戏剧家一方面对于国际化文化的入侵持一种本能的厌恶，另一方面也在寻求如何将英国本土的文化发扬光大，走向国外。代表作家包括阿伦·艾克鹏（Alan Ayckbourn，1939-　）、迈克尔·弗莱恩（Michael Frayn，1933-　）等。与小说和诗歌相比，戏剧在高度商业化背景之下的发展显得有些单薄，严谨正统的戏剧逐步转变为有着鲜明特征的音乐剧、电视剧，传统的戏剧慢慢走向被人们遗忘的边缘，并成为了一样怀旧品。

第二节　当代英国文学的重要作家及其代表作品

1. 诗歌

20世纪英国诗人中最引人注目的，而且流行时间最长的一股潮流就是统称为“现代主义”的诗派。“从二十年代起到五十年代，这派诗流行于英国（也有美国）的诗坛长达三十年之久，到了第二次世界大战之后才逐渐为其他倾向所冲击，但是迄今为止还没有出现可以与之抗衡的如此集中，如此有明显特色的诗派可以完全取而代之”。①

W. H. 奥登（W. H. Auden，1907-1973）

奥登是20世纪文学历史上不得不提的一位著名诗歌创作家，生于1907年，卒于1973年。他出生在英格兰，后转为美国国籍。他的作品以独特的形式和创作手法而出名，同时他对于政治、道德等问题的关注也是非常引人注目的。奥登的作品在形式、内容上与众不同，使得他的作品独树一帜。他诗歌的主题集中于爱情、政治、宗教和道德，以及人与自然之间的特殊关系。奥登的早期创作开始于20世纪20年代晚期至30年代早期，以一种强烈而富有戏剧性的语调自成一

① 王佐良，周珏良．英国二十世纪文学史．北京：外语教学与研究出版社，1997：254.

派，成为左翼政治诗人的先锋人物。但他对于自己在英国的社会地位和扮演的角色并不满意，因此，弃之而转向美国，并在 1946 年成功加入美国国籍。20 世纪 40 年代之后的作品，奥登逐渐减少了其作品之前经常使用的戏剧手法，并开始深入挖掘宗教和伦理主题，同时他将传统形式与现代艺术手法进行了一系列的融合。他的作品涉及文学、政治、心理和宗教等多种主题，在不同时期他也曾涉足过纪录片、歌剧和其他形式的文学创作。纵观他的创作生涯，其得到的评价褒贬不一。

奥登的诗歌创作经历了四个时期：

第一个时期始于 1927 年他在牛津攻读文学学位至 1932 年结束。在这一时期，奥登以无所畏惧的早熟和敏感，以对个人感情的凄切动人的抒情表达了对欧洲即将来临的战争灾难的忧虑，描绘出一幅令人不安的工业化荒原的景色。他的处女作《诗集》(*Poems*, 1928) 和另一部交替用诗与散文写的政治讽刺作品《雄辩家》(*The Orators*, 1923) 相继问世。奥登于 1930 年又有一本《诗集》，该集收入了 30 首诗作，包括了 1928 年《诗集》中的诗歌，这给英国诗歌创作带来了新内容、新方向和新技巧。

第二个时期从 1933 年至 1938 年。在这一时期，奥登作为一位杰出诗人达到创作顶峰，也是文学史家们所称的“奥登时代”。这期间，他的作品依然带有左翼政治观点，但已经不再神秘，反映的都是重大的社会现实问题。这一时期的代表作是《看吧，陌生人》(*Look, Stranger*! 1936)、长诗《西班牙》(*Spain*, 1937)，以及与衣修伍德 (Christopher Isherwood, 1904 - 1986) 一起访问中国时合写的《战地行》(*Journey to a War*, 1939) 等。另外，他还写了三个诗剧《浅薄的小人》(*The Unknown Citizen*, 1935)、《攀登 F6 高峰》(*The Ascent of F6*, 1936) 和《在边界上》(*On the Frontier*, 1938)。这些作品反映的是当代人的独特的人生经历，因而具有较强的时代感；在技巧上，作者采用的是新古典主义与现代主义相结合的方法，笔法娴熟、文字明快、警句迭出，笔端常流露出机智与冷讽，有一种出人意料之外的新鲜感；他的讽刺诗也以一种辛辣而含蓄、严肃而轻松的高层次的幽默感而大放异彩。

第三个时期是从 1939 年至 1947 年。在这期间，奥登的思想不但从原先的激进左倾开始向右倾转变，还成了一位虔诚的基督教徒。这一时期的代表作有诗集《另一次》(*Another*, 1940) 与 1 700 行的哲理长诗《新年书信》(*New Year Letter*, 1941)，它们反映了他移居美国以后思想转向右倾的过程。这一期间，奥登的诗越写越长、越写越玄，没有多少能比得上他在 20 年代中晚期的成熟之作。

第四个时期是从1948年他获得了普利策诗歌奖之后，直至1973年逝世为止的26年。这一时期他的思想日趋保守，作品中的宗教色彩越来越浓，他对于文明社会中不断出现的社会问题感到悲观失望。这一时期的主要诗作有《阿基硫斯的盾牌》(*The Shield of Achilles*, 1952)、《在屋内》(*About the House*, 1965) 等。奥登不仅是一位多才多艺的诗人，而且也是一位出色的评论家，著有评论集《染工之手》(*The Dyer's Hand*, 1963) 与《第二世界》(*A Certain World*, 1968) 等。

"无论如何，仅以奥登在30年代的创作成就而论，他作为英国文学史上的诗歌大家，已是当之无愧的了。奥登以其独特的诗风在英美诗坛上影响了整整一代人。"① 他的诗作惊人的广泛、活跃、变化多端。他是20世纪前半期英语世界中主题和风格最多样化的诗人之一，他为英国诗歌发展做出的探索和贡献对当时和后世的英语诗坛产生了深远的影响。有人称他为"诗坛的毕加索"。② 除了1948年获美国普利策诗歌奖外，他还于1937年获英国乔治王诗歌金牌，1953年获美国柏林根诗歌奖，1956年获美国全国图书奖，1967年获全国文学勋章等。

2. 小说

纵观英国的后现代主义文学，虽然它无法与影响广泛的美国后现代主义文学相比，但是一批崛起于20世纪80年代的英国后现代派作家在小说内容和形式上的创新为突破现实主义传统，以及在后工业社会中为文学寻找新的出路作出了有益的尝试。与此同时，"在高涨的女权运动的影响下，众多女作家一起，以女性特有的敏感、细腻的笔触，以她们丰富的观察力和想象力，从她们自己的视角反映了当代妇女的地位和生活，也从一个侧面反映了英国社会"。③

2.1　多丽丝·莱辛 (Doris Lessing, 1919-2013)

多丽丝·莱辛1919年10月22日出生于伊朗，原姓泰勒。父母是英国人。在莱辛5岁的时候，她那向往田园生活的父亲带着妻儿移居到南罗德西亚（现津巴布韦）。从16岁开始工作，莱辛先后当过电话接线员、保姆、速记员等。她青年时期积极投身反对殖民主义的左翼政治运动，曾一度参加共产党。"莱辛曾两次结婚并离异，共有3个孩子。在非洲早年的艰苦生活中，19世纪小说大师如狄更斯、吉卜林、司汤达、托尔斯泰、陀思妥耶夫斯基，都成为了莱辛最重

① 王松林，朱卫红．英国文学史．武汉：华中师范大学出版社，2010：426.

② 王松林，朱卫红．英国文学史．武汉：华中师范大学出版社，2010：435.

③ 王佐良，周珏良．英国二十世纪文学史．北京：外语教学与研究出版社，1997：254.

要的精神伴侣，也为她的文学生涯奠定厚实基础。[1]

总体来说，莱辛的文笔细腻、题材新颖、人物刻画生动，堪称英国当代最优秀的短篇小说家之一，但她的重要作品仍是长篇小说。1962年她完成了被公认是她的代表作的《金色笔记》(*The Golden Notebook*, 1962)，奠定了她在西方文坛的地位。此后莱辛出版了两卷本回忆录，叙述其从童年到20世纪50年代的生活。她用小说手法描写这段生活，并取名《最甜蜜的梦》(*The Sweetest Dream*, 2001)。她在这本书里，通过讲弗兰西斯和其前夫约翰尼的故事，探讨"妇女如何在60年代转错方向"。"我不喜欢60年代"，莱辛说，"我不喜欢女性那时的所说所为，比如像她们吹嘘和多少男人睡过觉。"[2]她将妇女解放归功于技术而非女权主义。她认为，避孕药片和省时设备，比如洗碗器，作用要比意识形态更大。

接下来她创作了系列小说《暴力的孩子们》(*Children of Violence Series*, 1952)，它由分散在十几年内完成的五部小说构成，它们是《玛莎·奎斯特》(*Martha Qwest*, 1952)、《恰当的婚姻》(*A Proper Marriage*, 1954)、《风暴余波》(*A Ripple from the Storm*, 1958)、《在禁锢的土地上》(*Landlocked*, 1956) 和《四门成》(*The Four-Gated City*, 1969)。小说的主人公玛莎是以作者自己为原型创作的，她们的生活经历基本一致，成长于罗德西亚农村，结婚两次，加入共产党后又脱党，后于1949年移居英国。虽然有些评论家认为《金色笔记》才是莱辛最伟大的作品，但她在《暴力的孩子们》中所体现的艺术成就毫不逊色。

在《暴力的孩子们》这一系列的小说中，莱辛试图向读者传达众多的主题。其中之一是："虽然地球将会遭遇各种各样的攻击或灾难，人类仍会以某种方式继续生存下去。即使是那些企图主宰人类命运的神一样的生物，也只不过是整个宇宙这个大棋盘中微不足道的小棋子，对宇宙的影响微乎其微，那么人的命运便可想而知了"。[3] 在最后两部小说中，莱辛展现在读者面前一副令人震惊的人类的未来图景，尤其是最后一部小说的处理很容易使读者联系到地球的衰落和最终灭亡。

随着时间的推移，莱辛的作品无论在形式上还是题材上都发生了巨大的变化，由早期严格地遵循现实主义的传统而转为喜欢触及一些不同寻常或被禁忌的

---

① 王松林，朱卫红．英国文学史．武汉：华中师范大学出版社，2010：413.

② 张中载．二十世纪英国文学小说研究．郑州：河南大学出版社，2001：112.

③ 张中载．二十世纪英国文学小说研究．郑州：河南大学出版社，2001：112.

题材，体现了现代派和后现代派文学对她的影响。但纵观她的创作生涯，她一直以其高度的严肃性、深沉的道德感著称。20多年里，她刻画了许多受种种压力逼迫至崩溃的边缘的孤单、善感的现代人（尤其是女性）变得人格分裂的形象。只有通过对个人身份的重新评价，他（她）才能恢复精神健康。凭借众多题材丰富、主题严肃、思想深刻和预言式的作品，莱辛被公认为“20世纪最能感染读者的作家之一”。[①]

2.2　J. K. 罗琳（J. K. Rowling，1965-　）

她是一个有着白手起家故事的女人：在五年中，她从一个在社会保障的资助下才能生存的女人变成了一个百万富翁；她是大不列颠作家中作品销量最高的在世作家；2008年泰晤士报预估她的财产为5.6亿英镑，这使她位列大不列颠第12位富有的女人行列。2010年10月，她被誉为“大不列颠最有影响力的女人”。[②] 她就是著名的小说家，《哈利·波特》系列书籍的作者——J. K. 罗琳。

在孩提时期，罗琳就经常写一些较为奇幻的故事，同时也会读给她的妹妹听。由于罗琳英语运用能力超群，她在后来才有机会向全世界的读者讲解她的奇幻故事。在第一本书《哈利波特与魔法石》（*Harry Potter and the Sorcerer's Stone*，1997）出版五个月之后，该书就获得了第一个奖项—— Nestlé Smarties Book 图书奖。该系列的下一本书《哈利·波特与密室》（*Harry Potter and the Chamber of Secrets*，1998）更是为罗琳摘得了英国“聪明书”大奖，同时也让罗琳成为了第一个三次斩获此奖的作家。哈利波特系列的其他几部书，包括《哈利·波特与阿兹卡班的囚徒》（*Harry Potter and the Prisoner of Azkaban*，1999）、《哈利·波特与火焰杯》（*Harry Potter and the Goblet Of Fire Big*，2004）、《哈利·波特与凤凰社》（*Harry Potter and the Order of the Phoenix*，2003）、《哈利·波特与混血王子》（*Harry Potter and the Half-Blood Prince*，2005）以及《哈利·波特与死亡圣器》（*Harry Potter and the Deathly Hallows*，2007）更是好评如潮，在全球掀起了“哈利·波特”热，也让“哈利·波特”成为了一个备受瞩目的品牌。

这一系列的作品主要围绕哈利·波特——一个在11岁就发现自己虽然是一个巫师，却生活在普通人世界的男孩展开。他的能力是与生俱来的，而和他一样拥有特异功能的所有孩童都可以经过被邀请进入魔法学校，在魔法学校中他们可以学习魔法知识，并顺利进入成人魔法世界。经过一系列的波折后，波特进入了

---

① 王丽丽．二十世纪英国文学史．济南：山东大学出版社，2001：218.

② 王松林，朱卫红．英国文学史．武汉：华中师范大学出版社，2010：413.

霍格沃茨魔法学校，并在那儿经历了一系列不可思议的故事。在魔法学校学习的过程中，哈利学会了如何解决各种感情问题和社会问题，同时逐步了解了如何迎接生命中出现的有关友情、爱情等重大的挑战。在种种试探的背后，真实世界隐藏的丑陋和黑暗也逐渐浮出水面。

"罗琳的书籍获得了全球性的关注，赢得了多项奖项，共计卖出了超过 4 亿多套。这一套儿童读物已经成为了风靡全球的读本，并成为了历史上观影速度增长最快的电影脚本。"① 罗琳因此被称为"大不列颠最有影响力的女人"。

2.3 安杰拉·卡特（Angela Carter, 1940-1992）

当代英国女作家中，安杰拉·卡特是最有突出才能的一个，可惜她英年早逝，与世长辞时才 50 岁，正是她创作的鼎盛时期。她的作品反映了当代英国文学发展趋势的若干方面，她的许多著作中女性主义势头强劲，她曾改写经典著作，戏拟维多利亚时期英国小说，写哥特式小说、科幻小说和侦探小说。由于安杰拉·卡特的女性主义倾向，以及其魔幻现实主义倾向和富有创意的流浪汉型作品，在 2008 年，《泰晤士报》将安杰拉·卡特誉为"自 1945 年以来最伟大的 50 位英国作家之一"。②

安杰拉·卡特是当今英国作家中哥特式小说写得最多的女作家。继第一部哥特式小说《舞影》(*Shadow Dance*, 1966) 后，她又出版了《英雄与歹徒》(*Heroes and Villains*, 1969) 以及《黑色维纳斯》(*Black Venus*, 1986) 等哥特式小说。她还用现代意识和女性主义改写古老的哥特式童话故事，如《睡美人》(*Sleeping Beauty and Other Favourite Fairy Tales*, 1982) 等。

在 1977 年，卡特和皮尔斯结婚，婚后生有一子。在 1979 年，《血淋淋的卧室》(*The Bloody Chamber*, 1979) 和《虐待狂女人》(*The Sadeian Woman and the Ideology of Pornography*, 1979) 两部小说公开出版。作家玛丽娜·沃纳 (Marina Warner) 认为，卡特"解构了人们对于其之前作品的偏见，这些都是有关女人的欲望和毁灭，以及她们的自我牺牲，甚至关于她们如何在被奴役的被动情况下，通过勾结和共谋逃出困境。她比同时的传统的女性主义者要更加独立，想法也更为独特"。③

除了创作小说，卡特还给《卫报》、《独立报》和《新政治家》等报纸贡献

① http: //en.wikipedia.org/wiki/J._K._Rowling.

② 张中载．二十世纪英国文学小说研究．郑州：河南大学出版社，2001：393.

③ 张中载．二十世纪英国文学小说研究．郑州：河南大学出版社，2001：396.

了许多文章，同时卡特还为广播站改编了许多短篇故事和两部原版的广播戏剧。她的两部小说很快被改编成了银幕剧：《与狼为伴》(*The Company of Wolves*, 1984）和《神奇的玩具店》(*Magic Toys*, 1987)。

卡特短暂的一生中写了十几部小说和文章，她把在报刊上发表的文章汇集成书，定名为《平凡的文章》(*Nothing Sacred: Selected Writings*, 1982)，从中可以了解她对当今许多世人所关心问题的观点和想法。

2.4　萨尔曼·拉什迪（Sir Salman Rushdie, 1948-　）

萨尔曼·拉什迪是一位印裔的英国小说家和散文家。他曾经在他 2012 年的回忆录中谈到，他的父亲为了纪念伊本·鲁世德而给他起了这个名字。拉什迪所受的教育比较前卫，曾在拉格比公学就学，并在剑桥大学国王学院学习历史。

拉什迪的重量级小说《子夜出生的孩子》在 1981 年获得了布克文学奖，确定了拉什迪在英国文坛的显赫地位。拉什迪的绝大多数小说都是以印度大陆作为发生背景，他被称为将魔幻现实主义和历史小说完美结合的一个人。他的作品与东西部之间破坏和迁移有着千丝万缕的关联。该小说的写作顺序遵循着一个孩子的成长足迹，这个孩子出生于印度获得“独立权”的午夜，因而被赋予了特殊的能量，同时他和出生于印度从传统国家向现代国家的转型期间的孩子们有着某种特殊的联系。该部书的主人公萨利姆·西奈（Saleem Sinai）经常被拿来与拉什迪进行比较。但是，他本人否认作品里有任何透露自己身世或是经历的意图。拉什迪本人曾说道“人们经常有如此的假设，只要作品中的人物经历与作者本人有一些相似，作品中的人物就成了作者自己。对于这点我十分不赞同，所以我也从不觉得我自己是在写自传体小说。”[①] 在《子夜出生的孩子》之后，拉什迪创作了另一部作品《羞愧》(*Shame*, 1983)。在该作品中，他描述了巴基斯坦的政治动乱。该作品赢得了法国的“最佳外文作品奖”，并差一点就获得“布克文学奖”。这些后殖民文学作品既充满着魔幻现实主义的风格，也突出了拉什迪作为海外印度人一员对于印度的移民前景的深切忧虑和觉醒意识。

3. 戏剧

现代英国戏剧或者说英国戏剧的复兴开始于 19 世纪 90 年代。王尔德、萧伯纳、贝克特、品特都是举世闻名的戏剧家。20 世纪 50 年代以来，英国戏剧新人辈出，充满生机，对于许多戏剧家的地位目前尚无法做出评价。“一个总的倾向

① 张中载．二十世纪英国文学小说研究．郑州：河南大学出版社，2001：427.

是人们越来越强调戏剧的表演效果，而以前人们对戏剧的文本和戏剧的表演是同样看重的，这也是一个重要的转型之一”。[①]

3.1　萨缪尔·贝克特（Samuel Beckett，1906-1989）

作为当代英国和世界文坛后现代主义的杰出代表，萨缪尔·贝克特（Samuel Beckett，1906-1989）不仅仅是一位伟大的剧作家、荒诞派戏剧大师，也是一位出色的小说家。正如1969年瑞典皇家文学院在授予贝克特诺贝尔文学奖的颁奖辞中所说：“他那形式新颖的小说和戏剧作品使现代人从精神贫困中得到振奋”。[②]

萨缪尔·贝克特出生于爱尔兰首府都柏林郊外的一个中产阶级家庭。《墨菲》(*Murphy*，1938）是贝克特的第一部重要的长篇小说，它也是最能代表贝克特早期世界观、生活态度和写作风格的一部作品。小说创作于1935年，在遭到42个出版商的拒绝后，才于1938年在伦敦出版。这部小说以伦敦为背景，用第三人称全知的叙事角度描述了莫菲——一个落魄的知识分子，由于对社会现实不满，从爱尔兰逃到伦敦，以寻求理想生活的冒险经历和思想演变过程。从莫菲身上，我们或许可以窥见贝克特当年离开自己的祖国爱尔兰，漫游欧洲，在英国伦敦等地生活的踪迹。《莫菲》体现了贝克特小说实验的手法。

《瓦特》(*Watt*，1953）是贝克特的第二部长篇小说，该书是“二战”期间创作的，但直到1953年才得以出版。如果把《莫菲》和《瓦特》加以比较，不难看出两部作品在叙事技巧、语言风格以及他们所展示的小说世界有很大的不同。因此《瓦特》标志了贝克特小说创作的转折，即形式实验的开始。主人公瓦特为了结束流浪汉生活，来到诺特家做佣人。他本以为在诺特先生家可以过上一种有意义、有秩序的生活。然而，诺特先生家却是一个阴森森、神秘莫测的城堡，与外面的世界一样荒诞不经。因此，瓦特对于生存意义的探究终究是毫无结果的，因而他的自我探寻之旅也是没有尽头的。

贝克特最为著名的剧本当属《等待戈多》(*Waiting for Godot*，1954）了，此剧是两个独幕剧。两个流浪汉爱斯拉特冈（又称戈戈）和弗拉季米尔（又称狄狄）、一棵光秃秃的树和郊外的一条小路构成了一幅荒凉的图景。贯穿全局的主题就是“等待”。幕启时，两个肮脏的无家可归的流浪汉戈戈和狄狄在路上徘徊着，他们在等待一个叫戈多的人，为消磨时光，他们做着各种无聊的动作。奴隶

① 李公昭，王岚．20世纪英国文学导论．西安：西安交通大学出版社，2001：296.

② 李公昭，王岚．20世纪英国文学导论．西安：西安交通大学出版社，2001：306.

主波卓和他的幸运儿的两次经过，给他们带来一点乐趣。在第一幕和第二幕的最后总有一个男孩子来告诉他们戈多今天不来了，可明天会来，戈戈问狄狄：“我们怎么办呢?”狄狄说：“等待戈多。”剧就这样结束了。正如瑞典文学院常务理事基耶罗在授予贝克特诺贝尔文学奖时所说：“幕落了，我们深信眼前看到的残害力量，但我们明白一件事情，无论经历怎样的折磨，有一种东西是永远磨灭不了的，那就是希望。”①

贝克特的小说和戏剧是互相补充和互为促进的。他的小说创作为他以后的戏剧奠定了基础，他的戏剧也是对他的小说主题的延续和发展，但舞台的效果更加直观，也更能让观众联想起自己的处境，并使人物产生共鸣。正因如此，贝克特的戏剧比他的小说更能被人理解和接受，也在西方文坛产生了更大的影响。

3.2　哈罗德·品特（Harold Pinter，1930-2008）

1930 年 10 月 10 日，哈罗德·品特生于伦敦东部哈克尼一个犹太家庭，是英国剧作家、导演。他的著作包括舞台剧、广播、电视及电影作品。他最初的文学冲动是写诗，这或许是为什么他的许多戏剧都很富有诗意的原因。不过真正使他成名的还是戏剧。他主要的创作形式包括舞台剧、电视剧、广播剧和电影脚本。从 1957 年《房间》(*The Room*，1957）上演到他的剧作《庆贺》(*Celebration*，2000）发表，他的创作生涯长达 40 多年，其作品包括已成为当代经典作品的《生日晚会》(*The Birthday Party*，1958）等八部长剧和《房间》在内的十几部短剧。截至 1995 年，他创作的 22 部电影脚本有 17 部已被拍成电影，包括《仆人》(*The Servant*，1962)、《法国中尉的女人》(*The French Lieutenant's Woman*，1981）等。他不仅是位多产作家，还是一位很有才华的演员和导演。

品特善于捕捉日常生活中的一些小事，他通常以自己周围的人和物为素材进行创作。据他的传记作者比林顿说，“品特的每一部作品都能在他的生活经历中找到原型”。② 虽然这未免有些夸张，不过他的生活的确在很大程度上影响着他的创作。创作于品特人生艰难时期的早期戏剧——《房间》、《生日晚会》通常都以下层人的生活为背景，但都笼罩于一种难以捉摸的或是超自然的气氛之中，被称为“威胁喜剧”。③ 这些作品围绕着他曾经反复探讨的一些主题：人们日常

① 李公昭，王岚．20 世纪英国文学导论．西安：西安交通大学出版社，2001：315.

② Michael Billington. *The Life and Work of Harold Pinter*. London：Faber and Faber，1996：26.

③ Irving Wardle 在 1958 年第五期的 *Encore* 上发表了一篇很有影响的文章，首次将这一术语（comedy of menace）用于品特的戏剧。其后许多评论家都引用过这一术语，如 Victor L. Cahn. *Gender and Power in the Plays of Harold Pinter*. Macmillan，1994．4；Benard F. Dulcore. *Harold Pinter*. Macmillan，1982．23.

生活中的焦虑和不安全感、个人关系中的权力关系等。这些戏剧在剧情安排、人物塑造、语言运用等方面与贝克特等荒诞派剧作家的作品有许多相似之处，从最平淡的日常对话反映当代人心灵深处的焦虑和恐慌，因而，品特曾被称为英国“荒诞派剧作家之一”。[①] 总体来说，品特的戏剧题材具有多样性，无怪乎他被称为“20 世纪后半叶英国最出色的戏剧家”。

《生日晚会》是品特的第一个多幕剧，幕启时是早餐时间。海边一栋破旧的接待客房的两层小楼里，女主人公梅格对唯一的房客斯泰利的态度既像挑逗的情人又像慈爱的母亲。这位深居简出，戴着高度近视眼镜的中年房客沉默寡言、脾气乖戾，据说曾是某乐队的钢琴师，来到这栋小楼已经一年，梅格想借此机会为他举办一个所谓的“生日晚会”，让他高兴一下。两名寻找斯泰利的陌生人也在这天住进了梅格的房子，他对此似乎感到恐慌。第二幕描写晚会的过程，两位陌生人一唱一和对斯泰利进行精神摧残，并砸烂了他的高度近视眼镜。第三幕又是以早餐开始，梅格似乎不清楚前一天晚上发生了什么，但她的丈夫隐约听到了斯泰利所受精神折磨的事情。当穿戴整齐，表情木然的斯泰利被两位陌生人带到楼下一辆等候着的汽车里要被送到外面去“治疗”时，比提（Petey）对他喊了一句非常有名的台词：“斯泰利，别让他们对你为所欲为。”初次上演时，观众对这部戏很不理解，上演一周便停演了。与《房间》相似，这部戏里悬念很多。而品特认为这些悬念很正常，正如我们的生活充满了不确定性一样。如今，它被视为品特的重要戏剧之一。

第三节　当代英国文学的发展趋势

自 20 世纪 20 年代英国文学走向新一轮繁荣期以来，众多作家的纷纷亮相为当代英国文学开启了另一个起点，诗歌界出现了 W. H. 奥登和 T. S. 艾略特等，戏剧界有贝克特、品特等，都以他们独特的风格走在了英国当代文学的前沿，独领风骚。进入 21 世纪，自从 2001 年以来，就先后有奈保尔、库切[②]、莱辛三位英国作家荣获诺贝尔文学奖、英语文学界最高荣誉——布克奖，更是为英国当代文学输送了一大批新鲜血液，令人不禁感叹英国文学的深厚底蕴和绵延不息。

① 李公昭，王岚．20 世纪英国文学导论．西安：西安交通大学出版社，2001：322.

② 约翰·马克斯维尔·库切，南非当代著名小说家，诺贝尔文学奖 2003 年的得主，他是非洲第 3 位诺贝尔 文学奖的得主。2006 年，库切归化成为澳洲公民，任教于阿德莱德大学文学院，因此将其算作英国作家。

"当然，英国的当代文学并不是高高站在纯文学的神坛上，它也同样亲民，深受普通大众喜爱"。[1] 近年来，许多英国当代小说如《英国病人》(*The English Patient*, 1992)、《辛德勒的名单》(*Schindler's List*, 1982)、《赎罪》(*Atonement*, 2001)、《哈利·波特》等，都被改编成了电影，风靡全球。20世纪90年代对于许多国家而言是一个新的时期，这是一个世纪的终结，同时也预示着另一个世纪的开始。英国与多数周边的国家一样，也以一种兼有希望与怀疑的姿态，稳步前进，迈向新世纪。

思考题

1. 当代英国文学较之前时段的文学发展历程相比，有着怎样不同的特征？

2. 如何看待在当代英国文学发展史上，小说界涌现出的大量"女性作家"这一现象？

3. 当代英国文学是如何表现出"对人类命运和世界前途的继续关怀和对艺术问题的不断探索"这一思想的？

① 张中载．二十世纪英国文学小说研究．郑州：河南大学出版社，2001：12.

第九讲 美国独立革命时期的文学

18世纪的美国历经了两场在不同领域、影响深远的革命：一场思想革命——启蒙运动，它使美国摆脱了欧洲清教思想的束缚，得到了思想的解放，为资产阶级政权的建立奠定了基础；另一场民族解放革命——美国独立战争，它结束了英国的殖民统治，催生了一个新的国家，确立了较为民主的近现代资产阶级政治体制。这一时期的美国文学处于萌芽阶段，主要有以下特点："实利主义"是当时文学创作的主要原则，文学家们认为文学创作的最终目的是服务社会，实用的文学才是最好的；政论作品成为这一时期的主要文学形式，支持民族独立和民主共和的政治家们纷纷参与到文学创作当中来，以文字为武器，宣扬自己的政治立场，抨击政治对手，政论文章是导致美国政治和民族独立的重要力量。

第一节 独立革命时期的社会历史概况与文学发展

1. 独立革命时期的社会历史概况

1607年，英国殖民者来到北美大西洋沿岸，建立了在此地的第一个殖民地弗吉尼亚（Virginia)。经过不断拓殖，到1730年前后，英国在北美大西洋沿岸的殖民地数量已经达到13个。英国殖民者按照本国的政体在北美殖民地建立统治，资本主义商品经济作为北美殖民地的主要经济形式发展很快，各殖民地的经济来往日益密切，初步形成了统一市场。1756~1763年，英法两国为争夺对北美殖民地的控制进行了“七年战争”（Seven Years' War)。英国虽然在战争中取得了胜利，控制了北美大部分地区，但长期的战争使其陷入严重的财政危机。英国政府因此不断地向北美各殖民地增加税收，并实行高压政策，先后颁发了一系列有损于殖民地人民利益的法案，对殖民地进行蛮横的压榨和残酷的剥削，竭力遏制殖民地经济发展。由于殖民地人民不满英国的盘剥和束缚，双方矛盾日益尖锐。此外，自17世纪末起，英国殖民者在北美大陆与其他欧洲殖民国家进行了一系列战争并大获全胜，战争的胜利使得英属北美殖民地的军事实力进一步得到加强，已有了和英国殖民者抗衡的实力。

北美独立革命还与启蒙运动在殖民地的传播有着密不可分的联系。启蒙运动是17世纪欧洲科技革命的产物。它最先兴起于法国，而后盛行于英国、德国等欧洲国家，再由这些国家的殖民者们直接或间接地传播至殖民地。欧洲启蒙运动中，对美国独立革命产生重大影响的启蒙者有英国著名物理学家艾萨克·牛顿(Sir Isaac Newton, 1642-1726/7)、英国哲学家托马斯·霍布斯（Thomas Hobbes, 1588-1679）和约翰·洛克（John Locke, 1632-1704）以及法国启蒙思想家孟德斯鸠（Charles de Secondat, Baron de Montesquieu, 1689-1755)。牛顿所创立的自然科学理论使人们更加客观正确地认识所生活的世界，并改变了世人对上帝的看法；霍布斯提出了“自然状态”和国家起源说，认为国家是人们为了遵守“自然法”而订立契约所形成的，标志着西方近代政治思想史上国家主权说的正式形成；洛克发展出了一套与托马斯·霍布斯的自然状态不同的理论，认为只有在取得被统治者的同意时，社会契约才会成立，反之人民便有推翻政府的权利；孟德斯鸠突破“神授君权”的观点，认为人民应当享有宗教和政治自由，而保证法治的手段是"三权分立"，即立法权、行政权和司法权分属于三个不同的国家机关，三者相互制约、权力均衡，直接影响了1787年《美国宪法》的制定。他们的哲学主张影响了美国的民主主义者富兰克林和杰斐逊等人，从而催生了"自然神论"和"政府集权思想"。"'自然神论'简化了基督教的教条，使教会权利与政府权力和个人权利相一致"[①]；而"政府集权思想"也为独立后的美国政体打下了坚实的基础。

2. 独立革命时期文学的发展

这一时期的美国文学出现了明显地从清教向启蒙的转化，并带有强烈的宣传目的和浓厚的政治色彩。深受启蒙思想影响的政治家们在参与政治活动的同时也纷纷投身到文学创作中来，以报纸、宣传册等刊物作为主要阵地，用尖锐讽刺的口吻抨击英国殖民者，宣传启蒙主义和民主共和思想，鼓舞北美殖民地人民自立自强，用暴力和抗争摆脱英国殖民者的压榨和剥削，为民族独立和人民自由抗战到底。在他们眼中，文学俨然已经成为政治宣传的工具，为政治服务。该时期的文学作品还深受同时代的英国文学家斯威夫特的影响，以讽刺和诡辩文学见长，文学家们往往思路清晰、笔锋犀利、雄辩滔滔、一针见血。政论作品和讽刺文学为日后美国文学的繁荣昌盛奠定了深厚的基础。

2.1　诗歌：美国革命的先锋号

独立革命时期的美国诗歌最重要的特点是对爱国主义精神和民族精神的讴歌。这个时期的美国诗人不再像他们的前辈一样模仿和改写欧洲作家的诗作，而是将目光转向美国本土和本国人民。他们开始热情歌颂美国本土的自然风光和风土人情，大力宣传民主和革命，并积极乐观地展望美国的未来。该时期的不少美国诗歌都气势恢宏，慷慨激昂，充满战斗精神，也带有浪漫主义的色彩。

独立革命时期美国诗歌的另一大特征是讽刺诗歌的盛行。该时期不少诗人密切关注社会动向，同情受苦受难的劳动人民，他们纷纷投身革命，并以诗歌为武器，表达对殖民者侵略和剥削行径的强烈不满，因此讽刺成为诗歌表达的普遍形式。他们的诗歌大多以宣传革命为主要目的，以尖锐讽刺的口吻抨击欧洲殖民者在殖民地的残酷统治，并以高昂的士气鼓舞殖民地人民进行积极抗争。

在当时，有五位被称为"哈特福德才子"（Hartford Wits）的文人常聚集在一起，组成了一个非正式的文学团体。他们热衷于讨论美国当前的社会形势，共

① 童明．美国文学史．北京：外语教学与研究出版社，2008：44.

同著书立说，创作爱国主义诗歌，为美国独立革命助阵呐喊。他们是乔尔·巴洛（Joel Barlow，1754-1812）、蒂莫西·德怀特（Timothy Dwight，1752-1817）、大卫·亨弗雷斯（David Humphreys，1752-1818）、约翰·特朗布尔（John Trumbull，1756-1843）和勒缪尔·霍普金斯（Lemuel Hopkins，1750-1801）。其中前四人的诗作尤负盛名。巴洛因其诗歌带有强烈的爱国主义色彩与民族自豪感而被视为美国独立革命时期爱国主义诗人的代表。他很早就有志于创作“美国史诗”[①]，用了二十年的时间，以美国的自然风光、人文历史为主题，创作了长诗《哥伦布记》（*The Columbiad*，1807）。全诗篇幅浩大，包罗万象，内容涉及美国的方方面面，是当时的“美国百科全书”。德怀特以爱国史诗和抒情诗著称。他在诗歌中大胆构想美国的宏伟蓝图，对未来的美国怀有美好的憧憬。他的长诗《征服迦南》（*The Conquest of Canaan*，1779）和抒情组诗《格林菲尔德山林》（*Greenfield Hil*，1794）分别从不同的视角表达了他对这片热土的深厚情感。亨弗雷斯通常直截了当地在诗歌中宣传爱国主义思想，他的诗歌《美国的产业》（*A Poem on the Industry of the United States of America*，1802）是美国最早公开反对奴隶制的文学作品之一。菲利普·弗瑞诺是独立革命时期最有影响力的诗人，他的诗歌无论在艺术价值上还是影响力上都大大超过了“哈佛才子”。他所创作的爱国诗慷慨激昂，集中反映了独立革命时期的美国诗歌特征，激励着大批爱国之士。此外，他还创作了许多歌咏美国自然的作品。这些诗歌由于表现出了浪漫的具体性，被视为是美国浪漫主义诗歌的组成部分。

讽刺诗歌的主要代表是特朗布尔和弗朗西斯·霍普金森（Francis Hopkinson，1737-1791）。特朗布尔的长诗《麦芬格尔》（*M'Fingal*，1782）充满唇枪舌剑的激烈辩论，故意用史诗般的宏伟形式衬托出以麦芬格尔为代表的保皇党人虚张声势、无聊至极，尖刻地讽刺了保皇思想的愚昧可笑。霍普金森的讽刺诗《桶的战争》（*The Battle of the Kegs*，1779）也是当时颇受欢迎的诗歌之一。他在诗中极尽讽刺了英军的色厉内荏、胆小如鼠和不堪一击，极大地鼓舞了殖民地军民的士气，增强了革命的信心。

尽管独立革命时期的美国诗歌由于政论性过强、缺乏艺术性和技巧而受到后世评论家的冷遇，但它富有浓郁的时代气息，语言极具号召力，描绘了美国风光和美国革命的图景，是当时美国社会状况的真实写照。此外，当时的美国诗歌情感丰富，基调高昂，多采用咏叹和呐喊的方式进行叙述，为美国浪漫主义诗歌开

① 刘海平，王守仁．新编美国文学史．上海：上海外语教育出版社，2002：170.

创了先河。

2.2　散文：民族独立的宣言书

美国独立革命时期最为突出、成就最大的文学体裁是散文，而政论散文无疑是该时期美国散文最主要的形式。美国的民主人士和革命家们大多受过高等教育，有较高的文化素养和民族觉醒意识。他们受到了欧洲启蒙主义思潮的熏陶和洗礼，并致力于传播文明和进步的先进思想。因此，一些传播革命理念、鼓舞革命士气、笔锋尖锐犀利的散文、宣传册和传单如雨后春笋般涌现出来，成为革命的舆论准备和革命战斗的武器。和诗歌一样，这一时期的散文多为政论散文，有着强烈的时代气息。散文家们在作品中宣传民主革命思想，积极维护自己的政治立场，攻击讽刺对手，揭露殖民者丑恶的罪行，呼吁殖民地人民团结起来，对欺凌和压迫进行反抗。

独立革命时期的著名散文家比比皆是，其中最具有代表性的是被称为“美国的奇才”① 的本杰明·富兰克林。富兰克林曾作为殖民地的代表，为争取殖民地人民的权利在国会和国王面前据理争辩，后参与起草了《独立宣言》(*The Declaration of Independence*, 1776)，并担任驻欧洲的大使，参加了宪法制定工作。他以其幽默和尖刻的文笔，写下了大量的政论文稿，无情地鞭笞了英国殖民统治。伟大的爱国者亚历山大·汉密尔顿（Alexander Hamilton, 1757–1804）一生撰写了许多抨击保皇分子的政论散文。他和詹姆斯·麦迪逊（James Madison, 1751–1836）、约翰·杰伊（John Jay, 1745–1829）一起共撰写了85篇宣传解释新宪法的文章，其中51篇出自他的手笔。这些文章后汇集成了《联邦党人文集》(*The Federalist Papers*, 1787–1788)。弗吉尼亚的革命领袖帕特里克·亨利(Patrick Henry, 1736–1799）在美国革命前夜的一次动员会上发表了慷慨激昂的演说——《不自由，毋宁死》(*Give Me Liberty or Give Me Death*, 1775)，演说后被记录成文，成为了激励千万革命者去为赢得自由而浴血奋战的檄文。托马斯·潘恩是革命派中的激进分子，他的小册子《常识》(*Common Sense*, 1776）和《美洲危机》(*American Crisis*, 1776）极大地鼓舞了美国人民奋勇抗争的士气。托马斯·杰斐逊是《独立宣言》最主要的起草者。他因文风朴实稳重、文笔清新、条理清晰、逻辑性强而被后世誉为独立革命时期“最好的散文家”。此外，弗朗西斯·霍普金森、约翰·亚当斯（John Adams, 1735–1826)、约翰·狄金森(John Dickinson, 1732–1808)、丹尼尔·伦纳德（Daniel Leonard, 1740–1829)

① 毛信德．美国小说发展史．杭州：浙江大学出版社，2004：12.

和塞缪尔·西伯里（Samuel Seabury，1729-1796）也以不同风格、不同内容的政论散文在当时的散文界占有一席之地。

当然，该时期也有一些其他散文家，如伊桑·艾伦（Ethan Allen，1738-1789）、乔纳森·卡佛（Jonathan Carver，1710-1780）、威廉·巴特拉姆（William Bartram，1739-1823）和约翰·伍尔曼（John Woolman，1720-1772）等人，以游记、日记等散文形式，或是描写美国自然风光，或是追求精神探索，文笔简练、优美隽永，为美国散文的发展作出了重要的贡献。

2.3　小说：新生国家的全景图

与同时期繁盛多产的英国小说相比，独立革命时期的美国小说创作正处在起步阶段。独立革命时期的美国小说不仅出现的时间相对其他文学体裁而言较晚，而且就成就而言也远不如诗歌和散文。但该时期的小说主题多样，实用性强，依然有可圈可点之处。

美国小说的产生和发展与独立革命时期和建国初期人们空前高涨的民族独立意识有着莫大的关联。随着革命的胜利，美国人民彻底摆脱了英国殖民者的统治，成立了一个独立联邦。这时期的美国人民受到军事胜利的鼓舞，随即也要求在思想文化方面彻底摆脱欧洲的影响，创作属于自己的文学。此外，资产阶级政权确立之后，美国的经济开始步入正常的发展轨道，城市数量不断增多，市民阶层数量增加，人们有更多的闲暇阅读文学作品，丰富自己的精神世界。因此，小说作为一种能够适应社会形式的新的文学体裁开始在美国发展起来。

尽管该时期的美国小说作家竭力摆脱欧洲文学的创作模式，但他们的作品仍然深受清教主义和英国小说家理查逊、菲尔丁等人的影响，有很强的道德规劝作用。从内容上来看，该时期的美国小说主要分四类：第一类是带有清教色彩的小说，劝人自律和自我控制，代表作品为富兰克林的《自传》(*Autobiography*，1771，1784-1790）和《穷理查历书》(*Poor Richard's Almanack*，1733-1758)。第二类是带有感伤主义色彩的道德训诫小说，主要以劝人为善、弘扬道德为目的，以男女情感为主要内容。威廉·希尔·布朗（William Hill Brown，1765-1793）的《同情的力量》(*The Power of Sympathy*）于1784年发表，被认为是美国的第一部伦理和感情类小说。1794年，苏珊娜·罗森（Susanna Rowson，1762-1824）出版了《夏洛特·坦普尔》(*Charlotte Temple*)。这两部小说打开了美国文学界小说创作的闸门。不久，汉娜·福斯特（Hannah Foster，1758-1840）的小说《风尘女子》(*The Coquette*，1797）问世。第三类是哥特式小说，查尔斯·布朗(Charles Brown，1771-1810）在作品《威兰》(*Weiland*，1798）和《奥尔蒙德》

（*Ormond*, 1799）中以哥特式手法描写了美国的边地生活。对美国自然风光、印第安人、边疆生活等的描写为即将登台的浪漫主义小说家们奠定了基础。第四类是流浪汉小说，代表作为罗亚尔·泰勒的《阿尔及利亚俘虏》(*The Algerine Captive*, 1797）和休·亨利·布拉肯里奇（Hugh Henry Brackenridge, 1748－1816）的《现代骑士团》(*Modern Chivalry*, 1792－1797)。

总的来说，该时期的美国小说尚处在襁褓之中，依然带有明显的欧洲印记和清教色彩，小说的艺术性和可读性不强，写作手法较为低劣，思想内容较为平庸，没有太大的研究价值。但这些形形色色的小说是美国早期小说的雏形，它们激发了美国作家创作小说的热情，真实反映了这个新生国家的全貌，也使小说这一新的文学形式受到市民阶层的欢迎，为日后美国浪漫主义小说的出现奠定了深厚的基础。

2.4　戏剧：冲破束缚的新曙光

戏剧在美国出现较晚，且发展迟缓，困难重重，这与美国的清教主义传统顽固反对戏剧有着很大的关系。北美殖民地时期，清教主义思想盛行。清教徒们致力于建立一个乌托邦式的重视伦理和精神生活的社会模式，他们提倡稳重、敬虔、艰苦朴素的生活，认为忍耐、禁欲、克制能磨炼人的意志，而娱乐和享受则是伤风败俗、不被提倡的行为。戏剧作为娱乐形式的一种首当其冲，殖民地政府当局出台了一系列禁止戏剧上演的法令，遏制了美国戏剧的发展。“1750 年，马萨诸塞法院宣判禁止戏剧演出活动；1759 年 3 月，宾夕法尼亚立法，对任何戏剧演出活动，一经发现则处以 500 英镑罚款；1762 年，新罕布什尔决议拒绝一个演出团体进入该殖民地州的普茨茅斯市演出。”[①] 直到 1787 年，戏剧才能在费城合法上演，而在波士顿，直到 1791 年才合法。

萌芽时期的美国戏剧可分为两个阶段：第一阶段主要以模仿和改编欧洲戏剧为主。这一时期上演的戏剧无论是形式还是题材都取材于德莱顿（John Dryden, 1631－1700)、莎士比亚、谢里丹（Richard Brinsley Sheridan, 1751－1816）等英国戏剧家的作品。第二阶段是美国本土戏剧的时代。戏剧在美国作为一种新的文学形式开始逐步走向成熟。这一时期的美国剧作家们不仅局限于创作悲剧，还逐渐将创作重心向喜剧偏移。该时期的美国戏剧题材也突破了欧洲传统的贵族戏剧，转而描写美国独立革命、印第安人生活和美国的风土人情，实现了美国戏剧的本土化。

---

① 刘海平，王守仁．新编美国文学史．上海：上海外语教育出版社，2002：184.

1767年，托马斯·戈弗雷（Thomas Godfrey 1736-1763）的《安息王》(*The Prince of Parthia*）在美国费城上演，被誉为“美国第一剧”。而独立革命以后的两位剧作家罗亚尔·泰勒和威廉·邓拉普的出现使美国的戏剧步入成熟。泰勒于1787年推出的《面面相照》(*The Contrast*）是美国第一部社会风俗喜剧；邓拉普的《安德烈》(*Andre*, 1798）被认为是这一时期最优秀的悲剧。这一时期美国本土戏剧家开始大量涌现。莫茜·沃伦（Mercy Otis Warren, 1728-1814）创作了《群党》(*The Group*, 1775）来抨击英国政府的虚伪和保皇分子的顽固不化；休·亨利·布拉肯里奇的《邦克山之战》(*The Battle of Bunker Hill*, 1776）以1775年的“邦克山之战”为主题，适时向民众宣传革命战争；苏珊娜·罗森的《女爱国者》(*The Female Patriot*, 1795）和《志愿者》(*The Volunteers*, 1795）也都反映了独立革命时期的重大事件；罗伯特·罗杰斯（Robert Rogers, 1731-1795）的《庞蒂奇》(*Ponteach, Or, the Savages of America: A Tragedy*, 1766）是美国最早有关印第安人悲惨经历的戏剧。

纵观早期独立革命时期美国戏剧发展历程，我们可以发现，并没有很有影响力的剧作家或艺术价值很高的作品出现，美国戏剧要想真正成为一支有影响力的文学分支还需要一个漫长的发展时期。然而该时期的美国戏剧实现了从效仿欧洲到实现美国本土化的重大转变，反映了美国独立革命时期人民民族意识和自我意识的觉醒，是美国人民冲破欧洲殖民者思想束缚的一道新曙光，为日后美国戏剧的发展开辟了一块新的沃土，在整个美国戏剧发展史上起到了至关重要的作用。

第二节　独立革命时期的重要作家及其代表作品

1. 诗歌

菲利普·弗瑞诺（Philip Freneau, 1752-1832）

菲利普·弗瑞诺是美国19世纪著名的诗人和记者，是美国独立革命时期最重要也最有影响力的诗人，被冠以“美国革命诗人”（Poet of the American Revolution）的称号。他深受18世纪英国诗人亚历山大·蒲伯（Alexander Pope）的影响，多运用“英雄双韵体”的形式创作。他不仅著述颇丰、题材多样，而且诗歌艺术性高，具有很强的可读性。他的政治诗和革命诗富有战斗性，以犀利的文笔无情地揭露英国殖民者的侵略行径，表达他对殖民统治的强烈不满，也表达了自己主宪主义的立场，与联邦主义唇枪舌剑。而之后的航海生涯又使他远涉重洋，四处游历，写出了许多优美的抒情诗歌，歌唱旖旎的热带风光。除了早期与布拉肯里奇合作的充满爱国激情的史诗性长诗《冉冉升起的美洲》(*The Rising Glory of America*, 1772)，弗瑞诺的名篇还包括《印第安人墓地》(*The Indian Burying Ground*, 1788) 和《野金银花》(*The Wild Honey Suckle*, 1786) 等。

《野金银花》是弗瑞诺最脍炙人口的作品之一。诗人晚间散步时，无意中看到一簇幽生的野金银花，于是便有感而发，将这首短诗一气呵成。全诗共四节，每节六行，尾韵为“ababcc”。诗人在第一节描写野金银花在路边幽静的一角默默绽放，从不引人注意，颇惹人怜爱；第二节中，诗人赞扬野金银花“开得自在”，不受尘世污染，表明了诗人想要抛弃尘世烦恼，向往自由生活的美好意愿；第三节诗人笔锋一转，感叹“暗香终将消残”，再美好的事物也无法与命运抗争，终将消逝；第四节诗人对主题进一步挖掘，认为世间万物“来时一无所有，去时了无牵挂，尘归尘，土归土”，足以说明他对生命本质有了明确的认识，走出困惑，最终达到一种豁达乐观的境界。从这首短小精悍的抒情诗中我们可以看出，弗瑞诺不仅具有诗人的敏感，同时也具有哲人的睿智。他以清新的笔调赞美了自然的美丽可爱，又揭示了它的清冷肃杀和生命短暂无奈的本质。他在动人的抒情诗中加入了一点哲理思考，使诗歌的主题更为深刻，优美浪漫又发人深省。

弗瑞诺是美国文学史上第一个把诗歌当作斗争武器的诗人。他的革命诗是美国独立革命战争的代言，而他的自然诗又为美国乡土诗歌的发展打下了坚实的基础。弗瑞诺在创作后期突破英国传统诗歌格律的局限，运用美国民间语言，采用多种诗体，试图自由地表达内心的所思所想。因此他的诗歌在一定程度上影响了埃德加·爱伦·坡（Edgar Allan Poe, 1809-1849）和沃尔特·惠特曼（Walt Whitman, 1819-1892）等人的诗歌创作，被视为是 19 世纪美国浪漫主义诗歌的先声，而他本人也被认为是美国浪漫主义文学的先驱。

2. 散文

2.1　托马斯·潘恩（Thomas Pain, 1737-1809）

托马斯·潘恩出生于英国的诺福克郡，他是一位伟大的政治家、作家、发明家、思想家、革命理论家和民主主义者。他在 1776 年发表了一本铿锵有力的小册子《常识》(*Common Sense*)，这本小册子在当时的北美殖民地广为流传，并成为推动北美独立运动的有力武器。在 1776 年底到 1783 年之间，为了鼓舞美国民众抗击英国的士气，潘恩还撰写了一系列总标题为《美国危机》(*The American Crisis*) 的小册子。潘恩还主张废除奴隶制，他和富兰克林一道努力废除了宾夕法尼亚州的奴隶制。在美国独立运动的渲染下，1789 年法国大革命爆发，潘恩动身前往法国支持资产阶级革命。在轰轰烈烈的大革命浪潮下，潘恩能保持极大的理性，他有预见性地反对处死路易十六并认清了雅各宾派的恐怖独裁面目。由于政见不合，潘恩被法国公安委员会逮捕，在狱中他写下了著名的《理性的时代》(*The Age of Reason*, 1793)，这本书体现了潘恩的自然神论思想，他反对富人政治并强烈地批判了基督教会体系。潘恩于 1794 年被释放出狱，在 1802 年返回美国。但是潘恩的强烈反教权主义立场让他四面受敌，他的思想给他招来了各种批评、奚落和人身攻击，甚至被人枪击。晚年的潘恩穷困潦倒，于 1809 年死于纽约。

《常识》在北美大陆可谓是家喻户晓的一本书，这本书大胆地攻击了英国国王乔治三世，并强调了英国对于美国统治的不合理性。潘恩认为英国王室并不是神圣的，他们是美洲一切灾难的罪魁祸首。潘恩认为美国独立是唯一的道路，远隔重洋的大英帝国只是区区一个小岛国，而广袤的北美不应该受制于人，而是应该走向独立的道路。潘恩在书中还进行了独立之后的政治构想，他认为独立的美国应该是一个民主共和的宪政国家。这本小册子极大地影响了北美殖民地人民对英国宗主国的情绪，推动了美国的独立运动，其中蕴含的民主独立思想为《独立宣言》在北美民众心中扎根铺平了道路。

作为美国独立战争时期的思想巨擘，潘恩的民主政治思想对当时大西洋两岸的世界都产生了不可磨灭的影响，拿破仑、罗伯斯庇尔和罗曼·罗兰等人都对潘恩给予了极高的评价。

2.2 托马斯·杰斐逊 (Thomas Jefferson, 1743-1826)

托马斯·杰斐逊是美国的开国元勋之一，当选过美利坚合众国的第三届总统。杰斐逊生于弗吉尼亚州的一个富庶的种植园主家庭，自幼便博览群书，在 17 岁时考入了威廉斯堡的威廉与玛丽学院哲学系。他精通希腊文法书、数学、形而上学和哲学。在以优异的成绩毕业后，杰斐逊开始学习法律，并在 1767 年取得了律师资格，并在威廉斯堡开设了自己的律师事务所。杰斐逊在 1769 年当选为弗吉尼亚州的议会议员，开始为美国的独立进行斗争。在 1774 年发表了一本名为《英属北美权利综述》(*A Summary View of the Right of British America*) 的小册子，这本小册子对开启北美民智，反抗英国统治起到了积极的作用。杰斐逊在 1776 年回到弗吉尼亚州的代表议会，在当年的 7 月 2 日北美殖民地宣告独立，大陆会议代表们于 7 月 4 日在费城签署了主要由杰斐逊执笔的《独立宣言》(*The Declaration of Independence*)，这部宣言是美国独立战争时期最重要的作品之一。杰斐逊在任职期间进行了大刀阔斧的改革，他废除了长子继承制，保障了宗教自由并推进了弗吉尼亚州的司法体系现代化。杰斐逊还进行了交易体系改革，他在北美首创了由学生自治的荣誉法则，并着手建立了弗吉尼亚大学，这是美国第一所与宗教学说无关的大学。

杰斐逊于 1796 年当选美国副总统，并在 1800 年的总统选举中击败了众多对手当选了美国第三届总统。他在上任后大兴改革，废除了前届政府很多令人生厌的法律，保障了人民的基本权益，深得民众爱戴。在杰斐逊任职总统期间，他积极倡导西进政策，在欧洲列强打得难解难分时巧妙地通过一系列经济政治手段加强了美国的中立国地位。杰斐逊在英法战争期间从拿破仑手中买下了从密西西比河到落基山脉的土地。这次购买事件使得美国国土扩大了一倍，在 1805 年杰斐逊连任总统，并于 1808 年废除了国内的奴隶贸易。

《独立宣言》是杰斐逊起草的一篇重要的政论散文，这篇文章主要涵盖了四个部分：第一部分阐述了宣言的目的；第二部分高度概括了美国资产阶级的民主政治思想；第三部分枚举了英国压迫北美殖民地人民的罪状，主要证明了北美殖民地人民是被迫拿起武器捍卫自身权力的，陈述了美国独立的合法性和正义性；第四部分宣布了美利坚的独立。《独立宣言》同时具有简明扼要、行文流畅、结构平稳、可读性较强等特点，从文学角度看，这算是美国文学史上一篇较优秀的政论散文。[①] 这部宣言系统地阐释了北美独立的基本理论思想，强调了人民“生命、自由和追求幸福”的基本权利、人民同政府之间关系、政府的职能等基本理论，是美国最重要的立国文件之一。

杰斐逊一生从政达六十年之久，他是一位伟大的政治家和民主斗士。他主张人权平等，言论、宗教信仰自由。他促进了美国的现代化和政教分离，并扫平了欧洲封建势力在美洲的残余。他领导了美国独立运动并保卫了资产阶级民主，为美国的资本主义发展奠定了重要条件。

3. 小说

3.1　本杰明·富兰克林（Benjamin Franklin，1706-1790）

本杰明·富兰克林出生于美国波士顿。他一生博览群书，见多识广，曾身兼

① 刘海平，王守仁．新编美国文学史．上海：上海外语教育出版社，2002：145.

多个要职，是美国著名政治家、科学家、发明家、外交家、作家和慈善家，同时亦是出版商、印刷商和记者，也曾是美国首位邮政局长。

富兰克林的父母都是虔诚的清教徒，他本人也在出生时受过清教洗礼。尽管后来富兰克林并未公开自己的宗教信仰，但清教思想一直影响着他的生活，这一点在他的文学作品中可见一斑。富兰克林的《自传》于 1771 年动笔，1788 年完成，前后历时 17 年之久。该书的出版在美国文学史上具有划时代的意义，它开创了美国传记文学的先河，使自传作为一种新的文学形式在美国开始流行起来。全书可分为三部分：第一部分记述了富兰克林年轻时在波士顿和费城的生活经历，他通过重新审视自己青年时期所经历的失败来获得新的经验，并告诫年轻人不要重蹈覆辙；在第二部分中富兰克林提出了“道德完美”的理念，认为人应该自律，应该追求道德上和精神上的完美境界；第三部分是全书的中心，富兰克林给自己提出了 13 个要求，分别是：节制、寡言、有序、决心、俭朴、勤勉、诚恳、公正、中庸、清洁、平静、贞洁和谦逊，这些原则反映了他的清教思想。《自传》用一位饱经风霜的老人娓娓道来的口吻，向后人传授自己成功的经验，总结失败的教训，言辞恳切，富有哲理，文字简洁，通俗易懂，使读者备感亲切而易于接受。富兰克林还在书中提出了“美国梦”的概念，并鼓励年轻人靠自己的辛勤努力和真才实学获得成功。因此，该书成了美国青年成功的“指导手册”，促成了一代又一代人“美国梦”的实现。

《穷理查历书》是富兰克林以虚构的理查·桑德斯（Richard Saunders）为名发表的一系列年鉴，含有日历、天气、占星、谚语、诗歌、菜谱等许多有用的知识，引起读者极大的兴趣，广受欢迎。与《自传》一样，富兰克林在《穷理查历书》中写了许多关于致富与为人处世的精彩文论与箴言，例如：“傻瓜的日子是泡在酒里，智者的生活放在思考里”；“黄金时代永远是现在的时代”；“若要在死后尸骨腐烂时不被人忘记，要么写出值得人读的东西，要么做些值得人写的事”等，语言精练，风趣幽默，颇具实用性。作者在书中极力颂扬诚实、自制、勤勉、宽容、节俭等朴素的做人原则，使得该书 200 多年来一直对美国人的人生价值观产生深远的影响，成为美国人处世的指导原则。

除了这两部带有浓厚的清教色彩的小说之外，富兰克林还为美国独立革命写过不少宣传册，例如《论自由和必然，快乐与痛苦》(*A Dissertation on Liberty and Necessity*, *Pain and Pleasure*, 1725)、《关于宗教信仰和行为的文章》(*Articles of Belief and Acts of Religion*, 1728) 等等。与其他政论散文家不同，富兰克林并不以犀利尖刻的讽刺见长，但他的作品文风稳健、言辞中肯、条理清晰、通俗易懂，深受读者欢迎。

纵观富兰克林的一生，他功绩显著，成就突出，在各个领域都享有一席之地，是成功人士的典范。美国国父乔治·华盛顿曾经说过："在我的一生中，能让我佩服的人有三位：第一位是本杰明·富兰克林，第二位也是本杰明·富兰克林，第三位还是本杰明·富兰克林。"可见他功劳之高，名声之大，但富兰克林本人却十分谦虚，他为自己写的墓志铭没有加上任何贵重头衔，仅仅是一行字：印刷工本杰明·富兰克林。而他去世后，群众为他立的墓碑上写了两句碑文"从苍天处取得闪电，从暴君处取得民权"，则是对他一生最中肯贴切的总结。

3.2　威廉·希尔·布朗（William Hill Brown，1765-1793）

威廉·希尔·布朗出生在波士顿，在短暂的一生中，他一共创作了两部小说：《同情的力量》（*The Power of Sympathy* 1789）和《艾拉和伊莎贝拉》（*Ira and Isabella*，1807），一部关于英国间谍约翰·安德烈之死的戏剧《西点保留》（*West Point Preserved*，1797），一个浪漫短篇故事《哈罗特》（*Harriot，or the Domestic Reconciliation*，1789）和一些诗歌。1793 年，布朗前往南方学习法律，却因为不适宜那里的气候和环境，身体每况愈下，不久后便去世。

《同情的力量》被认为是美国的第一部小说。小说深受英国小说家塞缪尔·理查逊的影响，用书信体写成。小说的主线围绕着哈莉奥特·福赛特和托马斯·哈灵顿的爱情悲剧展开，中间也穿插了其他情侣的爱情故事。年轻的托马斯被美丽的哈莉奥特吸引，设法勾引她成为自己的情妇。哈莉奥特拒绝了托马斯的请求，托马斯于是在杰克·沃西的建议下开始正式追求哈莉奥特并最终得到了姑娘的芳心。但天意弄人，在两人正式订婚之后，他们的朋友福尔摩斯夫人发现了哈灵顿家族的一个秘密，原来哈莉奥特是老哈灵顿先生与福赛特夫人的私生女，是托马斯同父异母的妹妹，两人并不能结成连理。哈莉奥特在得知这个消息后一病不起，最后死于肺痨，而托马斯在得知哈莉奥特的死讯之后也悲伤不已，最终自尽。

不难看出，《同情的力量》无论在体裁、风格还是主题上都深受同时期英国小说的影响。小说以感伤主义为基调，以男欢女爱、生活社交、道德说教为主要内容，故意将情节设计得错综复杂，潸然泪下，吸引了不少女性读者，因此在出版后广受欢迎。然而在今天看来，该小说的结构有些过于松散，主线不够清晰明确，故事情节颇显老套，艺术价值并不很高。但作为美国的第一部小说，它仍有可取之处：首先，作者将小说设计成悲剧结尾，让读者在为悲伤故事流泪的同时又吸取一点教训——过多的同情和感伤会导致悲剧的发生；其次，作者在几百封枯燥乏味的信件中也穿插了对当时某些不良社会风气的指摘，提醒读者要提升自身的修养来抵制社会恶习；最后，该小说也打开了美国小说创作之门，使小说作为一种新式的、受人欢迎的体裁在美国文学中正式发展起来。

令人可惜的是，布朗短暂的创作生涯随着他本人的英年早逝而骤然停止，他的作品也没有脱离欧洲传统小说的创作模式。但他毕竟是美国小说的第一人，是第一个描写美国社会生活，并使小说在美国出版的作家。此后，小说迅速在市民阶层受到追捧。为了迎合大众口味，越来越多的小说家开始用各式各样的题材进行小说创作，就此而言，布朗是功不可没的。

4. 戏剧

4.1　罗亚尔·泰勒（Royall Tyler, 1757-1826）

罗亚尔·泰勒出生于马萨诸塞州波士顿市。他涉猎广泛，在诗歌、小说、散文、戏剧上都有所成就，尤其在小说上的造诣最高。他在美国戏剧发展史上也占有重要的地位，他的著名戏剧《面面相照》(*The Contrast*, 1787）被誉为“美国第一部社会风俗喜剧”，是美国戏剧发展萌芽时期的里程碑。这部五幕喜剧是泰勒在阅读了英国社会风俗喜剧家谢里丹的《造谣学校》之后一时有感而发而写成的。剧本一开始就已经将故事发生的前奏交代清楚：凡·拉佛先生和比利·丁普尔的父亲是生意上的伙伴，两人欲结为亲家，于是便商定了儿女的婚事。不料凡·拉佛先生的女儿玛利亚和比利·丁普尔对这门婚事均不满意。丁普尔是个冠冕堂皇却内心龌龊的伪君子，他虽然出于经济目的答应了这门婚事，却向玛利亚的两个朋友——夏洛特和乐缇缇雅献殷勤，并声称他喜爱夏洛特的性格，却需要乐缇缇雅的金钱。与此同时，夏洛特的哥哥曼利上校来到了城里，与玛利亚碰了面，两人互生好感。丁普尔无意中得知曼利上校是夏洛特的哥哥，于是便在他面前隐瞒自己风流成性的一面。随后，凡·拉佛先生发现丁普尔欠下了7 000英镑的赌债，而夏洛特和乐缇缇雅又发现他口是心非，脚踏两条船，丁普尔于是身败名裂，仓皇消失。凡·拉佛先生终于同意了玛利亚和曼利上校的婚事，两位有情人终成眷属。

《面面相照》在体裁和内容上大体继承了欧洲风俗喜剧的风格，却又融入了美国本土的文化元素，乔纳森这个人物便是最好的证明。乔纳森是一个美国乡下的农民，没有受过教育，没有见过世面，却具有“农民特有的直觉和被人称之为狡猾的聪明”[①]，他向凡·拉佛先生家的仆人杰萨米学习上等人的礼仪举止，并在杰萨米的怂恿下追求一位女仆，惨遭拒绝，闹出了不少笑话。然而这个说着美国方言且滑稽可笑的乔纳森却是剧中的重要人物，甚至被后世评论家认为是“美国佬的典型，山姆大叔的原型”[②]，“第一个舞台上的美国佬”。[③] 除此之外，参与独立战争的曼利上校被描绘成一位真正正直可靠的伴侣，这也反映了当时美国人民倾向于战争胜利、要求民族独立的主流思想。作者故意借用英国传统戏剧的模式，将美国的本土语言、生活方式、价值观念等生动地展现给读者，不仅反映了当时的美国人民的民族独立意识与日俱增，也开创了美国文学描写欧美之间价值观冲突的新主题。因此，该剧的题目也有特殊的隐含意义，所谓的“对比”实际上是指美国和欧洲之间价值观和文化模式的对比，提升了该剧的价值。

泰勒是早期美国戏剧的代表，他的戏剧作品主题多样，风趣幽默，看似平静的表面下蕴藏着不动声色的讽刺。泰勒借鉴了欧洲传统戏剧的模式，又以自己敏锐的观察力和深厚的文字功底将美国的社会现状、风土人情和价值取向融入了自己的作品中，推进了美国戏剧的本土化发展，为美国戏剧作出了重要贡献。

4.2　威廉·邓拉普（William Dunlap，1766-1839）

威廉·邓拉普出生于美国新泽西州的珀斯安波易，不仅是一位出色的剧作家，还是一位小说家、剧院老板、演员和历史学家。他不仅创作和改编了六十多部戏剧，还经营两家剧院，亲自为即将上演的剧本绘制布景、设计服装，有时还亲自上演。邓拉普的重要剧作主要有：《父亲》(*The Father*，1789)、《安德烈》(*Andre*，1798)、《陌生人》(*The Stranger*，1798)、《错误的憾事》(*False Shame*，1799) 等。除此之外，他还撰写了一部名为《美国戏剧史》(*History of the American Theatre*，1832) 的有关戏剧理论的著作，为美国戏剧研究创造了良好的开端。

《安德烈》是邓拉普艺术成就最高的作品，也是当时美国最为优秀的悲剧。剧中主人公安德烈是以 1780 年 10 月 2 日被美军以间谍罪绞死的一位英国军官约翰·安德烈为原型的。安德烈是一位英军上校，为人刚正不阿，骁勇善战，在一

---

① 刘海平，王守仁．新编美国文学史．上海：上海外语教育出版社，2002：198.

② Donald T. Siebert. “Royall Tyler's ‘Bold Example’: *The Contrast* and the English Comedy of Manners”. *Early American Literature* 13. Hillsborough: University of North Carolina Press, 1980: 3.。

③ 童明．美国文学史．北京：外语教学与研究出版社，2008：61.

次战役中被华盛顿领导的殖民地军队俘获。华盛顿手下的一名军官布兰德曾经被安德烈所救，他感念安德烈的救命之恩，并被他的高尚人格所打动，两人虽然为不同的国家和军队效力，却成了莫逆之交。布兰德听到军队要处死安德烈的消息之后异常愤慨，他认为像安德烈那样优秀的人不应该得到这样不公正的下场。他向安德烈保证，绝不会让他就这样死去，并拼命向将军求情赦免安德烈。然而天意弄人，布兰德的父亲也在战斗中被英军俘获，对方愿意用他换回安德烈。此时的布兰德承受着巨大的煎熬，一方面是给予他生命的父亲，另一方面是他尊敬的挚友，他不希望失去任何一方。而最终，他的努力都付诸东流，将军下令处死了安德烈，而布兰德的父亲也被英军处死。

尽管《安德烈》如今一致被认为是邓拉普最好的作品，但它在刚上映期间却恶评如潮，并未获得成功，原因之一便是该剧的主题的争议性，有悖于当时美国主流社会对英军的敌意，言辞过于激烈，引起了当时一些政要的不满。邓拉普后来迫于压力将一些过于激烈的对话删去，换成了较为温和的辞令，但我们依旧可以看出他的立场。作者并不偏袒英军或者美军任何一方，而是在剧中加入了人道主义思想，表现了“战时法律法规和人的天性之间的冲突，国家和民族的利益和个人利益之间的冲突”。① 该剧也带有一定的反战思想，无论是英军还是美军，正义还是非正义，都逃脱不了战争的残酷，都是国家和民族利益斗争的牺牲者。

邓拉普是美国戏剧史上第一位完全摒弃英国传统戏剧模式且用美国本土题材进行创作的剧作家。他本人不仅撰写文章抨击清教主义对戏剧演出的严格审查制度，还出版了美国戏剧史上第一部关于戏剧理论和研究的书籍，里面收录了大量美国早期戏剧发展的珍贵资料，正式开启了美国戏剧理论研究这一文学分支，为美国戏剧发展史作出了重要贡献。因此，邓拉普是美国戏剧萌芽时期的重要代表人物，是当之无愧的“美国戏剧之父”。

第三节　美国独立革命时期文学的影响及转向

美国独立革命时期是美国文明发展最重要的时期之一。美国独立战争为文学的发展提供了社会背景和舆论准备，一系列的历史事件为文学创作提供了丰富的

① 刘海平，王守仁．新编美国文学史．上海：上海外语教育出版社，2002：194.

素材。英国殖民统治严重阻碍了美国资本主义发展，北美十三州和英国的冲突不断激化。1775 年 4 月莱克星顿的枪声打响了北美人民反抗英国殖民统治的第一枪。1776 年 7 月北美大陆会议通过了杰斐逊起草的《独立宣言》，《独立宣言》宣告了美利坚合众国的成立。北美人民经过 8 年的艰苦战斗，最终在 1783 年取得了国家独立和民主自由。

这一时期的文学创作富有强烈的爱国主义特征。在诗歌的创作上，以乔尔·巴洛蒂、莫西·德怀特、大卫·亨弗雷斯、约翰·特朗布尔和勒缪尔·霍普金斯五位“哈佛才子”为代表，他们的诗歌包罗万象，兼具爱国主义的激情和对北美人文风貌的赞颂。菲利普·弗瑞诺更是超越了“哈佛才子”的诗人代表，他在诗歌创作上用更加激昂的感情激励着一批仁人义士进行独立革命的斗争。特朗布尔和弗朗西斯·霍普金森则是讽刺诗歌的大师，他们笔耕不辍，利用诗歌这种武器无情地讽刺了保皇主义者的荒唐和虚伪。这一时期在散文的创作上最重要的是政论性散文。为了鼓舞殖民地人民的斗争士气，独立革命时期由于印刷业的发展，传单和小册子成为了散文的主要载体。从 18 世纪 60 年代起到著名的《独立宣言》的发布，是“宣传文学”特别是“传单文学”最为活跃的时期。[①] 散文的代表人物有托马斯·杰斐逊和托马斯·潘恩等人。他们的代表作《独立宣言》以及《常识》成为了北美人民抗击英国殖民者的纲领性文件，在鼓舞革命人民斗志的同时提出了初步的资产阶级治国方案和民主政治思想。这些政论性的散文在政治性、历史性和文学性上都具有重大的价值。美国本土小说起步较晚，在小说的创作上，美国独立战争时期的小说创作深受欧洲大陆小说的影响，主要以清教主义色彩浓厚的劝诫小说为主。美国的民族小说在这个时候也开始萌芽，其中以描绘自然人文的边疆小说和流浪汉小说为主。在美国独立革命时期的戏剧发展也取得了一定的成果，这个时期是美国戏剧冲破清教主义桎梏并开始萌芽的阶段。美国本土作家在改写欧洲经典戏剧的同时也开始了自主创作，托马斯·戈弗雷、罗亚尔·泰勒和威廉·邓拉普都是这个时期戏剧发展的杰出代表。独立战争时期产生的文学作品是美国民族文学的滥觞，这个时期作家们的一系列艺术创作有着开创性的意义。这些优秀的作品不但鼓舞着独立革命的斗争，也激发了这片年轻的土地上本土作家的创作激情，为日后美国浪漫主义文学和现实主义文学的繁盛开辟了道路。

---

① 刘海平，王守仁．新编美国文学史．上海：上海外语教育出版社，2002：131.

思考题

1. 为什么菲利普·弗瑞诺会被称为“美国革命诗人”?

2. 本杰明·富兰克林的《自传》对后人有什么重要意义?

3. 美国独立战争时期的很多戏剧都与“独立战争”紧密相关，请试举一例并进行赏析。

第十讲
美国浪漫主义时期的文学

美国浪漫主义时期的文学是美国文学史上最重要的阶段之一，美国浪漫主义文学大致产生于19世纪初期，止于南北战争。在这半个多世纪的时间中，美国浪漫主义文学蓬勃发展，产生了一大批优秀的浪漫主义文学作家。美国的浪漫主义文学也经历了从依附欧洲文学到摆脱大陆文学束缚、与欧洲文学并驾齐驱的过程。本讲将对美国浪漫主义文学产生的社会历史背景与文学发展进行梳理，对浪漫主义时期各种文学类型及主要代表作家及其作品进行介绍和分析，同时对浪漫主义文学对后来文学思潮的影响进行观照。

第一节　美国浪漫主义时期的社会历史概况与文学发展

步入19世纪，美国资本主义经济一路高歌猛进，工业化与产业革命、西进运动和移民运动都在这个年轻的资本主义国家里如火如荼地进行。美国政府通过购买、兼并和战争等各种手段取得了广袤的国土，随着国土面积和人口的增加，城市也随之兴起，城市人口猛增。为了满足经济发展的需要，大量的铁路、运河被修造，沟通东西的伊利运河于 1825 年完成，首条贯通北美大陆的铁路在 1869 年正式建成。电报的发明使得各地之间信息传递更加便捷，作为重工业基础的石油、钢铁工业也在这一时期迅速发展。

随着美国资本主义政治和经济迅速发展，美国国民爱国主义热情空前高涨，美国的民族精神需要在文学情感上得到抒发，因此这个阶段的文学也进入了浪漫主义发展时期。早在独立战争以前，新英格兰繁荣的出版业就为美国文学日后的蓬勃发展打下了坚实的基础。独立战争以后美国的初级教育和高等教育更是得到了全面发展，统计显示，截至 1850 年，美国各类学校已达到 6085 所。全美各地的出版物也争相涌现，1830 年美国全国有报纸 1200 余种，各类杂志也争相创刊。教育的普及和出版业的发展不仅推动了美国文学消费群体的扩大，也给这个时期的文学大家们开辟了一片施展拳脚的天地。

浪漫主义是产生于欧洲 18 世纪中期的一种反古典主义的文化思潮。就浪漫主义文学本身而言，这场文学运动最初发源于德国，在短短的十几年中席卷了整个欧洲，成为了风靡欧洲的文学运动。美国虽然摆脱了英国的殖民统治，但是早期的美国浪漫主义文学依然难以摆脱欧洲文学的影响，当然美国的浪漫主义作家们并没有，也不可能对欧洲的浪漫主义进行全面照搬移植，他们更多的是借用欧洲浪漫主义的基本精神和主要的风格特征，来反映和表达本地的内容和本地人的心绪。[①] 美国浪漫主义文学的一个主要的特征就是旅行，这种用荒野来补偿文学艺术的方法成为了美国浪漫主义文学的一个主要的文学主题。正如詹姆斯·米勒（James E. Miller，1920–2010）所说："美国浪漫主义的特点是逃避和旅行，离开和旅行似乎构成作品中一个反复出现的比喻。"[②] 美国浪漫主义前期的代表作家有华盛顿·欧文、詹姆斯·F. 库柏和埃德加·爱伦·坡。欧文被称为"美国文学之父"，他是一名出色的小说家、散文家和传记作家。他打破了英国文学的束缚，让"美国文学"这个概念浮出水面，1820 年《见闻札记》(*A Sketch Book*) 的发表奠定了欧文在文学史上的地位。库柏不仅是美国历史上一位里程碑式的作家，也是美国第一位成功的小说家，他在 1820 至 1851 年之间一共创作了 32 部小说[③]，他的《皮裹腿故事集》(*The Leatherstocking Tales*) 开创了印第安人和边疆

---

① 张冲．新编美国文学史（第一卷）．上海：上海外语教育出版社，2000：220.

② James Miller Jr.. Uncharted Interiors: *The American Romantics Revisited*. The Emerson Society Quarterly, 1964.

③ 吴定柏．美国文学大纲．上海：上海外语教育出版社，1998：41.

移民传奇小说的先河，其中最重要的一部小说是《最后的莫希干人》(*The Last of the Mohicans*, 1826)。爱伦·坡不仅是诗人、美国文学批评理论的创始人，也是一位恐怖小说大师，他以哥特式小说为基础，强调潜意识和人的心理活动，被誉为推理小说的鼻祖。虽然美国浪漫主义前期在整体依旧“追随”欧洲浪漫主义文学，但是美国浪漫主义的前期也产生了大量优秀的作家和文学作品，随后的超验主义更是将美国浪漫主义塑造成了独立的、拥有自身文化特质的文学现象。拉尔夫·沃尔多·爱默生和亨利·大卫·梭罗都是超验主义理论家，他们认为世间万物都有内在的神性，人应该回归自然。爱默生的《论自然》(*Nature*, 1836) 和梭罗的《瓦尔登湖》(*Walden*, 1854) 都是这个时期的代表作。经过超验主义的洗礼，美国浪漫主义文学发展至顶峰，在戏剧上有“美国戏剧之父”之称的威廉·邓拉普，在小说上有纳撒尼尔·霍桑和赫尔曼·麦尔维尔。霍桑的《红字》(*The Scarlet Letter*, 1850) 和麦尔维尔的《白鲸》(*Moby Dick*, 1851) 都是浪漫主义作品的杰出代表。浪漫主义时期的美国诗坛也是异彩纷呈，其中包括风格磅礴大气的沃尔特·惠特曼，享有国际声誉的亨利·瓦兹沃思·朗费罗和超越时空的幽灵艾米莉·迪金森。

综上所述，美国自身的特殊社会历史背景赋予了美国浪漫主义文学独特的气质，美国浪漫主义文学可以被称作“美国的文艺复兴”，这场文学运动在摆脱欧洲文学特别是英国文学的束缚、重视个人精神自由和超验主义的道路上取得了举世瞩目的成果。

第二节 美国浪漫主义时期的重要作家及其代表作品

1. 小说

美国本土小说兴起于 18 世纪末。在殖民地早期，人们为了生存日夜劳作，无暇顾及读书休闲，加上清教主义思想认为小说等文学娱乐都是伤风败俗的，所以直到美国独立战争胜利以后美国本土小说才迎来繁荣期。早期的美国小说带有明显的欧洲特征，经过美国本土作家的努力，带有美国本土特质的美国浪漫主义小说逐渐蓬勃发展。

1.1 华盛顿·欧文 (Washington Irving, 1783-1859)

华盛顿·欧文于 1783 年 4 月 3 日生于纽约的一个富有的商贾之家，他是一个多产的作家，后人编辑出版的欧文全集总数达 30 卷之多。[1] 作为一个短篇故事作家、散文家、诗人、旅作家、传记作者和专栏作家，他是第一位取得国际性文学声誉的美国人。1820 年发表的《见闻札记》(*The Sketch Book*) 使得欧文获得了欧洲和美国文学界的极大关注，并奠定了他在美国文学史上的地位。在厌倦了英国的生活后欧文开始在欧洲各国旅行，旅行中的所见所闻对他的文学创作产生了巨大的影响。在 1822 年他发表了一部广受好评的散文和短篇小说集《布雷斯布里奇田庄》(*Bracebridge Hall*)，在 1824 年他又发表了另一部作品《旅行者的故事》(*Tales of a Traveller*)，但是这部作品却饱受批评，差点让欧文丧失了继续进行文学创作的信心。在此之后，欧文将目光逐渐转向历史人物传记的写作，包括 1828 年的《哥伦布生平与航海史》(*History of the Life and Voyage of Christopher Columbus*)、1829 年的《格兰纳达征服史事》(*A Chronicle of the Conquest of Granada*)、1835 年的《克莱扬杂集》(*The Crayon Miscellany*)。他 1836 年从欧洲返回美国后创作了《阿斯托记》(*Astoria*)，1837 年出版了《波内维尔船长历险记》(*The Adventure of Captain Bonnerwille*)，以及在 1840 年出版了《奥利弗·哥尔斯密传》(*Oliver Goldsmith*)。在 1859 年欧文完成了五卷本的《华盛顿传》(*Life of Washington*，1855-1859)，至此欧文为自己的文学生涯画上了一个圆满的句号。

欧文年轻的时候便展露了过人的文学才能，随着年龄的增长和阅历的积累，他的作品像一樽美酒，久而醇香。他的散文幽默风趣，行文之间又暗藏讽刺调侃；他的随笔流露出对英格兰田园生活和北美自然的向往；他的短篇小说充满了奇幻色彩，字里行间体现了人们淳朴的愿望，因此显得真实动人；他的传记个性恢宏、行文缜密。他见识广博、阅历丰富，在文章中他能成功地与读者进行对话，通过富有哲理的文字将自己的智慧和见解传递给读者。

欧文的《纽约外史》是他的第一部重要作品，被认为是美国喜剧式历史写作的滥觞。作者在文中以幽默的方式抨击了纽约社会环境的传统，并对当地人文风俗进行了司各特式的嘲讽。作者在文中讽刺了管理纽约的荷兰殖民者，并批判了殖民者对印第安人的奴役和杀戮。这部具有美国民族文学特色的作品广受欢迎，标志着美国文学挣脱了英国文学的桎梏，开始走富有自身特色的道路，因此这部作品在美国民族文学发展史上具有重大意义。《见闻札记》是欧文 32 篇散文、随笔和短篇小说的合集，描写了英国和美国的古老风俗习惯和淳朴的旧式民风，内容风趣幽默、富于浪漫色彩，其中的《瑞普·凡·温克尔》(*Rip Van*

---

① 张冲．新编美国文学史（第一卷）．上海：上海外语教育出版社，2000：222.

Winkle, 1819）和《睡谷的传说》(*The Legend of Sleepy Hollow*, 1820）等短篇小说都是传诵至今的佳作。《瑞普·凡·温克尔》讲述了一个离奇的故事：在殖民地时期哈得逊河畔的一个村子里，住着一个叫瑞普·凡·温克尔的农夫，他内心善良，乐于助人，但是有些惧内，总是被妻子责骂。有一天，他为了逃避妻子，带着自己的猎狗跑进了森林，遇到了位老人，瑞普喝了一种魔法饮料，一睡就是二十年，醒来后回到村子里，发现一切都变了样：英国国王的头像早已换成了华盛顿，人们关心的是"你投谁的票"。作者通过瑞普看似荒唐的遭遇，讽刺了独立战争并没有给广大民众带来真正的改变。《睡谷的传说》发生在哈得逊河畔的一个幽静孤僻的小村子，这个地方与世隔绝，人们对各种玄幻事件深信不疑。穷教师伊卡鲍德·克莱恩看上了富家女卡特琳娜，但是一天他穿着寒酸地去参加舞会时被一个"无头骑士"袭击了。可怜的克莱恩被吓得魂不附体，结果这个所谓的"无头骑士"只不过是卡特琳娜和与她热恋的小伙子一起搞的恶作剧。克莱恩弄清真相后羞得无地自容，跑到了外地去教书去了。这个故事是欧文的浪漫主义小说的代表作，他用精练的文笔调动读者的兴趣，情节扣人心弦，富有魔力。

欧文是美国浪漫主义文学时期的领军人物，他的文笔清新自然，在讽刺之间常常流露出幽默。欧文除了没有写过长篇小说外，在文学各个领域都做出了里程碑式的贡献。[①] 尤其是他的短篇小说，极具浪漫主义气息。他从传统的观念出发，对资产阶级和殖民主义者的虚伪与残酷进行了明确又不失尖刻的讽刺。从整体上看，欧文是倾向于保守的，因为他的很多作品中都充斥着怀旧因素，对美国革命后的现实社会没有投以大量的关注。但是他积极乐观、充满信心，即使在怀旧的时候也没有出现阴沉消极的情调。

1.2　詹姆斯·费尼莫尔·库柏（James Fenimore Cooper, 1789-1851）

詹姆斯·费尼莫尔·库柏是美国小说发展史上里程碑式的人物，出生于新泽西的博灵顿，他和欧文都是美国民族文学的奠基者。他在 1820 年到 1851 年间一共创作了 32 本小说，其代表作是系列长篇小说《皮裹腿故事集》(*The Leatherstocking Tales*)，其中包括大家耳熟能详的《开拓者》(*The Pioneers*, 1823)、《最后一个莫西干人》(*The Last of the Mochicans*, 1826)、《大草原》(*The Prairie*, 1837)、《探路人》(*The Pathfinder*, 1840）和《猎鹿人》(*The Deerslayer*, 1841)。库珀除了边疆小说外，还创作了大量的惊险刺激、穿插着爱情故事的海

---

① 张冲．新编美国文学史（第一卷）．上海：上海外语教育出版社，2000：232.

上冒险小说。以《舵手》(*The Pilot*, 1824) 为例，这部小说以当时著名的船长约翰·保尔·琼斯为原型，写"舵手"奉命前往英国海岸绑架英国上校霍沃德时被擒，设法逃脱，后来在海上经过多次战斗终于获胜，有不少惊险情节。而库珀的另一些作品，如《火山口》(*The Crater*, 1847) 则带有明显的英国浪漫主义的痕迹，这部作品主题几乎和笛福的《鲁滨孙漂流记》一样①，记录了遭遇海难的马克和鲍勃在荒礁求生的故事。

《最后的莫西干人》是库珀的代表作，芭芭拉·珍妮·菲尔斯 (Barbara Jeanne Fields) 曾经说过"美国社会的种族观念原始的如同美国本身，自成立之日起便存在。"② 这部作品发生在英法为争夺北美殖民地而进行的"七年战争"时期的乔治湖一带。以威廉·亨利堡的司令孟罗上校的两个女儿科拉和艾莉丝前往堡垒探望父亲途中被劫持为主线，描写了原始森林中追踪、伏击和战斗等一系列惊险情节。③ 在这部作品中，我们可以看到，欧洲对美洲的殖民史就是一部印第安人的血泪史，印第安人被英法殖民者收买后互相残杀。库珀虽然在当时做到了对印第安人比较公正的描写，但他的作品中还是有明显的偏向性：亲英的印第安人都是勇敢无畏的好人，亲法的印第安人都是阴险狡诈的坏人。

早在19世纪末期，马克·吐温就批评过库珀的小说，认为其作品冗长而单调，在内容上过分程式化。马克·吐温的话可谓一语中的，因为在浪漫主义文学的早期，以库珀为代表的美国作家还无法摆脱英国浪漫主义文学影响的桎梏，美国作家尚无"美国文学"的自觉意识④，因此在这些作品中对于英国文学的"效仿"无可避免。库珀是美国文化的创作者和奠基人，他的浪漫主义小说题材广泛，针砭时弊，人物形象丰富，作品内涵深厚，是不可多得的小说作品。在他的作品中荒野与文学得到了完美的契合，D. H. 劳伦斯是这么评价库珀的："《皮裹腿故事集》创造了一种新关系的神话。而这种神话往回追溯，从老年到金色的童年。这是真正的美国神话。它从古老伊始，在打着褶皱的老皮下挣扎。渐渐地，这层老皮蜕变了，新的皮肤长出来。这就是美国的神话。"⑤

---

① 张冲. 新编美国文学史（第一卷）. 上海：上海外语教育出版社，2000：239.

② Barbara Jeanne Fields. *Slavery*, *Race and Ideology in the United States of America*. New Left Review, May/June 1990.

③ http://baike.baidu.com/subview/2065358/11123992.htm? fr=aladdin.

④ 张冲. 新编美国文学史（第一卷）. 上海：上海外语教育出版社，2000：239.

⑤ D. H. Lawrence. *The Cambridge Edition of the Works of D. H. Lawrence*. Cambridge: Cambridge UP, 2003: 58.

1.3　纳撒尼尔·霍桑（Nathaniel Hawthorne，1804–1864）

纳撒尼尔·霍桑是美国浪漫主义时期最伟大的小说家之一，出生于马萨诸塞州的塞勒姆镇。他的第一部作品《范肖》(*Fanshawe*，1828）匿名发表，并未引起轰动。1846年霍桑到海关任职后，他出版了《重述一遍的故事》(*Twice-Told Tales*，1837)，其中的短篇小说《教长的黑纱》(*The Minister's Black Veil*，1836）最为人们所熟悉，其他作品还包括《祖父业绩全传》(*The Whole History of Grandfather's Chair*，1841)、《名人轶事》(*Famous Old People*，1841)、《自由树》(*Liberty Tree*，1841）和《古屋青苔》(*Mosses from an Old Manse*，1846)。

1846年政治斗争，霍桑失去了工作，1850年霍桑夜以继日地创作出了他最伟大的小说《红字》(*The Scarlet Letter*)，随后他又完成了《带有七个尖角阁的房子》(*The House of the Seven Gables*，1851)、短篇小说集《学的意象及其他重述的故事》(*The Snow Image and Other Twice-Told Stories*，1851）和《福谷传奇》(*The Blithedale Romance*，1852)。1853年霍桑被任命为驻利物浦领事，在闲暇的时间他游览欧洲，回国后出版了《玉石雕像》(*The Marble Faun*，1860)。美国内战爆发后，他表现出了无助与困惑，发表了《关于战争时局》(*Chiefly about War Matters*，1862)。

《教长的黑面纱》是霍桑短篇小说的代表作。一次礼拜中，教堂的信徒们发现受人尊敬的胡坡牧师竟然带着一个惧人的黑面纱布道。在礼拜结束后，大家都在议论这个黑面纱，据说下午胡坡教长在为一位刚刚去世的年轻女性祷告时，尸体似乎在颤抖。当夜晚来临，胡坡牧师在参加一个婚礼时看到了镜子中的自己，竟然失手碰倒了酒杯，胡坡的未婚妻央求他摘掉面纱，他却执意不肯。多年以后当胡坡在弥留之际时，他依然不肯摘掉面纱。这块黑面纱象征着人们的隐秘的罪恶，人们不愿承认罪过，但是胡坡敢于公开承认这一点，并让信众们知道人人都或多或少地带有罪孽。

《红字》讲述了一段发生在新英格兰殖民地时期的爱情悲剧。一个英国老学究将他年轻的妻子海斯特·白兰送到波士顿地区定居，两年后当他来到波士顿时，发现他的妻子由于拒绝说出“通奸同犯”而站在刑台上，抱着私生女小珠儿，胸前带着红色“A”字示众。红字的屈辱深深地烙印在白兰的灵魂深处，但是她依旧对情人一片痴情，坚决不肯供出情人。于是这位老学究假名为罗杰·齐灵渥斯便乔装成医生，试图刺探白兰的情人——当地牧师丁梅斯代尔。当齐灵渥斯发现真相时，复仇成了他唯一的目的，岂料丁梅斯代尔后来公开承认了自己的罪行并猝死于白兰受辱的刑台上。心灵扭曲的齐灵渥斯一年后也死了，他把遗产留给了小珠儿；白兰虽然靠着自己的勤劳获得了人们的宽恕，但她也耗尽了全部的青春年华；只有小珠儿嫁给了大洋另一边的一位贵族，获得了一个“幸福的结局”。《红字》体现了霍桑矛盾的宗教观，一方面原罪是人们深深烙印在人们心中的，另一方面博爱的上帝又可以使人们得到救赎。作者以渲染的象征手法探索人物在不同环境下的心灵震撼[①]，这部作品通过新英格兰的清教主义背景，向人们展示了原罪的概念。当霍桑着手写这部小说时，他思想中包含着革命意识。但是革命的狂暴以及革命付出的沉重代价又让他深感不安，使他对革命产生怀疑和抵触。[②] 霍桑同情传统女性的不幸，但是他保守的传统思想又使他对社会女性解放问题产生了深深的怀疑。因此霍桑最终将女主人公推向了保守的旧女性形象。这反映了霍桑可以积极地看待人类社会进步，但不能认清当时社会变革的态度。

霍桑的作品喜欢突出社会和人的阴暗面，但是他对善良的主人公给予极大的同情。他深受加尔文主义的“原罪”和“内在堕落”的理论影响，因此道德问题是他作品中的重要主题。霍桑也是一位心理分析和象征主义的大师，在创作上他采取浪漫主义的创作形式，构建精巧的意象，并摘取地道的美国本土材料，以神秘的象征手法反映美国早期清教徒的道德历史，以及“新世界”在殖民者心中留下的巨大震撼。[③]

1.4 埃德加·爱伦·坡（Edgar Allan Poe，1809-1849）

埃德加·爱伦·坡，19 世纪美国诗人、文学批评家、小说家，他的文学作品在美国浪漫主义阶段占有重要地位，尤其是他的短篇小说，以神秘和恐怖主义闻名于世，他被誉为推理小说之父、科幻小说的鼻祖，他也是美国历史上第一个试图完全依赖写作而谋生的作家。坡一生动荡不安，他出生不久父母双亡，被养父母收养。他在英国接受教育，回到美国后坡与养父出现矛盾，赌气跑去参军。后来两人关系逐渐缓和，坡凭借关系在西点军校得到了一个职位，但是第二年便由于玩忽职守被开除了。1831 至 1835 年坡与他的姨妈玛利亚·P. 克莱门一起居住，1831 年坡在纽约出版了他的《诗集》(*Poems*)。其中包括著名的诗歌《致海伦》(*To Helen*)。1836 年他娶了他年仅 13 岁的表妹弗吉尼亚·克莱门。1835 至 1837 年他在《南方文学信使》(*Southern Literary Messenger*) 杂志担任编辑，发表

---

① 张冲．新编美国文学史（第一卷）．上海：上海外语教育出版社，2000：326.

② Elmer Kennedy-Andrews. *Nathaniel Hawthorne*：*The Scarlet Letter*. Cambridge：Iccon Books Ltd.，1999：412.

③ 张冲．新编美国文学史（第一卷）．上海：上海外语教育出版社，2000：322.

了大量评论、诗歌、杂文和短篇故事，期间由于酗酒问题被多次解雇又返聘。1839年《厄舍屋的倒塌》(*The Fall of the House of Usher*) 标志着坡在短篇小说上的第一次成功。他在1840年出版了短篇小说集《天方怪谭》(*Tales of the Grotesque and Arabesque*) 获得了广泛好评，在担任《格雷汉姆杂志》(*Graham magazine*) 编辑期间，他发表了《莫格街谋杀案》(*The Murders in the Rue Morgue*, 1841)、《红死病的假面》(*The Masque of the Red Death*, 1842) 等一系列名篇。1842年和1845年他分别发表了《玛丽·罗杰之谜》(*The Mystery of Marie Rogêt*) 和《黑鸦》(*The Raven*)。1845年坡发表的一本小说集中收录了《黑猫》(*The Black Cat*)、《丢失的信》(*The Purloined Letter*) 等短篇小说名作。坡的生活费用完全依赖于稿费，因此常常入不敷出，1845年其妻因病去世，坡的身体和精神都面临崩溃，甚至试图自杀，酗酒成为一直困扰着他的问题。1849年他在里士满创作出了不朽的诗歌《安娜贝尔·李》(*Annabelle lee*)；他同谢尔顿夫人订婚并决定戒酒开始新的生活，但是他于1849年10月一次狂饮之后死于酒精中毒。

《厄舍府的倒塌》恐怕是最能体现坡特色的作品之一，这部哥特式小说以第一人称视角展开叙述，“我”去探望一位童年老友罗德里克，这位朋友住在一栋邪气四溢的古建筑里，他面无血色且病入膏肓，他的孪生妹妹被当做死人下葬，最后竟然冲破了坟墓并站在门口吓死了罗德里克。

坡的小说可以被分为四类：幽默小说、推理小说、科幻小说和哥特式恐怖小说。坡的小说明显带有浪漫主义色彩，但是与当时的浪漫主义作家不同的是，坡的作品主题集中揭示了人类意识以及潜意识中的阴暗面。在他的故事里，通过夸张的象征手法，在激发读者浓厚兴趣的同时也震撼人心。坡的文笔考究、用词精当，通过构思设计惊险奇谲的情节，在恐怖小说和探案推理中向读者极力描绘一个个恐怖的场景，制造悬念、渲染气氛，准确达到作品预期的艺术效果。① 坡的作品结构都经过惊心设计，因为他认为作品不宜过长，要能让读者一口气读完，否则会破坏作品的统一性。人们对坡的文学理论和诗歌评论不一，但是他的短篇小说得到了人们的广泛赞誉。在坡短短一生所留下的小说作品中，恐怖和美丽神奇地结合在一起，理智和疯狂难解难分地并存，扩张着读者的想象力，试探着读者的承受力，给他们一种恐怖和奇谲的享受。

1.5　赫尔曼·麦尔维尔 (Herman Melville, 1819-1891)

赫尔曼·麦尔维尔于1819年生于纽约的一个中产阶级家庭。1846年至1849

---

① 王任傅．埃德加·爱伦·坡恐怖小说的浪漫主义特色．沈阳大学学报，2013 (5)：35.

年属于麦尔维尔的早期创作时期，在这段时间他写出了一些不太知名的，基于他自身航海经历的文学作品，如《泰比》(*Typee*，1846)、《奥穆》(*Omoo*，1847)、《雷德伯恩》(*Redburn*，1849) 和《马迪》(*Mardi*，1849) 等。在 1847 年，麦尔维尔在马赛诸塞州写出了他的惊世之作《白鲸》(*Moby Dick*)，麦尔维尔还创作出不少著名的短篇小说和诗歌，如短篇《贝尼托·德莱诺》(*Benito Cereno*，1855) 及麦尔维尔去世后才发表的《比利·巴德》(*Billy Budd*，1924)，诗歌《克拉莱尔》(*Clarel*，1876)、《战事集》(*Battle-Pieces and Aspects of the War*，1866)。

《白鲸》是麦尔维尔的浪漫主义杰作，这部长篇小说通过伊希梅尔之口，讲述了捕杀白鲸的一个故事。捕鲸船"斐廊德"号的船长亚哈，在一次捕鲸行动中被一条叫做莫比·迪克的抹香鲸咬掉了一条腿，亚哈变得偏执，杀死白鲸成为了他生活中的唯一目标。他带着他的船员在全世界追杀莫比·迪克，最终在和莫比·迪克的搏斗中，亚哈用鱼叉击中白鲸。但是"斐廊德"号被白鲸撞沉，亚哈被鱼叉上的绳子缠绕住脖子，坠海死亡，全船水手只有伊希梅尔一人幸存。

这部作品在麦尔维尔去世后，经过半个多世纪的沉淀后大放异彩。《白鲸》中详细描述了捕鲸船的航行生活，因此被称为"捕鲸业的百科全书"，《剑桥文学》史称这部小说为"世界文学史上最伟大的海洋传奇小说"。这部作品是哲学、历险、科学和史诗的完美结合。评论家们不得不承认《白鲸》是一本过于复杂的作品，没法用一个主题、一条线索来简单地分析。"《白鲸》的读者大可以爱怎么说就怎么说。"① 船长亚哈的名字来源于《旧约》中的一个偏执的寻求复仇的国王，而伊希梅尔这个名字在《圣经》中意为"被遗弃之人"。《白鲸》不但向我们完整地展示了 19 世纪的捕鲸业，还传递了作者对自然和人类社会对立的思考："斐廊德"号是人类社会的缩影，而莫比·迪克则是大自然的酋长，两者之间尖锐的冲突正是自然界和人类之间不可调和的矛盾的反映。自然是人类的依靠，但是人类需要索取甚至掠夺自然才能得到发展，白鲸和捕鲸船的同归于尽象征了人类与自然冲突只有两败俱伤的生态思考。所以人类如何面对自然，与自然是敌是友恐怕是我们今天仍需思考的问题。

2. 诗歌

浪漫主义时期的欧洲诗歌是美国本土浪漫主义诗歌的滥觞，美国浪漫主义诗

① John Mcwilliams Jr. *Hawthrone*, *Melville and the American Characcter*: *A Looking glass Business*. Cambridge: Cambridge University Press, 1984: 172.

歌在师承欧洲浪漫主义诗歌的基础上通过惠特曼、朗费罗、迪金森等诗人的努力得以发展，在创作体裁和表现手法上更加丰富。

2.1 亨利·瓦兹沃思·朗费罗（Henry Wadsworth Longfellow，1807-1882）

亨利·瓦兹沃思·朗费罗是美国最重要的浪漫主义诗人之一，他生于缅因州波特兰市的一个富裕的律师家庭。他的主要诗歌作品有：《夜之声》(*Voices of the Night*，1839)，其中包括著名的《人生礼赞》(*A Psalm of Life*)、《歌谣及其他》(*Ballads and Other Poems*，1841)、《布吕赫钟楼及其他》(*The Belfry of Bruges and Other Poems*，1845)、《伊凡吉琳》(*Evangeline*，1847)、《海边与炉边》(*The Seaside and the Fireside*，1949)、《海华沙之歌》(*The Song of Hiawatha*，1855)、《潘多拉假面舞及其他诗歌》(*The Masque of Pandora*，1875)、《凯洛莫斯和其他诗歌》(*Keramos and Other Poems*，1878)、《天涯岛》(*Ultima Thule*，1880）以及在他死后出版的《泊港集》(*In the Harbor*，1882)。

朗费罗的《海华沙之歌》具有重要的文学和历史价值，因为这是第一首描写美洲印第安人的史诗。这首诗中描写了印第安人的领袖海华沙一生的丰功伟绩。根据印第安传说，海华沙被神派到印第安人部落中，他给印第安人带来文明，教授印第安人疏通河道、种植玉米、治疗疾病等生存手段。这首长篇叙事诗以大量细腻的笔墨记录了勇敢、勤劳的印第安民族，以及他们对理想的憧憬和追求，洋溢着浪漫主义的色彩。这首无韵诗包含了大量的印第安神话、传说和民谣，对于研究北美原住民具有重大意义。

《人生礼赞》是浪漫主义诗歌的代表作，这首诗被称作“破天荒最早译成汉语的英语诗歌。”[①] 全诗共分五节，诗人以第一人称的角度慷慨激昂地号召读者们在人生中勇往直前，直面困难，诗人认为人们都能像伟人一样留下成绩，并告诫读者要保持一种积极的人生态度，以辉煌的人生成果来激励他人。在诗歌的最后一节，朗费罗再次号召人们要心怀理想，积极生活，不怕困难才能取得成功。这首抒情诗铿锵有力，自诞生以来便鼓舞着全世界的人们奋发向上。

朗费罗的诗歌热情奔放、极具感染力，他的一生平静且富足，但安逸的生活并没有让他生活在象牙塔中，他对时代的命运同样予以关注。[②] 他同情印第安人，还是一位坚定的废奴主义者。朗费罗也是一座沟通欧洲和美国文化的桥梁，他的作品在当时广受欧洲社会好评，他翻译的欧洲文学作品也为后人留下了璀璨

① Samuel Longfellow. *Life of Henry Wadsworth Longfellow*. Boston：Ticknor & Co，1986：4.

② 张冲. 新编美国文学史（第一卷）. 上海：上海外语教育出版社，2000：372.

的文化遗产。

2.2　沃尔特·惠特曼（Walt Whitman，1819-1892）

沃尔特·惠特曼富有革新和民主精神，是美国浪漫主义诗人的代表，被誉为自由诗之父，他的代表作是《草叶集》。惠特曼于1810年5月31日生于美国纽约长岛一个贫寒的农民家庭。惠特曼在1840年左右开始进行文学创作，1842至1850年期间担任《纽约曙光报》、《布鲁克林每日鹰报》、《自由民》报等报刊的编辑。他是一个积极的民主斗士，曾公开发表反对蓄奴主义、政府腐败官员的文章而被开除。1855年，《草叶集》(*Leaves of Grass*) 在纽约初版，这部极具活力的浪漫主义巨著为美国的诗歌发展开辟了新的纪元。《草叶集》可以说是惠特曼诗歌生涯的写照，自1855年问世以来到1891年共出版了9版。每一次再版都添加了新的诗歌，第九版囊括了三百余首诗歌和惠特曼的散文。惠特曼于1892年逝世，在他去世20年后，田汉将惠特曼的作品第一次引进中国，惠特曼的自由诗对当时轰轰烈烈的中国新文化运动产生了巨大影响。

《草叶集》的初版便引起了巨大的轰动。诗人大胆地采用了“自由诗”的诗歌形式，在内容上歌颂民主、自由、人民群众和自然景色，在形式上打破了传统的诗歌格律，以断句作为韵律的基础，节奏奔放、汪洋肆意、舒卷自如，具有一泻千里的气势和无所不包的容量。[①] 很多中国学者也认为，惠特曼的这种精神，“较之东方古代那种‘窥情风景智商，钻貌草木之中’的优雅细腻，具有迥然不同的力度和气势。”[②] 《草叶集》中包含了许多名篇，包括构建《草叶集》的灵魂的开篇诗《自我之歌》(*Song of Myself*)；本诗通过白话对话的形式，以全知的视角和亲切的口吻与读者进行亲密的交流，作者通过不能再普通的草叶这个意象，抒发了他对自由和平等的理念。在惠特曼笔下，自然是有其“自身意志”的存在，就像惠特曼自己说的：“灵感或精神进入一切事物，进入岩石，就能过一块岩石的生活，进入大海就能觉得自己是大海，进入一只动物，就觉得自己是一匹马，一尾鱼，或一只鸟。”[③] 自我是《草叶集》中反复渲染，反复歌咏的一大主题。诗人在强调自我、相信自己在超验主义思想的影响下，对自我进行了无以复加的赞颂，把它刻画成顶天立地的巨人。但诗人笔下的这个自我，不同于欧洲浪漫主义传统中那种感伤纤弱、自怨自艾的自我，而是一个强健有力，甚至有

① http：//baike.baidu.com/view/59210.htm？fr=aladdin.

② 曾永成.文艺的绿色之思：文艺生态学引论.北京：人民文学出版社，2000.

③ Blodgett，Harold and Sculley Bradley. *Leaves of Grass*：*Comprehensive Reader's Edition*. New York：New York University Press，1965：2.

些粗鲁的自我：

“我，惠特曼，一个美国人，一个粗鲁汉，一个世界，纵情声色……饥餐，渴饮，传宗接代。”

——《自我之歌》[①]

在内战时期，惠特曼创作了《桴鼓集及其他》(*Drum Taps and Sequel*, 1865)，这首诗激情昂扬，成为了鼓舞全世界民主和革命事业的号角。1865 年林肯遇刺身亡，这位伟大英雄的死亡让惠特曼极为悲痛，于是惠特曼写下了《啊，船长，我的船长哟》(*Oh Captain! My Captain*) 和《当去年的紫丁香在庭前绽放》(*When Lilacs Last in the Dooryard Bloom'd*) 等诗篇，表达了对林肯总统的沉痛悼念。

惠特曼的一生都在修订著写《草叶集》。在内容上，这部作品歌颂了美利坚这个年轻的国家的崛起，作者不屑于依附涂胭抹脂的上流社会，而是歌颂了下层人民的辛勤劳动，在诗中到处洋溢着乐观向上的积极情感。在风格上，他抛弃了传统诗歌所强调的格律和韵脚，用自由体来抒发自己强烈的情感，惠特曼还抛出了惊世骇俗的“同性之爱”的观点，大胆地预言了同性恋被社会接受的未来。总而言之，惠特曼的《草叶集》抒发了强烈的自由和解放精神，是世界诗歌文学的一座丰碑。

2.3 艾米莉·迪金森（Emily Dickinson，1830-1886）

艾米莉·迪金森于 1830 年出生于马萨诸塞州阿默斯特镇。迪金森是一个非常孤僻的人，她总是一个人在房间中埋头写诗。19 世纪 60 年代是迪金森创作的高峰期，同时她开始隐居并拒绝见客，但是她与外界通信交往频繁。托马斯·W. 海金森在这时已经发现了迪金森的天才创作，但是鉴于她诡异的诗风，托马斯始终没有鼓励迪金森出版。迪金森常常在与亲朋好友的信件中附上她的诗歌，但是一生只发表了 9 首[②]，但她共留下大约 1800 篇诗稿。人们对她的诗歌的发现、认识和欣赏经历了大约 150 年的时间，直到 1955 年一本保留她诗歌原貌的诗集的发表，人们才真正认识到了这位美国浪漫主义诗人的庐山真面目，如今这位略显神秘的女诗人被认为是美国最伟大的抒情诗人之一。

迪金森的诗作在艺术风格上有显著的特色。在她的诗中，死亡和永生、痛苦和欢乐都是她诗歌中常见的主题，她的诗歌非常复杂，有时将拉丁语和英语混用，创造出复杂的句法，她还喜欢使用大量的破折号来代替其他标点符号，这些

① http：//baike. baidu. com/view/59210. htm？ fr=aladdin.

② 朱纲. 新编美国文学史（第 2 卷）. 上海：上海外国语教育出版社，2002：196.

破折号在她的手稿中有的上翘，有的向下弯曲，有的人认为这些破折号起到了音乐符号的作用，代表吟咏或歌唱诗歌时的高低抑扬。[①] 她的诗歌篇幅一般比较短小，大多只有两到五个诗节，采用当时教会赞美诗的格律，每节四句，一、三句八音节，二、四句六音节，音步是最简单的“轻、重”，例如：

Because I could not stop for Death——
He kindly stopped for me——
The Carriage held but just Ourselves——
and Immortality.

她的诗歌革命性地突破了传统诗歌形式。她的诗歌中大量的破折号、不规范的语法、独特的文字和意象，诗句长短不一，常压半韵（half rhyme），因此曾经被出版商大肆删改。迪金森的诗歌很难被解读，如她的《我的生命对着——一支子弹上了膛的枪——》（*My Life had stood——a Loaded Gun——*）不同的解读竟然多达 75 种。[②]

迪金森的诗歌题材繁多，对她的诗歌进行分类对研究者来讲是十分困难的。在 19 世纪 90 年代，迪金森诗选的最早版本可以把她的诗分为生命、死亡、爱情、自然、时间和永恒等类别，后来有学者又把她的诗歌分为成就、行动、蠕虫、探索创伤、岁月的死亡、昨天、永恒的青春等类别[③]，随着时间的推移和人们对迪金森理解的深入，大致可以分为以下几种：

花园主题。迪金森的很多诗歌都与花相关，花园是她的想象的世界“在那，花朵通常象征着行动与情感”。在她的诗中，各式各样的花朵与人类的思想品质相关。

“爱人”主题。在这些诗中，迪金森将“阁下”、“先生”、“君”作为称呼，一些研究者认为这里的“爱人”并不是真正的人，而是基督教的一种意象。她的一些诗中也表达了她对爱情的渴望和对同性感情之间的倾慕。

家园主题。家园是迪金森逃离社会喧嚣，寻得宁静的心灵归所。在她的诗中，经常出现与建筑相关的家园概念，迪金森常常营造与家园相关的意象来显现精神的归属。

“死者”主题。据资料记载，迪金森自幼便受到精神问题和身体疾病的困

① http：//zh.wikipedia.org/wiki/艾米莉·迪金森.
② 朱纲．新编美国文学史（第 2 卷）．上海：上海外国语教育出版社，2002：206.
③ 朱纲．新编美国文学史（第 2 卷）．上海：上海外国语教育出版社，2002：208.

扰，她的诗歌中也反映了她的这种生活状态。她的诗中提及了很多死亡的方式，迪金森有时甚至在诗中以死者的身份与读者交流，以各种尖锐的概念和意象来加强诗歌的艺术效果。

宗教主题。她对耶稣基督充满了敬仰，很多诗歌是有关宗教领悟的，比如下面这首诗：

上帝定是
一位易被驯服的绅士
在这么冷的天气，走了这么久的路
仅为几个人
通向伯利恒的路上
我和他都只是孩子
得到了提升
崎岖的一亿里程。

虽然迪金森的一生都在几乎封闭的象牙塔中度过，但是她甘于寂寞，敢于对抗男性为主的话语权力和主流文化标准，她所创作的诗歌更是吸引了一代代的诗人们去学习，一代代的评论家们来研究。

3. 散文

美国的散文创作形成于独立战争时期，这场斗争中产生了大量的革命爱国散文。美国独立战争的胜利使美国作为一个独立的国家站稳了脚跟，这片自由的土地吸引着旧世界的人们奔向新大陆。在浪漫主义时期涌现了大量的散文作品，超验主义的盛行使得这个时期的散文摆脱了欧洲大陆文学的制约，而承载着美国独特的本土化的浪漫主义气息，美国浪漫主义文学时期散文创作的代表人物是拉尔夫·沃尔多·爱默生和亨利·大卫·梭罗。

3.1　拉尔夫·沃尔多·爱默生（Ralph Waldo Emerson，1803-1882）

拉尔夫·沃尔多·爱默生是美国文学史上超验主义的领军人物，他集散文家、演说家、诗人和思想家于一身，他被称为“美国的孔子”。他于1803年生于马萨诸塞州的波士顿。爱默生受威廉·华兹华斯、柯尔律治等人的“先验论”思想的影响，热衷宣扬自己的超验主义思想，但同时也不忘思索改革、政治和奴隶制等社会问题。爱默生以散文创作见长，他的文章思想深邃，语言朴实，富含哲理，气势磅礴。他的代表作有《自然》(*Nature*，1836)、《美国学者》(*The American Scholar*，1837)、《论自助》(*Self-Reliance*，1841) 和《论超灵》(*The*

Over-Soul，1841）等。

爱默生的散文《自然》被认为是“超验主义的圣经”。在这本书里，爱默生集中阐释了自己的超验主义观点，爱默生认为自然（nature）和灵（soul）组成了宇宙，自然是一切“非我”（NOT ME）之物，自然与灵的关系是物质与精神的关系，自然之美能够荡涤人们的胸怀，自然之美就是人们的心灵之美，这种美是“超验”的，它超越了人们感官的认知限度，而上帝则是连接心灵和自然的桥梁。[①] 爱默生批判清教主义所推崇的加尔文主义和唯一神教思想，他提出了“超灵”（over-soul）的概念，认为“超灵”是一种人们心灵内省的最高阶段，每个人的心灵中都存在这个“超灵”，人人都能跟“超灵”沟通，人们只要寻求自己的内心便可跟上帝沟通。

《美国学者》是爱默生在哈佛的一篇著名的演讲文。在这篇文章中，他的思想得到了集中反映：他热爱自己的祖国，他认为美国虽已脱离英国的殖民统治，但是美国依旧处于一场争取“民族主义文学”（Literary Nationalism）的战斗中。他号召美国学者们行动起来摆脱欧洲文学的桎梏，不要染上学究之气，不要盲目地追求传统，不要进行纯粹的模仿，而是要以开拓进取的自由人精神来迎接新世界的挑战，这篇文章还抨击了当时社会上的拜金主义等不良现象，强调个人的价值，这篇文章被视为美国文学史上的“独立宣言”。

爱默生的作品影响了浪漫主义时期的惠特曼和梭罗等人，也影响了时至今日全美国乃至全世界的思想家和文学家。他的文字深入浅出，清晰易懂，往往一篇不长的文章里会充满他的名言警句。他的思想经过了数百年的沉淀，至今依旧熠熠闪光。

3.2 亨利·大卫·梭罗（Henry David Thoreau，1817-1862）

亨利·大卫·梭罗是仅次于爱默生的超验主义作家。他于 1817 年 7 月 12 日生于马萨诸塞州的康科德。梭罗是一个自然主义者和个人主义者，他极度抵制经商、传教、从政等有组织的社会活动；他在 1838 至 1841 年之间在康科德的一所学校中当了老师，可是他却对这份工作没有表现出丝毫的兴趣，于是从 1841 年开始梭罗便放弃了教学的职业而开始撰写散文。他先是协助爱默生编辑超验主义杂志《日晷》，之后他开始为《日晷》撰稿，其中有著名的《马萨诸塞州自然史》(*Natural History of Massachusetts*，1842)。梭罗是一个环保主义者和生态主义者，他从不吸烟或喝酒；在 1845 年 7 月至 1849 年 9 月之间独自住进了瓦尔登湖

① 张冲．新编美国文学史（第一卷）．上海：上海外语教育出版社，2000：280.

边上的一个小木屋开始他的隐居生活，他自食其力，在小木屋附近种植蔬菜和粮食，过着极为简朴的生活。在此期间，他探索自己的心灵和思想，在这两年多的时间里，他完成了《康科德及梅里马克河畔的一周》(*A Week on Concord and Merrimack Rivers*, 1849) 和《瓦尔登湖》(*Walden*) 的手稿，这本超验主义的经典著作1854年出版。同爱默生一样，梭罗喜欢进行激情洋溢的巡回演讲，《论市民之不服从》(*Civil Disobedience*, 1849)、《扬基在加拿大》(*A Yankee in Canada*, 1853)、《科德角》(*Cape Cod*, 1855) 都是他的名篇。《论市民之不服从》中所提倡的"非暴力抵抗"的观点对后世的马丁·路德·金和甘地都产生了很大的影响。梭罗还是一位坚定的废奴主义者和无政府主义者，他抨击美国政府的蓄奴法案和南方的奴隶制，他曾在爱默生的家中结识了废奴主义者布朗，两者结下了深厚的友谊。他为布朗发表多次演说，表达了自己对这位废奴主义斗士的崇敬之情。梭罗在1862年因肺结核去世，年仅45岁。他的朋友哈里森·G. O. 布莱克 (Harrison G. O. Blake, 1818-1876) 将他的散文整理并分成《马萨诸塞的早春》(*Early Spring in Massachusetts*, 1881)、《夏》(*Summer*, 1884)、《秋》(*Autumn*, 1892) 和《冬》(*Winter*, 1888) 出版，在1906年还出版了14卷的《梭罗日记全集》和20卷的《梭罗全集》。

《瓦尔登湖》是梭罗的著名散文集，他在书中详尽地描述了在瓦尔登湖畔两年零两个月零两天的生活经历和他的许多思考。梭罗在开篇就介绍了他简朴的生活信条，并在《瓦尔登湖》的开篇一章中不厌其烦地详细记录了自己的衣食住行、生活开支和土地生产的作物。梭罗极度鄙视财富和物欲，认为人要降低自己的物质欲望，甘于节俭而将精神的追求放在第一位。需要指出的是，梭罗并不是一个避世主义者，在瓦尔登湖畔的两年多的生活是他的一种对自己生活信条的"实验"，是一种与随波逐流的世俗社会抗争的态度。他在隐居期间并没有切断自己与现实的联系，比如，当他观察两群蚂蚁的厮杀时，他把这两群蚂蚁讽刺为"红色的共和党人"和"黑色的帝国主义分子"。梭罗将自己置身于大自然中，他过着水墨画一样的生活，自然永远是主角，而他自己不过是其中的一撇景色。他详细地介绍了瓦尔登湖在一年四季中的变化，用风趣的笔墨描写了湖边的飞禽走兽，他甚至还制作出了湖面的平面图并记录了湖水深度分布。在梭罗看来，自然不仅提供给人类生存的必需品，还可以启发人们的心智，抚慰人们的心灵，人是浩瀚宇宙中的万物之一，但是天地万物都在人的心中，这正是他所追求的人生境界。

梭罗的散文行文流畅、用词优美、文笔风趣，即使是他的演讲文也丝毫没有矫揉造作、牵强附会之态。他的散文体现了他对浮华的物质生活和社会规则的藐视，他的作品中反映了他对自然的向往和对生态破坏现象的思考。他文章中所体现的深刻精神内涵丰富了美国国民思想，尤其是《瓦尔登湖》这部作品，以细腻的文笔记述了美丽的大自然，并让人们相信在大自然中可以得到精神的提升。正如马克·凡·道伦所言："毫无疑问，《瓦尔登湖》精神已经在很大程度上融入美国意识中，粘在美国人的嘴唇上，长在美国人的神经里。"①

第三节　美国浪漫主义文学的影响及转向

美国浪漫主义文学在美国文学史上具有举足轻重的作用，对美国社会乃至全世界都产生了巨大影响，它上接欧洲浪漫主义传统，下开美国本土民族文学之风。美国的清教主义传统在文学创作中也得到了显著的表现，美国浪漫主义文学中针对原罪、堕落等进行忏悔和批判的道德倾向十分浓厚。这一时期的作品有着强烈的主观色彩，并带有普通个体强烈情感的抒发。美国的浪漫主义文学的顶峰是超验主义，超验主义作家强调个人主义和直觉的重要性，他们歌颂自然，探究超灵。在艺术效果上，美国浪漫主义文学语言质朴，情感真挚，想象丰富，美国浪漫主义作家代表华盛顿·欧文、拉尔夫·沃尔多·爱默生、纳撒尼尔·霍桑、沃尔特·惠特曼、爱伦·坡、赫尔曼·麦尔维尔等人扛起反古典主义文学样式的大旗，开创了崭新的小说、散文、诗歌形式。浪漫主义文学和现实主义文学是美国近代文学两大主流体系，对整个美国文学乃至世界文学所产生的影响是毋庸置疑的。

纵向上看，浪漫主义强调创作的绝对自由，这次文学思潮继承发展了欧洲文艺复兴时期的人文主义思想，对统治欧洲文坛几千年的古典主义的清规戒律进行了一次有力的反拨。在横向上，美国浪漫主义文学与随后出现的美国现实主义文学共同造就了美国繁荣的民族文学：美国随后在 19、20 世纪的现代主义文学的诸流派，都可以看作是浪漫主义文学蜕变、演进的结果。浪漫主义文学与现实主义文学有着紧密的联系，很多现实主义作家都称自己为新浪漫主义者。文学是社会生活的反映，美国的浪漫主义文学的繁荣与当时风起云涌的社会发展状况有着密切的联系。美国的浪漫主义文学是近代历史上人们对科学理性、物质主义带来

---

① Mark Van Doren. *Henry David Thoreau*: *A Critical Study*. Boston: Hought on Mifflin Company, 1916: 164.

的异化现象的一次彻底的检视和清算，它颠覆了西方资本主义旧的价值理性，以强烈的反叛精神构建了一个新的文化模式。

思考题

1. 请分别归纳朗费罗、惠特曼、艾米莉·迪金森这三位诗人的诗歌创作特点。

2. 什么是超验主义？请简要归纳美国超验主义文学作品特色并列举代表人物。

3. 如同霍桑一样，麦尔维尔也是象征主义的大师，在他的《白鲸》中，莫比·迪克有什么象征意义？

第十一讲
美国现实主义时期的文学

美国现实主义文学作为一种文学思潮在美国兴起并日臻成熟的年代大约是 1865 年至 1914 年的五十年间。在这段时期内，现实主义文学思潮逐渐取代了先前占主导地位的浪漫主义文学思潮并最终稳固了自身的文学地位。这一时期涌现了一大批举世闻名的现实主义作家，如威廉·豪威尔斯、马克·吐温、杰克·伦敦等文豪。美国南北战争标志着美国浪漫主义文学的结束，在残酷的战争后人们开始反思文学带给社会的意义，以豪威尔斯为首的现实主义作家认为浪漫主义是虚假和空洞的代名词，而只有真实的东西才是永恒和美好的，他们认为文学必须是现实生活的反映而不是哗众取宠的消遣工具。本讲将逐一梳理、分析和介绍美国现实主义文学时期的历史概况与文学发展、该时期各种文类的主要代表作家及其作品、现实主义文学对后来文学思潮的影响和自身转向。

第一节　美国现实主义时期的社会历史概况与文学发展

美国南北战争的结束标志着美国浪漫主义文学的终点和现实主义的起点。1865 年美国宪法第十三次修订案生效，标志着奴隶制的废除和美国向民族平等迈进了一大步。南北战争中北方的胜利标志着代表资产阶级利益的新兴工业经济战胜了代表奴隶主阶级的落后的南方种植园经济。政权的稳定加强了资产阶级联邦政府的权力，美国工业化进程得到全力的发展，美国从一个羸弱的农业国家快速成为可与任何一个欧洲老牌资本主义国家匹敌的资本主义工业国家。早在浪漫主义时期就开始的西进运动在这个时期也慢慢进入尾声，但是以西部开发为题材的文学作品依旧长盛不衰。机器的应用和普及取代了传统的手工业，随着城市面积的不断扩大和人口的急剧增长，越来越多的美国农民涌入新兴的城市成为工人和无产者，形成了一个强有力的阶级势力；联邦政府通过税收和各种法案试图控制资本家，并出台了一系列政策以笼络下层民众。经济的发展也带来了科技水平的突飞猛进，1874 年左右，美国的大多数民众已经可以享受电报、电话、电灯和火车等新兴科技成果。科技的进步还带来了印刷、装订技术的发展，书籍变得更加廉价，因此普通民众也可以花上十几美分的钱购买文学作品进行阅读，人们的文化水平也得到进一步提高。

工业带来的科技福利丰富了人们的生活，但是资本主义经济的发展也带来了一系列的问题：贫富差距急剧增大，在鳞次栉比的建筑旁边往往是成堆的贫民窟；寡头经济迅速发展，权力和财富都集中在了资本家的手中。美国社会在这个时期出现了历史上前所未有的腐败现象和道德沦丧问题。[①] 美国社会的剧变和凸显的各种社会问题反映在了当时繁荣的现实主义文学上。威廉·豪威尔斯是美国现实主义文学的奠基人和先驱之一，他的小说创作和文学批评理论对美国的现实主义文学创作起到了重要作用。美国的早期现实主义文学富有本土色彩，以浪漫主义和现实主义杂糅的形象出现，这些作品中有着各种各样的人物形象，有酒店的老板、猎人、强盗、赌徒和妓女；早期的现实主义文学作品以幽默风趣的笔风将美国社会思维形式表现得淋漓尽致，并对马克·吐温和欧·亨利等人的小说创作提供了借鉴。马克·吐温是美国现实主义时期重要的作家和演说家，他的作品

① 朱纲．新编美国文学史（第 2 卷）．上海：上海外国语教育出版社，2002：2.

风趣幽默，笔墨流畅，他不但以《卡拉维拉斯县驰名的跳蛙》、《康州美国佬奇遇记》等讽刺小说闻名，他的儿童文学作品《哈克贝利·费恩历险记》和《汤姆·索亚历险记》亦是世界文学中不可多得的宝藏。欧·亨利则以短篇小说闻名，一生中留下了300多篇优秀的短篇小说。他的短篇小说作品多数短小精悍，风趣幽默，但是1909年出版的短篇小说集《命运之路》又体现了他悲观的人生观。美国现实主义文坛中的另一位巨擘是亨利·詹姆斯，他被誉为继霍桑和麦尔维尔之后美国文坛中最伟大的小说家，其作品影响了后来的海明威和格雷厄姆·格林等人的创作。亨利·詹姆斯开创了心理分析小说的先河；哈丽叶特·伊丽莎白·比切·斯托夫人是美国著名的废奴主义作家，她的著名作品《汤姆叔叔的小屋》则对美国废奴运动产生了深远影响，用亚伯拉罕·林肯的话说，斯托夫人"就是那位引发了一场大战的小妇人。"西奥多·德莱赛是美国现实主义作家先驱之一，他也是一位自然主义作家，其作品《嘉莉妹妹》和《美国悲剧》反映了当时真实的美国社会现状，是杰出的现实主义作品。杰克·伦敦则是另一位个性鲜明的现实主义者和社会主义者，他优秀作品有《野性的呼唤》、《海狼》和《白牙》等。相对于小说而言，在世纪之交的美国诗坛比较沉闷，主要的代表人物有地方色彩诗人威廉·穆迪和南方诗人锡德尼·拉涅尔。这些诗人笔耕不辍，为美国本土诗歌的发展做出了巨大贡献。美国的现实主义时期戏剧继续得到发展，与同时期欧洲鸿篇巨制般的宫廷剧和史诗剧不同的是，美国大陆剧作则多对社会问题给予关注，其中的代表剧作家是詹姆斯·赫纳。随着社会发展，戏剧商业化愈演愈烈，在美国人民的社会生活中占有了愈加重要的位置。

第二节 美国现实主义时期的重要作家及其代表作品

1. 小说

南北战争标志着新英格兰浪漫主义的衰落。虽然英格兰文艺复兴时期的小说在文学殿堂上依旧占有一席之地，但是这个时代已经走向终结，老一辈小说家已达到了他们的创作极限，而纽约也代替了波士顿成为了美国的文学中心。人们对内战的痛苦回忆使得英雄主义在文学上没有了市场，浪漫主义文学也渐渐失去了立足之地。幸运的是，这个时候以豪威尔斯、马克·吐温等人为代表的现实主义小说家及时地向美国文学粗壮的血管中注入了新鲜的血液。同老一辈带有说教学究风的浪漫主义作家不同，美国现实主义作家们在新的文学理论的指导下对创作方法进行了改革，他们在文学创作中努力还原生活的本来面貌，力求翔实地刻画普罗大众。可以说美国的现实主义文学接起了浪漫主义的大旗，继续铸造美国的国民性和国家特点，美国现实主义小说的影响至今渗透在美国的社会生活的方方面面。当19世纪和20世纪之交的钟声敲响时，美国社会的不安又催生了自然主义，自然主义作家们笔锋犀利地揭示社会矛盾，质疑人的生存，强调了自然的不可抗拒性。

1.1 威廉·豪威尔斯（William Dean Howells，1837-1920）

威廉·豪威尔斯于1837年3月1日生于俄亥俄州的马丁斯维尔，是美国19世纪下半叶重要的小说家、文学批评家。他被认为是“美国现实主义文学的奠基人”。豪威尔斯在1860年时便在著名的《大西洋月刊》上发表了5首诗，并与朋友合著了第一部诗集《两个朋友的诗歌》（*Poems of Two Friends*，1860）。他为林肯写过一篇传记，因此当林肯当选总统后，他被任命为威尼斯的领事，并在那里待了五年。在这一期间，豪威尔斯将大多数的时间用在了文学研究上，他的游记《威尼斯生活》（*Venetian Life*，1866）奠定了他的文学地位。1865年他回到美国后，开始在《大西洋月刊》担任编辑，在这个职位上一干就是16年。豪威尔斯是个多产的作家，他一生中写出了35部长篇小说、31部剧本、10部游记、9部短篇小说集、9本批评文集、5部自转和4部诗集。[①] 他最著名的文学贡献在于他的长篇小说，其中最著名的是《一个现代的例证》（*A Modern Instance*，1882）、《塞拉斯·拉帕姆的发迹》（*The Rise of Silas Lapham*，1885）和经济小说《新财富的危机》（*A Hazard of New Fortunes*，1890）。除此之外，豪威尔斯还善于体现美国不同地域间的文化冲突，他的《偶然结识》（*A Chance Acquaintance*，1873）便讲述了一位纽约姑娘和一个波士顿文人之间所谓的西部价值和东部城市文明的冲突。除了小说外，豪威尔斯在文学批评理论领域的贡献也相当出众：他写过数千条书评，在他看来，浪漫主义是对现实和责任的逃避，现实主义就应是浪漫主义的对立，因为它拥有教育和揭露现实的巨大作用。他支持女权主义的运动，他对族裔问题的认识比当时带有偏见的主流文化更为客观。

《一个现代的例证》发生在波士顿，讲述了青年巴特莱·哈伯特的婚姻悲剧。由于一场误会，他和自己的未婚妻玛西亚分手，娶了玛卡利斯特，婚后哈伯特在一家报社担任记者，两人的生活一度很幸福。在玛卡利斯特生下一个女儿

① 朱纲．新编美国文学史（第2卷）．上海：上海外国语教育出版社，2002：57.

后，哈伯特经常夜不归宿，酗酒在外，后来又被解雇并债务缠身。有一天玛卡利斯特遇到了哈伯特从前的同事汉娜，以为两人关系不良，于是夫妻间开始争吵并最后分居，哈伯特离家出走，结果在西部被杀。豪威尔斯在现实主义作品采用了大量的心理描写，人物性格复杂，各种人性的缺陷被暴露无遗，“我们身上都有哈伯特”①，可以说我们都可以在哈伯特身上看到自己的影子。在这部早期的现实主义小说中，豪威尔斯对美国社会经济飞速发展带来的社会问题和家庭危机表达了深深的忧虑。

《塞拉斯·拉帕姆的发迹》是豪威尔斯的另一部著名的小说，这部作品极富戏剧色彩，是他的代表作。故事发生在波士顿，小说描写了一个靠矿漆生意发家的商人拉帕姆，他靠双手创造了自己的财富，并想跻身社会名流圈，因此他在波士顿的富人区建了一栋豪宅。他的前生意伙伴罗杰斯向他借款做生意，后来拉帕姆经济出现危机，他发现了罗杰斯抵押给他的几家工厂其实是受铁路公司控制的，他本可以把工厂卖给别人，但是考虑到铁路公司的插手会使得买家受损，他不愿意做损人利己的买卖，只有出卖自己的豪宅。可是祸不单行，他的新房被一场大火烧成灰烬，拉帕姆倾家荡产，只好和家人回到乡下。这部作品集中反映了当时美国社会的利益和道德的冲突，豪威尔斯认为商人不应该为富不仁、投机取巧，而是要光明磊落，虽然拉帕姆最终倾家荡产，但是他却成为了道德上的百万富翁，是人们应当效仿的榜样。

豪威尔斯是一位杰出的小说家、编辑和文学批评家，他认为文学创作要反映现实生活，反对为艺术而艺术，他曾支持社会改革和无政府主义者，但是又对资本家过分同情，他的作品还广泛地探讨族裔、女权、婚姻和社会改革问题，可以说豪威尔斯是美国现实主义文学时期的一座标杆。

1.2　亨利·詹姆斯（Henry James，1843-1916）

亨利·詹姆斯于 1843 年 4 月 5 日出生在纽约的华盛顿广场，是美国现实主义时期伟大的小说家，也是名声享誉世界的文学巨匠。詹姆斯是一个多产的作家，除了小说外，他还写了许多的剧本、游记和文学批评文章。詹姆斯的文学创作可以分为三个阶段：②

第一阶段为 1870 年至 1883 年，主要作品有《时刻戒备》（*Watch and Ward*,

① Edwin H. Cady. *A Modern Instance*, *Intro*. Penguin Books, 1984: xviii.

② Leon Edel. “Chronology,” *Literary Criticism: Essays on Literature, American Writers, English Writers, Henry James*. The Library of America, 1984: 1415-1429; Marshall Walker. *The Literature of the United States of America*. Macmillan Education, 1988: 97-105.

1871)、《罗德里克·赫德森》(*Roderick Hudson*, 1875)、《大西洋的轮廓》(*Transatlantic Sketches*, 1875)、《美国人》(*The American*, 1877)、《黛西·米勒》(*Daisy Miller*, 1878)、《欧洲人》(*The Europeans*, 1878)、《华盛顿广场》(*Washington Square*, 1880)和《一位女士的画像》(*The Portrait of a Lady*, 1881)。

第二阶段是1884年至1896年，主要作品为《法国掠影》(*A Little Tour in France*, 1884)、《波士顿人》(*The Bostonians*, 1886)、《卡萨玛西玛公主》(*The Princess Casamassima*, 1886)、《阿斯彭文稿》(*The Aspern Papers*, 1888)、《悲惨的缪斯》(*The Tragic Muse*, 1890)和剧本《盖伊·汤姆威尔》(*Guy Domville*, 1895)。

第三个阶段是1897年至1916年，其中包括《被凌辱的伯顿》(*The Spoils of Poynton*, 1897)、《梅茜所知道的》(*What Maisie Knew*, 1897)、《螺丝在拧紧》(*The Turn of the Screw*, 1898)、《在笼中》(*In the Cage*, 1898)、《尴尬年月》(*The Awkward Age*, 1899)、《圣泉》(*The Sacred Fount*, 1901)、《鸽翼》(*The Wings of the Dove*, 1902)、《使节》(*The Ambassadors*, 1903)、《丛林猛兽》(*The Beast in the Jungle*, 1903)、《金碗》(*The Golden Bowl*, 1904)、游记《英国风情》(*English Hours*, 1905)、游记《美国掠影》(*The American Scene*, 1907)、游记《意大利时日》(*Italian Hours*, 1909)和两篇未竟的长篇小说《过去的韶光》(*The Sense of the Past*, 1917)、《象牙塔》(*The Ivory Tower*, 1917)。

詹姆斯的作品卷轴浩瀚，其中不乏精品，《黛西·米勒》使他一举成名，小说描写了天真烂漫的美国姑娘黛西·米勒游历欧洲时因为热情天真而招来麻烦，最后染上恶病客死他乡。这部小说被认为是詹姆斯“国际体裁小说”的代表，作者真实地展现了欧洲和美国之间的道德文化冲突并向读者展示了天真烂漫的美国青年在欧洲被旧观念所腐蚀的情形。詹姆斯开创了心理分析小说的先河，在《鸽翼》中他就发掘了人物“最幽微，最朦胧”的思想和感觉，把“太空中跳动的脉搏”转化成形象。《螺丝在拧紧》更是一篇广为人知的哥特式心理小说，讲述了作为家庭教师的女主人公受雇在庄园里照顾孩子迈尔斯和弗罗拉，在职期间她感到她的前任和庄园男仆的鬼魂时隐时现，她发现鬼魂有意要伤害孩子们，同时她要证明自己看到的并不是幻象，这样一来她又要强迫两个孩子和女管家格罗斯太太接受她的思想。整个故事错综复杂，究竟女教师是看到了幻象还是鬼魂真正存在？作者留下了开放的情节，让读者自己去猜想。

詹姆斯上接欧美现实主义、自然主义和超验主义，下启欧美现代主义，可以说在他身上可以看到转型时期作家的所有的复杂性。[1] 詹姆斯的作品特点之一在于其对话性，正如巴赫金的复调理论所强调的，在詹姆斯的小说中，我们可以看到詹姆斯的小说中容纳了大量的不同声音，在不同的矛盾冲突下，表现了强烈的对话性。长期的各地旅居让詹姆斯的作品体裁多变，风格杂糅，他的作品反映了特定文化阶层的特定文化世界，以及由此形成的特定文化观。[2]

1.3　欧·亨利（O. Henry，1862-1910）

欧·亨利，原名威廉·锡德尼·波特（William Sydney Porter），是美国现实主义文坛上显赫的小说家，他被誉为“美国最著名的短篇小说家”。欧·亨利在1903年12月到1906年1月之间，以欧·亨利为笔名，写出了近300篇短篇小说。他著名的作品有长篇小说集《白菜与国王》（*Cabbages and Kings*，1904）、短篇小说集《四百万》（*The Four Million*，1906）等，其中包括大家耳熟能详的《麦琪的礼物》（*The Gift of the Magi*）、《警察与赞美诗》（*The Cop and the Anthem*）等名篇。欧·亨利在人生中的最后几年进入了创作的高峰期。他在1908年出版了《城市之声》（*The Voice of the City*），其中包括感人的、挖掘普通人伟大品格的名篇《最后一片叶子》（*The Last Leaf*）。1909年他出版了短篇小说集《命运之路》（*The Road of Destiny*），但是他在经济上渐渐入不敷出，身体每况愈下，加上酗酒，欧·亨利于1910年6月3日死于肝硬化。

《警察与赞美诗》是欧·亨利的代表作，这个故事讲述了苏比——一个饥寒交迫的流浪汉，因为想去监狱过冬，便屡次以身试法：吃饭不给钱、扰乱社会治安、当着警察的面调戏妇女，结果却屡试屡败。当苏比无奈地踱步到一座古朴教堂前时，赞美诗的甜美乐声使他陶醉。他的灵魂突然间发生了不可思议的变化，一种强烈的、突起的冲动推动着他与厄运抗争。他计划明天去繁忙的市区找一份工作，他要在这个世界混出个人样。讽刺的是，正当苏比的内心重新充满希望和动力时，却偏偏被警察送进了监狱。这个故事体现了对美国当时司法体系的讽刺和对人生命运无常的感叹。

《麦琪的礼物》以通俗的语言讲述了一对爱人的故事。黛拉和吉姆是一对感情深厚的年轻夫妇，他们虽然经济窘迫，但是深爱着对方。在圣诞节前夕，黛拉卖掉了自己的一头秀发给丈夫买了一条白金表链作为圣诞礼物；出于同样

---

① 朱纲．新编美国文学史（第2卷）．上海：上海外国语教育出版社，2002：78.

② Elaine Baldwin, et al..ed..*Introducing Cultural Studies*. London & New York: Prentice Hall Europe, 1999: 355-356.

的目的，吉姆卖掉了自己祖传的金表给妻子买了一套发梳，最后两人发现自己买了对于对方无用的东西。尽管两件礼物都失去了使用价值，但是这对夫妻收获了世界上最珍贵的礼物——爱。这个故事是典型的欧·亨利式的小说，思想积极向上，欧·亨利想表达的无非是人与人之间最淳朴和最珍贵的情感——奉献和帮助。这在当时美国道德沦丧和唯利是图的社会中有深刻的教导作用。欧·亨利以一种特殊的乌托邦方式，对商业文化下家庭伦理价值观念进行了思考。[①] 必须要提出的是，《麦琪的礼物》并不是一个简单的爱情故事，如果仅凭这对小夫妻的爱情将其仅仅认为是一个“感情故事”，宣扬的只是“爱情至上”，则不免失之肤浅。[②] 因为当时的美国正处在社会大变革时期，资本主义消费文化愈演愈烈，冲击着传统的道德，礼品的赠送在西方本来是属于灵感的纽带，而随着美国资本主义经济的发展，礼品的商业价值超越了其感情价值，具备了资本主义商业社会一般商品所具有的意识形态性，使人产生虚幻的自由、解放感。[③] 因此简单的送礼行为便成了当时社会阶级和地位问题的延伸，从一个方面强有力地体现出美国当时的社会现实，这篇故事也反映了欧·亨利对于社会矛盾和阶级问题的思考。

欧·亨利的小说通俗易懂，写尽了美国当时的世间百态。在欧·亨利的笔下人们有时因为金钱而疲于奔命，有时又能迸发出人间最真挚的情感。欧·亨利虽然已经去世百余年，其作品经过时间长河的洗礼在今日依旧熠熠闪光。

1.4 斯托夫人（Harriet Elizabeth Beecher Stowe，1811-1896）

哈丽叶特·伊丽莎白·比彻·斯托在 1811 年 6 月 14 日出生于康涅狄格州的小镇里切菲尔德，是积极的废奴主义者。在 1850 年，美国臭名昭著的《逃奴法案》生效，规定帮助逃奴违法，奴隶主可以肆意追捕逃奴。斯托夫人十分愤怒，在 1852 年写出了《汤姆叔叔的小屋》，这本作品一经出版便影响巨大，一年之内在美国卖出 35 万册，在英国的盗版更是卖出了 100 万册。[④] 《汤姆叔叔的小屋》激发了斯托夫人的创作热情，之后的岁月里她又出版了《〈汤姆叔叔的小屋〉题解》，用大量的事实和资料来证明《汤姆叔叔的小屋》的真实性；创作了

---

① 朱纲．新编美国文学史（第 2 卷）．上海：上海外国语教育出版社，2002：115.

② Karen Charmaine Blansfield. *Cheap Rooms & Restless Hearts*：*A Study of Formula in the Urban Tales of William Sydney Porter*. Ohio：Bowling Green U Popular P，1988：108-109.

③ William R. Leach. *Transformations in a Culture of Consumption*：*Women and Department Stores*，1980-1925. Journal of American History，vol. 71. Sept. 1984：326-327.

④ 朱纲．新编美国文学史（第 2 卷）．上海：上海外国语教育出版社，2002：369.

歌颂奴隶起义领袖斯各特的小说《德雷德：阴暗的大沼泽地的故事》(*Dred*：*A Tale of the Great Dismal Swamp*，1856）以及众多的儿童故事、赞美诗、传记、游记等作品。

《汤姆叔叔的小屋》是废奴主义文学的代表作，小说情节是围绕着汤姆数次易主的遭遇以及伊莱萨和乔治争取自由的斗争展开的。汤姆是肯塔基州种植园主谢尔比的家奴，是虔诚的基督徒，从小侍奉主人，成年后当农场总管，忠心维护主人谢尔比的利益。谢尔比在股票市场投机失败后，决定把汤姆和女奴伊莱萨的儿子哈瑞卖掉抵债。汤姆是个忠实的基督徒，逆来顺受，俯首听命，而伊莱萨却带着儿子逃走。她丈夫乔治，也受不了主人的虐待，化装潜逃。伊莱萨在历尽艰险后终于和丈夫逃到加拿大相会。汤姆被转卖到新奥尔良，在前往种植园的船上，他救了一个小姑娘伊娃。伊娃的父亲圣·克莱出于感激将汤姆买了过来，当作自己家的车夫。汤姆和伊娃建立了感情。两年后伊娃突然病死。圣·克莱决定按照女儿生前的愿望解放汤姆和其他黑奴，可是他还没有来得及办妥解放的法律手续，就在一次意外事故中死去。圣·克莱的妻子未遵从丈夫和女儿的遗愿，反而将所有黑奴送去拍卖。汤姆不肯逃跑，最后被卖给残暴成性的勒葛利。汤姆因同情黑人同胞，帮助两名黑人妇女逃走，惹怒了主人，受到百般凌辱和折磨，由于宁死也不出卖同胞被活活打死。

这部小说在出版之后反响巨大，很多学者都认为这部现实主义的作品是美国南北战争的导火索和反对蓄奴制的宣言书，用林肯的原话讲：“你（斯托夫人）就是引起了那场大战的小妇人”。这部小说主要以基督教的慈爱精神感动了美国千万的读者。它没有完全描写黑人的逆来顺受，反而强调了黑人的反抗精神。斯托夫人揭示了奴隶制作为一种社会制度的罪恶，是一种违反人类天性和基督教教义的罪行。她从人们的普遍信仰入手，伊娃、乔治和汤姆的真情无疑是打动大众的一剂良药。本书是现实主义的一部杰作，用两条线索描写了两个黑奴的不同遭遇，通过翔实的记述和人物描写给我们还原了当时社会的全貌，用朗费罗的话讲，这本书的出版是“文学史上最伟大的胜利”。

1.5　西奥多·德莱赛（Theodore Dreiser，1871-1945）

西奥多·德莱赛是美国现实主义小说家、现代主义小说的先驱、自然主义流派作家。德莱赛在1871年出生于美国印第安纳州的特雷霍特镇。1895年德莱赛寓居纽约，开始了他的写作和编辑生涯，在1900年德莱赛发表了他的第一部作品《嘉莉妹妹》(*Sister Carrie*)，描写了农村姑娘嘉莉来到大城市芝加哥寻找幸福的历程。为摆脱贫困，嘉莉出卖自己的贞操，先后与推销员和酒店经理同居，后又凭美貌与歌喉成为演员的故事。在这部小说中，消费主义是德莱赛探讨的主要问题，消费意识形态强调花费和物质占有，它削弱了勤俭、节约、自控等传统道德标准，群众性消费导致了清教伦理让位于消费享乐主义。[①] 这部小说过于激进的笔调在当时受到了冷落，德莱赛不得不停止写作。在 1911 年，不甘失败的德莱赛又出版了《嘉莉妹妹》的姊妹篇《珍妮姑娘》(*Jennie Gerhaddt*)，这部小说可以说是与前者如出一辙，接着他又出版了《欲望三部曲》(*The Trilogy of Desire*)，其中包括《金融家》(*The Financier*，1912)、《巨人》(*The Titan*，1914)和《司多葛》(*The Stoic*，1917)。这三部小说在芝加哥、纽约和伦敦三个城市展开，描写了主人公柯帕乌在金融界的激烈斗争。在 1915 年，德莱赛出版了《天才》(*The "Genius"*)，这部小说讲述了艺术家维特拉在金钱的诱惑下失去了方向，最终丧失了自己艺术天才的经历。在这几年中德莱赛还相继发表了多篇散文、剧集和一本自传。1925 年《美国悲剧》(*An American Tragedy*) 的出版为德莱赛赢得了国际声誉。德莱赛笔耕不辍，在 1927 年出版了短篇小说集《锁链》(*Chains*)，在 1929 年出版了《妇女群像》(*A Gallery of Women*) 等小说。德莱赛还出版了两本政论集《悲剧的美国》(*Tragic America*，1931) 和《美国值得拯救》(*America is Worth Saving*，1941)。在 1944 年德莱赛获得了美国文学艺术学会荣誉奖，德莱赛于 1945 年 12 月 28 日病逝，享年 74 岁。

《美国悲剧》是德莱赛的代表作，描写了主人公克莱德·格里菲思受到社会邪恶的影响，逐渐蜕变、堕落为凶杀犯，最后自我毁灭的全过程。小说共分三卷。故事取材于一起发生在美国纽约的真实刑事案件，男主人公克莱德·格里菲思以真实人物为原型。克莱德成长于一个贫穷潦倒的宗教家庭，以沿街传教为生。年少轻狂的克莱德在堪萨斯城一家豪华酒店担任服务生，深受消费文化的影响。为了避祸，克莱德前往纽约投奔叔父，爱上贫穷女工罗伯塔·奥尔登并使其怀上身孕。后来，克莱德又结识了美丽的千金小姐桑德拉·芬奇利，这足以让他摆脱贫贱，跻身上流世界。不久，罗伯塔发现自己怀有身孕，便要求与克莱德秘密结婚。无奈之下，克莱德萌生了谋杀罗伯塔的念头，将罗伯塔推入湖中淹死。随后，克莱德落入法网，面临判决。时值美国大选，觊觎大法官一职的检察官给调查人员施压，要求力证克莱德是凶手。经过一场表面上手续齐全、公正无私而实质上却隐藏着无数阴谋和花招的审讯之后，克莱德被送上电椅。我们可以发现，所谓

---

① Michael Spindler. *American Literature and Social Change-William Dean Howells to Arthur Miller*. Hong Kong：Macmillan Press Ltd.，1983：108.

的美国梦不过是南柯一梦，充满了讥讽和悲剧。

1.6　马克·吐温（Mark Twain，1935－1910）

马克·吐温原名萨缪尔·朗赫恩·克莱门（Samuel Langhorne Clemens），美国著名的作家和演说家，马克·吐温是其笔名，据称这个名字来自于水手在密西西比河航道上测量水深使用的术语。海明威把马克·吐温称为“美国文学之父”。[①] 马克·吐温于 1835 年 11 月 30 日生于美国密苏里州佛罗里达镇。在 1863 年 2 月他第一次使用“马克·吐温”这个笔名开始发表幽默的小文章，由于作品十分受大众欢迎，马克·吐温很快便步入了幽默作家的行列。1865 年他在《星期六》(*Saturday Press*) 杂志上发表了著名的短篇小说《吉姆·斯迈利和他的跳蛙》(*Jim Smiley and His Jumping Frog*)，一举走红，马克·吐温这个名字也闻名全美。马克·吐温在 1869 年出版了一本讲述一个美国游客在东方所见所闻的风趣游记《傻子国外旅行记》(*The Innocents Abroad; or, The New Pilgrim's Progress*)。这本作品奠定了马克·吐温幽默作家的地位。

马克·吐温在 1870 年娶了一位富商的女儿奥莉维娅·兰登，婚后定居康涅狄格州。马克·吐温在此时迎来了创作的巅峰，他与人合著了《镀金时代》(*Gilded Age*，1873)，随后又独立出版了《汤姆·索亚历险记》和《哈克贝利·费恩历险记》两部方言浓郁，描写美国南部密西西比河流域生活的姊妹篇，受英格兰上流社会青睐的《王子与贫儿》(*The Prince and the Pauper*，1881) 以及穿越小说《康州美国佬奇遇记》(*A Connecticut Yankee in King Arthur's Court*，1889) 等作品，获得了美国读者的广泛欢迎。在写作上获得成功后，马克·吐温开始把资产用于投资和发明，开始一度盈利，后来工厂倒闭，债务缠身。马克·吐温周游世界进行演讲并重拾写作，他的人生又迎来了另一个创作高峰期，作品有《汤姆·索耶在国外》(*Tom Sawyer Abroad*，1894)、《傻瓜威尔逊》(*Pudd'nhead Wilson*，1894)、描写英法百年战争时期的《贞德传》(*Personal Collection of Joan of Arc by the Sieur Louis de Conte*，1896)、《赤道游记》(*Following the Equator*，1897) 和《战争祈祷文》(*The War Prayer*，1905) 等作品。演讲的酬劳和稿费帮助他还清了债务。在这个阶段他公开批评帝国主义和殖民主义，并对欧洲列强的沙文主义进行了谴责。晚年时由于经济原因和两位女儿的相继离世，马克·吐温受到了不小的打击，在 1910 年 4 月 21 日因心脏病去世。

马克·吐温是一位优秀的现实主义作家和讽刺家，《康州美国佬奇遇记》是

---

① Ernest Hemingway. *Green Hills of Africa*. New York: Scribner's, 1935: 22.

他的代表作，这部穿越小说有着精彩的情节。小说讲述了1879年，一个美国人汉克·摩根被人击昏，醒来后发现自己来到了中世纪的英国。后来汉克做亚瑟王的首相，引进现代文明和科学管理，办学办厂，最后击败来犯的两万五千骑士，成功地在英国实行社会改革。马克·吐温在这里讽刺了中世纪欧洲的社会制度，批判了当时人们的愚昧无知，进而对一切形式的特权和奴役以及反民主力量进行了抨击。[①] 马克·吐温是美国批判现实主义的代表人物，他的作品触及美国生活的方方面面，在美国西部幽默的基础上发挥了极度夸张的艺术想象力；他的文笔隽永，在幽默之间夹杂着讥讽，揭露美国社会繁荣背后的残酷现实。除了幽默乐观，尖锐的讽刺和无情的批判也是他作品的主要特点。

1.7　杰克·伦敦（Jack London，1978-1916）

杰克·伦敦原名约翰·格里菲斯·伦敦（John Griffith London），是著名的美国现实主义作家、社会主义者和自然主义者。伦敦于1876年1月12日生于美国旧金山。在他短暂的人生中，他共创作了3部剧本、19部长篇小说和150多部短篇小说。除此之外他还留下了大量的诗集、论文和散文。这些作品大多都为读者展示了一个陌生又野蛮的荒野世界：空旷凄凉的阿拉斯加、波涛汹涌的太平洋、横亘美洲的铁路，作品角色有人类，也有动物，他们形象生动、有血有肉，与残酷的自然、居心叵测的同类的斗争中挣扎求生。在1900年至1902年期间，伦敦发表了“北方故事集”，包括《狼的儿子》（*The Son of the Wolf*，1900）和《神父们的上帝》（*The God of His Fathers*，1901）等短篇小说；1903年他写下了美国文学史上的经典之作《野性的呼唤》（*The Call of the Wild*）；1906年他写下了《野性的呼唤》的姊妹篇《白牙》（*White Fang*）。前者讲述了一只叫巴克的狗的冒险故事：巴克原本无忧无虑地生活在一个法官家庭，却被园丁偷走几经转手被卖到阿拉斯基当了雪橇犬。在北方的巴克逐渐学会了弱肉强食的法则并与新主人桑顿建立了友情，在一次印第安人的袭击后桑顿被杀死，巴克报复并杀死了印第安人，最后加入狼群，成了令人胆寒的“狗魔”。后者讲述了狼狗杂交的白牙逐渐适应人类，并最后敢于牺牲自己保卫主人的故事。

伦敦的经典短篇小说《热爱生命》（*Love of Life*，1907），充满张力，以雄健、粗犷的笔触，记述了一个悲壮的故事，生动地展示了人性的伟大和坚强。小说把人物置于近乎残忍的恶劣环境之中，让主人公在与寒冷、饥饿、伤病和野兽的抗争中、在生与死的抉择中，充分展现出人性深处的某些闪光的东西，生动逼真地

---

① 朱纲．新编美国文学史（第2卷）．上海：上海外国语教育出版社，2002：35.

描写出了生命的坚韧与顽强，奏响了一曲生命的赞歌，有着震撼人心魄的力量。伦敦不但在动物小说方面卓有建树，而且在政治小说和社会小说上也有佳作，他发表了《铁蹄》（*The Iron Heel*，1907），揭露了权力机构的虚伪面目，他指出法庭、教会和媒体都是统治阶级的工具，主张工人阶级用暴力推翻独裁政权。《马丁·伊顿》（*Martin Eden*，1909）则是一部带有很强的自传性的小说，取材于作者早年的生活经历和后来成名的过程。这部小说表现了杰克·伦敦从事写作时的乐观精神和干劲，同时也揭露出了资本主义社会的残酷无情和对金钱的崇拜。杰克·伦敦是美国现实主义作家在世界影响力最大的作家之一，他的文章被翻译成了近百种文字，在世界范围内广泛传播。

杰克·伦敦出身下层，深受社会主义思想的影响。在当时的美国，工业资本主义和垄断资本主义不断发展，美国社会矛盾尖锐，贫富不公现象使得阶级危机不断。伦敦喜爱马克思主义、尼采的哲学思想、弗洛伊德的心理学、斯宾塞的社会理论和达尔文的物种进化论。但是这些思想也使得他成为了激进的新东方主义者，并肆意地在一些作品中丑化中国人。他对于女性的歧视在一些作品中也显而易见，作为读者应该正确地辨识杰克·伦敦的作品。

2. 诗歌

19 世纪的美国文学依旧受到欧洲大陆文学的影响，诗歌也不例外，美国诗人也一直在思索如何在诗歌创作中体现美国的国家文化。爱默生在《美国学者》（*The American Scholar*，1837）中强调了美国文学要脱离英国文学独立。爱默生的主张明显影响到了浪漫主义时期的惠特曼、朗费罗和迪金森等诗人，他们在形式和内容上都革命性地开创了崭新的诗歌形式。现实主义时期的美国诗坛相对于同时期的小说创作而言显得十分沉闷，但是也出现了一批具有显著地方特色的本土诗人。

2.1 威廉·穆迪（William V. Moody，1869–1910）

威廉·穆迪于 1869 年出生于美国印第安纳州。穆迪的早期诗歌大多是对欧洲诗歌的模仿之作，他的主题主要是爱和痛苦。他广泛使用英国诗歌的词汇、句法和诗歌形式，有些诗作引经据典，有“掉书袋”之嫌，但是不可否认的是，穆迪的诗歌蕴涵哲理、形象生动、富有乐感、情感丰富。在其 1901 年的《诗集》中，一篇对母亲 17 岁时的照片有感而发的诗歌采取了抑扬格，从一音步到七音步，韵律复杂多变，极具音乐感，因此穆迪也被人称作“押韵哲人”。[1] 穆

① 朱纲．新编美国文学史（第 2 卷）．上海：上海外国语教育出版社，2002：217.

迪还以他的"爱国主义"诗歌闻名，他在1900年发表的《犹豫时的颂歌》(*An Ode In Time of Hesitation*)鼓吹美国在古巴和菲律宾的殖民主义政策；《猎物》(*The Quarry*，1900)则对美国"维护当时的中国免受列强瓜分"的行为表示欣慰。穆迪虽然在政治上表现得十分幼稚，但是他也洞察到了美国资本主义经济发展下不断激化的社会矛盾，在诗作《格鲁塞斯特的荒野》(*Gloucester Moors*，1901)中表示了对广大底层劳动群众的深切同情。穆迪质疑商品经济发展的后果，他认为拜金主义的盛行会使得人们的道德退化，在《笼中之兽》(*The Menagerie*，1901)和《野蛮》(*The Brute*，1901)中他对现代文明带给人们的道德退化表示了深深的忧虑。

穆迪前期的诗歌更像是维多利亚巅峰时期的英国诗歌，曲高和寡；而后期的诗歌开始转向，更加贴近社会现实和普通人的生活。他在诗歌形式上并没有跳出传统诗歌的圈子，但是他诗歌内容中对于人性和社会现实的关注体现出了他孜孜不倦的艺术追求。

2.2 锡德尼·拉涅尔 (Sidney Lanier，1842-1881)

锡德尼·拉涅尔是美国南方著名的音乐家、作家和诗人，于1842年出生于美国佐治亚州的马康市。在他35岁的时候成功地谋取到了霍普金斯大学校长的职位，在1867年，锡德尼出版了他的第一本有关南北战争的小说《卷丹》(*Tiger Lilies*)，这部作品情节浪漫有趣，但是缺乏连贯性①，在这部作品中拉涅尼表现了战争对人性的摧残。拉涅尼早期的诗歌是爱情诗，代表作是《谷物》(*Corn*，1874)，在这个时期的拉涅尼经常奔波在外，他在诗中寄托了对妻子的思念，抒发了自己的思愁和离别之情。

拉涅尼的一生并不得志，他的艺术成就总是和他的失落交织在一起，拉涅尼的诗歌极具音乐性，他向往自然与和谐之美。因此他的诗歌读起来总是朗朗上口，富于音乐性。他的代表作是《我的双泉》(*My Springs*，1871)，这首诗将美国南方音乐风格和优雅的意象有机地组织在一起，荡人心魄。诗中写道：

在生命之山的中央，我知道，
有两条泉水不断地流淌，
将他们透明的清溪
永远注入我灵魂深处的梦湖里。

---

① Morgan Callaway Jr.. ed.. *Selected Poems of Sidney Lanier*. New York: Charles Scribner's Sons, 1895: 23.

拉涅尔批评惠特曼的《草叶集》，他认为“惠特曼是诗歌的屠夫……为了自由，艺术不是要独立于形式，而是应当成为诸多形式的主人。”[1] 与惠特曼等人不同的是，拉涅尼更加注重诗歌的形式和艺术审美性，他的诗歌创作充满了对爱人的激情和对自然的热爱，是美国现实主义时期诗人的杰出代表。

3. 戏剧

现实主义时期的美国戏剧受美国社会发展影响，呈现多样性的发展趋势。由于内战和各种社会问题的影响，在当时出现了戒酒剧和内战社会问题剧，多种多样的题材为美国戏剧发展提供了巨大的空间[2]，资本主义的快速发展也促成了美国戏剧的迅速成熟。戏剧商业化是这个阶段的一大特点，美国各地出现了许多专业的剧团，各种各样的剧团在美国十分流行，有演出莎士比亚经典戏剧的巡回剧团，也有擅长演出讽刺滑稽戏剧的黑人剧社。戏剧演出本身也有了巨大的革新，职业的导演班子、舞台监督、美术指导、剧团经理都成了戏剧演出中必不可少的因素之一。戏剧逐渐成为了社会文化的认同力量，它不仅进入了文学研究的领域，而且也开设了大学课堂。1900 年哥伦比亚大学开设戏剧文学课，哈佛大学也在 1904 年开设由剧作家贝克（George P. Baker）教授的戏剧写作课。[3] 另外一个值得注意的现象是，美国垄断资本主义的发展使得戏剧行业出现了垄断组织“剧院辛迪加”，垄断组织的霸道控制使得美国现实主义中后期的戏剧充满商业气息，重要作品鲜有出现。

美国现实主义戏剧的代表人物是詹姆斯·赫纳（James A. Herne，1839－1901）。赫纳是美国现实主义著名的剧作家和演员，被称为“美国的易卜生”。赫纳于 1839 年出生在美国纽约，父母都是贫穷的爱尔兰移民。赫纳 13 岁时辍学进入工厂做工，20 岁时加入了一个巡回演出剧团，他曾演出过《汤姆叔叔的小屋》，后来职位逐渐提升，开始担任舞台监督。从 1876 年开始，赫纳开始剧本创作，他早期的剧本属于煽情的传统情节剧，如《性命攸关》（*Within an Inch of His Life*，1879）、《月光下的婚姻》（*Marriage by Moonlight*，1879）和《奥克角之心》（*Hearts of Oak*，1879）。此后赫纳的创作都更加贴近现实主义，其代表作有对乡村生活描写得栩栩如生的《渔民之女玛丽》（*Mary, the Fisherman's Daughter*,

---

① Jack de Bellis. *Sidney Lanier, Poet of the Marshes*. Georgia Humanities Council, 1988: 29-31.

② Oscar G. Brockett. *History of the Theatre*. Boston: Allvn and Bacon, 1991: 452.

③ 朱纲．新编美国文学史（第 2 卷）．上海：上海外国语教育出版社，2002：250.

1888）（又名为《疏远》*Drifting Apart*）、现实主义色彩强烈的《玛格利特·弗莱明》（*Margaret Fleming*，1890）和《肖埃克斯》（*Shore Acres*，1892）以及散文《为真实而艺术》（*Art for Truth's Sake*，1897）。

《玛格利特·弗莱明》是赫纳的代表作，讲述了一对中产阶级夫妇菲利普和玛格利特的婚姻危机。菲利普与女仆玛利亚的妹妹丽娜私通并生下了私生子，孩子出生不久后丽娜便去世了，死前道明了孩子的身份；此时的玛格利特也刚刚生产，就把这个私生子当成自己的孩子养育，但菲利普的不忠让她愤怒，以至于双目失明；菲利普也自觉无颜面对妻子，一度离家出走，归来后妻子告诉菲利普他们的婚姻已无法挽回，但是她希望菲利普勇敢地担当起父亲的职责。这部戏剧中，角色感情得到了自然流露，没有波澜壮阔的情节，贴近现实，是美国现实主义戏剧的代表。

第三节　美国现实主义文学的影响及转向

美国现实主义文学是美国文学发展的重要阶段，它上承浪漫主义文学，下启现代主义文学。这一时期的文学作品既体现了美国民族精神，也是对浪漫主义的一种反作用。现实主义文学力求揭示社会现实，反对浪漫主义的空想。经历过内战的美国社会目睹了资本主义经济迅速发展，政治、经济、文化、社会的剧烈变迁成为现实主义兴起和发展的温床。在 19 世纪末期，动荡的国际政治环境和美国社会导致了很大一批作家走向了更为激进的现实主义——自然主义，一种对创作进行了革新的现实主义。自然主义作家在创作上师承现实主义的观点，它将客观现实作为创作的根基，客观地还原生活，不追求戏剧性的情节变化；在记叙上事无巨细，但是在揭露事物本质的时候没有现实主义来得深刻。总而言之，现实主义是一种抛弃传统文学思维的创新，这场文学思潮给人们带来了一种普遍的共识：无论传统曾经多么光辉灿烂，面对瞬息万变的社会工业发展，传统的文学必须注入新鲜的血液。现实主义的作家不仅仅是文学创作者，更是关心社会的思想家。

现实主义在随后的历史发展中经受了巨大的考验。美国的经济保持了南北战争后良好的发展势头，在第一次世界大战中可以说是西方国家中最大的获胜者。“一战”给美国政治、经济和文化带来了深刻的影响：与世界文化的交往给美国人民带来了巨大的冲击，人们变得迷惘；此时的海明威、福克纳等作家开始了现代主义文学的创作，意识流、电报式文学开始流行。但无论文学体裁如何变化，现代主义始终都逃不过现实主义给予它的传统土壤——社会现实。美国现实主义接过了美国浪漫主义创立的民族文学大旗，成为流淌在美国国家发展肌体中的一条生生不息的血脉，现实主义文学的影响一直持续到今天，如今的美国文学家在创作时也没有脱离对社会现实的思考。

思考题

1. 相对于美国浪漫主义文学小说，美国现实主义文学小说创作有何新的艺术特点？

2. 马克·吐温、欧·亨利和亨利·詹姆斯都是美国著名的现实主义小说家，在创作主题上他们所表现的艺术特色有何异同？

3. 什么是自然主义？请简要归纳并列举美国自然主义流派作家。

第十二讲
二十世纪美国现代文学

二十世纪的美国文学以第二次世界大战为界分为现代文学和当代文学两个发展阶段。[①] 美国现代文学时期是从第一次世界大战开始一直延续到“二战”结束，美国作家在各自领域中通过对文学形式上的创新、内容上的革新进行着创作技巧的实践和写作风格的转换，他们向旧习俗和旧传统宣战，力图在新世纪里呈现具有本土特色的美国文学的新面貌。弗洛伊德的心理分析学说、威廉·詹姆斯的意识流学说以及荣格的原型批评理论等都深深地影响着美国现代主义作家，可以说，“美国现代主义文学是在引进和吸收欧洲现代派艺术和继承与发扬美国本土文学精神的基础上发展起来，是外来文化与本土文化、新潮派与传统派交互作用、碰撞而成的宁馨儿”。[②] 基于美国本土作家的大胆探索和不懈努力，伴随着时代的变迁和社会的发展，美国现代主义文学在诗歌、小说和戏剧等领域都呈现出又一次空前繁荣的局面，在世界文坛占

---

① 聂珍钊．外国文学史（四）．武汉：华中师范大学出版社，2010：54.

② 杨金才．新编美国文学史（第三卷）．上海：上海外语教育出版社，2002：3.

据着举足轻重的地位。

本讲首先将结合20世纪前半叶美国社会发展的历史概况追溯美国现代主义文学在诗歌、小说和戏剧领域的历史轨迹，阐明其发展脉络；接着在诗歌领域聚焦美国现代主义诗歌中两条平行发展路线中的代表人物埃兹拉·庞德和T. S. 艾略特、美国的民族诗人罗伯特·弗罗斯特以及美国现代主义文学中族裔诗歌的代表人物兰斯顿·休斯；在小说领域聚焦“迷惘一代”的代表人物海明威和菲茨杰拉德、美国南方小说的代表人物威廉·福克纳以及左翼文学的代表人物约翰·斯坦贝克；在戏剧方面聚焦被誉为“美国现代戏剧之父”的尤金·奥尼尔。最后，本讲将阐述20世纪美国现代主义文学的巨大影响及其转向。

第一节 美国现代主义时期的社会历史概况与文学发展

1865年美国南北战争结束，美国经济进入发展的快速通道，进入20世纪，美国已经完成了由自由资本主义阶段向垄断资本主义阶段的过渡。1914年第一次世界大战爆发，对于地域上远离欧洲战场的美国来说，战争的巨大破坏并没有发生。相反，在战争爆发前以及战争结束后的十年中，美国的工业生产因为战争的刺激得到极大的发展，垄断资本在汽车、电力、建筑、钢铁等领域极速扩张，国家工业产值增长迅速，经济实力极大增强。生产社会化与生产资料私有制之间的固有矛盾持续恶化，对于地产和股票的过度投机导致1929年资本主义世界的经济危机的全面爆发。为了应对危机，以“复兴、救济和改革”为主要内容的罗斯福新政全面推广[①]，及时有效地遏制了美国经济的下滑趋势，缓解了经济危机、重振了美国经济。1939年第二次世界大战爆发，同“一战”时期一样，美国远离主要战场，在战争中扮演了军火供应商的角色，获得了丰厚利润。两次世界大战极大地刺激了美国经济的发展，人民生活条件也得到很大程度上的改善，美国的经济在世界经济中的地位迅速提升，社会整体面貌呈现欣欣向荣的良好态势，但是垄断资本主义并不能在发展过程中自主修复其自身缺陷，消除不了社会繁荣表象下所隐藏的资本主义的深层危机。随着贫富悬殊日益加大，种族矛盾日渐尖锐，精神危机也逐步加重。

---

① 罗斯福新政是1933年富兰克林·罗斯福就任美国总统后所实行的一系列新的经济政策，其核心内容是3R：relief、recovery和reform。

第十二讲　二十世纪美国现代文学

20世纪前半叶的历史沿革和社会发展的点点滴滴都反映在美国现代主义文学作品中，因为“文学在一定意义上起源于人类模仿和求知的本能，文学作品通过生动的艺术形象反映社会生活的各个方面，揭示自我人性的丰富本质，因而具有一种为读者提供认识社会生活、认识人类自身本质的价值属性”①，文学从创作到消费的过程中都浸润着社会思潮，反映着社会风貌，直接或间接地回答社会问题，“文学不可避免地告诉我们有关社会环境的既重要又真实的事情”。② 美国现代主义文学在社会历史的进程中不断壮大发展，诗歌、小说和戏剧等领域中名家辈出、名篇累牍，出现了繁花似锦的新景象，迎来美国文学的再次繁荣。

1. 诗歌：继承与创新

随着19世纪美国诗歌领域的两位巨匠狄金森和惠特曼分别于1886年和1892年相继辞世，19世纪末20世纪初的美国诗歌领域一时星光暗淡，但是美国现代主义诗歌的兴起改变了低迷的现状，以T. S. 艾略特为代表的亲欧派和以罗伯特·弗罗斯特为代表的本土派以及以埃兹拉·庞德为代表的中间派齐头并进，共同开创了美国诗歌史上继往开来、群星璀璨的新时代，20世纪美国现代主义诗歌无论在内容上还是形式上都呈现出继承与创新这两大特色。

美国现代主义诗歌继承性的特点体现在对欧洲传统诗歌创作的扬弃和对美国本土诗歌风骨的传承上。在从狄金森和惠特曼相继辞世到美国现代主义诗歌兴起的这段空窗期里，“风雅派”诗人占据了主导地位。文学创作个体是不能脱离文学传统和社会历史而独立存在的，因为“没有任何诗人，任何艺术的艺术家在他单独的时候有完整的意义”③，但是风雅派诗人却在其创作中违背了这一文学创作定律，“风雅派显然占上风，但是反对派的诗歌运动很强大，如果前者垄断名誉地位，后者则引起更多的兴趣和希望”④，脱离美国本土情境和时代发展语境的风雅派诗歌终将是昙花一现，而以埃兹拉·庞德、威廉卡·洛斯·威廉斯（William Carlos Williams，1883－1963）、华莱士·史蒂文斯（Wallace Stevens，1879－1955）、T. S. 艾略特、E. E. 卡明斯（Edward Estlin Cummings，1894－1962）、罗伯特·弗罗斯特为代表的美国现代主义诗人一改以往在主题、内容、

---

① 童庆炳．文学理论教程．北京：高等教育出版社，2008：316.

② 张英进，于沛．现当代西方文艺社会学探索．福州：海峡文艺出版社，1987：177.

③ T. S. Eliot. *Selected Essays*. New York：Harcourt，Brace & World，Inc.，1960：4.

④ David Perkins. *A History of Modern Poetry*：*from the* 1890*s to the High Modernist Mode*. Cambridge & London：The Belknap Press，1976：101.

形式和风格上一味追随欧洲传统的奴性状态，批判式地继承了欧洲诗歌的固有模式，扬弃了欧洲诗歌的创作理论和创作风格，强化了狄金森和惠特曼诗作中的精神实质和傲然风骨，创作出具有美国本土气质的诗歌作品。

美国现代派诗人虽然选择的创作路径各不相同，但是他们求新、求变、求突破的精神追求如出一辙。美国现代主义诗歌创新性的特点在于诗歌内容的时代性、本土性和形式上的开拓性。首先，时代性特征体现在现代派诗人们要彻底与风雅派划清界限。垄断资本主义在快速发展过程中所造成的政治腐败、道德沦丧、社会关系的冷漠以及自然环境的恶化都成为其灵感的来源，美国现代主义诗歌在内容上紧贴时代脉搏，反映社会风貌的深层内涵，体察内心世界的深刻变化都给读者带来了不同以往的全新阅读体验。其次，本土性特征体现在现代派诗人们将眼光投向美国本土社会，因为在他们看来“未来的西方世界应以美国为中心”。[①] 他们力图反映出在垄断资本主义急速发展中的社会变迁和思维脉络。作为美国现代主义诗歌最具代表性的人物，T. S. 艾略特“把不同的社会阶层之间的对立及不同历史时期之间的对立展示给读者，而弗罗斯特让读者看到了农村与城市、地域性与世界性、人类与自然之间存在的矛盾”[②]；保罗·邓巴（Pail Lawrence Dunbar，1872-1906）开启了美国黑人诗歌全盛时期的序幕，他的六部诗集都用标准英语写成，具有浓厚的南方庄园的文学气质，拥有大量的白人和黑人读者；兰斯顿·休斯关注美国黑人民族意识的觉醒、民族文化的传承，被誉为“黑人民族的代言人”。[③] 最后，开拓性特征体现在表现形式上。美国现代主义诗人摒弃了欧洲诗歌传统的音律和节奏，美国现代主义诗歌打破语法、句法和逻辑关系的固有结构，采用无韵体的形式淡化叙述性而强化抒情性，通过一系列的大胆实践，探索出一系列新范式和新方法，意象派、田园诗、未来派等纷纷粉墨登场，美国现代主义诗歌呈现出百花齐放的崭新局面。

2. 小说：主流与边缘

在20世纪的美国文坛上，迷惘一代作家群的集成、左翼文学的兴盛、黑人文学的勃发、犹太文学的发轫以及南方文学的热销，这些美国现代主义小说流派异彩纷呈、众星争辉，主流与边缘双声叠韵，共筑一派繁荣景象。

---

① Sherwood Anderson. *A Story Teller's Story*. New York：Grove Press，1958：408.

② 杨金才．新编美国文学史（第三卷）．上海：上海外语教育出版社，2002：157.

③ 聂珍钊．外国文学史（四）．武汉：华中师范大学出版社，2010：20.

第十二讲　二十世纪美国现代文学

“1790 年以后美国向现代化过渡，19 世纪的高速的、持续不断的经济增长率带来了这个国家的令人惊异的转变”。[①] 艾略特称之为“毫无意义混乱不堪的图景”[②]，巨变不仅呈现在经济数值的增长中，也体现在人们的行为方式和心理状态的变化上。弗吉尼亚·沃尔夫感叹“人的性格已经发生了裂变”。[③] 美国现代主义小说家继承了 19 世纪美国现实主义小说的文学传统和自然主义的理想信念，结合弗洛伊德的心理分析学说、威廉·詹姆斯的意识流学说以及荣格的原型批评理论，创作出具有自然主义倾向的作品。德莱赛（Theodore Albert Dreiser, 1871-1945）因在其成名作《嘉莉妹妹》(*Sister Carrie*, 1900）对城市生活的出色描绘成为“20 世纪城市小说的开拓者”[④]；伊丽丝·沃顿（Edith Wharton, 1862-1937）聚焦美国纽约大都市，探寻传统道德的主题意义；维拉·凯瑟（Willa Cather, 1873-1947）则转向描述中西部的恬静生活，追忆昔日美好的时光。

第一次世界大战的爆发使得美国年轻作家亲眼见证了欧洲大陆的衰败，亲身体会到了战争的残酷性。战后美国社会资产阶级民主的虚伪性和狭隘性让他们看到了完全被资本所操控的社会的荒谬性。这群人中不乏海明威、F. 司各特·菲茨杰拉尔德（Francis Scott Fitzgerald, 1896-1940）、马尔科姆·考利（Malcolm Cowley, 1898-1989）、多斯·帕索斯（John Dos Passos, 1896-1970）、托马斯·沃尔夫（Thomas Wolfe, 1900-1938）等日后的文学巨匠，格特鲁德·斯泰因（Gertrude Stein, 1874-1946）冠之以“迷惘的一代”的头衔。海明威小说《太阳照常升起》(*The Sun Also Rises*, 1926）的扉页上确认了这一称呼。

在美国垄断资本主义大行其道的社会中，有良知的知识分子感叹“这是一个突然而又危险的历史转折时期，工业生活正在拐弯”[⑤]，资本的恶行即使是在广袤偏远的中西部地区都随处可见，“唯独空气比较新鲜”。[⑥] 在这样的情形下，马克思主义学说在 20 年代得以在美国广泛传播。美国的左翼文学即无产阶级文学兴起于 20 年代，在 30 年代经济危机肆虐的年代里得到蓬勃的发展，一直影响到 50 年代，成为 20 世纪美国现代主义小说的舞台上一支重要的力量，其代表作家有约翰·斯坦贝克（John Steinbeck, 1902-1968）、詹姆斯·法雷尔（James

---

① B. W. Pearson. *Economic History of the United States*. New York: Modern Library, 1981.

② T. S. Eliot. *Ulysses*, *Order and Myth*. The Dial 75, 1923 (11): 480.

③ Virginia Woolf. *Mr. Bennet and Mrs. Brown*. London: L. and Virginia Woolf, 1942: 42.

④ Blanche Housman Gelfant. *The American City Novel*. University of Oklahoma Press, 1954: 42.

⑤ John Dos Passos, *Introduction to Three Plays*. New York: Harcourt, Brace and Company, 1934: xx.

⑥ Sherwood Anderson. *Poor White*, 1920. New York: Modern Library, 1925: 62.

Farrell，1904-1979）、埃德加·斯诺（Edgar Snow，1905-1972）等。“小说本身就是人类生活的经历，一部分是新奇，还有一部分是其他形式。”[1] 约翰·斯坦贝克的《愤怒的葡萄》（*The Grapes of Wrath*，1939）、法雷尔的芝加哥三部曲、斯诺的《红星照耀下的中国》（*Red Star over China*，1937）等都是反映社会现实的佳作，成为左翼文学的代表作品。左翼文学关注社会变革中的社会矛盾和阶级冲突，暴露繁荣表象下资产阶级的虚伪面孔和资本主义的剥削本质，凭借其先锋的精神和遒劲的风骨深受众多读者青睐。

以威廉·福克纳为代表的南方文学也是20世纪美国现代主义小说主流中的一个重要派别。南方文学兴起于20年代，在随后的二十年里达到鼎盛阶段，罗伯特·潘·沃伦（Robert Penn Warren，1905－　）、凯瑟琳·安·波特（Katherine Anne Porter，1890-1980）、尤多拉·韦尔蒂（Eudora Welty，1909-2001）等都是其中的佼佼者。南方文学通过怪诞离奇的情节设置，新颖独特的写作手法注重对南方社会中生存个体的内心进行发掘与探索，以此作为一种方法和路径来重新审视历史史实。南方文学作品不再一味地否定废奴运动，而是重新考量南方社会中的各种社会关系以及影响因素；不再一味鼓吹昔日伊甸园式的古老神话，而是重新考察南方社会在垄断资本主义发展中涉及家庭、种族、阶级等各方面的细微变化，构筑在新的历史背景下抵御工业文明有害冲击的坚强壁垒。

20世纪美国现代主义小说领域，处于边缘地位的黑人文学和犹太文学不再失语，美国黑人作家逐渐能使用标准的英文从事小说创作，哈莱姆文艺复兴运动的兴盛极大提升了黑人文学作品的影响力。同时，美国犹太裔作家也不甘示弱，虽然没有像黑人作家那样成果丰硕、影响巨大，但是同处美国文学界边缘的他们也发出了内心的呐喊。黑人作家和犹太裔作家用来言说心声、表达自我的作品客观上促进了美国文学界对族裔文学作品的关注。

20年代哈莱姆文艺复兴运动也被称为新黑人运动，美国黑人小说即非裔美国小说在此时出现了第一次繁荣，兰斯·顿休斯、比尔·鲁宾逊（Bill Robinson，1878-1949）、弗洛伦斯·米尔斯（Florence Mills，1896-1927）、约瑟芬·贝克（Josephine Baker，1906-1975）、埃塞尔·沃特斯（Ethel Waters，1896-1977）、保罗·罗伯逊（Paul Robeson，1898-1976）、罗兰·海斯（Roland Hayes，1887-1977）、贝西·史密斯（Bessie Smith，1894-1937）等都成为积极的参与者。在30年代，美国黑人小说由种族批评转向社会抗议，思维的转变和指向的变化都

① James T. Farrell. *Preface to the Short Stories of James I. Farrell*. New York：Halcyon House，1941：xvii.

为其在今后三十年的发展奠定了良好的基础。20 年代美国三 K 党迫害对象的矛头不仅指向黑人社群，犹太裔美国人也不能幸免。同黑人社群的窘境一样，犹太裔也处于社会的边缘。此外，美国政府当局的排外政策和美国主流社会中歧视敌对的思维惯性对犹太裔的生存也产生了很大的负面影响。但是这样的社会处境反而提供给犹太裔作家冷静观察的视角和独立思考的机会。尽管步履维艰，美国犹太裔小说依然前行，在两次世界大战期间出现了以纳撒尼尔·维斯特（Nathanael West，1903－1940）为代表的作家群，维斯特的小说《孤心小姐》（*Miss Lonelyhearts*，1933）充满了作家自身的悲剧意识，这部小说的写作技巧和表现主题深深影响了后起作家如卡森·麦卡勒斯（Carson McCullers，1917－1967）、詹姆斯·珀迪（James Purdy，1914－2009）等；1939 年出版的《蝗灾的日子》（*The Day of Locust*）位列最好的好莱坞小说行列，不断再版，于 1974 年被好莱坞拍成电影。

20 世纪初，德莱赛创作的《嘉莉妹妹》具有划时代意义，成为美国小说发展史上的转折点。美国现代主义小说的代表人物辛格莱·刘易斯（Sinclair Lewis，1885－1951）凭借其“有力、形象的描绘艺术和用巧妙、幽默方式创造新型人物的能力”[①] 于 1930 年获得诺贝尔文学奖；而赛珍珠向西方世界展示了东方中国的社会外在和精神内涵，于 1938 年斩获诺贝尔文学奖，这都使得 20 世纪美国现代主义小说如同其经济发展成就一样令世人刮目相看。

3. 戏剧：开端与发展

美国戏剧民族化和现代化的进程直到 20 世纪才真正提上了日程。虽然美国现代戏剧启幕时间较晚，但是却开端良好、发展顺利。

阻碍美国现代戏剧发展的主要因素在于剧场舞台和剧作本身两个层面。在第一次世界大战之前，亚里士多德的戏剧理论得到继续的贯彻和弘扬，表现主义戏剧占据着美国的戏剧舞台，欧洲的舶来品戏剧在百老汇被奉为上宾。与之形成鲜明对比的是，美国本土作家因受到长期清教思想的束缚，其戏剧创作无论是形式还是内容都与之相去甚远，尽管戏剧种类齐全、内容多样，但大多是些对日常生活的简单临摹，缺乏立意的深度和表现的维度。

以商业营收为最终目的的百老汇戏剧舞台引起了先锋戏剧家的沉思，“戏剧

---

① Harry E. Maule & Melville H. Cane. *A Sinclair Lewis Reader：The Man from Main Street*. New York：Random House，1953：3.

的商业主义倾向已经严重阻碍了美国民族戏剧的发展”①，而“真正的美国戏剧必须由人民群众自己来创造”。② 在美国文学进入现代主义阶段的大背景下，美国小剧场运动蓬勃发展，这场群众性的戏剧运动开启了美国现代戏剧发展的时代序幕，非商业性、实验性的小剧场的枝繁叶茂为美国现代戏剧的发展提供了实践基地，戏剧理论家乔治·皮尔斯·贝克（George Pierce Baker，1866-1935）在哈佛大学、耶鲁大学等地为美国现代戏剧的发展储备人才。1916 年《早餐前》（*Before Breakfast*）、《受压抑的欲念》（*Suppressed Desires*）和《琐事》（*Trifles*）上演，翻开了美国现代戏剧的篇章，剧作从内容到形式都新颖独特，充满了时代性和现实感，受到观众喜爱，美国戏剧迎来了本土戏剧的时代。小剧场运动中影响较大的有邻里剧场、华盛顿广场剧社、普洛文斯顿剧社和戏剧公社等，他们主张摆脱欧洲戏剧的影响，致力于民族戏剧和现代戏剧的培育，造就了尤金·奥尼尔、苏珊·格拉斯佩尔（Susan Glaspell，1876-1948）在内的一批杰出的戏剧人才，为美国现代主义戏剧的进一步发展奠定了良好基础。

20 世纪的二三十年代是美国现代主义戏剧的黄金发展期，贝克教授创办的 47 戏剧创作训练班的许多成员日后都成为戏剧界熠熠生辉的巨匠；以乔治·库克（George Cram Cook，1873-1924）为代表的普洛文斯顿剧社主张用现代的理念进行舞美设计，“大力提倡民族戏剧，对美国戏剧挣脱外国戏剧的束缚，走向独立和成熟起了巨大的推动作用”。③ 这一时期诸多剧作家的代表作品如奥尼尔的《琼斯皇》（*The Emperor Jones*，1920）、《马可百万》（*Marco Millions*，1923-1925），格拉斯佩尔的《边界》（*Borderline*），赖斯的《加算器》（*The Adding Machine*，1923）聚焦不同地域、不同阶级、不同种族的生产和生活，风格独特，都是令人耳目一新的佳作。1931 年成立的同仁剧团、1932 年成立的联合剧院都不以营利为终极目的，陆续上演了一批有深刻思想和积极社会意义的剧目；30 年代美国政府实施的联邦剧院计划在经济危机的岁月里扶持了一大批的剧作家，客观保证了美国戏剧的持续繁荣；联邦剧院计划所开创的活报剧成为马克思主义学说传播的阵地和左翼戏剧的聚集地。1936 年尤金·奥尼尔获得诺贝尔文学奖，向世人宣告了美国戏剧的思想性、艺术性及世界性地位，成为美国现代主义戏剧发展的一个里程碑，标志着美国戏剧已经摆脱了昔日落后于欧洲戏剧创作的从属地

① Glenn Hughes. *A History of the American Theater*：1700-1950. New York：Samuel French，1951：355.

② 郭继德．美国戏剧史．天津：南开大学出版社，2008：70.

③ 郭继德．美国戏剧史．天津：南开大学出版社，2008：72.

位，进入世界一流戏剧行列。

20 世纪的美国戏剧以第二次世界大战为界分为现代和当代两个阶段[①]，美国现代主义戏剧的发展与繁荣在很大程度上为美国当代戏剧的发展储备了人才，积累了经验，奠定了进一步发展的坚实基础。

第二节　美国现代主义时期的重要作家及其代表作品

1. 诗歌的繁荣

20 世纪美国现代主义诗歌的发展呈现出继承与发展这两大特点。继承性主要表现在美国现代派诗人延续了 19 世纪由惠特曼和狄金森所开创的美国诗歌的精神实质和丰富内涵，呈现出独立自主、关注本土的发展方向；而发展性主要表现在现代派诗人的诗歌创作的本质特征和诗人群体的构成特征两个方面。20 世纪美国现代派诗歌创作从本质上来讲一切都是全新的，不但体现在内容和形式上的革新，还体现在其“创作并引导了新的阅读习惯和思维方式，对诗歌从创作到阅读开辟了新的思路，提出了新的挑战”。[②]

1.1　埃兹拉·庞德（Ezra Pound，1885-1972）

埃兹拉·庞德是美国著名的诗人，他不但创作了大量传世的诗歌作品，而且引领了意象派诗歌运动且促进了美国现代派诗歌的迅猛发展。他在反复实践的基础上形成了意象派诗歌的基本特征：“以意象作为诗歌的基本单位，直接表现所观察到的事物而不加任何解释或评论。诗人不过是搜集体验（尤其是视觉效果的数据）。意象派诗是一连串的意象并置，不允许抽象的语言进入其中。”[③] 庞德所界定的意象是理智与情感的瞬间综合，主张摒弃欧洲传统诗歌的韵律感和节奏感，阐明了诗歌的形式要服务于诗歌的内容的现代及后现代诗歌创作理念。

庞德的《诗章》(*Cantos*，1915-1970）创作始于 1915 年，1970 年最终完成，是其呕心沥血的巅峰之作。《诗章》共有 117 个章节，因为第 70 和 73 章节具有明显的法西斯主义的倾向，现在正式出版发行的只有 115 章。在这部史诗般的宏

---

① 聂珍钊．外国文学史（四）．武汉：华中师范大学出版社，2010：38.

② 聂珍钊．外国文学史（四）．武汉：华中师范大学出版社，2010：12.

③ 张子清．20 世纪美国诗歌史．长春：吉林教育出版社，1997：190.

大诗篇里，庞德打破时间和空间的界限，诗行从古希腊古罗马、中世纪、文艺复兴一泻千里直到独立战争时期的美国，从东方中国到西方的普罗旺斯、罗马，在历史的长河中纵横驰骋，来回往复；孔子、但丁以及奥德赛等著名人物都在其诗行中突破文化和地域的间隔在此交流融汇，结构纷繁复杂、内容包罗万象、意象庞杂宏大，在出版时就受到评论界的广泛关注，被公认为世界文学巨著之一。

庞德不但是真正意义上的理论的创造者和践行者，而且还积极帮助文坛新秀成长，其中就包括艾略特、海明威等当时身无分文的无名小辈。他删除了身为银行职员的艾略特送来的三分之一的诗稿，成就了其伟大的作品《荒原》；他帮助海明威出版了其第一本书稿。海明威回忆道："庞德只用五分之一的时间写诗，他在其他时间是保护文艺家，让他们在杂志上发表文章，帮助他们出版作品。他借钱给他们，为他们安排演出和写评论文章……"[①] 同样，以庞德为首的意象派诗歌运动所倡导的创作原则深深影响了美国现代派诗人，如 W. C. 威廉斯、华莱士·史蒂文斯等日后大家，他们在对庞德诗歌创作理论的批判性继承的基础上创作出了各自的代表作品。

1.2　T. S. 艾略特（T. S. Eliot）

T. S. 艾略特（T. S. Eliot，1888-1965）被公认为 20 世纪英美诗坛的三大巨匠之一，与庞德和叶芝齐名，他的诗作主题和创作技法对于美国现代诗派诗歌的形成以及审美标准的确立都起着关键性的作用，即使是反对艾略特阵营里的杰出代表、著名诗人 W. C. 威廉斯也不得不承认："大部分诗人学着写作，年复一年，小心翼翼地摆脱他的影响、他的格律、他阅读的材料。"[②] 甚至有文学史家将 1920 年到 1950 年这三十年的文学史称为"艾略特时代"。[③]

艾略特的创作大致分为三个阶段：第一阶段是从在波士顿和巴黎求学期间到《普里弗洛克的情歌及其他》(*Prufrock and Other Observations*，1917) 发表为止；第二阶段从 1911 年到 1922 年《荒原》(*The Wasteland*) 出版为止；第三阶段从 1922 年到 1945 年的《四个四重奏》(*Four Quarters*) 发表为止。在艾略特创作的初期，他受到唯美主义、反物质主义和爱默生超验论的影响，一反以往以英雄人物为主要歌颂对象的诗歌创作模式，将目光转向时代当下的小人物，通过从各种角度描写人物群像，凸显现代人的悲观失望的灰暗情绪。艾略特创作生涯的第二

---

① 张子清. 20 世纪美国诗歌史. 长春：吉林教育出版社，1997：108.

② Kenneth Rexroth. *American Poetry in the Twentieth Century*. New York：The Seabury Press，1971：56.

③ Peter Quennell & Hamish Johunson. *A History of English Literature*. London：Brent House，1981：484.

阶段中发表的《荒原》被公认为20世纪现代派文学的代表作，W.C.威廉斯评论道："《日晷》发表《荒原》，立刻结束了我们所有的欢乐。它如同投下的一颗炸弹，毁灭了我们的世界，把我们向未知领域所进行的种种勇敢探索炸得粉碎。"[①]《荒原》共分五个诗节，借助寻找圣杯的传说，以拯救荒原为主题，集中而又象征性地表现了"一战"后西方社会人们的悲观情绪和生存危机，反映出现代物质文明的巨大进步给社会人所造成的内心孤独感、挫败感和失落感，体现出现代社会人对于科技进步和传统观念的质疑和抛弃。艾略特"不仅在英诗传统方面知识渊博，而且在各种文学形式方面造诣很深，《荒原》有意识地运用这些文学形式建立了自己的权威。"[②] 在《荒原》中，艾略特用了大量的意象来建立诗作中的荒原与现实社会之间的联系，让其呈现动态效果和变奏性特征；此外，西方评论家们也认为隐喻是这首诗的主要的艺术手法。[③] 艾略特第三阶段里最为成熟的作品是《四个四重奏》，它是诗人阅历不断丰富、诗歌创作理论不断深入后的杰出成果。

艾略特主要的文学成就不仅体现在他的诗歌创作上，还存在于他的文学评论中。他发表了大量的论文集、论文小册子和上百篇的评论文章。他主张文学创作需要与历史、现实、宗教和伦理相联系，在诗歌创作中要寻求客观对应物，避免浪漫主义诗人的感情泛滥，从某种意义上来说，艾略特做了新批评派的开拓性工作，在其作品中不难发现艾略特与新批评之间的密切关系。

1.3　罗伯特·弗罗斯特（Robert Frost，1874-1963）

罗伯特·弗罗斯特享有民族诗人的美誉，曾四次获得普利策奖，是非官方的桂冠诗人。诗集《波士顿之北》(*North of Boston*，1914）中的《补墙》(*Mending Wall*)、《山间》(*Mountain Interval*，1916）中的《未选择地路》（*The Road Not Taken*)、《新罕布什尔》(*New Hampshire*，1923）中的《雪夜在林边驻足》(*Stopping by Woods on a Snowy Evening*）等都成为传世佳作。

弗罗斯特的诗歌特点主要体现在地域性、音乐性、传统性、通俗性和深邃性等几个方面。地域性主要体现他的诗作呈现了美国新英格兰地区的风土人情，反映了当地人的日常生活状态和思想发展轨迹，构筑了田园诗风；音乐性主要体现

① W.C.Williams. *The Autobiography of William Carlos Williams*. New York: New Direction Publishing Corporation，1951：174.

② 杰夫·特为切尔．美国诗歌现代派的批评命运．当代外国文学，1995（1）：171.

③ Roy Harvey Pearce. *The Continuity of American Poetry*. New Jersey: Princeton University Press，1961：307.

在他对韵律的把握上，提出了“有意义的声音”这一诗歌创作理念，他将新英格兰口语的节奏与传统的格律巧妙结合；传统性体现在他对诗歌传统韵律要求的继承上；通俗性体现在语言和意象两个方面：在语言方面，他将质朴鲜活的当地民间语言，尤其是新英格兰地区流行的口语融于诗歌创作，让口语入诗；在意象方面，他“把现实世界看成是由孤立的生存层面构成的一个整体”，既看到地域之间、人类和自然之间存在的相互联系的紧密性，也敏锐地觉察到他们之间存在的相互矛盾的尖锐性，这些联系与矛盾的特殊关系在诗作中的反映缩小了读者与作者之间的距离感，更加贴近现实生活，更加贴近内心真实；深邃性主要表现在他在诗作中修辞手法的大量运用，增加了诗作的内涵。弗罗斯特曾经说道：“如果我必须被归为一个诗人的话，我可能是个提喻专家，因为我在诗作中喜欢运用提喻。”① 他也认为隐喻对于表达诗歌的内涵和诗人的意图有十分重要的意义，在他看来，“诗歌仅仅就是由隐喻所构成的”。

1.4　兰斯顿·休斯（Langston Hughes，1902-1967）

兰斯顿·休斯是哈莱姆文艺复兴运动中的中坚力量和核心人物，被公认为是自惠特曼以来美国最伟大的民主诗人，享有“哈莱姆桂冠诗人”的美誉。

在哈莱姆运动，又称新黑人运动的背景下，休斯关注美国黑人族群，强调种族发现和种族表现，诗歌成为他社会责任意识的载体。在休斯看来，将黑人作为文学作品讴歌的对象，不仅仅是因为他“熟悉与其一同长大的那些人，他们也是很好的人”②，而且可以扭转当时文坛出现的黑人作家中回避种族话题的创作趋向。诗集《疲惫的布鲁士》(*The Wearu Blues*，1926) 和《给犹太人的好衣裳》(*Fine Clothes to the Jew*，1927) 使他成为族群的代言人。

激进的“左倾”思想和社会观念渗透在休斯三十年代的诗歌创作中，诗歌《新的歌》(*A New Song*) 与美国30年代左翼思潮蓬勃发展的社会背景相吻合，是休斯日渐高涨的激进思想情绪的直接表达。诗集《莎士比亚在哈莱姆》(*Shakespeare in Harlem*，1942) 中运用布鲁斯音乐，因为“布鲁斯是一种语言，一种丰富的、表现力强的语言。它纠正了一种错误观念：在美国，黑人社会只能由白人来表现他们的贫穷与沮丧，通过布鲁斯可以听到别样的声音，认识到黑白

① Jay Parini & B. C. Millier. *The Columbia History of American Poetry*. Columbia：Foreign Language Teaching and Research Press & Columbia University Press，2005：264.

② Langston Hughes. *The Big Sea*. New York：Hill and Wang，1940：268.

两个美国的存在。”① 在诗集《耽搁了的梦想蒙太奇》(*Montage of a Dream Deferred*, 1951) 里，休斯运用强劲有力的巴波音乐元素，打破固有诗歌结构，让不同诗歌间彼此孤立的界限被打破，呈现戏剧性状态。休斯在五十年代提出艺术先于政治的基本原则，进行大胆的创作实验，《问你妈妈：爵士十二式》(*Ask Your Mama: 12 Moods for Jazz*, 1961) 的十二个部分，既可单独成章，也可以组合成篇，在阅读时还可以配上布鲁斯音乐来享受诗词的韵律感和节奏感。“休斯的布鲁斯诗歌与流行的布鲁斯是相通的，他掌握了这一类型的精华，即含着眼泪的笑声。”②

休斯在诗歌创作中始终关注黑人生存的状态，关心黑人生活的质量，关注黑人内心的诉求，执着地建构一种可以称之为“美国黑人诗歌”的文学新样式——“大众主义的先锋艺术、黑人文化特色的表意模式和艺术的真实”。③

2. 小说的多元

20 世纪美国现代主义小说的发展呈现出主流与边缘共同发展，双声叠韵的多元态势。在现代文学阶段，迷惘的一代、左翼文学的兴起、南方文学的兴盛，少数族裔文学的勃兴都为美国文学的进一步发展开创了良好的发展态势，形成了多元的发展格局，铸造了一批具有世界影响力的知名作家，诞生了一批具有历史价值的小说经典，为美国文学的进一步繁荣发展奠定了坚实的基础。

2.1 厄内斯特·海明威 (Ernest Hemingway, 1899-1961)

厄内斯特·海明威是“迷惘一代”作家群中的典型代表，他文笔清新，简洁凝练，他提出的冰山理论闻名遐迩。海明威一生中创作了 20 多部作品，30 岁就功成名就，1954 年凭借其“精通现代叙事艺术和在当代风格中所发挥的影响”而获得诺贝尔文学奖。海明威创作的所有文学作品中以小说见长，大致可以分为三个时期。

海明威的早期创作包括了其 20 年代的一系列作品。1926 年第一部重要的长篇小说《太阳照样升起》(*The Sun Also Rises*) 问世。在这部小说中，海明威别具匠心地使用了两段话作为开头：分别是斯泰恩的转述和《圣经》“传道书”的一段话，但是

---

① Arnold Rampersad. “*Langston Hughes and Approaches to Modernism in the Harlem Renaissance*”, *Contemporary Literary Criticism* (Vol. 108). 1998: 310.

② Daniel G. Marpwslo. ed. *Contemporary Literary Criticism* (Vol. 35). Detroit: Gale Research Company, 1985: 211.

③ 聂珍钊. 外国文学史（四）. 武汉：华中师范大学出版社，2010: 28.

被读者们所经常提及的不是圣经里的万物生长是不以人的意志为转移的经典话语，而是斯泰恩所转述的："你们都是迷惘的一代。"这个短语恰如其分地界定了当时美国社会里年轻人的生活状态和精神危机。小说中的男主人公尽管失去了追求爱情的权利，可是依然能积极地面对生活，这种勇敢面对生活挑战的精神鼓舞了一代美国读者。1929年出版的《永别了，武器》(*Farewell to Arms*) 表面上看是一部战争小说，但是实际上是一部反战争小说，被认为是"一战"后涌现的反战小说中最著名的一本，主人公亨利中尉不仅告别了战争也告别了战争阴影下的爱情。

海明威的中期创作包括了其三四十年代的一系列作品。1932年海明威出版《死在午后》(*Death in the Afternoon*)，提出了冰山理论。他反对小说创作中的铺陈式写作，主张要留给读者想象的空间，反对史诗式的鸿篇巨制，主张以小见大，他在小说的内容和形式结构上都阐明了自己对小说创作的独特见解，形成了小说创作的自有风格。1940年以西班牙内战为背景创作的《丧钟为谁而鸣》(*For Whom the Bell Tolls*) 以同心圆的结构方式展开情节，是一部优秀的反法西斯小说。

海明威的后期创作主要集中在五六十年代。1952年中篇小说《老人与海》(*The Old Man and the Sea*) 的发表引发再度关注，海明威一改以往用战争为背景的探讨模式，用自然和人的关系作为新的角度去探讨人的命运选择，具有更高的立意和更广的视野。

2.2 菲茨杰拉德 (Francis Scott Fitzgerald, 1896-1940)

菲茨杰拉德的创作时期主要集中在二三十年代，无论是长篇小说还是短篇小说中都不乏贴近时代、反映生活的上乘之作。

1920年菲茨杰拉德发表了第一部长篇小说《天堂的这一边》(*This Side of Paradise*) 具有自传性质，是"美国文学史上第一部以描写现代美国大学生的校园生活为主题的具有划时代意义的重要小说"①，浓缩了迷惘一代青年的所有典型特征。"这部小说所表现出的对上流社会和对所谓的高雅生活方式的强烈反叛精神，在整整一代人的心中产生了强烈的共鸣。"②

1922年菲茨杰拉德的第二部小说《美丽与毁灭》(*The Beautiful and The Damned*) 依然将1910年到1920年这个历史阶段作为背景，描写了出生显贵的

① 吴建国．菲茨杰拉德研究．上海：上海外语教育出版社，2002：151.

② 吴建国．菲茨杰拉德研究．上海：上海外语教育出版社，2002：153.

英俊青年安东尼的个人成长和浪漫情史。小说依然具有很强的自传性质，有评论认为菲茨杰拉德通过这部小说彻底粉碎了自己的童年和少年时代①，书中对于禁酒令下狂欢宴会的描写使得该小说颇具卖点。

1925年菲茨杰拉德出版了第三部，也是他最伟大的一部小说《了不起的盖茨比》(*The Great Gatsby*)，文坛巨匠艾略特赞誉道："事实上，在我看来，它是美国小说自亨利·詹姆斯以来迈出的第一步……"② 小说以盖茨比追求心上人黛西为主线，表现了爱情和金钱主题。菲茨杰拉德"以诗一般的语言和激情深刻批判了美国梦的实质，谴责了道德沦丧、腐败之风盛行的美国社会，颂扬了人对理想的执着追求和献身精神，强调了人类生存的某种不可贬斥的价值。"③ 小说"让其他国家的人知道美国如何，让美国人感受他们自己是谁"。④

1934年菲茨杰拉德出版《夜色温柔》(*Tender Is the Night*)，这是他进行构思长达七年之久后推出的作品。这部作品讲述了年轻的心理学家与自己的患者之间的情感纠葛，反映出一场畸形的三角恋爱关系中当事人的复杂心态和异常表现，是一部沉沦与毁灭的故事。小说运用心理分析和意识流来剖析人的内心，探讨在美国现代社会中性在现实和心理上的矛盾与混乱，折射出强烈的现代性。

菲茨杰拉德以长篇小说奠定了他在美国文学界的地位，作为那个时代的文化符码人物，他用笔下的文字记录了那个时代，记录了社会的变迁和人们的心态。

2.3　威廉·福克纳 (William Faulkner，1897-1962)

威廉·福克纳在长达40多年的创作生涯中，共有19部长篇小说、75篇短篇小说和大量的诗歌散文问世，其中有15部长篇小说和大量的短篇小说都与福克纳构建出来的虚构王国——"约克纳帕塔法"相关联。他立足美国南方，却有世界眼光，"约克纳帕塔法"系列小说不仅仅是关于美国南方历史变迁的著述，也是颇具现代性的世界文学作品。1949年福克纳获得诺贝尔文学奖，之后分别两次获得普利策文学奖和国家图书奖。

福克纳文学创作的起点是他于1925年出版的小说《军饷》(*Soldiers' Pay*)，他将退伍后内心的失落感和惆怅之情都记录在内，他说："当战争结束后，我又回到了密西西比奥克斯福家中，但同时又感到那并不是家，或者至少说我不能接

---

① Robert Roulston. "The Beautiful and The Damned: The Alcoholic's Revenge" *F. Scott Fitzgerald: Critical Assessments* (Vol. II). Claridge, Henry. ed. Mountfield: Helm Information Ltd., 1991: 115.

② F. Scott Fitzgerald. *The Crack-up*. Edmund Wilson, ed. New York: New Directions, 1962: 310.

③ 吴建国．菲茨杰拉德研究．上海：上海外语教育出版社，2002：188.

④ Roger Lathbury. *The Great Gatsby*. Farmington Hills: Gale, 2000: 1.

受战后的世界。”[①]

福克纳小说创作的转折点是在1929年他发表了以自己祖父为小说主人公沙多里斯的原型[②]的小说《沙多里斯》(*Sartoris*)，记录了南方庄园贵族家庭衰败的历史。1955年在访问日本时，福克纳说道：“从《沙多里斯》开始，我发现我那邮票般大小的故土很值得写，而且不论多长我也不可能把它写完……我喜欢把我创造的世界看作宇宙的某种基石，尽管它很小，但如果它被抽去，宇宙本身就会坍塌。”[③] 对于福克纳虚构的王国，他署名为“唯一的拥有者和业主”并且解释说：“那是一个契卡索印第安字，意思是河水慢慢流过平坦的土地。”[④]

以约克纳帕塔法的世界为背景的小说中，比较著名的是1929年的《喧哗与骚动》(*The Sound and the Fury*)、1930年的《我弥留之际》(*As I Lay Dying*)、1932年的《八月之光》(*Light in August*) 和1936年出版的《押沙龙！押沙龙！》(*Absalom! Absalom!*)。《喧哗与骚动》中福克纳通过杰斐逊镇的名门望族康普生一家的没落过程和家庭成员各自不同的人生遭遇来表达了作者本人对于处于传统价值观解体中的当今世界的深刻看法；《我弥留之际》中描述了一个下层白人佃农家庭的堕落与解体，折射出“一战”以后西方世界普遍存在的精神危机；《八月之光》以两条线索分别展开故事情节，一方面通过孤儿裘克里斯莫斯的悲剧命运谴责了种族主义和宗教偏见对人性的戕害，另一方面通过年轻姑娘莉娜为腹中婴儿寻父的故事颂扬了人性的内在的善良的一面，肯定了主人公对于人生价值和生存意义的追求；《押沙龙！押沙龙！》通过描写南方贫穷白人的发家史和家族兴衰史，深刻揭露了南方奴隶制的罪恶和种植园制度必然崩溃的历史发展趋势。

瑞典皇家科学院院院士哥斯达夫·赫尔斯多莱姆在颁奖词中说：“福克纳是20世纪小说家中一位伟大的小说技巧的实验家……他的小说具有永不雷同的形式。”[⑤] 福克纳在作品中运用多重叙事视角、内心独白、复合式的意识流、时空交错并置等现代主义小说的创作手法，将现实与神话相互联系，将现代与历史相互衔接，借此来生动表现人物的内心世界，提升作品的表现主题和主旨

---

① William Faulkner. *Selected Letters*. Joseph Blotner. ed. New York: Random House, 1977: 213.

② William Faulkner. *Selected Letters*. Joseph Blotner. ed. New York: Random House, 1977: 211.

③ James Meriwether and Michael Millgate. ed. *Lion in the Garden*. New York: Random House, 1968: 225.

④ Frederick L. Gwyin and Joseph Blotner. eds. *Faulkner in the University*. Charlottesville: Univ. of Virginia Press, 1959: 74.

⑤ 赫尔斯多莱姆．颁奖词//陈映真．诺贝尔文学奖全集．台北：远东出版公司，1981：6.

意蕴。

2.4　约翰·斯坦贝克（J. Steinbeck，1902–1968）

约翰·斯坦贝克是左翼文学的代表人物，他作为一位现实主义流派的作家和20世纪二三十年代美国社会生活的编年史家而享誉文坛，他的作品涉及文化、政治、战争和社会等诸多方面，深受有着不同文化背景的读者的广泛欢迎。[①]

1936年到1939年的这段时间里，斯坦贝克的工人三部曲相继面世，包括1936年的《胜负未决》(*In Dubious Battle*)、1937年的《人鼠之间》(*Of Mice and Men*) 和1939年的《愤怒的葡萄》(*The Grapes of Wrath*)。斯坦贝克在小说《胜负未决》里讲述了工人反抗农场主的罢工斗争的故事，它的出版"标志着斯坦贝克开始走向与当代世界越来越特殊的痛苦的对抗，第一次涉及大萧条年代的社会、经济和政治问题。"[②] 在《胜负未决》里，故事情节仍然在持续发展着，没有斗争胜负的呈现，斯坦贝克通过这个故事想要表明斗争不会给参与各方任何的好处，大家的利益都会因此受到损害。在《人鼠之间》斯坦贝克关注经济衰退状况下的流动工人的悲惨境遇。《愤怒的葡萄》是根据斯坦贝克在1937年的亲身经历来创作的，是他的代表作，奠定了他在美国文坛的永久性地位。小说讲述了居住在俄克拉荷马州的佃农乔德一家的故事，在连续干旱的自然灾害面前，在大银行家和企业家的压迫形势下，处于社会底层的佃农一家丧失了维持生计的土地，在举家迁往加利福尼亚寻找生计的过程中妻离子散，到达之后又受到当地人的排挤而前途无望，在困顿面前家破人亡，这部三十年代末出版的巨著为美国大萧条岁月的真实全面的描述和阐释，尤其对当时的社会风貌和思潮进行了恰如其分的反映，为后人研究这一阶段的历史和社会状况留下了宝贵的资料。作品内涵丰富，充满艺术魅力，斯坦贝克不仅能就美国30年代所暴露的社会弊病进行深入详尽的剖析，还从宗教文化着手，引导人们改变旧有的思想意识，以崭新的观念战胜恶劣环境，在拯救自己的过程中拯救美国。[③]

3. 戏剧的发展

相对于诗歌和小说，美国戏剧起步晚且在很长的一段时间里发展缓慢。1752年，莎士比亚的《威尼斯商人》在美国首演，此后的一百多年时间里，欧洲戏

---

① 杨金才．新编美国文学史（第三卷）．上海：上海外语教育出版社，2002：560.

② 杨金才．新编美国文学史（第三卷）．上海：上海外语教育出版社，2002：565.

③ 虞建华．美国文学的第二次繁荣．上海：上海外语教育出版社，2004：458.

剧占据着美国戏剧的舞台。1897 年美国戏剧辛迪加控制了全国大部分剧院，戏剧商业化的倾向日趋严重。19 世纪源于法国的小剧场运动在 20 世纪 20 年代迅速风靡美国，给美国戏剧舞台带来清新之风，造就了一批以奥尼尔为代表的美国本土戏剧大家，美国戏剧迎来了繁荣期。

尤金·奥尼尔（Eugene O'Neill，1888-1953）被誉为美国的莎士比亚，被尊称为"美国现代戏剧之父"，在 30 多年的创作生涯中共完成了 50 多部剧作，四次获得普利策戏剧奖，1936 年获得诺贝尔文学奖，他是美国历史上唯一获此殊荣的戏剧家。"对谁是当今美国最伟大的诗人、小说家或散文家会有争议，但奥尼尔作为美国最伟大的剧作家的地位却从未受到过认真的挑战。这种现象在现代评论史上可说是独一无二的。"[①] 奥尼尔的戏剧创作大致可以分为三个时期：

1913 年至 1919 年是奥尼尔戏剧创作的见习期，独幕剧居多，海洋剧居多，以现实主义和自然主义为主要基调，此时戏剧的创作手法相对单一，戏剧主题也不甚丰富，但是为后期的成熟创作做了前期准备，积累了实践经验。海洋剧取材于早些年出海水手的生活经历，描写了海上生活或者将海洋设置为戏剧的背景，主要的作品有：《警报》(*Warnings*，1913)、《雾》(*Fog*，1914)、《东航加迪夫》(*Bound East for Cardiff*，1916)、《漫长的归途》(*The Long Voyage Home*，1917)、《捕鲸记》(*Ile*，1917)、《加勒比的月亮》(*Moon of the Caribbees*，1918) 等。

1920 年至 1934 年是奥尼尔创作的旺盛期。在此期间，奥尼尔先后两次获得普利策戏剧奖。在创作中期，奥尼尔对戏剧艺术进行了广泛的实验和探索，表现主义、象征主义、心理分析等现代戏剧创作手法被运用于他的戏剧创作中，主要作品包括：以表现主义为特征的《琼斯皇》(*The Emperor Jones*，1920)、《毛猿》(*The Hairy Ape*，1922)、《安娜·克里斯蒂》(*Anna Christie*，1921)、《上帝的女儿都有翅膀》(*All God's Chillun Got Wings*，1924)、《榆树下的欲望》(*Desire Under the Elms*，1924)；以象征主义为主的《大神布朗》(*The Great God Brown*，1926)；运用讽刺夸张、意识流等手法的《奇异的插曲》(*Strange Interlude*，1928) 和《悲悼》(*Mourning Becomes Electra*，1931) 等。奥尼尔在此期间的创作部部经典，流传广泛，其中《安娜·克里斯蒂》和《奇异的插曲》为奥尼尔先后两次赢得普利策戏剧奖。《安娜·克里斯蒂》表现了老海员克里斯及其女儿安娜和水手伯克三者之间的故事。在这部剧目里，奥尼尔采用心理分析的方法将三位主人公的心

① Heinrich Straumann. *American Literature in the Twentieth Century*. Hutchinson's University Library，1951：163.

理变化加以对比式呈现，安娜能改邪归正以及伯克的谅解与包容都寄托了奥尼尔对于人性的良好愿望；《奇异的插曲》的剧情围绕尼娜和她身边的几个男人的复杂关系展开，刻画了父权垄断社会中的一位女性徒劳的纷争，反映出权力意志思想。奥尼尔在剧中运用意识流手法将人物内心剖析得透彻明晰，人物的对话却被用作掩盖内心的面具，旁白才是真实感情的流露和思想的表达。

1939 年至 1943 年是他创作的后期，也被称为新现实主义时期，主要作品有：《送冰的人来了》(*The Iceman Cometh*，1939)、《休伊》(*Hughie*，1941)、《进入黑夜的漫长旅程》(*Long Day's Journey into Night*，1941) 以及《月照不幸人》(*A Moon for the Misbegotten*，1943)。《送冰的人来了》讲述了寄居在纽约的一家酒店的十多个房客的故事，他们的生活方式和思想状态具有隐喻性特征。奥尼尔在谈到这部戏剧时说："世上总会有一个梦想存在，一个最后的梦，不管你跌进多深的深渊。"① 作品深刻揭示了社会底层人物的生存悲剧性以及人物之间的相互依存的关系。② 对此，奥尼尔说道："这个剧有时突然把人的灵魂深处赤裸裸地剥给人看。这样做不是出于残忍，也不是出于道德优越感，而是出于一种了解的同情；这种了解的同情懂得人事生活的嘲弄和他自己的牺牲品。"③ 《送冰的人来了》和《休伊》在主题上一脉相承，对于美国荒诞派戏剧的产生与发展产生了重要影响。《进入黑夜的漫长旅程》中的埃德蒙、玛丽、吉米等都是以奥尼尔的父母和兄长为原型的，描写了一家人从上午到午夜的一天内发生的故事，主要聚焦在母亲的戒毒和小儿子患上肺结核这两件事情上，人物在残酷现实面前手足无措、无力回天。这部自传性的家庭悲剧为奥尼尔第四次赢得了普利策戏剧奖。

奥尼尔是美国现代戏剧的开拓者，他继承了欧洲戏剧的优秀传统，将创作的目光集中在美国本土，反映出时代当下的美国现实问题，他对戏剧创作手法进行大胆革新，运用表现主义、象征主义、意识流等诸多手法反映剧中人物的内心世界和思想变化轨迹，形成了自己独树一帜的创作风格，创造出大量传世作品。

---

① Arthur and Barbara Gelb. *O'Neill*. Harper & Row Publishers，1973：833.

② 聂珍钊．外国文学史（四）．武汉：华中师范大学出版社，2010：43.

③ 盖尔博夫妇，奥尼尔．1973：837//杨金才．新编美国文学史（第三卷）．上海：上海外语教育出版社，2002：434.

第三节　美国现代主义文学的影响及转向

如《哥伦比亚美国文学史》所述："现代主义是工业化与现代技术在19世纪的发展进程中所带来的社会变革的结果。"① 20世纪初，现代主义思潮席卷欧美大陆，使传统的文学观念、艺术标准乃至整个西方文明受到了前所未有的怀疑。一批崇尚现代主义思想和追求文学革新的美国青年作家逆传统而动，以各自的才华绽放于美国文坛，造就了美国本土的现代主义文学。在这群青年作家中，庞德、艾略特、福克纳、海明威、菲茨杰拉德等日后美国的文坛大家的名字赫然在列，他们以各自的努力共同开创了美国文学的新时代，他们不仅是美国现代主义文学的杰出代表，同时也是现代主义思想的主要倡导者、捍卫者和传播者，其文学创作的成果为世界所瞩目，其引领的文学创作风潮影响深远。总体说来，美国现代主义文学的影响主要表现在以下四个方面：

1. 美国现代主义文学的反叛精神影响巨大

美国现代主义文学思潮是西方现代主义运动的重要组成部分，同时也是美国历史上继浪漫主义之后又一次震感强、影响大的文学变革，它不仅包括五花八门的艺术形式和文学流派，而且也代表着一种背离传统的全新艺术观。它虽然涵盖各种激进的、反传统的艺术形式和流派，但更主要代表了第一次世界大战之后流行于美国的一种无形的社会风格，一种抽象、前卫而又高度自觉的审美意识。美国青年作家崇尚现代主义思想，藐视文学的传统标准和固有模式，成功的挖掘艺术潜力，采用一切新的创作手段来发展、丰富和验证自己的美学观念和创作理论，使得美国现代主义文学具有全新的面貌。这种反叛的精神不仅对现代主义文学风气产生影响，而且在后现代主义文学的发展中被继续得以重视和彰显。沃尔夫冈·威尔什（Wolfgang Welsch）曾这样阐述后现代的表征："告别传统机械论世界观，告别整体统一性的时代，进入一个彻底多元化的时期，包括真理、正义、人性、理性的多元化，反对任何统一化的企图。"② 美国现代主义文学中的反叛精神对于后现代主义文学的影响从文字表述中清晰可见。但是需要指出的

① Emory Elliott. *Columbia Literary History of the United States*. New York：Columbia University Press，1988：95.

② 沃尔夫·冈威尔什．"我们的后现代的现代"，章国锋，译．后现代主义．社科院外文所《世界文论》编委会编．北京：社科文献出版社，1993：93.

是，美国现代主义文学作家的反叛不是盲目地抛却文学传统，不是与传统文学在历史发展中长期积淀下来的优秀基因完全决裂，他们在批判中继承，在继承中反思，在反思中运用，对传统文学的一切标准进行扬弃。诗坛巨匠艾略特曾说过："我们已经看到许多小溪很快在沙土中消失，新颖比重复更好。传统具有广泛的意义，它是可以继承的。"①

2. 美国现代主义文学的创新思维影响巨大

20世纪初美国的资本主义迅速发展，社会的工业化、现代化和城镇化以及人们思想的自由化已经使得传统的现实主义文学在表达形式上和样态上显得力不从心，而第一次世界大战中血与火的洗礼直接导致了人们思维方式和思想观念的变化，这种变化的结果是现实主义文学时代的快速终结，因为它再也无力承担反映现实、反映生活、反映人心的社会责任。而"主张脱离经典和传统表达方法并寻求新的艺术表达形式"的现代主义文学思潮顺应了历史潮流②，符合了现实需求，因而在美国本土迅速成长起来，在美国现代主义文学的作家群中创新是一切创作的目标，对美国文学的发展产生了巨大影响。美国现代主义文学虽然有创新思维这样一个共同的标识，但是并无统一的行动纲领、统一的艺术主张和价值取向，他们以独特的理解看思潮、以敏锐的眼光看世界、以创新的思维来创作，尽管文学风格、美学主张各不相同，但是却形成巨大的合力，以傲然的身姿展露于世界文坛，成为时代的标记。意象主义的代表人物庞德"对20世纪的革命比任何人都更尽责任"，他不仅创立了意象诗歌的理论，进行着理论的实践，而且还帮助并促进了艾略特、海明威等一批作家的成长；艾略特精辟的诗歌理论和代表作品不仅对文坛新人产生深远影响，同时在读者群中引发极大心灵震撼，他的诗歌从理论到实践都是创新的；海明威简约清新的新闻体风格别具一格，他独特的冰山理论对现代小说创作作出了巨大贡献；奥尼尔的戏剧采用不同于欧洲的传统戏剧表现风格，契合美国现代社会的现实，为美国戏剧的全面发展开辟了道路。美国现代主义文学作家群中的创新思维并没有随着时代的变迁和思潮的衰退而消失殆尽，在后现代主义文学崛起之际，依然能发现创新思维的延续，创新表征方式的出现。伊哈布·哈桑（Ihab Hassan，1925-　）总结了后现代主义与现

① T. S. Eliot. "Tradition and the Individual Talent", *The Norton Anthology of English Literature* (Vol. 2). M. H. Abrams. ed. New York: W. W. Norton & Company, 1986: 2207.

② 陆谷孙. 新英汉大辞典. 上海：上海译文出版社，1989：2125.

代主义相悖的33种表征，其中包括“虚构解脱说（达达主义）、反形式、游戏、偶然性、无序、互涉文本、反叙述、反讽、内在性”等等。[①]

3. 美国现代主义文学促进了美国文学多元化进程

现代主义思潮风起云涌之际，1913年庞德关于意象主义的基本原则在《诗刊》上发表，同年在美国纽约第69团弹药库举办的“国际艺术展览会”上的1 500多件具有高度试验性的展品造成对美国现代主义文学的年轻作家们心灵的震颤[②]，他们受到现代主义思潮的全面洗礼。印象主义、立体主义、意象主义、表现主义、未来主义等五花八门的各种新潮艺术思想和美学主张冲破了美国文坛的守旧大门，令人眼花缭乱的文学创作模式、框架、技巧等纷至沓来，众声喧哗的热闹局面出现在美国文坛上，你方唱罢我登场甚至都不等唱罢就登场，这种新奇的场面是美国文学史上从未有过的现象，造成了美国作家的创作理念、价值取向、审美态度和表现手法的重大转型。这种在文学的形式和内容上的转型在美国文坛观念已经被迫开放的状态下，得到了默许和肯定并继而发展成为一种趋势和潮流，使美国文学多元化的进程大为加快。美国文学的多元化首先表现在文学流派的种类众多上。左翼文学、南方文学、哈莱姆文艺复兴以及犹太裔文学都找到了适合各自生存的土壤和发展的空间，在现代主义思潮的影响下彼此并行不悖、长足发展。其次，美国文学的多元化还表现在创作的主题和内容上。以往传统文学中所认为的“非文学性材料”，如对性的描写，都进入了文学作品的创作中。海明威和菲茨杰拉德的小说中都有对性的直白的描写。在斯泰因这位“发明了现代写作”的作家笔下，同性恋这些禁忌话题在《梅兰克莎》(*Melanctha*，1909)和《曼哈顿中转站》(*Manhattan Transfer*，1925）中都有直接或间接的表现。美国现代主义文学发展中出现的这种多元格局自后现代主义时期依然有着极大的发展空间，多元化倾向愈加明显。印第安文学、亚裔文学粉墨登场，非裔文学、犹太文学持续繁荣，美国文学大花园内花团锦簇，百花迎春。

4. 美国现代主义文学的终结

美国现代主义文学发轫之初，青年作家们意识到“自己正投身于各种形式

① 伊哈布·哈桑．后现代主义概念初探．盛宁，译．后现代主义．社科院外文所《世界文论》编委会编，北京：社科文献出版社，1993：155.

② Emory Elliott. *Columbia Literary History of the United States*. New York: Columbia University Press, 1988: 821.

的创造性暴力。他们的目的绝不是简单的发挥想象力，而是首先挑战无自由的创作、新闻媒体的压迫、有教养的观众、胆怯的读者以及政治和宗教的正统观念。”① 正是这种压力下的反抗，艰难中的奋发才导致了美国现代主义文学的繁荣，才促进了美国文学多元化和国家化进程的加快，其反叛精神和创新思维影响巨大。

但是随着时间的推移，现代主义几乎被席卷一切的商业浪潮所吞没，在艺术领域现代主义思潮中那种反叛的精神和创新的思维在其成为主流后就逐步丧失殆尽，其原本先锋前卫的风格和形式在被普遍运用后就显得稀疏平常，渐成新的僵化的模式和规范，成为阻碍文学进一步发展的障碍。时过境迁，美国现代主义文学就像当年它所推翻的现实主义文学一样，无论在表现手法、作品形式与内容上都无法反映日新月异的新生活，当约翰·巴斯（John Barth，1930－　）写下《文学的枯竭》（*The Literature of Exhaustion*，1967）一文时正是美国现代主义文学穷途末路之际。文学自身所固有的“向一切挑战”的精神再度复苏，后现代主义思潮开始涌动。以标新立异为最初特征的后现代主义首先在文学和建筑领域萌芽发展，接着以迅雷不及掩耳之势波及艺术、哲学、社会学等领域，吸引了又一批青年人投身浪潮，掀起了时代的风潮，引起了文化的震荡，直到90年代中期才趋于缓和。

思考题

1. 简述20世纪美国现代主义诗歌的总体特征及其分支流派。
2. 简述新黑人小说形成的社会历史背景及其在美国文学史上的地位及影响。
3. 为什么说尤金·奥尼尔是“美国现代戏剧之父”？

① Michael Levenson. *The Cambridge Companion to Modernism*. Shanghai：Shanghai Foreign Language Education Press，2000：2.

第十三讲
美国当代文学

美国当代文学以二次世界大战结束为起点，横跨半个世纪。美国作家们沿袭优良的创作传统，秉持一贯的开拓精神，在存在主义和精神分析等学说的影响下用犀利的文字反映外在社会的剧烈变迁、内在人心的精神危机，大量紧跟时代步伐的优秀作品相继问世，新颖的创作手法和创作技巧让美国当代文学赢得了海外读者的青睐，成为世界文学界批评家的宠儿。第二次世界大战结束后，美国国家经济实力的增长和国际政治地位的显著提升都为美国当代文学的发展提供了客观的有利条件。美国当代文学在诗歌、小说和戏剧方面新人辈出，众星闪耀，取得了辉煌的成就，在世界文学界的地位迅速提升。

本讲首先将结合第二次世界大战结束后美国社会发展的历史概况追溯美国当代文学在诗歌、小说和戏剧领域的历史轨迹，阐明其发展脉络；接着在诗歌领域聚焦开创美国后现代主义诗歌先河的垮掉派诗歌的代表人物艾伦·金斯伯格、黑山派的代表人物查尔斯·奥尔森、自白派的代表人物罗伯特·洛威尔、获得“美国桂冠诗人”殊荣的非裔女诗人丽塔·达夫等；在小说领域聚焦“垮掉一代”

的代表人物杰克·克鲁亚克、有“社会动乱时期中产阶级的小说家”之称的约翰·厄普代克、族裔小说中的代表人物 J. D. 塞林格和托尼·莫里森；在戏剧方面聚焦被誉为 50 年代剧坛之星的阿瑟·米勒、60 年代荒诞派代表人物爱德华·阿尔比及大卫·雷勃、70 年代外外百老汇以及地方剧院的代表人物萨姆·谢泼德及大卫·马梅特；最后，本讲将阐述 20 世纪美国当代文学中的后现代主义特征。

第一节　当代美国社会历史概况与文学发展

第二次世界大战带来空前的灾难，而美国却在战争中远离主战场，没有遭受毁灭性的打击。相反，战争对物资的巨大需求客观地刺激了美国经济的发展，战后纽约取代伦敦成为世界金融中心，美元取代英镑成为资本主义货币体系的中心，美国成为世界第一经济强国和资本主义世界霸主。战后美国实施杜鲁门主义，推行马歇尔计划，成立“北约”遏制苏联。对外，美国发动朝鲜战争和越南战争；对内，美国政府极力推行麦卡锡主义，加剧对左派势力的压制和迫害。奉行多年的种族隔离政策饱受诟病，迅猛发展的垄断资本主义显露弊端，美国阶级矛盾不断激化，社会危机不断加深，60 到 70 年代美国国内爆发了声势浩大的工人运动、黑人民权运动和妇女解放运动。80 年代里根政府推行强硬措施，结束了持续多年的经济低迷态势，通货膨胀率和失业率下降。90 年代美国政府加大对以信息产业为代表的高科技产业的扶持力度，经济增长加快，繁荣景象再现。

20 世纪后半叶的历史沿革和社会发展都必然会对美国当代作家的日常生活和文学创作产生深刻影响，因为“文学活动意味着处在特定意识形态语境的说话人与受话人通过文本而展开的沟通过程”[①]，在美国当代作家的创作过程中必然会受到诸多社会因素的影响，体现出意识的印记、社会的特点和时代的特征。美国当代文学在社会历史的进程中不断特征化，诗歌、小说和戏剧等领域经历了 50 年代作家的新老交替、60 年代模态的创新实验、70 年代及以后的文学的多元发展，名家辈出、名篇频现的繁华景象再度出现，奠定了美国文学的世界性地位。

---

① 童庆炳．文学理论教程．北京：高等教育出版社，2008：94.

第十三讲　美国当代文学

1. 诗歌：新老交替，流派纷呈

“二战”结束以后，随着文学思潮的发展，美国诗歌发展进入新阶段，美国当代诗歌启幕。当代诗歌的发展总体呈现出新老交替、流派纷呈的特征。

在诗歌领域，现代和当代两个发展阶段虽然在时间上前后相继，但是在创作手法、表现风格和写作主题上前后迥异，当代美国诗歌呈现出新旧交替的发展格局。首先，时代的变迁和战后社会的变革成为当代美国诗歌与现代主义诗歌决裂的客观条件。20 世纪，朝鲜战争、越南战争以及海湾战争给美国民众造成巨大的心理创伤；麦卡锡主义的疯狂、民权运动的高涨、女权运动的发展、性解放、嬉皮士等大行其道；战后科学技术的迅猛发展，社会大生产的整体化、机械化、自动化让美国民众的内心异化的感觉越发深刻。其次，当代美国诗人的变革精神与创新意识成为当代美国诗歌与现代主义诗歌决裂的主观因素。艾略特和新批评派所倡导的“非个人化”和“人格面具”等美学规范被“个人化”的创作倾向所替代。查尔斯·奥尔森、艾伦·金斯伯格以及罗伯特·洛威尔相继登上诗歌舞台，逐渐取代了现代派和新批评派诗人，开创了美国诗歌的新时代，50 年代《投射体诗》、《嚎叫》以及《生活研究》相继发表，成为后现代诗歌诞生的标志。

当代美国诗歌在完成了新旧交替的过程后，真正进入了后现代时期，诗歌领域出现了流派纷呈的特征。青年诗人与诗界名家交相辉映，主流白人诗人与边缘族裔诗人众星争辉，美国诗歌一改 1950 年前后的沉寂的状态，进入了繁荣的大发展时期。以金斯伯格为代表的垮掉派开创了美国后现代诗歌的先河，在鼎盛时期还出现了以查尔斯·奥尔森为代表的黑山派，以罗伯特·洛威尔为代表的自白派，以弗兰克·奥哈拉（Frank O’Hara，1926－1966）和约翰·阿什贝里（John Ashbery，1927－　）为代表的纽约派，以及以理查德·魏尔伯（Richard Wilbur，1921－　）、詹姆斯·梅里尔（James Merrill，1926－1995）为代表的新形式主义和以查理斯·伯恩斯坦（Charles Bernstein，1950－　）为代表的“将审美性和政治性包融在一起的”语言诗派等。[①] 在族裔诗歌领域，黑人诗歌得到很大发展，尽管被少数专家认为缺乏“美学和认知”[②]，但是取得了辉煌的成就，1993 年

① 伯恩斯坦，雷泽尔，谢里．美国语言派诗选．张子清，黄运特，译．成都：四川文艺出版社，1993：93.

② David Lehman，Harold Bloom. *The Best of the Best American Poetry*：1988－1977. New York：Scribner，1998：18.

丽塔·达夫获得了桂冠诗人的美誉，玛亚·安杰罗（Maya Angelou，1928-2014）应邀在总统就职典礼上朗诵诗歌；N. 斯科特·莫马代（N. Scott Momaday，1934- ）等印第安作家登上美国文坛，印第安诗歌最终被认为是世界伟大的文学之一。[①]

美国后现代诗派出现了正统化和群众化的趋向。教育的大众化是后现代派诗歌正统化的有力保证。60年代美国普通大学纷纷将出名诗人由书斋请入课堂，将他们由游击队收编为正规军。诗人体制化的趋向使得诗歌的发展呈现职业化趋向，使得后现代诗歌的"个人化"诉求得以被更广大的民众所熟悉和接受。而科技的现代化是后现代派诗歌群众化的前提基础。科技的迅猛发展使得普通美国民众也能利用多种现代科技手段去丰富诗歌内容的意蕴表现，使个体心理的外化过程具有多样性、层次感的特点。群众广泛参与性和行动性扩大了当代诗歌的传播范围，加快了当代诗歌的传播速度，加大了当代诗歌在现实社会中的影响力。

2. 小说：时代印记，多元共存

第二次世界大战结束后，新一批作家和作品被刻上了时代的烙印，"朝向现实主义与社会记录，与历史事件和运动发生相互联系"。[②] 感觉敏锐的美国当代作家如约翰·赫塞（John Hersey，1914-1993）、詹姆斯·古尔德·科曾斯（James Gould Cozzens，1903-1978）、欧文·肖（Irwin Shaw，1913-1984）都接受过"二战"的洗礼，他们的作品中以战争为媒介深刻反映出人物内心的心理变化轨迹和各种社会问题的衍生。以新闻报道风格再现历史事件的约翰·赫塞在其代表作《墙》（*The Wall*，1950）中描述了"使个人得以超越异化的集体经验"[③]；科曾斯获得1949年普利策小说奖的作品《荣誉卫队》（*Guard of Honor*，1948）避开了对战争本身的描写，转而关注军队内部的等级关系及指挥运作的机制；欧文·肖的畅销小说《幼狮》（*The Young Lions*）"在战争题材之中掺入了种族冲突或其他社会问题，从而使得战争成为人类文明各种冲突和危机的一个微观标本。"[④] 战争的残酷造成了巨大心理创伤，这直接导致了垮掉派作家群的形成。他们采取自我放逐的方式游离于社会现实，采取纵欲、吸毒等不良行为来蔑视一

---

① 聂珍钊．外国文学史（四）．武汉：华中师范大学出版社，2010：13.

② Malcolm Bradbury. *The Novel Today*: *Contemporary Writers on Modern Fiction*. Manchester: Manchester University Press, 1977: 8.

③ Jeffrey Walsh. *American War Literature*: *1914 to Vietnam*. London: Macmillan, 1982: 137.

④ 陆谷孙．幼狮译后记．上海：上海译文出版社，1987：924.

切社会现存的道德准则和世界秩序。杰克·克鲁亚克的代表作《在路上》(*On the Road*, 1957)、威廉·伯洛兹（William S. Burroughs, 1914-1997）的《裸体午餐》(*Naked Lunch*, 1959）成为垮掉派小说领域的代表，引领了时代风潮。

战争小说的传统写实风格[①]以及“垮掉派”小说所造成的沉闷气氛都使得美国当代小说的继续发展和变革成为必然。小说发展在面对社会历史语境的同时，也必然会“朝向形式、虚构和自身反映”[②]，“艺术及其形式和技巧生活在历史当中，必定要发生变化”。[③] 囿于麦卡锡主义的疯狂迫害，美国文坛在50年代出现了非政治化的倾向，到了60年代，美国当代小说家重新将目光汇聚时下政治，以犀利的笔触讽刺社会的阴暗面。黑色幽默在60年代的美国文坛盛极一时，作家采用夸张、变形、讽刺的手法，运用喜剧的形式来展现社会当下近乎绝望的精神状态，表达了对人类“共同命运”的关注[④]，具有深刻的思想性和较高的艺术性。约瑟夫·海勒（Joseph Heller, 1923-1999）、约翰·巴斯（John Barth, 1930-　）、库尔特·冯尼格特（Kurt Vonnegut, 1922-2007）、托马斯·品钦（Thomas Pynchon, 1937-　），以及纳博科夫（Vladimir Nabokov, 1899-1977）都是其中的代表人物。与此同时，“非虚构小说”，又称“新闻体小说”出现，小说家基于某个真实的社会新闻事件，以实验性的小说创作手法将事实与虚构杂糅在一起，这种将传统小说的主观想象力与新闻报道的客观真实性融为一体，提供给读者一种新奇的超现实之美的阅读体验，杜鲁门·卡波特（Truman Garcia Capote, 1924-1984）1966年发表的《冷血》堪称非虚构小说的代表作，两次获得欧·亨利短篇小说奖。除此之外，美国当代小说家们在60年代努力实践，试图打破以往小说情节设置的线性叙事结构，采用拼贴、重组等后现代手法加以发展，以约翰·巴斯、唐纳德·巴塞尔姆（Donald Barthelme, 1931-1989）等为代表的先锋实验小说作家刻意回避文学作品中事件的真实性，凸显作品本身的虚构性，他们的作品不太注重情节构成的完成、人物刻画的丰满，而是凸显偶然性、片段性和非完整性的特点。在文本里、在叙述过程中常常采用非文字的表达方式或插入一些难以捉摸的图片或单调的色块来凸显其独树一帜的实验风格。

---

① Malcolm Bradbury. *The Modern American Novel*. Oxford University Press, 1992: 161.

② Malcolm Bradbury. *The Novel Today: Contemporary Writers on Modern Fiction*. Manchester University Press, 1977: 8.

③ John Bath. “The Literature of Exhaustion”. *The Novel Today*. Malcolm Bradbury. ed. Glasgow: Fontana/Collins, 1997: 72.

④ Alan R. Pratt. *Black Humor: Critical Essays*. Garland Publishing, Inc., 1992: 144.

实验小说的锋芒很快就让批评家们看到了它的内在不足，“想象没有人能够欣赏、能够理解的天才作家可以存在时荒谬至极”[1]，而读者们也逐渐厌倦了这种流于形式的先锋创作，这种“为语言而语言”、放弃“道德责任”的“文学雕塑”[2] 在70年代没落，取而代之的是新现实主义的流行。新现实主义借鉴吸收了战后战争小说、垮掉派和实验派作品中的优秀技法，主张文学应该是“关于我们人是什么、我们是谁、生活的目的是什么这些问题的一个更为宽广、更为灵活、更为充实、更为一致、更为全面的记述，占据中心的是人类以集体的力量争取自由的斗争，是个人反抗非人化，掌握自己灵魂的斗争。”[3] 赫尔曼·沃克（*Herman Wouk*，1915-）的《战争风云》（*The Winds of War*，1971）和《战争与回忆》（*War and Remembrance*，1978）以及约翰·厄普代克的“兔子四部曲”是其中的代表作品，都沿袭了传统现实主义的风格而具有史诗般的气质。

当代美国小说的另一个特点是多元发展，共存共荣。战后，少数族裔文学在民权运动的影响下蓬勃发展，与白人主流文学共同构筑了当代小说的繁荣局面。

“二战”后黑人文学依然以燎原之势迅猛发展，理查德·赖特（Richard Wright，1908-1960）、詹姆士·鲍德温（James Baldwin，1924-1987）、埃里森（Ralph Ellison，1914-1994）为代表的作家集群相继出版了《局外人》（*The Outsider*，1953）、《向苍天呼吁》（*Go Tell It on the Mountain*，1953）、《看不见的人》（*Invisible Man*，1952），美国黑人文学迎来了第二次繁荣。伊斯米尔·里德（Ishmael Reed，1938-　）的处女作《自由契约的送葬者》（*The Free-Lance Pallbearers*，1967）发表于1969年，运用语音拼接、非线性图表等实验小说技法描绘出一个超现实的世界。70年代以后，黑人女作家打破男性作家一统天下的局面，艾里斯·沃克（Alice Walker，1944-　）、托尼·莫里森（Toni Morrison，1931-　）等成为新时代的灵魂人物。艾里斯·沃克于1982年凭借其出色的作品《紫色》（*The Color Purple*，1982）斩获代表美国文学最高荣誉的三大奖项；托尼·莫里森编撰的《黑人之书》（*The Black Book*，1974）成为研究美国黑人史的百科全书，1993年她获得诺贝尔文学奖，成为黑人文学史上第一位获此殊荣的学者型女性作家，借此，美国黑人文学迎来了第三次繁荣。

犹太裔美国小说在第二次世界大战前起步发展，在战后走向繁荣，70年代达

---

① John Gardner. *On Moral Fiction*. Basic Books, Inc., 1978: 196.

② John Gardner. *On Moral Fiction*. Basic Books, Inc., 1978: 71.

③ Saul Bellow. *It All Adds Up*. London: Secker & Warburg, 1994: 96.

到巅峰。J. D. 塞林格、艾萨克·巴舍维斯·辛格（Isaac Bashevis Singer，1902-1991）以及索尔·贝娄（Saul Bellow，1915-2005）等成为犹太裔小说的代表人物，J. D. 塞林格的《麦田里的守望者》(*The Catcher in the Rye*，1951）成为美国20世纪文学经典，主人公霍尔顿的反英雄形象深入人心；艾萨克·巴舍维斯·辛格被认为是最会讲故事的犹太裔作家，他的作品《庄园》(*The Manor*，1967)、《卢布林的魔术师》(*The Magician of Lublin*，1960）等试图探讨激情对于个人命运的影响，受到读者追捧；索尔·贝娄坚持现实主义的创作传统，同时也吸收借鉴现代的表现手法，创作出《赫索格》(*Herzog*，1964)、《洪堡的礼物》(*Humboldt's Gift*，1975）等传世名作。贝娄和辛格分别于1976年和1978年获得诺贝尔文学奖，标志着犹太裔美国文学以往的边缘地位得到转变。

美国印第安文学于六七十年代异军突起，空前繁荣。印第安作家继承祖先民间口头文学传统，借鉴现代小说创作技法形成本土特色，他们的作品带有浓郁的民族风情，同时也不失时代感，受到读者喜爱和评论家的关注。美纳瓦雷·斯科特·莫马迪（N. Scott Momaday，1934-　）1968年创作的小说《日诞之地》(*House Made of Dawn*）获普利策小说奖，该小说是印第安文学和文化发展的里程碑，拉开了“印第安文艺复兴”的序幕，影响了莱斯利·西尔科（Leslie Marmon Silko，1948-　)、路易斯·厄德里克（Louise Erdrich，1954-　)、谢尔曼·阿莱克西（Sherman Joseph Alexie，Jr.，1966-　）等印第安作家，莫马迪因此被誉为“美国印第安作家的精神教父”。路易斯·厄德里克在小说中对意象和隐喻的使用出神入化，先后六次获得欧·亨利小说奖，引起评论界的广泛关注。

3. 戏剧：人才辈出，蓬勃发展

“二战”结束后，当代美国戏剧的发展呈现出随着年代更迭，人才辈出、蓬勃发展的态势。

“二战”期间美国的剧院一片萧条，直到战争结束才开始恢复生机。进入50年代，田纳西·威廉斯（Tennessee Williams，1911-1983）和阿瑟·米勒(Arthur Miller，1915-2005）双星争辉，评论界普遍认为“威廉斯表现的是被颓废的南方文化强化的心理病态，而米勒关注的则是决定个人痛苦的那些更为广阔的社会与经济问题。”[1] 此时，为了摆脱百老汇的商业氛围，外百老汇逐渐形成，上演“剧坛新手的作品、很少上演的经典作品、第一次在美国上演的外国剧作，以及成名作家的新作或从未上演过的作品。”[2] 外百老汇设立了奥比奖，影响和规模日渐扩大。

进入 60 年代，外百老汇先锋前卫精神削弱，外外百老汇形成。其上演的剧目都具有反传统、反主流的年代特点和时代烙印，贝克夫妇的生活剧团、艾伦·斯图尔特的拉妈妈实验戏剧俱乐部都进行着戏剧革新，在机遇剧和环境戏剧排演过程中，剧本的地位降低，演员自身的素质和临场发挥的能力才成为戏剧演出成败的关键。爱德华·阿尔比所代表的荒诞戏剧盛极一时。

70 年代随着电视的普及和其他娱乐方式的多样化、大众化，戏剧舞台一时风光不再，但是外外百老汇以及地方剧院的代表人物萨姆·谢泼德和大卫·马梅特被认为是美国戏剧舞台复兴的动力所在，他们的代表作《埋葬的孩子》(*Buried Child*，1978）和《美国野牛》(*American Buffalo*，1975）都成为青年观众喜欢的热门剧目，久演不衰。

进入 80 年代后，美国当代戏剧的发展呈现出多元繁荣并存的格局。黑人剧作家奥古斯都·威尔逊（August Wilson，1945-2005）的世纪戏剧，华裔作家黄哲伦（David Henry Hwang，1957-　）的美国三部曲，玛莎·诺曼（Marsha Norman)、温蒂·瓦萨斯坦（Wendy Wasserstein，1950-2006）的女性主义戏剧，托尼·库什纳（Tony Kushner，1956）的同性恋主题戏剧都促进了美国当代戏剧的进一步发展，在时代的变迁中，美国当代戏剧与现代其他艺术的表现手法相互借鉴，戏剧舞台向普通民众延伸，地方剧院方兴未艾，各种戏剧活动如火如荼，呈现出蓬勃发展的良好势头。

第二节　美国当代文学的重要作家及其代表作品

1. 诗歌的流派纷呈

在第二次世界大战结束后，美国诗歌的发展进入了新的发展时期，即当代诗

---

① Boris Ford. *The New Pelican Guide to English Literature*: *American Literature*. Penguin Books, 1991: 338.

② Stuart Little. *Off-Broadway*: *The Prophetic Theatre*. New York: New York Publishing House, 1972: 38.

歌的发展阶段，呈现出新老交替、流派纷呈的特点，黑山派、自白派、纽约派、语言诗派等相继登场、百家争鸣。进入 60 年代，美国社会矛盾的激化使得族裔诗人运用诗歌本身执着地寻求从边缘到中心的突围，在主题、形式和内容等层面上全方位地丰富了美国当代诗歌的内涵，扩展了其外延。

1.1　艾伦·金斯伯格（Allen Ginsberg，1926-1997）

艾伦·金斯伯格被奉为“垮掉的一代”的精神之父，他集诗人、文学运动领袖、激进的无政府主义者、旅行家和预言家以及宗教徒等多种身份于一身，他独特的美学风格和创作主张、那些发泄痛苦与狂欢的诗作都给美国诗坛以巨大的震撼。

50 年代中期，他和凯鲁亚克等人来到旧金山，与旧金山文艺复兴的代表人物肯尼斯·雷克斯（Kenneth Rexroth，1905-1982）等共同创办了名为《祝福》（*Beatitude*）的诗歌杂志，并以杂志为园地、以诗歌为载体逐渐形成了名噪一时的“垮掉派”。1955 年 10 月 13 日，他在旧金山画廊朗读了长诗《嚎叫》(*Howl*)引起轰动，确立了他在“垮掉派”诗歌中的领袖地位。“随着美国主流诗歌正统化趋向的加剧”，金斯伯格于 1973 年成为美国文学艺术院的成员，这标志着“他从撒野的异己分子成为了令人尊敬的优秀公民”。①

金斯伯格的诗歌创作多汇编成集出版，一生中共有 20 多部作品问世。代表作《嚎叫及其他诗》(*Howl and Other Poems*，1956）创作于 60 年代中期，由三大部分组成。在形式上，它继承了惠特曼诗作的自由精神，一反传统的样式风格；在内容上，它抨击了美国社会里物质至上的不良倾向，描写了美国青年颓废放荡的日常生活和行为方式，呈现了美国青年一代的惶恐、愤怒、绝望等丰富而又复杂的内心世界，严厉地鞭挞了美国社会中无孔不入的控制个体命运的邪恶势力。《嚎叫》“以过度张扬的方式抒写自我，给美国诗坛带来了一场革命。”② 1973 年创作的《美国的衰落》(*The Fall of America*）杂糅了诗歌、旅行札记、个体经验、流行歌曲、报章头条、新闻观察等元素，抒发即兴情感，产生出多层次、多声部的和鸣效果，赢得 1974 年的美国全美图书大奖，进一步奠定了他在诗坛的地位。

1.2　查尔斯·奥尔森（Charles Olson，1910-1970）

查尔斯·奥尔森在美国当代诗歌领域地位显赫，这主要得益于他在诗歌流派的形成、自身诗歌的创作和诗歌理论的创设方面所作出的巨大贡献。奥尔森在黑

---

① 王守仁．新编美国文学史（第四卷）．上海：上海外语教育出版社，2002：459.

② 梁亚平．美国文学简介．上海：东华大学出版社，2006：173.

山学院任职期间，团结了罗伯特·克利里（Robert Creeley，1926-2005）、罗伯特·邓肯（Robert Duncan，1919-1988）等一批同时代优秀的诗人，继承和发扬了黑山学院优秀的先锋艺术创作传统，以《黑山评论》(*Black Mountain Review*)和《起源》(*Origin*)为宣传阵地，逐步形成了“黑山诗派”，唐纳德·艾伦（Donald Allen，1912-2004）将其与“垮掉派”并称为美国诗坛50年代最有影响力的两大团体。[①]

作为“黑山派”的代表人物，奥尔森在自身诗歌创作中的成就主要体现在其诗作《马克西姆斯诗篇》(*The Maximus Poems*，1953)中，它由300多首短篇诗歌组成，是一部充满着历史、科学、神话的鸿篇巨制。在该诗作的创作中，奥尔森提出了过程的重要性，他指出：“诗歌不是欣赏音乐，不是听音乐，也不是音乐创作，而是音乐功能的一面，就像歌的功能一样……关键在于过程。”[②]

作为“黑山派”的代表人物，奥尔森不满诗歌创作现状，认为“曾在二三十年代被庞德和格兰尼称颂的自由诗体及开放诗学在三十年代后期开始遭受压制，那些保守的戒律陈规在学院教授、学者的摆弄下死灰复燃”[③]，在能量的基石之上，奥尔森从诗歌的本质入手，论及诗歌的形式，从而建立起自己庞大而严谨的投射诗歌理论体系。他认为诗歌的本质是能量的传递，“诗本身须是一个高能结构，同时也是一个能量发射器。”[④] 在他看来，诗歌是一种开放的结构，是一种动能的客体，一种场上的写作。奥尔森主张诗歌的形式是其内容的延展，“形式尽可能地不要干扰诗人的真实存在”[⑤]，形式只能动态地生成。

1.3 罗伯特·洛威尔（Robert Lowell，1917-1977）

罗伯特·洛威尔是自白派诗歌的代表人物，他将自己的内心世界以自白的方式复现在诗行中，并与美国的时代精神与重大事件紧密结合，他“时常散发出一种处于挣扎中的圣人的品质”[⑥]，评论家注意到，“洛威尔个人的痛苦经历只不

---

① Donald Allen. *The New American Poetry*, 1945-1960. Berkeley: University of California Press, 1999: 24.

② Charles Olson. *A Draft Plan for the College*. Olson: The Journal of the Charles Olson Achieves, 1974 (2): 55.

③ Nina Baym. *The Norton Anthology of American Literature: Literature Since* 1945 (Volume E). New York: W. W. Norton & Company, 2002: 270.

④ Charles Olson. *Selected Writings of Charles Olson*. NY: New Directions Publishing Corporation, 1997: 16.

⑤ Sanja Sosataric. *Coleridge and Emerson: A Complex Affinity*. New York: Universal-Publishers, 2003: 330.

⑥ Nina Baym. *The Norton Anthology of American Literature: Literature Since* 1945. New York: W. W. Norton & Company, 2002: 2409.

过是社会文化崩溃的又一症状”。[①]

洛威尔 1946 年出版的诗集《威利爵爷的城堡》(*Lord Weary's Castle*) 赢得了普利策奖。在评论家的眼里，这是一部清教主义的作品，因为它“代表忘恩负义、不负责任、犯罪及惩罚……迷途的该隐不能赎罪以获得救赎”这样典型的清教徒思想。[②] 在这部诗集里，洛威尔虽然抨击波士顿的价值观念，表达出与清教主义决裂的决心和意志，可是他的诗无论是形式上，还是内容上都无法与清教主义划清界限。洛威尔在 1959 年发表的《生活研究》(*Life Studies*) 充满冲突的意象与不和谐音，认为这个荒凉的世界需要宗教上的神秘主义来帮助人们解脱，其神秘性既体现在对信仰的忠诚上又同时体现在适度的怀疑上。[③] 《生活研究》(*Life Studies*, 1950) 中的压卷之作《臭鼬的时光》(*Skunk Hour*) 被公认为是“自白诗派的典型代表，具有地标性意义，因是第一首自白体诗歌而具有历史地位。”[④] 在这首诗歌中，洛威尔以繁复的形象体现了异化的痛苦和绝望中的自救解脱。1973 年洛威尔发表了《海豚》(*The Dolphin*, 1973)，在庆祝自己再次新婚的同时，这部诗作为洛威尔再次赢得普利策诗歌奖，可谓双喜临门。

1.4　丽塔·达夫 (Rita Dove，1952-　)

丽塔·达夫 1987 年获得普利策诗歌奖，是美国历史上第一位黑人桂冠诗人，1996 年获得美国国家人文奖章，2009 年获得富布莱特终身成就奖，2011 年获得奥巴马颁发的国家艺术奖章，是美国当代诗坛一道亮丽而又奇特的风景线。达夫“擅长从历史中关照现实，将黑人性与美国性结合”[⑤]，批评家赞扬她能够“在丑恶中发现缕缕美丽，在压迫中发现自由的可能性，在瘠土中发现富饶。”[⑥] 在其诗歌创作生涯中，艺术成就最高的也是最为著名的是其在 1986 年完成的《托马斯与比拉》(*Thomas and Beulah*, 1986)，她将家族历史与美国历史巧妙的有机结合在一起，以外祖父母的经历为基本素材。诗集共分为两个部分：上篇讲述托马斯乘船离开田纳西北上，在阿克伦遇见了比拉，两人共浴爱河，结为夫妻。下篇

---

① Paul Breslin. *The Psycho-Political Muse: American Poetry Since the Fifties*. Chicago: University of Chicago Press, 1987: 68.

② Philip Hobsbaum. *A Reader's Guide to Robert Lowell*. London: Thames & Hudson, 1988: 27.

③ 刘文．自白诗与罗伯特洛威尔的《臭鼬的时光》．河北大学学报，2009 (2)：133.

④ Christopher Beach. *The Cambridge Introduction to Twentieth Century American Poetry*. Cambridge: Cambridge University Press, 2003: 156.

⑤ 聂珍钊．外国文学史（四）．武汉：华中师范大学出版社，2010：25.

⑥ Steven R. Serafin. *Encyclopedia of American Literature*. New York: The Continuum Publishing Company, 1999: 292.

则展示了比拉的内心世界。诗集体现了诗人对生命的现实关怀以及热爱生活的情怀，在展现普通人生活方式和丰沛思想感情的同时，也反映了历史的发展和社会的变迁，在表现个体的同时关照了群体乃至社会整体的状态。达夫以诗歌为载体进行了宏大叙事，尽管达夫并不是“种族诗人”①，但是她还是触及了“种族偏见问题”。②“尽管知道一种往往被认为赋予了黑人身份和文化核心的策略本质主义认同在确保非裔美国人在一个种族歧视的社会中生存下来功不可没，她还是清楚地认识到了那种认知的局限性。”③ 她挑战六七十年代的黑人艺术运动中的“黑人本质主义”，这是她和其他黑人作家最大的不同之处。

2. 小说的多元共生

第二次世界大战结束后，美国战争小说盛极一时，时代印记成为小说畅销的根本保证，黑色幽默小说及实验小说相继成为文坛的宠儿，而美国族裔小说也都取得长足进步。美国当代小说“蓬勃发展，其众多的流派、丰富多样的题材、千变万化的艺术形式，使得美国小说创作形成了空前繁荣的局面。”④

2.1 杰克·克鲁亚克（Jack Kerouac，1922-1969）

杰克·克鲁亚克是“垮掉派”小说的代表人物，于1948年提出“垮掉的一代”的说法，具有标志性意义。1947年克鲁亚克开始了横贯美国大陆的旅行，这次旅行的经历成为他的代表作《在路上》(*On the Road*，1957）的主要内容。1951年克鲁亚克用打字机连续工作三个星期，完成了小说的创作。克鲁亚克的写作犹如爵士乐的即兴演奏，并无统一的结构安排和情节设置，作品在叙述中或急或缓，呈现出音乐的韵律，体现出作者思想发展的随意性。《在路上》采用了倒叙的手法，运用第一人称的视角通过五个部分叙述了主人公萨尔·帕拉代斯和朋友迪安多次去西部旅行的经历。小说以写实的手法记述了“垮掉派”放荡不羁的生活方式。主人公萨尔和迪安是“西部世界的破落英雄”，寻求一种“解放和陶醉”。⑤ 小说以最为明显的方式诠释了美国文学中“出走”这一母题，作为一个逃跑者，萨尔并不关注实际的目的地，他只是受到内心深处的召唤，以出走

---

① H. Baker. *Review of Grace Notes*. Black American Forum，1990（3）：574.

② T. L. Walters. *African American Literature and the Classicist Tradition：Black Women Writers from Wheatley to Morrison*. New York：Palgrave Macmillan，2007：119.

③ M. Pereira. *Rita Dove's Cosmopolitanism*. Urbana and Chicago：University of Illinois Press，2003：1.

④ 聂珍钊．外国文学史（四）．武汉：华中师范大学出版社，2010：57.

⑤ 马库斯·坎利夫．美国文学（下卷）．美国大使馆文化处，1983：334.

为目的来抒发自己内心感受，从一个地点奔赴下一个地点的地域转换本身让萨尔充满惊喜。1962 年在回顾自己的小说创作时他说："我的作品和普鲁斯特的一样，构成一部巨著，与他不同的地方在于我的追忆不是在病床上而是在路上写的。"①

2.2　约翰·厄普代克（John Updike，1932-2009）

约翰·厄普代克以描写美国东部白人中产阶级的生活见长，评论家称他为"社会历史变化的准确记录者"。② 厄普代克是一位多产的作家，一生中创作并出版了 17 部长篇小说，10 部短篇小说集，6 部诗集以及大量的评论集、戏剧和传记作品，曾经两次获得全美图书大奖和一次普利策奖，成为继辛莱克·刘易斯、海明威和福克纳之后第四位登上美国《时代周刊》封面的文学人物，被公认为美国最优秀的小说家之一。

厄普代克的长篇小说《半人半马》(*The Centaur*，1963）是一部超现实主义作品，以希腊神话中半人半马客戎因难以忍受伤痛要求宙斯赐死以结束他的痛苦为参照，讲述了一位中学教师卡德维尔身心交瘁，不堪重负的生存现状。小说交替使用第一人称和第三人称的叙述，从儿子彼得的眼光看待父亲的人生，充满了同情和理解，将人物内心的焦虑和人性的脆弱表现得淋漓尽致。该小说于 1967 年为厄普代克赢得全美图书奖，1968 年再次斩获欧·亨利故事奖。

厄普代克小说的最高成就体现在他的兔子四部曲中。1960 年《兔子跑吧》（*Rabbit，Run*）问世，他以"兔子"哈利·安斯特朗为主角，赋予他"一种兔子的人生观，一种躲闪逃避的态度，即按照本能冲动自发行事，不假思索，担惊受怕"③，厄普代克通过这个普普通通的美国人的生活变迁勾画出"战后美国社会道德史"。④ 在此之后，厄普代克每隔十年发表一部关于兔子哈利生活的小说，《兔子归来》(*Rabbit Redux*，1971)、《兔子富了》(*Rabbit is Rich*，1981)、《兔子歇了》(*Rabbit at Rest*，1990）共同组成了兔子四部曲。1982 年，四部曲中的《兔子富了》一举囊括国家图书奖、普利策奖和书评人协会奖。这四部曲记录了美国自"二战"后 40 年来的社会历史的全貌，内容涉及越南战争、月球登陆、能源危机等重大事件，被称为美国的断代史。兔子四部曲中充斥着性的描写，婚外情、换妻、一夜情、乱伦等情节不一而足，在出版界当时引发极大争议，但是厄

① Ann Charters, ed. *The Portable Jack Kerouac*. New York: Viking, 1995: 5.

② Malcolm Brandbury. ed. *The Modern American Novel*. Oxford: Oxford University Press, 1992: 183.

③ John Updike. "*Why Rabbit Had to Go*" . New York Times (Book Review 5), 1990 (8): 25.

④ Malcolm Brandbury. ed. *The Modern American Novel*. Oxford: Oxford University Press, 1992: 182.

普代克试图通过他们荒谬的生活方式来表现主人公内在的孱弱和精神的空虚，作品表明他们试图通过另类的生存方式来追寻生活的意义和价值。2000 年厄普代克“因为感觉到没有兔子在周围，故事总是缺少了一些东西”[①]，于是又续写了一部“兔子”中篇小说《怀念兔子》(*Rabbit Remembered*，2001）来回报读者对兔子哈利的关爱。

2.3　J. D. 塞林格（J. D. Salinger，1919-2010）

J. D. 塞林格是战后美国文学界“最先描写中产阶级子弟苦闷彷徨”的作家[②]，他的成名作小说《麦田里的守望者》“满足了反对文化上精神庸俗化的青年一代的需要”[③]，被奉为 20 世纪的美国文学经典。小说讲述了 16 岁的中学生霍尔顿·考尔菲尔德于圣诞节期间在纽约市游荡的故事，主人公抗拒现代文明，与社会生活格格不入，在语言风格上和内在性格上都与马克·吐温笔下的费恩有极大的相似之处。小说反映了以霍尔顿为代表的青年一代无法在现代社会中找到自己的人生坐标，他们企图模仿文学中的英雄形象去过世外桃源般的生活，小说反映了战后年轻人对现实的不满情绪以及他们内心的困惑。《麦田里的守望者》运用的方言和俚语贴近年轻人的日常用语，在他们的心中引发共鸣，小说一出版，立刻受到青年人尤其是学生们的热烈追捧，在半月内就重印 5 次之多，该书迄今为止以多种文字在全球销量达到六千万。“许多人关心塞林格及其作品，因为塞林格是个罕见人物，他能够通过想象的力量触及别人的生活。”[④]

2.4　托尼·莫里森（Toni Morrison，1931-　）

托尼·莫里森以其杰出的文学成就成为美国黑人文学史上继赖特、埃里森之后的又一座高峰，她的作品始终以表现和探索黑人的历史、命运和精神世界为主题，对美国文学的发展做出了重大贡献。[⑤]

莫里森把写作作为“一种思考方式”[⑥]，她进行小说创作“不仅仅是为了模

---

① 邹海仑．厄普代克续写“兔子”系列小说．外国文学动态．2000（3）：9.

② 王守仁．新编美国文学史（第四卷）．上海：上海外语教育出版社，2002：48.

③ Ihab Hassan. *Contemporary American Literature*：1945 - 1972. NY：Frederick Ungar Publishing Co.，1976：42.

④ Joseph Wenke.“*Biographic Reflections on J. D. Salinger*”，*J. D. Salinger—A Study of the Short Ficition*. Boston：G. K. Hall & Co.，1991：130.

⑤ 聂珍钊．外国文学史（四）．武汉：华中师范大学出版社，2010：94.

⑥ Danille Tayor-Guthrie. ed. *Conversations with Toni Morrison*. Mississippi：University Press of Mississippi，1994：30.

仿世界，而是为了重构历史，在现实和想象的世界中作创造性的思考”。[①] 自1970年创作出版第一部小说《最蓝的眼睛》(*The Bluest Eye*) 以来，《秀拉》(*Sula*，1973)、《宠儿》(*Beloved*，1987)、《爵士乐》(*Jazz*，1988)、《天堂》(*Paradise*，1998)、《家园》(*Home*，2012) 等长篇小说相继问世，1993年莫里森因“在她的以具有丰富想象力和充满诗意为特征的小说中生动地再现了美国现实的一个极为重要的方面”而获得诺贝尔文学奖。[②]

在莫里森创作的最初的十年里，她关注了黑人女性成长和黑人生存现状。《最蓝的眼睛》和《秀拉》“均以人物的童年开始，是莫里森的初始之作”。[③]《最蓝的眼睛》分春夏秋冬四个章节讲述了一位年仅12岁的黑人女孩佩科拉渴望获得如白人一样的蓝色眼睛。“从表面上看，这个故事反映了一个黑人小姑娘天真无知的愿望，但实际上反映的是两种不同文化传统、不同审美观与价值观对人们的心理结构的影响。”[④]《秀拉》中，莫里森刻画了拥有强烈的独立意识和自我主张的黑人女孩形象，她反抗家庭和族群的束缚，反抗白人和男性主宰的现实社会，是莫里森笔下新时代黑人女性的理想化身。

进入80年代，莫里森用更加深邃的眼光和更加宏大的视角去追寻黑人文化之根、历史之源、生活之本。《宠儿》、《爵士乐》和《天堂》构成了莫里森的历史三部曲，《宠儿》以杀婴事件为小说核心，表现了莫里森对“母性问题的思考”[⑤]，她以回顾历史的方式抨击阴魂不散的蓄奴制度；《爵士乐》描述了哈莱姆文艺复兴时期黑人们的反抗斗争行动，莫里森将肤色间的斗争作为事件发生的社会背景，着眼于黑人族群内部在思想行动、观念认同方面的诸多差异，指出了克服歧视存在的路径和方法；《天堂》分为九个章节，以九个居住在俄克拉荷马州的黑人小镇的男子在1976年的某天清晨袭击修道院的四个女子的事件为主线，采用倒序手法，追述了从1890年开始黑人小镇的创建历史，这是莫里森小说中极具女性主义色彩的一部小说，传达出莫里森“认为反对种族歧视的斗争不能

---

① 王守仁．新编美国文学史（第四卷）．上海：上海外语教育出版社，2002：304.

② 聂珍钊．外国文学史（四）．武汉：华中师范大学出版社，2010：91.

③ Danille Taylor-Guthnie. ed. *Conversations with Toni Morrison*, *Jackson*. Mississippi: University Press of Mississippi, 1994: 163.

④ 聂珍钊．外国文学史（四）．武汉：华中师范大学出版社，2010：91.

⑤ Danille Taylor-Guthnie, ed. *Conversations with Toni Morrison*, *Jackson*. Mississippi: University Press of Mississippi, 1994: 270.

代替反对性别歧视的斗争”的主张。[①]

莫里森认为“小说应该直面重要的观点，无论称之为历史观点或政治观点，都是一样的。但是小说还有其他要求，那就是艺术性。小说应该是美的东西。”[②]纵观莫里森的小说，不难发现莫里森对小说技巧的重视和对小说功能的强调。在小说技巧方面，她着重运用历史中的养分来拓展小说的空间，运用黑人文化中的精髓来增强叙述的视角，运用魔幻色彩来深化小说的主题。莫里森主张小说应该实现艺术性与政治性的统一，在小说创作中她运用群体背景话语来强化小说的社会政治作用，她期待自己的作品有黑人传教士或灵歌那种震撼人心的力量。

2.5　汤亭亭（Maxine Hong Kingston，1940－　）

汤亭亭经过美国民权运动和妇女解放运动的洗礼，成为华裔作家中第一位在美国文坛有影响力的作家。她的非小说类文学作品《女勇士》（*The Woman Warrior：Memoirs of a Girlhood among Ghosts*，1975）和《中国佬》（*China Men*，1980）获得全美图书大奖。美国现代语文协会为她的《女勇士》出版了教学方法论文集，其影响力可见一斑。

汤亭亭的代表作《女勇士》是美国华裔文学发展的一座里程碑，“有了这本书，亚（华）裔作品进入了主流，既吸引了普通读者又吸引了学术界，在流行出版物、星期日副刊以及专业文学刊物中都引起了反响。”[③]《女勇士》从一个小女孩的视角叙述了童年时妈妈讲述的故事，并以此为蓝本增加了自己的多重想象。《女勇士》出版后汤亭亭声称这是“一本关于美国的书”[④]，痛斥那些用异样眼光审视作品的人。该作品分为五个部分，其中“无名女子”（*No Name Woman*）讲述了未婚先孕的姑姑被众人发现后抱着孩子跳井的故事；“白虎山学道”（*White Tigers*）里讲述了化身为花木兰的“我”的故事；“西宫门外”（*At the Western Palace*）讲述了母亲的妹妹月兰遇上现代陈世美不幸发疯死在疯人院的悲惨故事；“羌笛野曲”（*A Song for a Barbarian Reed Pipe*）中讲述了“我”是如何从一个沉默寡言的边缘人变成一个言说自己的社会人，如何在白人文化占据

---

① 聂珍钊．外国文学史（四）．武汉：华中师范大学出版社，2010：93.

② Danille Taylor-Guthnie. ed. *Conversations with Toni Morrison*，*Jackson*. Mississippi：University Press of Mississippi，1994：238.

③ E. D. Huntley. *Maxine Hong Kingston*：*A Critical Companion*. Westport，Connecticut：Greenwood Press，2001：75.

④ Maxine Hong Kingston. “Cultural Mis-readings by American Reviewers”. *Asian and Western Writers in Dialogue*：*New Cultural Identities*. Guy Amithanayagam. ed. HongKong：The MacMillian Press Ltd.，1982：56.

主导地位的世界里发声的故事。《中国佬》是《女勇士》的姐妹篇，全书共18章，每章有一到两个很短的部分作为引子。正章叙述了美国华裔男性的奋斗史以及华裔移民的辛酸成长史，楔子部分则视为正章的叙述提供社会、文化、政治等方面的背景支撑。汤亭亭在谈到《中国佬》的创作动机时说："我所做的是声明我们拥有美国。"①

3. 戏剧的蓬勃发展

在第二次世界大战结束后，美国戏剧的发展也告别了战时萧条的景象，优秀的剧作家和剧本相继问世，戏剧观众也逐步增多，剧场已经告别百老汇的狭小范围，扩展至外百老汇和外外百老汇，纽约成为真正意义上的美国戏都，成为全美戏剧发展的风向标和优秀剧目的聚集地，戏剧界昔日繁花似锦的局面重新恢复。

3.1　阿瑟·米勒（Arthur Miller，1915–2005）

阿瑟·米勒被评论界公认为"美国的易卜生"，被誉为"美国戏剧的良心"，成为继奥尼尔后的美国戏剧界的泰斗。② 从40年代末到50年代末，米勒的创作达到鼎盛时期，剧作的表现手法和技巧运用都达到纯熟阶段，有深刻思想性和丰富内涵的作品相继问世，奠定了米勒在美国文学界的地位。

《全是我儿子》(*All My Sons*，1947）是米勒早期戏剧中的代表作品，通过展现父子两代人之间不同的价值取向以及观念所造成的人际冲突来反映出社会发展过程中出现的道德问题。其代表作品《推销员之死》(*Death of Salesman*，1949)，1949年在百老汇上演获得巨大成功，荣获托尼奖、普利策奖和纽约剧评人奖在内的美国戏剧界的三个重要奖项。该剧讲述了名叫威利·洛曼的推销员的悲惨境遇，"在生活习性、话语和生活环境等方面都显示出美国犹太裔的属性，这种属性被包裹在一种伪普世性主题之中"。③ 他是美国商业化社会中处于社会底层的小人物的真实生活的高度浓缩，展现了商业化给整个美国社会所造成的各种顽疾，揭示了美国梦的欺骗性。

在民权运动的影响下，米勒开始"更加关心犹太性的意义"。④ 1964年，米

---

① Paul Skeenazy and Tera Martin. eds. *Conversations with Maxine Hong Kingston*. Jackson: University Press of Mississippi, 1998: 14.

② 聂珍钊．外国文学史（四）．武汉：华中师范大学出版社，2010：48.

③ Leslie A. Fiedler. *Waiting for the End*. New York: Stein and Day, 1964: 91.

④ Christopher Bigsby. "Introduction to Confrontation and Commitment". *A Study of Contemporary American Drama*. Columbia: University of Missouri Publishing House, 1967: 123.

勒创作了《堕落之后》(*After the Fall*) 和《维希事件》(*Incident at Vichy*)，这是两部反映种族迫害的戏剧。《美国时钟》(*American Clock*, 1980) 以回忆的方式记述了美国犹太裔家庭在30年代经济大萧条背景下的困境。米勒始终坚持客观的创作立场、独特的创作视角、丰富的创作手法和高超的创作技巧来勾陈过往、反映现实，密切关注时代变迁社会发展中的道德主题，履行了一个剧作家的社会职责。

3.2 爱德华·阿尔比 (Edward Albee, 1928-)

爱德华·阿尔比的戏剧创作风格十分独特，是60年代美国戏剧界的代表人物。1958年阿尔比用三个星期的时间创作了《动物园的故事》(*The Zoo Story*)，1959年在美国百老汇上演后获得巨大成功。《动物园的故事》类似于贝克特的《等待戈多》，具有极强的荒诞意味，讲述了一个星期天的下午发生在中央公园里的故事。作品寓意深刻、短小精悍，极大地讽刺了美国社会中冷漠的人际关系，受到评论界的好评。《沙箱》(*The Sandbox*, 1959) 是阿尔比所有独幕剧中最为短小的一部，共五个场景，演出长度只有短短的十几分钟，但是却很好地展现了美国社会中代际间的矛盾冲突和冷漠亲情。创作于1962年的《谁害怕弗吉尼亚·沃尔夫?》是阿尔比的代表作，斩获六项大奖[①]，标志着他的戏剧创作进入了巅峰时期，"一夜间阿尔比从一个外百老汇的实验戏剧剧作家变为一个美国经典作家。"[②] 这部剧作围绕一对中年夫妇展开。乔治是历史学教授，娶了校长的女儿玛莎，由于长期不能生育，他们俩虚构出一个上大学的儿子，在派对结束后夫妇二人邀请年轻夫妇尼克和赫妮来家中庆祝虚构的儿子的21岁生日。由于玛莎酒后吐真言，在客人面前讥讽挖苦自己的丈夫，作为反击，乔治揭穿了虚构的儿子这一谎言，他编造了儿子死了的电报内容彻底击碎了玛莎的心理防线，两人悲痛欲绝，荒诞游戏到此结束；而年轻夫妇尼克和赫妮也没有孩子，在他们的婚姻生活中也类似的存在这样那样的棘手问题。阿尔比将目光聚焦于美国社会的当下，在揭露美国现代的家庭危机、婚姻基础的脆弱、情感交流的匮乏、精神的空虚无助等主题方面可谓得心应手，主题深刻，意蕴深长。

3.3 大卫·雷勃 (David Rabe, 1940-)

大卫·雷勃的越南之行让他觉得"戏剧的分量仿佛轻了，所有那些毫无价值的闹剧、隐喻、闪闪发光的金属片、矫揉造作的姿态和华丽的服饰都被塞进了

---

① 六项大奖分别是：纽约剧评界奖、外国出版协会奖、美国国家戏剧与学术奖、外围奖和两项托尼奖。

② Gerry McCarthy. *Edward Albee*. London: Macmillan Publishers Ltd., 1987: 59.

一个形式中去，这个形式如果机器一样死板，会源源不断地生产出和它自己同样形状的产品来。”① 70年代，他根据自己在越南战场上的经历相继创作了“越南三部曲”：《帕夫洛·赫梅尔的基本训练》(*The Basic Training of Pavlo Hummel*, 1971)、《棍子与骨头》(*Sticks and Bones*, 1971) 和《飘带》(*Streamers*, 1976)。他采用严肃的态度创作戏剧，融合了现代主义、表现主义的表现手法，让戏剧作品产生深度，引发思考和共鸣，从而奠定了他在美国戏剧舞台上的地位。《帕夫洛·赫梅尔的基本训练》追溯了一个普通士兵从基本训练开始直到在越南丧生的全过程；《棍子与骨头》通过越战伤兵参战前后家庭氛围的变化展现出战争对美国中产阶级幸福家庭的摧残；《飘带》展现了在美国国内越战士兵训练营里4位士兵之间关于战争、性和种族等方面的矛盾冲突，揭露了美国军队内部的阴暗面。80年代雷勃也有新的剧作问世，如剧名取自莎翁名剧《麦克白》的《纷乱》(*Hurlyburly*, 1984)、展现珠宝大盗故事的《鹅与手鼓》(*Goose and Tomtom*, 1986)、展现现代社会男女关系中权力斗争的《河水收留他们》(*Those The River Keeps*, 1995) 等等，但是对于戏剧结构的把握、人物性格的处理以及戏剧主题的展现都无法超越“越南三部曲”。

3.4　萨姆·谢泼德 (Sam Shepard, 1943-　)

萨姆·谢泼德自20世纪60年代初开始从事戏剧创作以来一共创作了40余部作品，这些作品“很大程度上是外外百老汇的产物”。② 谢泼德曾十次获得奥比奖，多次获得普利策奖，被誉为“七十年代美国剧坛上最重要、最有力的声音”。③

谢泼德的初期创作以独幕剧为主，作品有《牛仔》(*Cowboy*, 1964)、《岩石花园》(*The Rock Garden*, 1964)、《芝加哥》(*Chicago*, 1966)、《红十字》(*Red Cross*, 1966) 等。《牛仔》中刻画了两个年轻人的生活，展现了不同环境下人的精神面貌；《岩石花园》反映了现代美国社会中父子间的代际问题，具有普世性意义；《芝加哥》表现了处在核威胁时代中的现代人的内心恐惧感；《红十字》着重表现了现代人对于疾病和死亡的恐惧。

谢泼德戏剧创作的中期从他迁居英国开始到1975年结束，包括《罪恶的牙

---

① Ruby Cohn. New *American Dramatists*: 1960-1980. London Macmillan Ltd., 1982: 32.

② C. W. E. Bigsby. *A Critical Introduction to Twentith-Century American Drama*: 3 *Beyond Broadway*. Cambridge: Cambridge University Press, 1990: 221.

③ C. W. E. Bigsby. *A Critical Introduction to Twentith-Century American Drama*: 3 *Beyond Broadway*. Cambridge: Cambridge University Press, 1990: 219.

齿》(*The Tooth of Crime*, 1972)、《B公寓的自杀者》(*Suicide in B*, 1976)、《天使城》(*Angel City*, 1976) 等。剧作《罪恶的牙齿》是一部以艺术家的艺术生涯为题材的作品，是谢泼德第二阶段的代表作，在剧作中，谢泼德将易受伤害的摇滚歌王霍斯和一位不易受伤的后起之秀克罗做了对比，着重表现艺术家的痛苦和追求，细致展现了艺术从业者的艰难生存困境和内心世界的情绪起伏。

谢泼德第三阶段的戏剧创作成就主要体现在"家庭三部曲"上，分别是《饥饿阶级的诅咒》(*Curse of the Starving Class*, 1976)、《被埋葬的孩子》(*The Buried Child*, 1978)、《真正的西部》(*True West*, 1980)。《饥饿阶级的诅咒》讲述了位于美国西部的一个家庭的所有成员都希望通过自身的不断努力来摆脱传统的束缚，但是在现实面前无法超越家族遗传的影响的故事；《被埋葬的孩子》以被隐藏的丑闻为线索来讲述故事；《真正的西部》讲述了兄弟俩创作一部关于真正的西部电影脚本时的激烈竞争。在这部作品中，谢泼德借人物之口表达了自己对待艺术真谛的主张——艺术家只有采用恰当的艺术表现形式再现社会真实才能实现自我价值，才能创造出脍炙人口的经典作品，经得住时间的考验。

3.5 大卫·马梅特 (David Mamet, 1947-)

大卫·马梅特是一位演员出身的剧作家，虽然比谢泼德的戏剧创作生涯晚，但是"马梅特对于作为个体的人之间的交往的审察，比他的大多数前辈和他的同时代人都要来得更深入、更富有人情味。这部分的是由于他那极其敏锐的洞察力，部分的是由于他那精湛的造诣"①，他与谢泼德一起被公认为70年代美国戏剧舞台上"最优秀的剧作家。"②

马梅特的戏剧作品多以早年在芝加哥的生活经历为蓝本，着重表现出人与人之间的微妙关系。马梅特早期比较成功的戏剧作品是《鸭子变奏曲》(*Duck Variations*, 1972)，该剧通过公园长凳上两位年过六旬的老者之间的对话，将天南海北的话题分成14个变奏融入其中，在对话深入的同时两者的关系也日渐融洽和亲近。随后他又创作了反映70年代青年人的生活状态的作品《芝加哥的性变态》(*Sexual Perversity in Chicago*, 1974)，该剧因在戏剧结构和人物语言上都比较粗糙未能赢得评论界的瞩目。1975年马梅特创作的《美国野牛》(*American*

---

① Steven H. Gale. "David Mamet: The Plays: 1972-1980". *Essays on Contemporary American Drama*, eds., Bock and Wertheim, 1986: 207.

② Christopher Bigsby. "Introduction to Confrontation and Commitment". *A Study of Contemporary American Drama*. Columbia: University of Missouri Publishing House, 1967: 220.

Buffalo）为其赢得了纽约剧评界奖和奥比奖，标志着他成为了美国戏剧舞台上的著名戏剧家，受到评论界的好评。《美国野牛》通过表现一次没有行动的抢劫案来勾勒出旧货店店主、伙计及其朋友间的关系，揭露了商业社会中人际关系的冷漠、自私与淡薄，谴责了资本主义社会的尔虞我诈、背信弃义的商业道德。《团圆》(*Reunion*，1976）聚焦分离多年后重聚的父女关系，讲述了割不断的亲情故事；《舞台生涯》(*A Life in the Theatre*，1977）通过舞台前辈与新生代演员之间的关系叙述，探索了艺术与人生的主题。进入80年代，马梅特依旧笔耕不辍，《埃德蒙德》(*Edmond*，1982）通过主人公放弃已有的社会名誉和地位，在社会底层游荡的生活经历，揭示出美国社会的阴暗面；《拜金一族》(*Glengarry Glen Ross*，1984）继续沿用《美国野牛》中的主题，揭示了"商业与犯罪相互结盟"①，因其深刻性获得赞誉，斩获普利策奖及纽约剧评界奖。

第三节　美国当代文学的后现代主义特征

文学界通常将对后现代主义理论内涵的界定与对后现代主义产生时间的确定紧密联系在一起，试图从源头来探寻后现代主义发生的初始状况，从历时角度对其发展的历史轨迹和理论内涵进行深度把握，以便更好地厘清脉络、阐明本质。对于后现代主义发生的原点有着如下的争论：艾布拉姆斯（Meyer Howard Abrams，1912-　）认为："后现代主义指的是第二次世界大战以后出现的文学艺术作品。"② 詹明信（Fredric Jameson，1934-　）在《后现代主义或晚期资本主义的文化逻辑》(*Postmodernism, or, the Cultural Logic of Late Capitalism*，1991）中提出后现代主义的出现通常追溯至20世纪50年代末或60年代初。瑞士汉斯昆（Hans Küng，1928-　）则提出了更晚的概念："后现代主义是指在八十年代开始的，其本身价值得到承认的，但概念尚不明确的符号。"③ 荷兰的佛克马（Douwe W. Fokkema，1931-2011）认为："文学中的后现代主义从二十世纪五十年代中期一直延伸到八十年代。"④ 法国的利奥塔（Jean-François Lyotard，1924-1998）认为后现代主义则是指第二次世界大战以来战争和技术科学繁荣的结果。

① Christopher Bigsby. "Introduction to Confrontation and Commitment". *A Study of Contemporary American Drama*. Columbia：University of Missouri Publishing House，1967：287.

② 艾布拉姆斯．欧美文学术语词典．朱金朋，译．北京：北京大学出版社，1990：197.

③ 王岳川．后现代主义文化与美学．北京：北京大学出版社，1992：73.

④ 佛科马．走向后现代主义．王宁，译．北京：北京大学出版社，1991：95.

美国学者哈桑（Ihab Hassan，1946）则认为后现代主义发生的原点是不确定的。从纷繁的专家观点来看，他们对后现代主义的原点认知有以下的共性：后现代主义是20世纪一种重要的理论思潮，是与第二次世界大战相联系的，“二战”之后文学发展的新趋向是把握后现代主义内在价值的重要依据。

正如现代主义从欧洲发轫后传入美国一样，后现代主义也经历了同样的旅行。后现代主义理论思潮进入美国的历史节点十分的特殊，战后的欧洲在享受和平与安宁时，美国社会却充斥着动荡与纷乱。怯懦的五十年代、革命的六十年代、挥之不去的战争阴云、摄人心魄的刺杀事件不仅让普通民众心灵受伤，甚至让具有敏锐洞察力的文学家都对运用何种方式去表现社会真实感到困惑不已，小说家约翰·巴斯在《文学的枯竭》一文中哀叹道：“文学的某些形式已经闭塞，某些可能性被穷尽了。”① 但是当后现代主义思潮这股清风吹进美国大陆后，立刻与美国社会现实产生激烈的碰撞，让一大批思维清晰、思想深邃的文学家发现了再现社会的良方，在海勒、纳博科夫、冯尼戈特、品钦、巴斯、巴塞尔姆等大家的引领下，黑色幽默、荒诞派戏剧、自由派诗歌以及黑人文学等相继粉墨登场，成为美国文学界的弄潮儿，这个立足于美国社会、扎根于美国文化、由美国文人自己缔造的美国式的后现代主义才是真正的属于美国的后现代主义，如果说现代主义对于美国来说只是一种外来的、移植的、非本土的文学，那么后现代主义则是体现美国文人文学修养和文学本质的、真实的、社会的和本土化的文学，在不断发展壮大中具有清晰可辨的特征。

美国当代文学作品中后现代主义标榜多元性、碎片性、边缘性、平面性、随机性、模糊性、非圣化、差异性和世俗性，彻底否认了传统文艺的美学追求、文化信念和叙事规则，呈现出表象拼贴、与大众文化融合的时代特点，具有很强的包容性。

思考题

1. 简述在诗歌、小说、戏剧这三个领域里美国当代文学与现代文学之间的关联。

2. 如何正确理解约翰·巴斯在《文学的枯竭》一文中的论断：“文学的某些形式已经闭塞，某些可能性被穷尽了”？

3. 简述爱德华·阿尔比戏剧中的荒诞性特征。

---

① Emory Elliott. *The Columbia History of the American Novel*. New York：Columbia University Press，1991：702.

第十四讲
英美文学中的新声音

20世纪80年代至今的30余年中，英美文学中出现了一些新的、强有力的声音，他们表达了来自不同民族、肤色、性别、阶级群体的心声，将英美文学带入了一个崭新的时代。本讲将用三节的篇幅，对世纪之交的英美文学的发展进行一个简要概述，描绘这一时期英美文学的发展图景。

第一节 20~21世纪之交历史与社会背景

“二战”结束后到20世纪80年代是英国维多利亚价值观念体系逐步崩溃的阶段。[①] 在这一历史时期，英国经济低迷，政治改革止步不前。文化上，不少人依旧沉醉于“日不落帝国”的美梦中，横扫英国的“朋克风”将盲目的逃避主义和消极思想灌输给了广大青年人。1979年撒切尔夫人当选英国首相，在位期间实行“铁腕”政治。

① 瞿世镜，任一鸣．当代英国小说史．上海：上海译文出版社，2008：15

在1982年的英阿马岛战争中，英国远征军一举击败阿根廷，在很大程度上增强了英国人的国际自信心。在1984至1985年英国煤矿工人大罢工期间，撒切尔夫人进行了强势的镇压，打击了工会势力，加强了中央政府的威信。在撒切尔夫人的领导下，英国政治思潮偏右，经济一路飙升，这个阶段被称为“撒切尔奇迹”。但是英国经济的飞速发展也导致了社会贫富差距的扩大和极端个人主义的盛行，1997年工党领袖布莱尔倡导以社会团结、共同使命、公平共享和相互责任为理想的经典英国价值观，其在政治思潮上向左倾斜，因此赢得了民众支持。同年7月1日，中华人民共和国中央人民政府正式恢复对香港行使主权，香港结束了长达155年的殖民地生涯，回归祖国，这给曾经的“日不落帝国”在亚洲的殖民历史画上了一个句号。进入21世纪，英国在政治上追随美国步调，在国际政治争端和地区冲突中表现得十分积极，在国内推进经济政治改革。

与此同时，美国也发生着巨变，在国际舞台上扮演着越来越重要的角色。1990年伊拉克入侵科威特，以美国为首的多国部队在联合国的授权下对伊拉克实行了代号为“沙漠风暴”的海湾战争，这次战争是美国自越南战争结束以来主导的第一次大规模局部战争。在这场战争中，美国投入了大量的高精尖武器和电子信息装备，以极小的损失取得了压倒性的胜利。这场战争极大地提高了美国的国际地位和优势，一扫越南战争以后的“美国战争恐惧症”，使其干预国际事务的信心大增。但是这场战争不但让海湾地区生灵涂炭，也给许多参战的美国军人心理上带来了极大的伤害。不少美国作家对这场战争进行了反思，他们的作品中对这场号称“正义”的战争的实质进行了揭露与抨击。然而，1999年3月24日科索沃战争爆发，美国再次积极介入，以美国为首的北约对南联盟进行了78天的轰炸。类似的军事行动为和平蒙上了阴影，也对普通人的生活和心理造成了负面影响。

2000年千禧年到来，整个世界在告别沉痛的20世纪后迎来了21世纪。世纪之交的许多重大事件也给文学创作带来了大量的题材，英美文学创作中出现了不少宗教反思文学。世纪末的伤痛，本来已经被千禧年降临的喜悦所取代。但是，2001年9月11日基地组织针对美国发动的恐怖袭击，使得世界不再安宁。美国政府也利用民众的爱国主义情绪开始进行“反恐战争”，分别在同年的10月7日和2003年3月20日分别发动了阿富汗战争和伊拉克战争。这一时期，英美创伤文学成为主潮，作家们不但把视线集中在经历“9·11”恐怖袭击的民众身上，也集中于参加战争归来的军人身上。2008年11月4日，民主党人、政治家奥巴马正式当选美国总统。有色人种担任总统，被视为美国民主政治的巨大突破。因其在伊拉克的撤军和在世界范围倡导无核化理念，奥巴马在2009年被授予诺贝尔和平奖。

文学是社会政治、经济、文化及人民生活的反映。20世纪80年代至今全球政治多极化、经济全球化迅速发展，给文学作品的创作烙上了深深的时代烙印。在1991年比利时的根特大学举办的“新现实主义小说”国际研讨会上，布拉德伯里指出：“小说的主流在某种意义上从没有远离现实主义。”[①] 在世纪之交的这几十年里，后现代主义的实验小说逐渐失去了市场，英美现实主义小说得到了回归，遵循现实主义传统又贯彻了实验主义精神的新现实主义小说粉墨登场，在内容上重返人文主义道德关怀，这成为文学创作的一大特点。英美文学的另一个特点是发展的多元化。犹太作家、妇女作家、黑人作家和亚裔作家的文学创作成为20世纪80年代至今英美文学的重要组成部分。在世界多极化发展的这几十年间，传统的“西方中心主义”受到了严峻的挑战，人们对如何建构新的国际文化关系进行了探索。全球化的发展改变了人们的思维方式，各国之间交流日益增多，彼此之间逐渐形成了不可割裂的共生关系，在这种大背景下，反映文化冲突和融合的多元主义文学也成为了英美文学发展中的一个重要组成部分。

新世纪英美文学的又一个特点是通俗文学的迅速发展，其中，历史小说、犯罪小说、女性言情小说、科幻小说和恐怖小说都是英美文学30余年来创作的重要内容。作为美国戏剧中心的百老汇，无疑极大地推进了世纪之交的美国戏剧发展，在上演思想深刻的戏剧的同时也不乏极具票房价值和号召力的新潮娱乐作品。

第二节　英国文学中的新声音

1. 诗歌

第二次世界大战结束之后，英国诗坛发生了巨大的变化。以金斯利·艾米斯

① Malcolm Bradbury. ed. “Writing Fiction in the 90s” . *Neo-Realism in Contemporary American Fiction*. Kristiaan Versluys Amsterdam: Rodopi, 1992: 15.

(Kingsley Amis, 1922-1995) 为代表的“运动派诗人”一反战前现代主义诗歌强调主观、主题神秘、意象晦涩的特点，回归到英国传统的诗歌格律，着重刻画社会现实，突出诗歌作品的道德教化作用，用理性冷峻的笔调表现出对社会和前景的深深忧虑。最具有代表性的诗人有罗伯特·康奎斯特（Robert Conquest, 1917- ）、丹尼斯·恩莱特（Dennis Enright, 1920-2002）、唐纳德·戴维（Donald Davie, 1922-1995）、约翰·郝洛维（John Holloway, 1920-1999）、菲利普·拉金（Philip Larkin, 1922-1985）、约翰·韦恩（John Wain, 1925-1994）、伊丽莎白·詹宁斯（Elizabeth Jennings, 1926-2001），以及特德·休斯。其中，拉金被公认为是继 T. S. 艾略特（T. S. Eliot）之后 20 世纪最有影响力的英国诗人；而桂冠诗人休斯的诗歌则以他强烈的个人风格著称。进入 20 世纪 70 年代之后，英国诗歌在全球化的背景之下“显得更为多元化、非本土化和非精英化”[①]，少数族裔诗人成为英国诗坛的新主流。其中，以谢默斯·希尼为代表的爱尔兰诗人群体、以 U. A. 范索普（U. A. Fanthorpe, 1929-2009）为代表的女性诗人群体和以林顿·科威西·约翰逊（Linton Kwesi Johnson, 1952- ）为代表的非洲裔诗人群体最具有影响力。该时期的诗人又开始重新关注诗歌的形式，并更加注重“对声音和意象的构筑、对情感的控制”[②]，为英国诗歌的新繁荣增添了浓墨重彩的一笔。

1.1 谢默斯·希尼（Seamus Heaney, 1939-2013）

谢默斯·希尼出生于爱尔兰北部德里郡毛斯邦县一个虔诚的天主教家庭。1966 年，希尼以诗集《一位自然主义者之死》(*Death of a Naturalist*) 一举成名，赢得了多个奖项。1969 年他出版了第二本诗集《通向黑暗之门》(*Door Into the Dark*)。1972 年，希尼由于受到北爱尔兰的政治压力而辞去大学教职，移居都柏林，专心创作。在此期间，他先后出版了《在外过冬》(*Wintering Out*, 1972) 和《北方》(*North*, 1975) 两部诗集。80 年代起，他开始在牛津大学和哈佛大学任教。20 世纪 70 年代末到 80 年代是希尼创作的高峰期，也是北爱尔兰冲突最激烈血腥的时期。希尼曾说过：“诗人在根本上是要对世界作出回答，对世界作出反应。”[③] 他以一种现代文明的眼光，冷静地挖掘着爱尔兰民族精神，写下了不少寓意深刻又颇受欢迎的诗集，如《野外工作》(*Field Work*, 1979)、《苦路岛》

① 王守仁，何宁．20 世纪英国文学史．北京：北京大学出版社，2006：273.

② 侯维瑞．英国文学通史．上海：上海外语教育出版社，1999：848.

③ 贝岭．面对面的注视——与谢默斯·希尼对话．读书，2001 (4)：87.

(*Station Island*, 1984)、《山楂灯》(*The Haw Lantern*, 1987)、《幻视》(*Seeing Things*, 1991)、《酒精水准仪》(*The Spirit Level*, 1996)、《故地轮回》(*District and Circle*, 2005)，以及《人类之链》(*Human Chain*, 2010) 等。希尼不仅是诗人，还是一位诗学专家，除了诗歌之外，他还写了不少诗论散文集，如《舌头的管辖》(*The Government of the Tongue*, 1988)、《诗的疗效》(*The Redress of Poetry*, 1995) 等。1995 年，希尼获得诺贝尔文学奖，他的演讲词《归功于诗》(*Crediting Poetry*, 1996) 也是一篇重要诗论。2013 年 8 月 30 日，希尼辞世，享年 74 岁。

希尼以富有爱尔兰乡村气息的田园抒情诗见长。他的诗歌早期受到美国诗人弗罗斯特和休斯的影响，倾向于描绘爱尔兰的田园风光和风土人情，抒发浓厚的爱尔兰民族情结，并在诗歌中融入自己的思考，形成独特的个人风格。由于亲历了北爱尔兰天主教徒为争取公民权举行示威而引起的暴乱，他也在诗歌中积极探讨爱尔兰的民族独立和身份认同问题，表现出自己对历史的思考和对社会现实的人文主义关怀。但希尼所谓的民族性并不是狭隘单一的，而是强调爱尔兰民族与其他北欧民族团结一致、和平共处。“他的诗歌极力避免讨论政治问题，而是将政治与凯尔特和挪威神话结合，并以一种不偏不倚的、平静的叙述口吻巧妙地将自己的政治观倾向呈现给读者，却又好像什么也没说一样。”① 正是通过这种巧妙的方式，希尼将自己的政治观和民族观融入诗歌创作中，这也使得他的诗作有了更加深刻的寓意。在诗歌的语言结构和意象运用上，希尼摒弃了现代派诗歌复杂多变的结构和晦涩难懂的意象，转而重拾了英国传统诗歌的结构韵律和清新自然的意象，也使他的诗歌更加脍炙人口，深受普通民众的欢迎，给迷茫彷徨的现代人带来一种返璞归真的美妙感受。

1.2　道格拉斯·邓恩 (Douglas Eaglesham Dunn, 1942-　)

道格拉斯·邓恩是一位苏格兰诗人、学者、文学评论家以及广播剧和电视剧作家。邓恩是位多产作家，至今为止，他共出版了 12 部诗集。他的第一部诗集《特利大街》(*Terry Street*, 1969) 一出版就取得了巨大成功，并获得了“苏格兰艺术协会图书奖”(Scottish Arts Council Book Award) 和“毛姆文学奖”(Somerset Maugham Award)。他随后出版的 11 部诗集，分别为：《更幸福的生活》(*The Happier Life*, 1972)、《爱或无》(*Love or Nothing*, 1974)、《原始人》

① Stephen Regan. “The Poetry of Seamus Heaney: Before and After the Ceasefire”. *Irelands of the Mind: Memory and Identity in Modern Irish Culture*. Cambridge: Cambridge Scholars Publishing, 2008: 232.

(*Barbarians*, 1979)、《圣吉尔达的议会》(*St. Kilda's Parliament*, 1981)、《欧罗巴的情人》(*Europa's Lover*, 1982)、《挽歌》(*Elegies*, 1985)、《北方之光》(*Northlight*, 1988)、《但丁的架子鼓》(*Dante's Drum-kit*, 1993)、《男朋友和女朋友》(*Boyfriends and Girlfriends*, 1995)、《驴耳》(*The Donkey's Ear*, 2000)以及《岁月的下午》(*The Year's Afternoon*, 2000),当中不少诗集获得了英国著名的诗歌奖项。此外,邓恩还编辑出版了一些诗集,包括《拜伦勋爵诗选》(*A Choice of Lord Byron's Verse*, 1974)、《苏格兰诗选》(*The Poetry of Scotland*, 1979)以及《二十世纪费伯图书奖苏格兰诗歌选集》(*The Faber Book of Twentieth-Century Scottish Poetry*, 1992)。

邓恩的诗歌不仅强调自我限制、冷静思考,还表现了他追寻民族身份的心路历程,也表达了他渴望日渐消失的传统再次回归的愿望。他常在诗歌中通过想象与现实的冲突来表达自己对复杂社会现实的领悟与思考,却不像其他作家在诗歌中抒发过多的情感,而是以闲适冷静的笔调和客观公正的态度来描绘人和事。"他在语言和民族自决方面表现出一种相关的中立态度,或者把它们看作一种有限制的民族承诺"①,而不是像大多数少数族裔作家一样过多地宣扬本民族的精神。他的诗歌涉题广泛,包括对爱情的追求、对美的向往、对大自然和人的关系的探讨、死亡与永恒、混乱与秩序、孤独与困境、灵魂的顿悟与想象力的提升等。但邓恩也写过一些情感丰富细腻的诗歌,例如他的诗集《挽歌》是为悼念他早逝的爱妻而作,情真意切,哀怨凄婉,足以令读者潸然泪下。

邓恩是20世纪七八十年代活跃在英国诗坛上最重要的诗人之一。他的诗歌大多清晰明了,悠远明达,尽管他晚期的作品"读起来略嫌晦涩,带有一丝超验主义色彩"②,但总的来说,他的诗歌优美新颖,不但在语言的应用方面挖掘了"苏格兰语"和"盖尔语"的潜力,同时也对英语的表现力给予了极大的扩展和延伸。③

2. 小说

当代的英国小说可谓是繁花似锦,多元共存。自五六十年代多丽丝·莱辛

---

① Alan Riach. "The Poetics of Revolution". *The Edinburgh Companion to Contemporary Scottish Poetry*. Edinburgh: Edinburgh University Press, 2009: 11.

② 侯维瑞. 英国文学通史. 上海:上海外语教育出版社, 1999: 856.

③ William Baer. *Fourteen on Form: Conversations with Poets*. Jackson: University Press of Mississippi, 2004: 104.

(Doris Lessing, 1919-2013)、约翰·福尔斯（John Fowles, 1926-2005）等小说家蜚声文坛之后，另一批多产活跃、享誉国际的作家也如雨后春笋般涌现，他们如冉冉升起的新星，散发着耀眼的光芒。

第一类是女性作家群体。A. S. 拜厄特（Antonia Susan Byatt, 1936-　）和她的胞妹玛格丽特·德拉布尔（Margaret Drabble, 1939-　）以及阿妮塔·布鲁克纳（Anita Brookner, 1928）并称为“当代英国三大女性小说家”。拜厄特姐妹是典型的“学者小说家”①，她们以中性的视角观察社会现状，文风理智冷静，笔触细腻深刻。拜厄特的作品有《游戏》(*The Game*, 1967)、《花园中的处女》(*The Virgin in the Garden*, 1978)、《占有：一个浪漫故事》(*Possession: A Romance*, 1990）等；德拉布尔著有小说《金色的耶路撒冷》(*Jerusalem the Golden*, 1967）和《冰川纪》(*The Ice Age*, 1977）等。布鲁克纳则善于描写女性的生活情感，技艺精湛，可读性强，代表作有《开始人生》(*A Start in Life*, 1981）和《欺骗》(*Fraud*, 1992）等。此外，一些中青年女作家也开始大显身手，例如珍妮·迪斯基（Jenny Diski, 1947-　）、珍妮特·温特森（Jeanette Winterson, 1959-　）等。

第二类是战后新生代小说家群体。马丁·艾米斯（Martin Amis, 1949-　）是著名作家金斯利·艾米斯的儿子，他善写辛辣尖刻的社会讽刺小说，并将黑色幽默和魔幻现实主义等写作手法融入作品，使小说更深刻地反映社会现实。他的代表作有《雷切尔文稿》(*The Rachel Papers*, 1973)、《金钱：绝命书》(*Money: A Suicide Note*, 1984)、《时光之箭》(*Time's Arrow*, 1991）等。伊恩·麦克尤恩(Ian McEwan）也于70年代登上文坛，是当代英国最著名的短篇小说家之一。他的第一部短篇小说集《最初的爱情和最后的仪式》(*First Love, Last Rites*, 1975)获得了“毛姆文学奖”。他的长篇小说《时间中的孩子》(*The Child in Time*, 1987)、《黑狗》(*Black Dog*, 1992)、《阿姆斯特丹》(*Amsterdam*, 1998）等题材严肃，带有一定的政治意味，心理描写细致入微，堪称上乘佳作。朱利安·巴恩斯(Julian Barnes）热衷于文学形式技巧的实验创作，带有明显的实验主义倾向。他的作品《福楼拜的鹦鹉》(*Flaubert's Parrot*, 1984)、《英格兰，英格兰》(*England, England*, 1998）均体现了这种新颖的实验风格。此外，格雷厄姆·斯威夫特(Graham Swift）与彼得·阿克罗伊德（Peter Ackroyd）等作家也备受国内外文坛和评论界的关注。

① 瞿世镜，任一鸣．当代英国小说史．上海：上海译文出版社，2008：22.

第三类是少数族裔小说家，或称为“后殖民小说家”。他们或是加入英国国籍，或是长期定居英国，采用英语写作，并取得了与英国本土作家齐平，甚至超越本土作家的极高成就。其中最著名的当属 V. S. 奈保尔（V. S. Naipaul，1932-　）、萨尔曼·拉什迪（Salman Rushdie，1947-　）和石黑一雄（Kazuo Ishiguro，1954-　），三人并称“英国移民文学三雄”。奈保尔来自印度族裔家庭，他的作品体现了殖民统治对殖民地的经济文化以及价值观的影响，代表作有《河湾》(*A Bend in the River*，1979)、《抵达之谜》(*The Enigma of Arrival*，1987）等。英籍印裔小说家拉什迪的作品反映了不同文化间的传统差异、宗教纷争以及价值冲突，他的代表作有《午夜之子》(*Midnight's Children*，1980)、《撒旦诗篇》(*The Satanic Verses*，1988）等。石黑一雄是日裔英籍小说家，他的作品主题多为回忆往昔，感叹世事无常，以深刻细致的笔法剖析人们的内心世界。他的代表作有《长日留痕》(*The Remains of the Day*，1989)、《别让我走》(*Never Let Me Go*，2005）等。南非女作家纳丁·戈迪默（Nadine Gordimer，1923-2014）是 1991 年诺贝尔文学奖获得者，她的作品描绘了种族隔离背景下南非的政治格局和动荡的社会、高压政策下人民的反抗意识以及人民觉醒后的革命运动。此外，维克拉姆·塞斯（Vikram Seth，1952-　）、扎迪·史密斯（Zadie Smith，1975-　）、约翰·马克斯韦尔·库切（John Maxwell Coetzee，1940-　）等作家都十分值得关注。

第四类是地方小说家。爱尔兰小说家不再一味宣扬民族精神和民族自我身份，而是用新颖的创作手法将爱尔兰小说推向国际文坛，代表作家有格兰·帕特森（Glenn Patterson，1961-　）、罗迪·多伊尔（Roddy Doyle，1959-　）、约翰·班维尔（John Banville，1945-　）等。苏格兰文学自 20 世纪 90 年代以来开始呈现出一派欣欣向荣的景象。代表作家有欧文·威尔士（Irvine Welsh，1958-　）、詹姆斯·凯尔曼（James Kelman，1946-　）、A. L. 肯尼迪（A. L. Kennedy，1965-　）等。威尔士小说家相对较少，较为突出的有尼尔·格里菲斯（Niall Griffiths，1966-　）。

2.1　V. S. 奈保尔（Vidiadhar Surajprasad Naipaul，1932-　）

V. S. 奈保尔是西印度作家、游记作者和社会评论家。他出生于印度特里尼达的一个婆罗门家庭，从小受到作为记者的父亲的熏陶，对文学创作表现出极其浓厚的兴趣。1950 年，年仅 18 岁的奈保尔获得了政府特设奖学金，进入牛津大学文学系学习，并于 1954 年毕业。之后奈保尔在英国定居至今，曾担任过英国广播公司“加勒比之声”的主持人、杂志《新政治家》的专栏撰稿人和书评家。1990 年，他获得了英国王室的封爵，从此被称为“V. S. 奈保尔爵士”。2001

年，奈保尔获得了诺贝尔文学奖。

奈保尔的创作生涯很长，作品数量可观，种类繁多。长篇小说《神秘的按摩师》(*The Mystic Masseur*, 1957) 是他的处女作。他的第一部短篇小说集《米格尔大街》(*Miguel Street*, 1959) 引起了文学界的关注，并获得了"毛姆文学奖"。备受鼓舞的奈保尔接着出版了不少长篇小说，例如《艾尔维拉的选举权》(*The Suffrage of Elvira*, 1958)、《比斯瓦斯先生的房子》(*A House for Mr. Biswas*, 1961)、《司通先生和骑士伙伴》(*Mr. Stone and Knights Companion*, 1963)、《游击队员》(*Guerrillas*, 1975)、《河湾》、《抵达之谜》及《半条生命》(*A Half Life*, 2001) 等。除了长篇小说之外，奈保尔还出版过几部非虚构作品，例如《爱娃·庇隆的归来》(*The Return of Eva Peron*, 1980)、《刚果日记》(*A Congo Diary*, 1980)、《发现中心》(*Finding the Center: Two Narratives*, 1984)，以及"印度三部曲"——《黑暗地带》(*An Area of Darkness*, 1964)、《印度：伤痕累累的文明》(*India: A Wounded Civilization*, 1977) 和《印度：当今的百万哗变》(*India, A Million Mutinies Now*, 1990) 等。

奈保尔以他独特的写作视角闻名于世。与其他殖民文学小说家不同的是，他笔下的"第三世界"多以负面形象出现。他认为，第三世界国家往往把所处的尴尬现状归结为殖民地时期的后遗症，却忽略了它们自身的问题，例如道德规范不健全、官员贪污腐败等。作为出生在非西方世界中的"后殖民流浪知识分子代表"①，奈保尔在作品中表达了自己对殖民者和被殖民者的反思、对人性的思考、对第三世界社会和政治制度的批判以及对文明和野蛮的理性判别。

奈保尔的出身和生活环境使他成为一位具有国际视野的全球作家，他关注当今世界的重大事件和国际格局，"在英语文学的大背景和历史环境下对殖民和后殖民经历的描写为英国文学传统提供了一个全新的视角"②，并将自己独特辩证的思维融入小说创作，使作品更具有前瞻性，更为国际化。奈保尔几乎获得过国际上为小说而设的所有奖项，因此，他也是当今英国移民作家中成就最为卓越的人之一。

2.2 石黑一雄 (Kazuo Ishiguro, 1954-)

石黑一雄出生于日本长崎，5 岁时即随家人移民英国，先后就学于肯特大学

---

① 蒋承勇．英国小说发展史．杭州：浙江大学出版社，2006：539.

② Zhu Ying. *Fiction and the Incompleteness of History: Toni Morrison, V. S. Naipaul and Ben Okri*. Bern: Peter Lang, 2006: 77-78.

和东安格里亚大学。与石黑一雄并列的奈保尔和拉什迪都喜欢将大量的印度文学、宗教、历史、殖民等元素植入小说，但他却不同。他本人从来不刻意在小说中追求少数族裔的身份认同。相比之下，他希望自己被认为是一个“国际作家”。石黑一雄的小说题材复杂多样，涉猎广泛，包括欧洲贵族官邸、近代中国、日本，乃至于19世纪末英国复制人的生物科技实验，令人耳目一新，眼前一亮。他的小说通常由主人公零散模糊的回忆片段组成，情节发展往往不按正常时间顺序，而是随着主人公思维的顺序在过去与现实之间不断转换，最后才连成一线，构成一个完整的故事。从写作风格上来看，“石黑一雄的所有小说都被一种焦虑、后悔和悲伤所笼罩”①，作品弥漫着一种哀婉的孤寂与清愁，表现了现代人绝望无助的尴尬生存现状，笔触深入细腻，能引发读者深刻思考。

迄今为止，石黑一雄共发表了6部长篇小说。处女作《荒凉山景》(*A Pale View of Hills*, 1982）获得“温尼弗雷德·霍尔比奖”（Winifred Holtby Prize)；《浮士画家》(*An Artist of the Floating World*, 1986）获得“惠特布莱德年度最佳小说奖”（Whitbread Book of the Year Award)；《长日留痕》于1989年获得英国布克奖；《无法安慰》(*The Unconsoled*, 1995）获得“契尔特纳姆奖”（Cheltenham Prize)；《我辈孤雏》(*When We Were Orphans*, 2000）和《别让我走》(*Never Let Me Go*, 2005）均获得布克奖提名。此外，他还写过荧幕剧本《亚瑟J. 梅森的侧脸》(*A Profile of Arthur J. Mason*, 1984)、《美食家》(*The Gourmet*, 1987)、《世上最悲伤的音乐》(*The Saddest Music in the World*, 2003)、《白伯爵夫人》(*The White Countess*, 2005）以及短篇小说集《夜曲：音乐与黄昏五故事集》(*Nocturnes: Five Stories of Music and Nightfall*, 2010)。

《长日留痕》是石黑一雄的代表作，并于1993年被拍成电影。男主人公史蒂文斯是一名严谨古板、追求完美的男管家，服务于英国贵族达林顿府30余年。他在追求自己所谓的“尊严”的同时也为此付出了相当大的代价：他冷漠地处理父子亲情，压抑了自己对女管家基顿小姐的情感，最终使基顿小姐离他而去。而他自己也清楚地知道，他为之奉献终身的主人达林顿其实是个十足的恶棍，是法西斯主义的爪牙。承受着巨大煎熬的史蒂文斯最终幡然醒悟，决定去找回已与丈夫离异的基顿小姐，也找回真正属于自己的生活。作者以最能代表英格兰社会和文化特征的男管家为主角，以现实主义的手法巧妙地将当时英格兰的重大历史事

① Frederick M. Holmes. “Realism, Dreams and the Unconscious in the Novels of Kazuo Ishiguro”. *The Contemporary British Novel*. Edinburgh: Edinburgh University Press, 2005: 12.

件、文化传统与价值观念通过琐碎的家务事来表现出来，使小说的深度得到了升华。石黑一雄曾经说过，他更倾向于让这部小说显得神秘虚构，而不是让其成为一部反映庄园贵族生活的历史画卷。[①] 从某种角度来说，《长日留痕》所表达的不仅仅是对往昔的回忆与感伤，而更多的是没落的旧制度和旧传统给个人与集体情感上带来的挥之不去的创伤与阴影。

由于自小在英国成长受教，石黑一雄比其他族裔作家更能融入英国主流社会。他体内的日本文化与英国文化自然和谐地融合在一起，使他能很好地以"'他者'的视角"[②] 和客观公正的态度描写他的所见所思，呈现给读者一种平淡、真实却又深刻的社会画卷。

3. 戏剧

在经历过"二战"戏剧创作的清冷萧条之后，英国当代戏剧正呈现出推陈出新、蓬勃发展的良好势头。战后初期，以约翰·奥斯本为代表的"愤怒青年"派戏剧和以哈罗德·品特为代表的荒诞派戏剧均成为英国剧坛的主流。而进入20世纪70年代后，英国剧坛出现了百家争鸣、流派纷呈的景象。阿诺德·韦斯克（Arnold Wesker，1932- ）、爱德华·邦德（Edward Bond，1934- ）、约翰·阿登（John Arden，1930-2012）、彼得·谢弗（Peter Shaffer，1926- ）和汤姆·斯托帕德（Tom Stoppard，1937- ）等老一辈剧作家依然笔耕不辍，活跃在剧坛前沿，而一些后起之秀也不甘示弱，用别样的题材和新颖的手法吸引了世界剧坛的眼球。其中较为著名的有卡里尔·丘吉尔（Caryl Churchill，1938- ）、艾伦·艾克伯恩（Alan Ayckbourn，1939- ）、霍华德·布兰登（Howard Brenton，1942- ）、大卫·黑尔（David Hare，1947- ）、大卫·埃德加（David Edgar，1948- ）等。他们的作品大都表现了现代人的生存焦虑和尴尬境地，心理描写细致入微，表现手法更为多样，使当代英国戏剧再一次呈现欣欣向荣的可喜景象。

卡里尔·丘吉尔（Caryl Churchill，1938- ）

卡里尔·丘吉尔是"二战"后英国剧坛首屈一指的女剧作家。她早期的作品深受布莱希特（Bertolt Brecht，1898-1956）影响，同时吸收了后现代主义写

---

① Frederick M. Holmes. "Realism, Dreams and the Unconscious in the Novels of Kazuo Ishiguro". *The Contemporary British Novel*. Edinburgh: Edinburgh University Press, 2005: 14.

② 蒋承勇．英国小说发展史．杭州：浙江大学出版社，2006：542.

作技巧，因而她被归入“后现代戏剧家”① 的行列。同时，由于自己作为一位母亲和剧作家不得不两者兼顾，丘吉尔的作品中也充满了男女平等的思想，体现了她对种族主义、阶级斗争、权力关系、女性性别意识和政治意识的关注，因而她也被称为“社会主义女性主义剧作家”。②

丘吉尔早期主要创作一些舞台剧和广播剧，但都不是特别成功。直到进入20世纪70年代，她的作品才逐渐受到关注。70年代，她的作品主要有《业主》(*Owners*，1972)、《时钟变慢了》(*Moving Clocks Go Slow*，1973)、《反对性与暴力》(*Objections to Sex and Violence*，1975)、《白金汉郡上的光芒》(*Light Shining in Buckinghamshire*，1976)、《陷阱》(*Trap*，1977) 等。80年代，她的作品主要有《最优秀的女性》(*Top Girls*，1982)、《沼泽地》(*Fen*，1983)、《温和的警察》(*Softcops*，1984)、《食鸟》(*A Mouthful of Birds*，1986)、《严肃的金钱》(*Serious Money*，1987)、《冰淇淋》(*Ice Cream*，1989) 等。丘吉尔这一时期的戏剧主题主要是批判资本主义和父权制背景下女性所受到的不公平待遇和男权压迫。进入90年代之后，丘吉尔创作了《疯狂的森林》(*Mad Forest*，1990)、《伟大投毒者的生活》(*Lives of the Great Poisoners*，1991)、《妖女》(*The Skriker*，1994)、《蓝色的心》(*Blue Heart*，1997)、《旅馆》(*Hotel*，1997)、《这是一把椅子》(*This is a Chair*，1997) 等。这一时期的丘吉尔已经不像创作初期那样对女性平等的前景抱有太多的期望，而是表现出一种失望忧伤的情绪，导致她的作品愈加晦涩难懂。进入21世纪之后，她还创作了《远方》(*Far Away*，2000)、《克隆人》(*A Number*，2002)、《七个犹太儿童》(*Seven Jewish Children——a Play for Gaza*，2009)、《爱和信息》(*Love and Information*，2013) 等，并将关注中心从女性转向同性恋、恐怖袭击等社会现状和重大社会事件，表现出了她作为一名作家和学者的人文主义关怀。

《最优秀的女性》是丘吉尔最成功的作品之一。主人公马琳举办了一场宴会，庆祝自己的“优秀女性就业公司”成立。令人惊奇的是，她邀请了很多传奇女性：英国维多利亚时代统治时期的伊莎贝拉·伯德·毕晓普，日本13世纪出家为尼又云游四海的二条皇妃，女扮男装的教皇琼安，尼德兰画家彼得·勃鲁盖尔的绘画人物道·格莱特，以及乔叟《坎特伯雷故事集》中的人物格里塞达。

① 钱激扬．历史·权力·主体：卡里尔·丘吉尔女性戏剧研究．南京：南京大学出版社，2014：1.

② Elaine Aston，Jannelle Reinelt. *The Cambridge Companion to Modern British Women Playwrights*. Cambridge：Cambridge University Press，2000：174.

这些传奇人物纷纷讲述自己的故事，她们大多受到父亲和丈夫的控制，承受着与儿女分离的痛苦，无法掌控自己的人生。而事业成功的马琳也有自己的秘密：她将自己的私生女交给亲姐姐乔伊斯抚养。而乔伊斯的生活轨迹与妹妹完全相反，她的生活贫困交加，因而心理不平衡，与妹妹发生了争执。全剧结构奇特，情节设计巧妙，主题思想发人深省。自古而今，无论所处环境如何改变，妇女都在不同程度上受到父权、夫权、皇权、教权的压迫与倾轧，她们为家庭与婚姻作出了巨大的牺牲，却并没有得到自己期望的幸福结局。而马琳成功背后的痛苦也表达了作者“质疑当代女性主义的成就”[①]，使该剧带有明显的讽刺意味。

丘吉尔对戏剧的实验革新使她获得了巨大成功。她的创作技巧灵活多变，语言表达、身体行为与主题思想巧妙结合，被称为“剧场里的毕加索”。[②] 她用自己独特的叙事手法将宗教、历史、政治、文化等因素杂糅交错地呈现在作品当中，使她的戏剧永远都是那么别出心裁，令人惊喜。丘吉尔的戏剧使女性戏剧在被男性主导的剧坛世界中脱颖而出，并大胆而又有力地发出真正属于自己的声音，而她也被认为是英国当代最具有影响力的女剧作家。

第三节　美国文学中的新声音

1. 诗歌

20 世纪五六十年代美国诗歌经历了分化与重组，涌现出各种流派，如垮掉派、黑山派等。进入 70 年代，随着国内社会与政治趋于安定，美国诗坛也告别动荡，迎来一个风平浪静的新时期。自 70 年代以来，美国诗歌表现出来的“个人化”倾向没有减弱，一直延续到世纪末。“自传性的抒情短诗——其意向取自自然或家庭生活——已成为主流”。[③] 在纷繁的流派之中，后自白派与语言诗派逐渐成为引领现代美国诗歌方向的主流。语言诗派的代表如罗恩·西利曼（Ron Silliman，1946-　）、迈克尔·帕尔默（Michael Palmer，1943-　）、查尔斯·伯恩斯坦等，后自白派的代表如保罗·齐默（Paul Zimmer，1934-　）、查尔

---

① 钱激扬．历史·权力·主体：卡里尔·丘吉尔女性戏剧研究．南京：南京大学出版社，2014：54.

② Elaine Aston. *Feminist Views on the English Stage*. Cambridge：Cambridge University Press，2003：19.

③ Emory Elliott. *Columbia Literary History of the United States*. Columbia：Columbia University Press，1988：1100.

斯·莱特等，硕果累累，他们的创作丰富了各个流派诗歌的内涵，也为整个美国现代诗歌的发展注入了新鲜元素。

1.1 查尔斯·伯恩斯坦（Charles Bernstein，1950- ）

查尔斯·伯恩斯坦是美国宾夕法尼亚大学教授、美国艺术与科学院院士、美国语言诗派的重要诗人和诗歌理论家，有30本诗集、3部学术论文集，各类出版物共有40余部，其中重要的诗集有《天堂里的威士忌》（*All the Whisky in Heaven*：*Selected Poems*，2010）、《唱片名》（*With Strings*，2001）等。除此之外，伯恩斯坦还出版了两部歌剧：《影子时代》（*Shadowtime*，2005）和《表演者》（*Blind Witness*，2008）。

作为语言诗派的领军人物，伯恩斯坦积极宣传语言诗的理论和主张，制定纲领，并身体力行从事创作，对诗歌进行阐释，解答各种问题。迄今为止，在当代美国诗坛上，语言诗流派称得上前卫，并在不断地发展壮大。“伯恩斯坦认为，言语不能用来再现某一特定的世界。相反，言语可以用来更新世界。诗歌是阐释也是错觉，是现实也是幻觉。诗歌决不会脱离政治而存在，相反，它是纯粹的终结，是想象的开始。”①

伯恩斯坦的代表作《影子时代》通过考问历史和历史上的文学以求对当下获得更好的理解。关于德国伟大的批评家瓦尔特·本雅明（Walter Benjamin，1892-1940）的“思想歌剧”《影子时代》，伯恩斯坦运用了精心制作的语言游戏、文学回声、引用、约束以及“发现的文本”来重新评论这位充满矛盾的德国学者的生平和美学观。即便独立于音乐之外进行阅读，该歌剧剧本深情而又不乏反讽地刻画出本雅明既有瑕疵又感人至深的人物性格。伯恩斯坦常常直接从本雅明的“马赛的麻药”等具体文本中提取语言，通过有意解构语言以创造一个由双关、诡论、警语组成的复杂的网络。不过，这部“蕴含历史的诗作”也非常滑稽，机智诙谐，对观众颇具吸引力。可以说，这部作品运用中间媒介、声音游戏和寓意深刻的丰富语言，既继承了语言诗的众多特征，又较之语言诗思想更深沉、更能激发思想，为当前美国先锋派诗歌发展提供了一个范例。②

1.2 查尔斯·莱特（Charles Wright，1935- ）

查尔斯·莱特是近30年以来表现力丰富、音乐性强、在吸收消化传统艺术

---

① 聂珍钊，罗良功．查尔斯·伯恩斯坦诗选．武汉：华中师范大学出版社，2011：3.

② 玛乔瑞·帕洛夫．查尔斯·伯恩斯坦的《影子时代》对历史的重构．外国文学研究，2008（1）：13.

形式的同时不断进行新的尝试，而饮誉美国诗坛的优秀诗人之一。从1966年起，他先后在尔湾加州大学和弗吉利亚大学任英语教授。“他已出版20多部诗集，包括《远航》(*The Voyage*，1963)、《威尼斯笔记》(*The Venice Notebook*，1971)、《万物世界》(*The World of* 10 000 *Things*，1990) 等。《黑色黄道带》(*Black Zodiac*，1997) 获1998年度普利策奖”。[①]

莱特从60年代出版的早期4本诗集里选出的诗选集《乡村音乐：早期诗选》(*Country Music*：*Selected Early Poems*，1982) 表明，他在起步时就找到并巩固了他的表现力。他对短诗、长句、组诗、散文诗、人物素描、自我画像、个人回忆、日记诗等形式的运用都轻松利落、游刃有余，而且都有精彩之作。“诗人无论在描写他的出生地美国南方，还是西部、西南部抑或他曾经服役过的情报部队驻地意大利，都怀着炽烈的感情，读者无不受到感染”。[②]

不过，使查尔斯·莱特牢牢立足当代美国诗坛不是他心地坦荡的虔诚（因为虔诚的教徒大都不会成为诗人），而是他捕捉意象的本领和富有表现力的语言。总体来说，他的诗用词简洁，节奏鲜明，音节安排有致，因而颇富音乐性。他说：“如果没有诗节，诗便杂乱无章。诗歌的职能之一便是使无序变有序”。[③] 查尔斯·莱特的诗歌用词准确，想象力精巧，有许多脍炙人口的诗行，例如，“梅树在蜜蜂中开放。/鸥鸟灵魂般被锁在天堂的蓝色顶楼里”（《四月》），“每一天是一座冰山，/在脚下拽着它寒冷的大肚皮”（《夜梦》）等，不但令普通读者喜爱，而且也使挑剔的评论家为之称羡。[④]

不得不提的是，查尔斯·莱特的“距离的自我”，突破了自白诗人绝望、疯狂的自我价值系统。在后现代主义思潮下，这位后自白诗人的诗歌走向了非个性化。“这并非诗歌发展中的一次简单的回归，而是查尔斯·莱特对强有力的创作传统的吸收与转化”。[⑤] 后自白派的诗歌体现了莱特对自我的欣赏，对距离的思念，对诗歌价值的深刻探寻。在莱特的诗歌中，读者可以看到种种意象的陈列与冲突，听到他们撞击的声音，这与印象派画家塞尚的技法惊人的一致。鲜明的色彩对比，多变的明暗处理，似乎只有抽象的碎片似的景物。但是只要有距离地观看，就会发现画的质感和细节，以及各个部分的呼应。“诗人自己也认为他和塞

---

① 王守仁．新编美国文学史（第四卷）．上海：上海外语教育出版社，2002：466.

② 王守仁．新编美国文学史（第四卷）．上海：上海外语教育出版社，2002：466.

③ 见 Stan Sanvel 和 William Heyen 在1986年4月3日对 Charles Wright 的访谈录。

④ 王守仁．新编美国文学史（第四卷）．上海：上海外语教育出版社，2002：469.

⑤ 陈优娜．距离的自我——后自白诗人查尔斯·赖特的创作探析．作家杂志，2008(6)：65.

尚都在用相近的方式做一件事，塞尚是用画笔，而他是用笔”。[①] 如此说来，莱特的诗人气质与才情画意便可见一斑了。

2. 小说

小说是一种文学形式，是表现社会历史生活的语言艺术，它从一开始就表现出两极化倾向：“一方面，它朝向现实主义与社会记录，与历史事件和运动发生相互联系；另一方面，它朝向形式、虚构和自身反映。”[②] 80 年代以来，小说的走向明显地发生了变化，朝关注生活现实的一极发展，与此同时，对人们生活产生影响的重大社会政治事件时时走进小说世界里。在当代美国文坛，现实主义已成为主潮。

在现实主义文学中，有一批女作家开始活跃在文坛，并且发出了属于自己的声音。她们中间包括路易斯·厄德里克、艾丽丝·沃克、谭恩美、汤婷婷、任碧莲等。这些构成了世纪之交美国小说创作的一道靓丽的风景线。与此同时，继美国遭受恐怖事件之后，“9·11” 文学也如雨后春笋般兴起，其旨在抚慰广大民众的内心创伤，也同时为遭受恐怖袭击后的美国本土营造一道心灵的港湾，代表作家如唐·德里罗、伊恩·麦克尤恩等。

2.1 美国本土作家——路易斯·厄德里奇（Louise Erdrich，1954- ）

路易斯·厄德里奇是美国本土文艺复兴运动第二次大潮中的代表人物，在美国印第安现当代文学中占有重要地位，是美国当代最多产、最有成就的作家之一。她曾先后获得欧·亨利短篇小说奖（O. Henry Award for Short Story）、全国书评协会奖（National Book Critics Award for Fiction）等文学大奖。她涉猎广泛，除了小说，还撰写诗歌、散文，有多部诗集和散文集出版。“到目前为止，路易斯·厄德里奇已经独立出版了《爱药》(*Love Medicine*，1984)、《甜菜女王》(*The Beet Queen*，1986)、《痕迹》(*Tracks*，1988)、《宾戈宫殿》(*The Bingo Palace*，1986)、《羚羊妻》(*The Antelope Wife*，1998）等多部长篇小说”。[③]

她的小说《痕迹》忠实而深刻地描绘了生活在北达科他州的齐佩瓦族印第安人在白人入侵后所面临的生存困境。该书于 1988 年一经出版立刻登上美国畅

---

① Charles Wright. *Quarter Notes*. Ann Arbor：University of Michigan Press，1995：28.

② Malcolm Bradbury. *The Novel Today*：*Contemporary Writers on Modern Fiction*. Manchester：Manchester University Press，1997：8.

③ 王晨．桦树皮上的随想曲——路易斯·厄德里奇小说研究．北京：中央编译出版社，2011：29.

销书榜，并引起美国学者的广泛关注。《痕迹》指出：任何想抹去自己部落文化痕迹的美国本土人在这种多元文化环境中只会迷失自己；而任何拒绝承认白人文化的美国本土人也无法找到自己正确的生存模式。对于当代美国本土人来说，正视自己部落历史文化的同时还应以一种发展的目光接受并吸收白人文化才能真正让他们立足于现实。厄德里奇的其他作品，如《爱之药》等都表达了多元文化共生、共荣的愿望。

2.2 艾丽丝·沃克（Alice Walker，1944- ）

艾丽斯·沃克是当代黑人文学最具影响力的作家之一。她出生在美国南方佐治亚州，家境贫寒，幼时一只眼被打失明。但她顽强学习，高中毕业后，靠残疾奖学金去亚特兰大的斯佩尔曼学院读书，后转到纽约的萨拉·劳伦所学院学习。当时学校里的课程根本不涉及黑人文学或文化，沃克看的书主要是欧美文学名著。大学三年级时，沃克到非洲访问，从此，非洲便时刻萦绕于心，成了她日后小说创作的中心。

沃克的作品根植于南方黑人社区生活，尤其关注黑人妇女的生存状态，关注她们的苦难和抗争。在读者心目中，沃克已不是一位单纯的文艺作家，更是一位黑人民族、妇女的辩护人和代言人。沃克是首批深入探讨黑人内部压迫问题的作家之一，她提出了独创性的“妇女主义”（Womanism），以区别于女权主义（Feminism）。这一概念，虽然存在很大的争议，却已经在当前美国社会获得了越来越多的认可和支持。她对政治的敏感、对南方文化的继承及对黑人文化和历史的关注，为她提供了创作动力。作为一位多才多艺的作家，沃克在诗歌、散文、文艺评论、短篇小说等各个领域都取得了令人瞩目的成就，但她的主要成就还是在长篇小说方面，其主要作品包括：《格兰奇·科普兰的第三生》（*The Third Life of Grange Copeland*，1970）、《梅里迪安》（*Meridian*，1976）、《紫色》（*The Color Purple*，1982）、《我熟悉的一切之神庙》（*The Temple of My Familiar*，1989）、《拥有快乐的秘密》（*Possessing the Secret of Joy*，1992）、《父亲的微笑之光》（*By The Light of My Father's Smile*，1998）以及《现在到了你打开心扉的时候》（*Now Is the Time to Open Your Heart*，2004）。

艾丽·沃克的作品主题主要是反映黑人女性这一群体在社会和家庭中所承受的苦难，以及在逆境中黑人女性如何坚强地在磨难中挣扎，如何从被压迫者逐渐成长为独立自信的黑人女性这一主题。她获得普利策奖的小说《紫色》（*The Color Purple*，1982）中的女主人公便是一个黑人女性成长的典范。《紫色》由94封书信构成，有主人公西丽亚写给上帝的信、西丽亚写给她妹妹内蒂的信（被退回)、内蒂写给西丽亚的信、西丽亚所爱的女人莎格写给西丽亚的信等。《紫色》描写了主人公西丽亚从受压迫到取得独立和解放的艰苦历程，揭示了处在父权制社会性别歧视和种族主义双重压迫下的黑人妇女追求独立和自我发展，实现精神自由、男女平等和种族平等的主题思想。

除长篇小说以外，沃克还创作了不少诗歌和短篇故事。《寻找我们母亲的花园》(*In search of Our Mother's Gardens*，1983）是她的重要评论文集。沃克在一次访谈中曾说："我致力于探讨黑人妇女的种种压迫、疯狂、忠诚和胜利……对于我来说，黑人妇女是世界上最令人着迷的创造物。"① 沃克所关注的是生活在美国社会最底层的黑人女性的痛苦和艰难。"她的小说以现实生活为基础，深入人物的内心世界，描写了黑人，尤其是黑人妇女的爱与恨、欢乐与悲伤、幻想与失望，歌颂了她们的顽强生活能力与在逆境中奋斗的坚强意志。"②

2.3　唐·德里罗（Don DeLillo，1936-　）

唐·德里罗1936年11月20日出生在纽约市布朗克斯区一个意大利移民家庭，被认为是美国当代最优秀的小说家之一，而且总是被冠以"后现代派小说家"的头衔，是一位既拥有广大读者，又在学术界享有崇高声誉的美国小说家。德里罗与托马斯·品钦（Thomas Pynchon，1937-　)、菲利普·罗斯（Philip Roth，1933-　)，以及科玛克·麦卡锡（Cormac McCarthy，1933-　）被列为美国当代最重要的四位小说家。

《坠落的人》(*Falling Man*，2007）是唐·德里罗的代表作。小说的开篇场景设置在2001年9月11日，39岁的律师基斯·纽德科尔的办公楼所在地纽约世贸大厦在这天遭到恐怖分子的袭击。作为这起事件的幸存者，基斯在慌乱中穿过惊恐不安的人群和满是瓦砾废墟的街道，回到自己以前的寓所。那里住着已经和他分居的妻子莲妮，以及他们七岁的儿子贾斯汀。经过一段时间之后，基斯逐渐从这起事件的生理与心理创伤中恢复过来，而且也回到了他和莲妮正常的家居生活。可惜，好景不长。基斯随后又开始与另外一名中年黑人妇女弗洛伦斯发生了婚外情。断绝婚外情之后的基斯依然厌倦毫无色彩的家庭生活，迷恋上扑克牌游戏，并成为一名职业扑克牌手，周游世界，参加各式的扑克牌赛事。但在这段生命历程中，基斯不断地回忆起那位在"9·11事件"中丧生的牌友，而"9·11事件"也由此成为他挥之不去的梦魇。

---

① John O'Brian. ed. *Interviews with Black Writers*. New York：Liveright，1973：192.

② 王守仁．新编美国文学史（第四卷)．上海：上海外语教育出版社，2002：303.

通过《坠落的人》，德里罗不仅帮助读者透视生命的脆弱，更是通过这部小说再次证明了自己非凡的创造力，成功地打造了美国文坛“常青树”的神话。该部作品的成功，体现了“小说这一文学体裁在诠释和再现‘9·11’时的独特力量，它所昭示的美学范式也更深刻地体现了历史与人性的复杂”。[①]

2.4　谭恩美（Amy Tan，1952-　）

谭恩美是美国华裔文学出色的作家之一。她出生于加利福尼亚州的奥克兰，父母都是中国移民。谭恩美于1973年获得了英语和语言学双学士，并于1974年获得语言学硕士学位。谭恩美曾利用自己的语言学专长为有语言障碍的智残人服务，后来与人合伙办了一个商业写作公司，专门为商务人士写作商业文书，但商务写作使她感到疲惫，于是她开始转向小说创作。

谭恩美至今已经推出了7部小说、2部儿童小说，以及一些其他非小说类作品，虽然并不多产，但是在美国文学界甚至世界文学界很有影响。第一部小说《喜福会》(*The Joy Luck Club*，1989）十分畅销，并被拍成电影，翻译成20多种语言。小说《灶神之妻》(*The Kitchen God's Wife*，1991)、《百种秘密感觉》(*The Hundred Secret Senses*，1995)、《接骨师之女》(*The Bonesetter's Daughter*，2000）和《拯救溺死之鱼》(*Saving Fish from Drowning*，2005）等同样受读者的青睐，获得了丰厚的回报。时隔多年，2012、2013年谭恩美再度推出两部小说《淑女规》(*Rules for Virgins*）和《惊奇谷》(*The Valley of Amazement*)。

谭恩美小说热衷探讨的主题之一便是母女关系，从《喜福会》和《接骨师的女儿》到《淑女规》和《惊奇谷》，作者以中、美两国为背景，不同民族、文化为主线，探讨不同历史社会背景之下，具有相异的文化、信仰的两代人之间的矛盾与冲突、理解与包容等，在让读者穿行于历史与现在、虚构与真实之间的同时，领略两代人、东方与西方、中国与美国文化的差异与冲突，理解与融合。如果说《喜福会》是充满张力的母女四重奏的话，那么“《接骨师的女儿》则是围绕一个家庭中三个女性的独奏曲”[②]，而《淑女规》和《惊奇谷》则是有关20世纪早期中国上海女性残酷的生存状态的多声部大合唱。

2.5　任碧莲（Gish Jen，1955-　）

20世纪80年代末，一批美国华裔作家几乎同时写出一些很有分量的作品，

---

① 但汉松.9·11小说的两种叙事维度——以《坠落的人》和《转吧，这伟大的世界》为例.当代外国文学.2011（2）：66-73.

② Andrea Sachs. “The Joys And Sorrows Of Amy Tan：Her Mother Has always Been the Writer's Best Muse. Nowhere Mother's Death Has Inspired a Vibrant Novel about Loss.” *Time*，Feb. 19，2001 v157 i7：72.

对美国文坛产生了具有冲击性的影响，因而当时美国的传媒纷纷惊呼出现了一个“崛起的华裔作家群”。在这个华裔作家群中，任碧莲就是紧随谭思美和汤婷婷之后的领军人物之一。她先以小说处女作《典型的美国人》(*Typical American*, 1991）获得美国国家评论家奖和纽约时报图书奖，然后又出版了《莫娜在希望之乡》(*Mona in the Promised Land*, 1996)、《谁是爱尔兰人?》(*Who's Irish?*, 1999）以及《爱妻》(*The Love Wife*, 2004）等，引起美国文坛乃至学术界的关注。

《世界与小镇》(*World and Town*, 2010）是任碧莲于2010年出版的又一力作。这部小说通过描述女主人公孔海蒂的孤寡生活、她和医生之子卜特之间的感情纠葛以及与邻居柬埔寨移民家庭的种种故事，提出人能否真正与世隔绝这一令人深思的问题，突出了美国社会脆弱的一面，即貌似安静的小镇正在面临诸如全球化、发展和移民等方面问题的挑战。小说《世界与小镇》不但继续并深化了移民生活和文化冲突的创作主题，其对第三人称叙述者的写作风格的创新可谓独树一帜，体现了作者作为美国华裔文坛新生代作家个性鲜明、不断创新的特征。文中可见多处汉语拼音、青岛及台州方言、标准英语、美式英语等多种语言的交错与转换，颇有类似文化杂糅与“拼贴”之感。为了使作品突破族裔文化的局限，任碧莲选择给人物提供安身立命之所的家庭背景，“通过构建一个个正在竭力美国化进程中的移民家庭的变故和遭遇，在颠覆美国熔炉神话的同时，展现出了一个浓缩在小镇里的美国社会脆弱的一面”。①

对族裔、文化身份的追寻一直是华裔美国文学所关注的重要议题，而任碧莲的小说对文化身份建构与种族、族裔性和传统文化之间的超越和传承关系的揭示是深刻有力而又富于艺术性的。在错综复杂的关系中，任碧莲巧妙地向读者展示了她眼中的美国华裔同胞的生活世界，并诠释了她心中对于少数族裔移民追求文化身份这一梦想的渴求与期盼。“任碧莲的多元文化主义思想更趋成熟稳健，我们也有理由期待她在探索多元族裔文化的道路上走得更远。”②

3. 戏剧

20世纪80年代之后世纪之交的30余年，美国戏剧又迎来了新一轮繁荣，老一辈戏剧家依然“青春”焕发，新锐作家层出不穷。亚瑟·米勒、爱德华·阿尔

① 马越晗．任碧莲新作《世界与小镇》评析．短篇小说．2013（7)：69-70.

② 许双如．族裔、文化身份追寻中的超越与传承——从任璧莲的《爱妾》说起．暨南学报，2010（6)：87-90.

比、山姆·谢泼德等20世纪早中期成名的作家佳作不断，奥古斯特·威尔逊、托尼·库什纳、玛莎·诺曼等新作如云，使得世纪之交美国戏剧格外光艳，焕发出前所未有的活力。①

3.1　兰福德·威尔逊（Lanford Wilson，1937-2011）

兰福德·威尔逊是20世纪末关注美国社会问题的又一重要剧作家。他的作品通过对话和场景的设置把不同的故事串联起来，各种社会问题杂糅在一起，呈现给观众的是一个失去活力、失去凝聚力的社会。他所塑造的人物大都遭受磨难和痛苦，他们在困难面前退缩、逃避、恐惧……，他善于刻画紧张的人际关系，某些人道德沦丧、心灵扭曲，在侵略和暴力面前显得无助。

威尔逊70年代反映美国底层人生活的《巴尔的摩旅馆》(*The Hot I Baltimore*, 1972）给他带来了包括奥比最佳外百老汇戏剧奖在内的很多荣誉，80年代凭借《塔利家的蠢事》(*Talley's Folly*, 1979）和《烧掉这个》(*Burn This*, 1987）再次赢得普利策奖、纽约电影批评家奖以及托尼最佳剧作奖提名和奖项。威尔逊的戏剧关注社会边缘人物，在剧本中涉及大量的同性恋角色，比如《吉里德的香膏》(*Balm in Gilead*, *1965*)、《柠檬色天空》(*Lemon Sky*, 1968)，以及《宇宙画像》(*Portrait of the Cosmos*, 1987）等。虽然他被认为是公开的同性恋剧作家，但他曾在接受采访时回应："在我周围随处都能见到同性恋者，我只是把看到的写出来。我从来就没把同性恋当成一个焦点来写，因为我从来就不觉得它是焦点。"他更希望通过作品反映当时社会现实，喊出那些不能融入主流文化人们的心声，引起人们关注、理解并包容那些挣扎在社会边缘的人们。

3.2　托尼·库什纳（Tony Kushner，1956-　）

20世纪中后期，同性恋、艾滋病成为困扰美国的问题，同性恋者要求获得合法婚姻权利，艾滋病肆虐引起全社会恐慌，里根政府以同性恋导致艾滋病为由，在政治上排斥、迫害同性恋群体导致同性恋与艾滋病群体被歧视。这一现象进入许多作家的视线，他们开始关注同性恋人群的社会地位和生活状况。托尼·库什纳就是其中之一，他凭借《天使在美国：一部关于国家主题的同性恋幻想曲》(*Angels in America*: *A Gay Fantasia on National Themes*, 1992）一剧轰动美国剧坛，囊括了包括普利策奖、托尼奖等在内的多个知名戏剧大奖，该剧也奠定了他在百老汇以及当代美国戏剧界的地位。《天使在美国》的副标题"一部关于国家主题的同性恋幻想曲"诠释了该剧所想表达的思想，即美国人对同性恋的态

① 陈爱敏，陈一雷．美国戏剧30年回眸．译林，2012，6：201-206.

度、同性恋与艾滋病者的社会地位，及其背后所反映出来的政治现象：保守派政治、腐败、种族、性别歧视等。

由于库什纳对同性恋权利和政治局势的特别关注，他的其他剧作，如《一间叫做白昼的明亮房间》(*A Bright Room Called Day*，1987)、《居家人/喀布尔》(*Homebody/Kabul*，1999) 等，都无一例外地涉及当代美国的社会政治问题。他将同性恋、艾滋病问题与政治结合起来思考，揭示这种现象背后的意识形态因素。他的剧作中也有一部分是改编剧或音乐剧。库什纳擅长将现实与虚幻结合，因此他的剧作常常既带有现实主义色彩，又具有超现实主义元素，令人叹服。

3.3 玛莎·诺曼 (Marsha Norman，1947-) 与温迪·瓦瑟斯坦 (Wendy Wasserstein，1950-2006)

玛莎·诺曼被认为是“二战”后美国最为成功的女剧作家之一。由于这段时期，妇女作为弱势群体仍然处于男权中心的边缘，由此而催生出世纪末戏剧的重要主题：声讨性别歧视、呼吁全社会关注女性。诺曼的作品多数以现代女性的社会经历为主题，以处于边缘、底层人物为对象，着重探讨人与人、人与社会之间异化的关系、女性的孤独、自由和死亡等问题。1983 年《晚安，妈妈》的上演奠定了她在美国戏剧史上的地位。该剧获得了 1983 年普利策文学奖、托尼奖提名、苏珊·史密斯·布莱克本奖等多个奖项。《晚安，妈妈》旨在揭示美国普通家庭、底层女性所面临的生存困境。杰西的自杀是生活所迫：爸爸死了，丈夫离她远去，少年犯儿子在偷了她的东西之后也离家出走，自己还患有癫痫病。至此，观众可以看到处于社会底层、无助女性的生存状态。作者的目的在于呼吁全社会更多地关心、理解和包容我们身边那些默默无闻、平常普通的女性。

如果说诺曼关心的是普通百姓的生活的话，那么另一位女性作家温迪·瓦瑟斯坦则关注现代知识女性在追求自我实现道路上所面临的挫折与彷徨。温迪·瓦瑟斯坦于 1989 年凭借戏剧《海蒂编年史》获得普利策奖一举成名，被公认为美国当代杰出的女剧作家。她的作品大多取材于日常生活，以作者本人以及周围人的生活经历为创作蓝本，探讨女性的身份危机，在开辟自我道路上的遭遇、困惑与挫折，如她的作品《海蒂编年史》(*The Heidi Chronicles*，1988) 中的女教授海蒂·霍兰德，《罗森斯魏格姐妹》(*The Sisters Rosensweig*，1993) 中的犹太三姐妹，以及《美国女儿》(*An American Daughter*，1997) 中的女政治家丽萨·邓特·休斯。这些女性精英们在自我探索的道路上体会过痛苦和孤独，却依然充满勇气和希望。

3.4　奥古斯特·威尔逊（August Wilson，1945-2005）

奥古斯特·威尔逊被认为是继尤金·奥尼尔、亚瑟·米勒、田纳西·威廉斯后美国最杰出的剧作家之一。他倾尽20余年心血撰写的10个匹兹堡系列剧真实地反映了美国20世纪每个10年的社会变迁和历史沿革，该系列剧刻画了20世纪的黑人在美国的经历，堪称世纪末戏剧界顶峰之作。

威尔逊也是迄今为止商业上最为成功的美国黑人剧作家。他一生著作丰厚，两次获得普利策戏剧奖，5次获得纽约戏剧评论界大奖，多次获得托尼奖。特别值得一提的是，1988年，这位剧作家有两部作品同时在美国戏剧表演圣地百老汇登台上演——《围栏》（*Fences*，1985）和《乔特纳来了又走了》（*Joe Turner's Come and Gone*，1986），这使得他登上了戏剧创作生涯的高峰。威尔逊的剧作风格贴近生活，主要侧重于现实的陈述和情节的演绎，他经常在剧中采用讲故事的方式来推进戏剧的进展，但在剧作的结构安排上又明显受到布鲁斯音乐节奏的影响和启发，尤其以蓝调音乐为最。纵观他的作品，不仅生动地诠释了剧作家对美国非裔文化和种族问题的深刻反思，同时也激起了美国黑人正视种族隔离和种族歧视的勇气，增强了他们改变现实，争取权利的信心，让他们在直面惨淡人生的同时，怀着对未来的希望继续前行，创造属于自己的一片蓝天。

20世纪80年代以来亚裔戏剧也取得了长足进步，成绩卓著者不在少数：黄哲伦（David Henry Hwang，1957-　）、赵健秀（Frank Chin，1940-　）、谢耀（Chay Yew，1965-　）、伊丽莎白·黄（Elizabeth Wong，1958-　）、林小琴（Genny Lim，1946-　）、菲利普·果坦达（Philip Gotanda，1951-　）及休斯顿（Velina Hasu Houston，1957-　）等，他们对美国亚裔戏剧的发展做出了贡献。他们通过戏剧再现亚裔移民历史，搭建交流、理解的桥梁，化解民族、种族间隔阂，建构和谐世界。1988年黄哲伦《蝴蝶君》（*M. Butterfly*）在百老汇上演，好评如潮，一举夺得托尼奖、剧评人奖、圈外剧评人奖等，并入围普利策戏剧奖，成为首位夺得最佳托尼戏剧奖的美国亚裔剧作家。

21世纪头十年有很多戏剧新人崭露头角，特雷西·莱茨（Tracy Letts，1965-　）的剧作《八月：奥塞奇县》（*August: Osage County*，2007）2008年同时获得了托尼最佳戏剧奖、普利策戏剧奖、剧评人奖杰出剧目奖等三大奖项，使得他成为"21世纪最激动人心、最为重要的美国剧作家之一"。萨拉·鲁尔（Sarah Ruhl，1974-　）2004年凭借《窗明几净》（*The Clean House*，2004）荣获苏珊·布莱克·史密斯奖，从而获得评论界的广泛认可。这部浪漫喜剧描写了一个梦想成为喜剧演员而不打扫房间的巴西女仆异想天开的想法。该剧使得萨拉·鲁尔在31岁时入围普利策奖。琳恩·诺塔奇（Lynn Nottage，1964- ）是当代美国杰出的黑人女戏剧家，她的作品常常探讨女性问题以及非裔美国人的生活，作品思想深刻，笔触幽默风趣，直击当代社会的热点问题，在美国极具影响力。她在2005年被授予古根汉姆奖学金，2007年又获得麦克亚瑟天才基金。2009年凭借《毁灭》(*Ruined*，2008）一举夺下普利策戏剧奖，2010被授予斯坦伯格杰出剧作家奖，外加20万美元的奖金，用来表彰她为美国戏剧界做出的巨大贡献。

纵观世纪之交这三十多年的美国戏剧，我们不难看出，老一辈戏剧家仍然笔耕不辍，新生代作家开拓创新，佳作如云，这其中既有本土作家的努力，也有少数族裔新人的贡献。从主题上来看，既延续了传统的家庭、爱情、道德伦理、战争等主题，也出现了讨论性、性向、种族、身份等与时代合拍的话题，从艺术手法来看，这一时期的戏剧不断实验、创新，是美国戏剧史上的又一繁荣期。

思考题

1. 请简要归纳谢默斯·希尼的诗歌创作特点。
2. 什么是族裔文学？请简要介绍世纪之交的美国华裔作家及其创作特色。
3. 黑石一雄的主要作品有哪些？请简要归纳其文学创作特点。

第十五讲
新时期英美文学批评理论

20世纪及以后出现了很多文学批评理论的著述。其中，前半叶的理论，如俄国和后来的苏联的“形式主义”、“浪漫主义”、“现实主义”等，已有学者进行过较为深入的研读和系统的论述。因此，本讲将对20世纪60年代以后的一些重要文学批评流派进行梳理，其中包括后殖民主义批评、西方马克思主义批评、女性主义批评、生态批评等。

第一节　新时期英美文学理论概述

20世纪后半叶，学界对文学批评理论的热情比以往任何时候都高涨。这一时期，后殖民主义批评、西方马克思批评、女性主义批评（第二、三波女性主义浪潮）、生态批评等，不同流派交相辉映，呈现出“你方唱罢我登场”的壮观局面。以下对这一时期比较流行的理论进行梳理，以期从整体进行一些分析与总结。

1. 后殖民主义

有很多学者认为，后殖民主义理论可视作后结构主义的组成部分。它在开始阶段主要研究有关殖民地的文本，随着该理论的逐步演变，终于在20世纪80年代达到鼎盛。在后殖民主义研究的学者中，詹姆士（Cyril Lionel Robert James，1901-1989）被认为是奠基人。他在20世纪30年代出版的《黑色的雅各宾》（*The Black Jacobins*，1938）关注海地人民为争取民族独立而进行的文化思想革命。弗朗茨·法农（Frantz Fanon，1925-1961）所著的《地球上不幸的人们》（*The Wretched of the Earth*，1961）则是后殖民主义批评理论的标志性文本。此后，后殖民主义研究被冠以“英联邦文学”，它运用非中心化的相关文学理论解构了学术霸权。虽然后殖民批评与后现代主义理论有部分重合现象，但两者有各自不同的重点，前者主要突出对西方社会（宗主国）与第三世界“权力”关系的反思，后者则指代伴随“现代主义”衰退出现的所有理论。

因为学者不同的国籍和文化背景，他们探讨的重点也各有不同，后殖民理论批评研究呈现复杂的形式。后殖民批评可以是探讨女性的地位和作用，或探讨殖民地的话语权，抑或探讨西方对殖民地经济文化的影响等。因此，它在内容和形式上都有着打破学科界限之倾向，而对当今的比较文学来说，它则使比较文学和文化研究融为一体，尤其在探讨与帝国和殖民相关的课题方面显示出一致的倾向：权力、历史、主宰、文化、颠覆、教育、经济危机、女性的作用、宣传媒介对殖民地主题的作用、区分种族主义、压抑和反叛等。① 但是，不管怎样，后殖民批评研究的对象都是西方文化中的“他者”（other）。殖民地作为西方武力霸权的牺牲品与西方社会形成鲜明的对比，后殖民批评也在后现代批评纷繁复杂的理论体系中独树一帜。

后殖民主义批评研究的代表人物主要有巴勒斯坦裔学者爱德华·赛义德、印度裔学者佳亚特里·斯皮瓦克和霍米·巴巴。其中赛义德通过其著作《东方主义》发出了批判西方文化霸权和强权政治的最强音；斯皮瓦克则注重研究后殖民主义文化背景下女性的社会地位；而霍米·巴巴则因为其理论有强烈的“第三世界”文化批判而获得很高的声誉。

① 王宁．东方主义、后殖民主义和文化霸权主义批判．北京大学学报，1995（2）：55.

2. 西方马克思批评

马克思主义理论历史悠久，可以追溯到19世纪50年代，在马克思和恩格斯对文化和社会所做的普适性总结的基础上，很多学者重构和阐释了马克思的基本思想，逐渐形成马克思主义经典理论。然而，把马克思主义真正运用于文学批评却是批评界的一个新现象。马克思主义批评是比较宽泛的术语，西方马克思批评是指“从对（马克思主义）意识形态的认识出发，对审美、文艺和意识形态关系进行论述的文艺理论形式”。[①] 马克思主义认为，资本主义社会中人与人之间的关系依附于社会关系，文学则忠实地反映这种社会关系。因此，马克思主义批评的任务是，通过对文学的分析和解读来认识西方资本主义社会的实质，从而唤醒读者的觉悟。

世界资本主义社会经济大萧条和两次世界大战，在一定程度上验证了马克思对资本主义社会本质所做的结论，使马克思主义得到迅速传播。随着60年代社会批评思潮的兴起，“左倾”思想卷土重来，马克思主义与文学批评理论相互结合，“西方马克思批评”以崭新的面貌成为新时期主要的文学批评理论之一。自此，马克思主义完成了循环往复的转变过程：“它（以政治形式）从书斋走向街道，从学术活动转向学生运动；之后又逐渐从街道走回书斋，从学生运动转回学术活动”。[②]

20世纪的许多马克思主义者兼具文学批评家的身份，这就揭开了20世纪西方马克思批评以崭新面貌出现的原因。被誉为西方马克思主义第一人的卢卡奇（Georg Lukács，1885-1971）坚持“马克思主义审美反映论”：社会存在决定社会意识。马克思文学批评最初的目标比较简单，它主要衡量文学作品的政治倾向，以此判断它的社会内容和文学形式是否“进步”。然而，这个标准把马克思主义变成了机械化的科学。后期的马克思批评家，同时兼顾马克思主义的文学批评方法和文学本身。比如，本雅明开创性地把“文学性”放在第一位，让人们重新关注文艺要素之间的关系，而不仅仅是社会和文艺的关系。威廉姆斯（Raymond Williams，1921-1988）反对过分强调“经济基础决定上层建筑”的庸俗马克思主义。詹明信（Fredric Jameson，1934-　）被认为是20世纪后期最有影响的马克思主义理论家和文化批评家，把马克思主义推向了又一个高峰。许多

---

① 冯宪光．20世纪西马文论本体论的主要形态．外国文学研究，2005（4）：103.

② 朱刚．二十世纪西方文论．北京：北京大学出版社，2006：86.

后马克思主义批评家以经典马克思理论为基础，把马克思主义研究与性别、族裔等方面的研究结合起来，形成了多个具有鲜明特征的文学批评理论。

3. 女性主义批评，女性主义批评的第二、三波浪潮

女性批评赢得瞩目始于19世纪玛格丽特·富勒（Sarah Margaret Fuller，1810-1850）出版的经典作品。说到女性批评，就不能不提到弗吉尼亚·沃尔夫（Virginia Woolf，1882-1941），她被誉为“西方女性主义之母”。在女性主义理论发展的历史上，弗吉尼亚·沃尔夫被认为是里程碑式的人物，“从很大程度上讲，女性主义批评很难超越沃尔夫。她的思想预示着女性主义批评的多元化。无论从马克思主义的角度，从心理分析的角度，还是从后结构主义的角度进行的当代女性批评主义均以他的思想为出发点。”① 一般认为，女性文学开始于20世纪70年代，这个时期主要针对女性的著作署名权和女性在文学上的地位。随着第三波浪潮的到来，女性批评变得更为复杂也更为主观。这个时期的女性批评仍然关注女性的政治地位和女性生活权利，更重要的是，它被当作有力工具用来解构男权中心文化并提出政治诉求。

女性批评可大致分为英美女性批评和法国女性批评。前者紧密结合理论、文本和实际，因此在批评实践上更加有用。伊莱恩·肖瓦尔特（Elaine Showalter，1941-　）认为“法国女性批评注重心理分析，强调压抑；而英美女性批评注重文本，强调表达”。除了以上区分以外，英美女性主义批评和法国女性主义批评又可以分为若干不同的次级分支，下一节将会具体涉及。

从历时角度和内容上来看，女性批评分为三个阶段：第一波女性批评存在于1848到1920年间，代表人物为弗吉尼亚·沃尔夫和西蒙·波伏瓦（Simone de Beauvior，1908-1986）；第二波一般认为从20世纪60年代中期开始到1982年，代表人物有凯特·密莱（Kate Millet，1934-　）、伊莱恩·肖瓦尔特和朱莉亚·克里斯蒂娃（Julia Kristeva，1941-　）等；第三波指1982年以后的女性批评。

4. 生态批评

生态批评是生态思潮在文学研究中的体现，是学者对生态问题重视的体现，也是人文研究对生态危机的具体回应。布伊尔（Lawrence Buell，1939-　）认

① Mary Eagleton, ed. *Feminist Literary Criticism*. New York: Longman Inc., 1999: 1.

为："生态批评可以简要地定义为本着拯救环境的精神研究文学和环境之间的关系"[①]；美国生态批评的主要发起人彻丽尔·格罗特费尔蒂（Cheryll Glotfelty）把生态批评定义为"研讨文学与自然关系的研究"。[②] 半个多世纪的发展，生态批评如今已成显学。生态批评亦被称作"绿色文化研究"、"生态诗学"以及"环境文学批评"等。和其他文学批评理论不同，生态批评既非文学批评研究的需要，也非某些批评家突发奇想的创新。它的出现和人类生存环境不断恶化有密切关系。生态批评以文学研究的形式，勘察了人类在思想、文化、经济、科技发展和生活方式等方面的变化对生态环境的影响，探究这些影响对人文方面的影响，并尝试找出唤醒人类生态意识的方法，阻止生态恶化并重建人与生态自然的和谐共存。它和其他文学批评最主要的区别在于，生态批评通过作者、文本与世界的关系，进而研究自然与文化（特别是语言和文学的文化表现）之间的内在关系。

大多数人认为，"世界"就是人类社会及社会活动发生的"圈子"。生态批评则拓展了"世界"的概念，它把生态环境涵盖在这一概念中，揭示生态环境（尤其自然环境）与人类活动的关联性，强调二者之间"唇齿相依"。一直以来，人类社会都是"人类中心"的社会，人类对自然的利用达到触目惊心的地步，生态环境的恶化导致自然灾难日益频繁。美国著名的生态学家蕾切尔·卡森（Rachel Carson，1907-1964）就认为："征服自然最终的代价就是葬送自己"。生态批评家分析人对自然的认知以及这个认知过程历时的改变，同时，他们也分析文学中自然要素的再现。尽管生态批评有很多分支，但是它们都有一个基本的前提：人类文化与自然直接密不可分，相互影响。有批评家认为，生态批评力图打破"人类中心"思想，从整体的观点和联系的观点重建正确的宇宙观，"协调"人类和地球上其他要素之间的关系。总而言之，生态批评将自然、文化和文学看作一个整体，从联系和共生的角度研究文学。

生态批评源远流长，最早可以追溯到超验主义的生态思想。随着生态思想的发展和生态环境的进一步恶化，越来越多的学者逐渐开始关注生态问题，更为重要的是，他们有意识地以生态的视角来研究文学。虽然生态批评在20世纪中叶以后逐步确定下来，但直到1978年"生态批评"这个词语才真正诞生。生态批

---

① Lawrence Buell. *The Environmental Imagination*：*Thoreau*，*Nature Writing and the Formation of American Culture*. Cambridge：Harvard University Press，1995：430.

② Cheryll Glotfelty and Harold Fromm，eds. *The Ecocriticism Reader*：*Landmarks in Literary Ecology*. Athens：University of George Press，1996：xviii.

评研究的代表性人物有彻丽尔·格罗特费尔蒂等学者。格罗特费尔蒂作为生态批评真正意义上的发起人，她把生态批评开创性地运用于文学批评领域。她的做法在学术界得到了很多学者的响应，如洛夫（Glen A. Love）就发表了《重评自然：走向生态的文学批评》（*Revaluing Nature: Toward an Ecological Criticism*，1989）。此后，有关生态批评的论著和文章不断面世，与生态批评相关的研讨会也相继举行，生态批评迎来了发展的新阶段。

第二节　新世纪英美文学批评代表人物及作品

1. 后殖民主义批评代表人物及作品

后殖民主义批评在文化上是指对英国、西班牙、法国等其他欧洲国家前殖民地实施的历史、文化、文学以及话语模式的批判性研究。后殖民批评研究的重要学者有葛兰西（Antonio Gramsci，1891 - 1937）、赛义德、安泽度（Gloria Anzaldua，1942-　）、莫拉格（Cherríe Lawrence Moraga，1952-　）、斯皮瓦克、霍米巴巴等人。

1.1　赛义德（Edward Said，1935-2003）

赛义德所著的《东方主义》（*Orientalism*，1978）是研究后殖民主义的奠基之作。这部作品借鉴了福柯的研究成果。福柯运用历史批评的方法来研究文本，认为“权利制造知识，权利和知识是直接相互连带的，不相应地构建一种知识领域就不可能有权利关系，不同时预设和建构权利关系就不会有任何知识”。[①] 赛义德赞同福柯的观点，他在《东方主义》中指出，西方人构建的东方是受权力“污染”的东方，充满了偏见和误解，根本就是“西方为自己的经济、政治和文化利益而编造的一整套重构东方的战术并规定了西方对东方的理解。通过文学、历史、学术著作描写的东方形象为其帝国主义的政治、军事、统治服务”。[②] 赛义德指出，西方世界认为他们对东方的种种偏见是建立在“正统的”和“科学的”理论基础之上，这些理论有数百年的发展历史。事实上，这些所谓的科学理论其实就是西方对东方的种种偏见的堆砌，只有谬误和臆测，毫无科学性可言。

---

① 福柯．规训与惩罚．刘北城，杨远婴，译．北京：生活·读书·新知三联书店，2003：29.

② 王岳川．后殖民主义文化批评，人文杂志，1997（3）：103.

除此之外，赛义德在书中还讨论了西方人所谓的人种优劣论，并对所谓的东方种族优劣论提出质疑。他们抱着一种“非我族类必我异类”的怪异观点看待其他的种族，尤其欧洲之外的族群。“十九世纪的殖民主义把世界划分为两部分：荒蛮和文明。在他们眼里，殖民区是千篇一律的无人区（non-place）。这里的无人区并不表示无人居住，至少当地人愚昧无知，不能算真正的‘居民’。”[①]这种观点刚好为西方列强推行殖民统治提供了口实，使他们名正言顺地打着“教化、扶助”的旗号入侵别国，肆意对殖民地进行掠夺。在武装占领形式的殖民主义走向坟墓后，帝国主义不甘放弃既得利益，用更加隐蔽的形式实行殖民统治。这种“东方理论”源于西方人的知识垄断和谬误，最后却成为西方人维系和发展民族不平等的借口。

赛义德出身于殖民地地区而生活在欧美，他深谙西方世界的理论和话语模式，因此可以娴熟地运用“殖民主义理论”来研究“后殖民主义批评”。赛义德巧妙地利用了自己的身份优势，以西方的话语解构了所谓的“东方主义”。“在《东方主义》中，作者从西方学术圈子内部着手，解构了西方人对‘东方人’存在的种种错误看法。”[②]《东方主义》在东西方学术界都引起了巨大的反响，“自从赛义德的同名专著出版以来，《东方主义》便一直是东西方学者主要关注的理论之一”。[③] 它让西方世界不得不正视事实，逐步摒弃根深蒂固的偏见，为中西方融合奠定了理论基础。然而，《东方主义》并不是要煽动种族对立和仇恨，而是要为文明对话做出必要准备，正如赛义德所说“我赞成文化间的对话和各民族的共存：我所写的或我为之斗争的一切都表明那是我的目标”。[④]

1.2　斯皮瓦克（Gayatri Chakravorty Spivak，1942-　）

与赛义德不同，斯皮瓦克则把研究的重点置于殖民地的女性生存状况。在女性主义理论蓬勃发展的同时，斯皮瓦克把目光投向被主流社会忽略的第三世界女性，因此她被视作第三世界女性的代言人。斯皮瓦克本人不愿意把自己归入任何流派，而更愿意在女性主义、精神分析、解构理论以及马克思主义等理论之间穿梭。由于她的重点是女性，又是殖民地范围内的女性，学者通常把她的理论纳入后殖民主义批评。然而，正是由于她跨越在不同理论之间，“在后殖民理论方

---

① 朱刚．二十世纪西方文论．北京：北京大学出版社，2006：476.

② M. H. Abrams. *A Glossary of Literary Terms*. Peking：Foreign Language and Research Press，2004：236.

③ 王宁．东方主义反思．外国文学，1996（6）：71.

④ Edward W. Said. *Peace and Its Discontents*：*Essays on Palestinian in the Middle East Peace Process*. New York：Vintage，1996：56.

面，她以女性视角弥补了赛义德、巴巴等人理论上的一些欠缺，同时也让后殖民研究更趋于复杂”。[①]

斯皮瓦克的作品《属下能说话吗?》(*Can the Subaltern Speak*?, 1988) 能够很好地阐述她的思想。这篇作品讲述一位孟加拉妇女无法冲破男权社会固有的性别障碍、无法表达“自我”，最终自杀。斯皮瓦克进一步指出，殖民地的女性深受帝国主义和父权社会的双重压迫，地位更加低贱，从而更难获得发声的机会。“在父权制和帝国主义之间，主题建构和客体形成之间，妇女的形象消失了，不是消失在原始的虚无之中，而是消失在一种疯狂的往返穿梭之中，这就是限于传统与现代之间的‘第三世界妇女’被移位的情况。”[②] “属下”一词来自于葛兰西，用来指欧洲社会的从属或被边缘化了的社会群体，尤其是无产阶级或农民。斯皮瓦克把这一概念进行扩展，指代“南亚社会中存在的从属群体的一般特征，包括阶级、种姓、年龄、性别、职务和任何其他领域中受压制群体”。[③] 斯皮瓦克所说的“属下”不能发声并非字面上的含义，而是具有象征性。正因为这一点，斯皮瓦克遭到很多人的误解。有人认为，自古以来各种形式的文化载体上都有女性说话/发声的记录，斯皮瓦克无视这一事实。比如，女巫、女性艺人等都有可以查证的发声记载。其实，斯皮瓦克所谓的发声，是指殖民地的女性在帝国主义和父权的双重压迫下无法有效地表达自己的想法，男性们也不会去聆听女人的诉说，无法让女性的声音和别的声音（比如男人的声音）形成有意义的对话。女人的倾诉和想法完全是自言自语，对别人几乎没有影响，女人如同“看不见的人”。

因为特殊的身份背景与知识分子的敏感，斯皮瓦克能较好地担当起第三世界女性“代言人”的角色。她从性别歧视入手，通过对经济和阶级关系的分析，揭示了殖民地下层女性悲惨的生存状况，展现了性别歧视与政治压迫对女性的影响，体现了强烈的后殖民女性批评的思想。斯皮瓦克借用德里达的结构主义批评方法，从话语的内部进行批评解构，让读者意识到女性被边缘化为“他者”的社会和政治因素，呼吁尊重“他者”：只有真正地尊重他者，才能形成和谐对话，才有助于建立平等的关系。

---

① 朱刚．二十世纪西方文论．北京：北京大学出版社，2006：483.

② 佳亚特里·斯皮瓦克．“底层人能说话吗?”．从结构到全球化批判：斯皮瓦克读本．陈永国，赖立里，郭剑英，译．北京：北京大学出版社，2007：126.

③ Ranajit Guha. ed. *Subaltern Studies I*: *Writings on South Asian History and Society*. Delhi: Oxford University Press, 1982: ⅶ, 1, 2, 82.

2. 西方马克思主义批评代表人物及作品

詹明信（Fredric Jameson，1934-　）

与其他文论家相比，詹明信更加灵活地运用了马克思主义经典理论。首先，詹明信认为应该依据马克思主义对生产力的有关论述对时代进行划分。马克思主义认为，衡量社会发展的重要依据是生产工具，而科技发展的程度是工具进步的重要体现。哲学家曼德尔把工业革命后科技发展分为三个阶段：蒸汽发动机、电/内燃发动机、电子/核子发动机，并以此把资本主义发展分为对应阶段：市场资本主义、垄断资本主义/帝国主义、后工业/跨国资本主义。而詹明信又据此把资本主义文化和文学发展分为三个阶段：现实主义、现代主义和后现代主义。其次，詹明信以马克思主义理论为指导，提倡结合人的生存状况研究文学，让文学担负起社会历史责任。马克思主义关注人与社会制度及生产力发展的关系，注重人的生存质量。文学即人学，无论反映社会现实抑或寄托未来希望，本质上都是对人类社会完善的期许。在马克思主义的指导之下，文学成为更强劲的社会推动力。最后，詹明信在文学研究中借鉴黑格尔和马克思主义通用的辩证统一思想，主张在反映与被反映的辩证统一中研究文学，把文学当作与社会互动的另一面进行研究，从而起到反映社会和革新社会的作用。

作为马克思主义批评家，詹明信明确反对庸俗马克思主义的经济决定论，认为经济基础对上层建筑的决定作用非常复杂，要有特定的环境以及其他相关的要素存在才能产生作用，而绝非直观、简单的决定。詹明信对传统马克思主义的“发生学”（genetic）研究方法也有不同的看法。“发生学”主张从文学本身来研究文学产生和演变的过程，这种研究只局限于文本本身，而不考虑文学的表现对象——人。詹明信认为，只有通过对表现对象内心的深入洞悉才能解读现代和后现代主义的作品，也才能和当代西方的其他文艺批评理论展开卓有成效的“对话”。随着资本主义的发展进入新的阶段，詹明信呼吁马克思主义理论家也应该适应新的形势，以新的文化阐释方法研究文学现象，从而更好地履行自己的职责。

《政治无意识》（*The Political Unconscious: The Narrative as a Socially Symbolic Act*，1981）是詹明信的代表作之一，它作于詹明信理论生涯的转折期，从中可以洞见詹明信理论的重要构成部分。它运用马克思主义辩证原理，通过对文学的阐释，表明文学与政治和意识形态不可分离。詹明信使用的一个名词是“意识形态素”（idologeme），意为“一种最小的可理解的单位，从本质上说，它属于阶级社会的对抗的集体性话语”。[1] 意识形态是法兰克福学派用来解释文本的重要工具，被当作社会文化的批判现象，而詹明信把它扩展为一切阶级的偏见，作为文本分析的对象。意识形态素则是一个阶级批判另一个阶级最细小的批判性思考。虽然詹明信的马克思主义批评理论非常细致入微，理论深度让其他的马克思主义理论家难以望其项背，但是由于其社会批评局限于理论层面，有脱离现实之嫌，因此相应地削弱了批评力度和效果。

纵观马克思主义理论的发展历史，发生过很多的曲折和反复：有 20 世纪初期的活跃时期，也经历了西方国家特别是北美的白色恐怖时期。然而，在每次挫折之后，马克思主义理论不但重焕生机，展现的生命力也更旺盛，获得的影响力也更大。尽管马克思主义理论会随着社会的发展改变某些形式，但总体的上升趋势不可逆转。随着新世纪的到来，马克思主义也必然走向新的时期。

3. 女性主义批评的第二波、第三波浪潮及代表人物和作品

欧美女性主义运动前后经历了三波浪潮：

第一波女性主义浪潮发生在 18 世纪末至 20 世纪初，女性主义者这一时期的主要目标是争取拥有与男性平等的政治权利，尤其是在财产、法律及选举等方面。英国女权主义者玛丽·沃斯通克拉夫特（Mary Wollstonecraft，1759－1797）1792 年发表的《为妇女权利的辩护》（*Vindication of the Rights of Women*，1792）一文被认为是现代女性主义运动的最早文献，里面包含了作者对中产阶级白人女性所遇到问题的反思。传统观念认为，女性天生不具备理性思维的能力，因而不适合做领导性质的工作，而沃斯通克拉夫特认为女性具有和男性平等的理性，是社会造成了男女区别。1848 年在纽约州的塞内加瀑布城（Seneca Falls）召开的第一届妇女权利大会是女性主义第一波浪潮的标志性事件，女性主义的倡导者伊丽莎白·斯坦顿（Elizabeth Elizabeth Cady Stanton，1815－1902）在会上发表了《观点宣言》。随着女性运动的开展，妇女在选举权、财产权等方面有了较大的突破，女性主义运动暂时有所缓和。

20 世纪五六十年代，女性主义第二波浪潮开始涌动。其理论基础来源于法国女性主义者西蒙·德·波伏娃（Simon de Beauvoir，1908－1986）的《第二性》（*The Second Sex*，1949），她认为女性的不平等地位与性别无关，而是社会和政治的产物。随着英国新左派势力的壮大，美国黑人民权运动高涨，女性的平等意

---

[1] Fredric Jameson. *The Political Unconscious*. Ithaca: Cornell University Press, 1981: 76.

识也不断增强。许多女性发现，她们获得的工作仅仅是端茶送水、打字等辅助性工作，在社会生活中仍处于从属地位；而男性霸占了关键性岗位，他们做出决定，处于领导地位。更为糟糕的是，这种情况普遍存在，即使在女性主义运动阵营中仍是如此。这种意识逐渐在女性群体中达成共识，欧洲及美国的女性发起了一系列要求争取真正平等的女性主义运动，女性主义的第二波浪潮由此兴起。

女性主义第二波浪潮的一个主要口号是“个人的就是政治的”，她们把个人与社会结合起来，从政治的角度来看待女性所遭遇的种种不平等，认为拥有霸权地位的男性中心的制度是造成不平等的根本原因。不同于第一次浪潮，第二次浪潮中的女性主义者不仅要求女性在公众领域的平等，而且开始关注女性在家庭等私人领域内不平等的社会现实，因此她们主张在女性中间展开“提高觉悟”的女性小组活动，批判使女性受到歧视的社会制度与结构。受此影响，多个理论流派也随着女性主义的第二波浪潮的洪流相继涌现，其中包括马克思主义女性主义、精神分析女性主义等流派，也出现了以凯特·密莱为代表的一批女性主义的理论家和活动家。这一时期的女性主义者关注更广阔的社会关系，其行动的主要目标是批判男性权利在社会机制、机构、话语等层面对女性的性别主义和性别歧视，分析男性权利统治的原因及可能的行动策略。

然而，激进女性主义者的种种言行让女性主义饱受诟病。激进女性主义不再把重点放在政治上的压迫或争取男女同工同酬之上，而是过分夸大文化与意识形态、家庭伦理及繁衍后代过程中的文化机制，有人甚至认为繁衍后代也是男权社会对女性的压迫。由于激进女性主义者认为压制妇女的男性权利无所不在，很多激进的女性主义者走向了一种极端，她们将所有的男人当作敌人，拒绝承认有男性女性主义者的存在。这种将所有男人看作敌人的做法使一些激进的女性主义者因拥有女同性恋分离主义而遭到质疑，而主张简单逆转男/女二元对立结构的文化女性主义者也遭到后来女性主义思潮的批判。

第三波女性主义浪潮一般用来指由六七十年代妇女解放之后出生的女性宣扬的女性主义。1992 年丽贝卡·沃克（Rbecca Walker，1969-　）在《女士》(*Ms*)杂志上发表题为“成为第三波浪潮”的文章之后，“第三波女性主义浪潮”这一概念才被广泛应用。莱斯丽·黑伍德（Leslie Heywood）认为第三次浪潮既指年轻的女性主义者[①]，也指第二次浪潮的新形势的行动主义，及广泛应用大众化和

① 这里的年轻的女性主义者不仅是年龄，而且认知和价值观和第二波女性主义者都有所区别，她们对第二波女性主义持批判态度。

网络空间传达女性主义意识的行动策略。阿什瑞德·亨利（Astrid Henry）认为应至少从以下三个方面理解第三次浪潮：代际年龄、意识形态的立场和历史时刻。也就是说，虽然第三次浪潮主要是由X一代倡导的女性主义，但是第三波浪潮绝不仅限于年轻女性，它还可以指在全球资本主义、信息技术、后学思潮等不断发展的新时期女性主义形成的新的意识形态。[①] 第三波女性主义浪潮融合女性主义第二波浪潮的一些观点，并与当代批评理论相结合，形成有色人种女性主义、后殖民女性主义、生态女性主义、怪异理论、赛博女性主义等思潮。

凯瑟琳·伊娃·哈诺伊斯（Catherine Eve Harnois）认为应从三方面理解第三次浪潮：作为具有共同特点的一群人、作为处于同一年龄段的群体和作为理论视角的第三次浪潮。与第二次浪潮相比，第三次浪潮有三点显著不同：首先，女性主义第三次浪潮对矛盾和差异性更具包容性。她们认为来自不同种族、阶层、年龄、宗教、性取向等的女性应该受到平等的尊重。其次，第三次浪潮女性主义的行动观念和策略发生了改变：它不再以集体的妇女运用形式为主，不再寻求解决女性问题的统一性办法和代表性组织，而是主张在地方性的空间解决小范围内具有相同经历的女性的问题。第三，由于第三次浪潮的政治行动主义采取的具体策略是对全球资本主义、信息技术、后现代主义、后殖民主义及环境恶化等作出反应，因此第三次浪潮女性主义者不只关注“女性问题”，还对与女性密切相关的诸如环境保护、人权、反公司运动等极为关注。[②]

4. 生态批评

4.1 生态批评的发展

鲁克尔特（William Rueckert）于1978年在文章《文学与生态学：一次生态批评试验》（*Literature and Ecology*: *An Experiment in Ecocriticism*）中首次使用“生态批评”一词。[③] 他尝试把生态学以及生态概念运用于文学研究，以发掘文学中的生态要素，提高人们的生态意识。在“生态批评”一词首次提出之后，许多文学评论家都使用了该词。1985年，现代语言学会出版了由弗莱德里克·威奇编写的《环境文学教学：材料、方法和文献资料》（*Teaching Environment Literature*: *Materials*, *Methods*, *Resources*）一书，“目的是要在文学领域促进人们

① 都岚岚．后回潮时代的美国女性主义第三次浪潮．清华大学博士论文，2008：27.

② 都岚岚．后回潮时代的美国女性主义第三次浪潮．清华大学博士论文，2008：28-29.

③ William Rueckert. “Literature and Ecology: An Experiment in Ecocriticism”. *The Ecocriticism Reader*. Cheryll Glotfelty and Harold Fromm. ed. 1996: 104-105.

对环境问题有更深的了解和认识”。[①] 1991 年，哈罗德·费罗姆（Harold Fromm）在美国现代语言协会发起并主持了一个名为“生态批评：文学研究的绿色化”（Ecocriticism：The Greeting of Literary Studies）的学术讨论。1992 年，格伦·A. 洛夫（Glen A. Love）在美国文学协会主持了一个名为“美国自然作品创作：新环境，新方法”（American Nature Writing：New Contexts，New Approaches）的生态专题座谈会。此后，“生态批评”在更多的理论著述和重大场合出现，并广为接受。

作为文学批评理论，生态批评在批评视角和策略上与众不同。“比起新批评、结构主义、解构主义来，生态批评更像女性主义或怪异理论，因为它更受到问题的驱动，而不是方法论的驱动。”[②] 人类从来都是以自我为中心，以“我”的需求来衡量自然的价值，这样的思维惯式导致环境问题频繁出现，而生态批评则反对人——自然二元对立的观点和人类中心主义观点。自从“生态批评”出现之后，很多学者都试图对它进行定义。1996 年，第一位文学和环境学教授，同时也是生态批评的发起人和倡导者彻丽尔·格罗特费尔蒂认为，“简而言之，生态批评是研究文学和生存环境的学科……生态批评采用以地球为中心的方法进行文学研究”。[③] 另一个广为接受的定义来源于布依尔（Laurence Buell），他认为，“生态批评可以简要地定义为本着拯救环境之精神研究文学与环境之间关系的学科。”[④] 一般认为，生态批评旨在研究人类与非人类环境之间的关系。事实上，生态批评意在重新唤醒人们关注生态平衡和人类社会发展的关系，从而能够让人们跨越社会历史的樊篱，站在和谐共生的高度解析文学经典，发掘其中的生态精神，并发现现存文学的得失，重建自然在文本中的地位。

虽然生态批评作为文学批评理论问世的时间只有短短二三十年，但是已经经历了几个阶段。彻丽尔·格罗特费尔蒂提出，可以参照肖瓦尔特针对女性批评发展历程的划分方法，将生态批评的发展分为三个阶段：第一个阶段主要研究文学中自然与环境的再现。这个阶段的作家要么醉心于描写美轮美奂如伊甸园般的自然，要么把自然刻画成荒凉、危险的野外，这些作家未能把自然提升到生态角度

---

① Cheryll Glotfelty and Harold Fromm. eds. *The Ecocritical Reader*. University of Georgia Prss，1996：xviii.

② Laurence Buell. “The Ecocritical Insurgency”. *New Literary History*，30，1999：700.

③ Cheryll Glotfelty and Harold Fromm. eds. *Landmarks in Literary Ecology*. Athens：University of George Press，1996：114.

④ Laurence Buell. *The Environmental Imagination*：*Thoreau*，*Nature Writing and the Formation of American Culture*. Harvard University Press，1995：430.

去考量。在第二个阶段，生态文学把重心放在挖掘与重新发现上。学者在研读以往作品的同时，有意寻找自然书写（nature writing）在各类文本中的存在，对描写自然的作品从题材、历史背景、发展和风格等方面进行研究和探讨，以发掘作品中的生态含义。经过学者的重新解读，许多作品中蕴涵的生态寓意被发掘出来，像大卫·梭罗（Henry David Thoreau，1817-1862）的《瓦尔登湖》（*Walden*，1854）、薇拉·凯瑟（Willa Cather，1873-1947）的《我的安东尼亚》（*My Ántonia*，1918）、蕾切尔·卡逊的《寂静的春天》等都被发掘出蕴涵深刻的生态意义。生态批评的第三阶段试图创立一种生态诗学。通过强调生态以及生态平衡的概念，学者们着力进行较为系统的生态批评理论建构。如今，生态批评已经成为一个含有众多分支的崭新的批评理论，而众多分支的出现也佐证了生态伦理的理想目标——多元共生。

4.2　生态批评的转向

生态批评成为显学之后，其深刻内涵得到不断挖掘。众多学者把生态批评与社会学研究、环境学研究以及其他理论思潮相结合，提出若干与生态批评紧密相关的理论体系，进一步拓展了生态批评的内涵。在这些理论体系中，较具代表性的有生态正义论、生态女性主义。

生态正义论源于社会运动，1982 年美国被卡罗来纳州华伦县的居民举行示威，反对将有毒废弃物的垃圾填埋场建在有色人种和低收入人群聚集居住地附近即是一例。1988 年彼得·S·温茨（Peter S. Wenz）出版了《环境正义》（*Environmental Justice*）一书，该书被认为是生态正义领域内的开创性作品。作者结合环境保护和社会正义提出了环境正义理论。温茨认为，生存环境既包含了环境，也包含了正义，人们需要正视两个方面的关系，否则会影响到人的生存质量。需要指出，这里所说的生态正义仅就人与人之间的关系而言。而从广义上来说，生态正义可以包含多个维度的内涵：人对非人类各种要素的责任和义务关系、人类之间就环境问题的相互关系。人与非人类之间的关系主要集中于人在发展过程中对非人类所要承担的责任和义务，及其限度的把握问题：人既要利用自然发展自己的权利，又要承担呵护环境的义务；而人与人之间的生态正义则侧重于社会和经济地位如何影响环境资源的分配问题：社会成员之间拥有平等的权利。人与人之间相互平等的思想可见于洛克等人的思想。洛克认为："……没有一个人享有多于别人的权利。极为明显同种和同等的人们既毫无差别地生来就享有自然的一切同样的有利条件，能够运用相同的身心能力，就应该人人平等……”①《独立宣言》中也有类似的表述，“我们认为这些真理是不言而喻的：人人生而平等……”② 生态环境是重要的公共资源，也是保证人们生活质量的必要条件之一，如何在分配生态环境的过程中注重生态正义必定对社会和谐产生重要影响。

生态女性主义是生态批评和女性主义批评结合的产物，“生态女性主义并不是凭空产生的，它是建立在女性主义基础上的，它也继承部分女性主义的相关理论。”③ 有学者发现，社会生活中男性/女性二元对立的思想和人/自然二元对立思想如出一辙。在开发自然的同时，人类把自己看作自然的对立面，秉承“人类中心主义”，强调“征服自然”；在社会生活中，男性又将女性当作自己的对立面，坚守“男性中心主义”，企图“驾驭和领导”女性。进一步的研究发现，女性和自然有颇多的相似之处：除了二者都处于受压迫地位外，二者也有相似的“生理”机能。女性生理上的特殊阶段如月经、怀孕和生产过程类似月亮的圆亏及自然界循环的周期性过程，大自然由于其孕育万物的特性而被称为“母亲”等。此外，由于特殊的生理原因，女性更容易因生态环境的破坏而受到身体伤害。生态女性主义早期的理论依据有弗朗索瓦·德·奥波纳（Francoise d'Eaubonne，1920－2005）的《女性主义还是毁灭》（*Le féminisme ou la mort*，1974）以及罗斯玛丽·鲁瑟（Rosemary Ruether，1936－　）的《新女性，新地球》（*New Woman*，*New Earth*，1975），此后，有关该理论的文本陆续问世。鉴于男/女和人类/自然之间的二元对立关系思想根源相同，只有消解男/女二元对立，或者解构“男性中心主义”，才能重建人与自然的和谐共生，“生态女性主义是一种理论话语，其前提是父权制社会对妇女的压迫和对自然界的主宰之间的联系。”④ 从这个意义上说，生态女性主义在关注生态问题的同时，对男权社会提出了抗议和挑战，它并非只是要解决传统意义上的女性解放问题，而是要引导人们越过“男性中心主义”的樊篱，建立一个公正、公平、无压迫和可持续发展

---

① 洛克．政府论（下篇）．北京：商务印书馆，1982：3.

② 周一良，吴于廑．世界通史资料选辑（近代部分上）．北京：商务印书馆，1983：93.

③ 约瑟芬·万诺多．女权主义的知识分子传统．赵育春，等，译．南京：江苏人民出版社，2001：126.

④ Cheryll Glotfelty. “Introduction：Literary Studies in an Age of Environmental Crisis” . *The Ecocriticism Reader*：*Landmarks in Literary Ecology*. Cheryll & Harold Fromm eds. Athens：University of Georgia Press，1996：xxiv.

的社会。

思考题

1. 后殖民主义批评的代表人物有哪些？举例说明他们的思想。

2. 英美女性批评大概可以分为几个层次？每个层次的代表人物有哪些？

3. 詹明信是当代西方马克思主义批评的代表人物，请结合理论阐述他的思想。